김훈
을
읽는다

김훈을 읽는다

2020년 7월 20일 초판 1쇄 펴냄

지은이 김주언
편집 김도언
펴낸이 신길순

펴낸곳 (주)도서출판 **삼인**
(03716) 서울시 서대문구 성산로 312 북산빌딩 1층
전화 02-322-1845
팩스 02-322-1846
이메일 saminbooks@naver.com
등록 1996년 9월 16일 제25100-2012-000046호

표지, 본문 디자인 끄레디자인
인쇄 수이북스
제책 은정

ⓒ김주언 2020
ISBN 978-89-6436-180-1 93810

값 22,000원

김훈을 읽는다

김주언 지음

삼인

문제란 무엇인가

1

여기 몇 편의 글을 묶어 김훈에 대한 책을 한 권 내기로 한다. 최근에 쓴 해설 형식의 글 한 편을 제외하고는 모두 타이틀에 '문제'라는 말을 붙였다. 처음 발표 당시부터 그렇게 된 것도 있지만, 조금 손을 본 것도 있다. 김훈의 텍스트들은 자기들끼리 조용히 모여 있다가 어느 시점이 되면 나에게 뭔가 해결을 요구하는 의미의 집합 단위가 되어 말을 걸어왔다. '문제'는 이렇게 해서 성립한 것인데, 대체 문제란 무엇인가?

2

결국 아무것도 없고야 마는 것인데, 그럼에도 불구하고 무엇인가가 이렇게 눈부신 세상에는 태초에 경이가 있었다. 태초에 말씀이 있었다고 하고(성경), 태초에 행위가 있었다고 하고(괴테, 프로이트),

또 태초에 반항이 있었다고도 하지만(카뮈), 김훈을 읽는 나에게는 그 모든 전설에도 불구하고 태초에 경이가 있었다. 문제는 혹은 물음은, 이 경이의 아들들이다. 이 문제아問題兒들은 물음표를 이름표로 달고 사는데, 물음표가 사는 언어의 집에는 가끔 너무 외로울까 봐 느낌표 친구가 놀러오기도 했다. 어느 눈 내리는 저녁이라고 해두자. 비오는 날 아침이라고 해도 좋다. 어쩌면 느낌표는 눈처럼, 비처럼 강림했는지도 모른다. 그런 날이면 물음표 얼굴에도 모처럼 환하게 꽃이 피었다. 그러나 세상 모든 꽃이 그렇듯이 이 꽃도 오래 가지는 않았다. 따라서 물음표에게 일용할 양식은 가끔 찾아왔다가 못 견디게 떠나버리는 느낌표의 호사가 아니라 볼펜 똥 같은 일상의 마침표의 힘이었다. 김훈에 대한 글쓰기는 이런 똥의 힘으로 살아가는 것이었다. 검은 먹물이 빠져나가면 그 자리에 흰 머리가 남는 그 검은 먹물로 아무리 난감해도 마침표를 내지르면서 조금씩 1센티미터씩 여기까지 왔다.

3

'문제' 시리즈 논문 가운데는 이렇게 마지막 문장도 아예 문제 자체로 마무리한 것도 있다. "삶은 영원한 것인가, 삶은 허무한 것인가"(「인물 형상화의 문제」). 논문이란 물론 이런 나이브한 에세이류의 문장을 쓰는 제도가 아니다. 문장으로 보자면 "삶은 영원한 것인가, 삶은 허무한 것인가"는 그 자체 문장 됨됨이로도 모험이다. '삶', '삶', 굳이 두 번씩이나 등장시킨다기보다는 "삶은 영원한 것인가, 허무한 것인가" 정도로 쓰는 것이 무난한 흐름일 것이다. 나도 그것을 모르지 않는다. 그런데도 나는 왜 그렇게 쓸 수밖에 없었을까. 나는 이 물음 자체를 어떻게든 쉽고 무난하게 마무리짓고 싶지 않았다. 이 물음은 물론 이 물음인 것이며 다른 물음이 될 수는 없다. 허무와 영원을 탐문하는 물음의 형식은 간명할 수밖에 없지만, 벅차지 않을 수 없는 것이다. 인생이란 파도는 조금 지나면 일정한 포말의 흐름으로 사라지는 영원과 허무라는 두 개의 파고를 거느린 게 아니다. 영원과 허무란 도대체가 인생 정도로는 거느릴 수 없는 것이다. 인생은 그것을 감당하지 못한다. 그래서 삶은 문장 속에서 거듭 '삶', '삶', 하면서 숨가빠하는 것이다. 평론도 아닌 논문의 마무리는 이렇게 하는 법이 아니라는 것을 모르지 않지만 나는 끝내 문제의식의 호흡으로 살아 있는 글에 대한 욕망을 버리지 못했다. 여기에 실린 글들이 논문에 가까운가 평론에 가까운가, 혹은 평론투 논문이냐 논문투 평론이냐 따위는 중요한 문제일 수 없다고 본다. 살아 있지 못하는 문제로 글을 만들어 세상 사람들을 성가시게 한다면, 그것이 부끄러울 따름이다.

4

"삶은 영원한 것인가, 삶은 허무한 것인가"라는 질문의 문장을 쓰고 한참 지나서 "세계는 영원한 것인가, 세계는 허무한 것인가"라고 묻는 물음도 있다는 사실을 알았다. 부처의 한 제자는 스승에게 이런 질문을 던지며 딱 부러진 대답을 내놓지 않으면 스승 곁을 떠나겠다고 압박한다. 궁지에 몰린 부처의 대답은 어땠을까. 부처는 일단 대답을 해주겠노라는 약속을 한 적이 없다고 빼고, 독화살의 비유로 말했다고 전해진다. 즉 독화살을 맞았다면 독화살을 빼는 것이 먼저인가, 독화살의 출처를 따지는 것이 먼저인가를 되물었다는 것이다. 독화살을 맞았다는 가정에서 헤어날 수 없는 중생은 부처의 역공에 어쩔 도리 없이 수세에 몰린다. 독화살이나 빼고 살아야지 무슨 영원, 허무 타령씩이나 하겠느냐 말이다. 그러나 과연 독화살만 빼면 그만일까.

독화살을 뺐으면 그 다음은 또 다시 독화살을 맞지 않기 위해서라도 독화살의 실체를 알아야 하는 게 아닐까. 부처는 사실 이 문제에 대해 답변을 한 게 아니다. 이것을 '무기無記'라고 하는데, 관념적이고 형이상학적인 물음에 대해 부처는 뚜렷하게 시비를 논단하지 않았다. 김훈의 텍스트를 펼쳐 놓고 무기無記와 유기有記 사이에서 방황하는 나의 언어는 사랑 불가능성, 묘사 불가능성, 그리고 풍경의 침묵 같은 문제에 대해 더듬거렸다.

5

나는 1995년에 평론가로 데뷔했는데, 그해 겨울 한 문학 잡지에서 처음으로 김훈의 소설을 읽었다. 김훈은 그 당시만 해도 이미 문명을 떨친 문사였지만 소설가로는 처음으로 『빗살무늬토기의 추억』이라는 처녀작을 발표하는 신인이었다. 신인의 눈에 예사롭지 않은 신인의 글이 강렬했다. 그것이 첫 인연이었다. 격세지감이 느껴지지만 '90년대'를 '1990년대'로 고쳐 적으면서 당시 발표했던 미숙한 글도 버리지 못하고 여기에 포함시켰다. 어떤 글에서는 '지금'이라는 말을 쓰고 있는데, 그 '지금'은 물론 지금이 아니다. 모든 '지금'은 당시일 뿐이다. 이렇게 김훈과 함께한 시간이 지나갔다. 나로 말할 것 같으면 김훈의 텍스트에서 '문제'를 추출해 이렇게 저렇게 대상화하고 문제의 문제점을 지적하기도 했지만, 대상화할 수 없고 타자화할 수 없는 텍스트의 지락을 소중하게 기억한다. 혹 김훈론이 김훈론을 넘어 김훈학으로 갈 수 있는 가능성의 일단을 보여줄 수 있다면 여기, 이 일단락의 의의가 충분하지 않을까 싶다. 따라서 나는 여기 펼쳐진 이론의 그물로 김훈의 세계가 포획되었다는 환상을 갖지 않는다. 바라건대 김훈은, 김훈의 세계는, 그물에 걸리지 않는 바람같이 나아가기를. 잿빛 이론을 넘어 생명의 푸른 나무로 거듭 빛나기를······.

2020년 여름
김주언

제2부 감각을 넘어 지각으로

관념에서 의미로

세대, 계절, 우주 등 자연적 단위들은 영원회귀의 틀에서 순환하면서도 시간의 덧없음을 소거할 수 있는 계기는 없는 것인가. 가령, '새벽'이 영원회귀의 주체가 된다면 그것은 덧없음을 소거하고 영원과 동격이 될 수 있을까. 말(言語)먼지와 말(馬)먼지의 부질없는 소용돌이 속에서 죽어가는 사람들에게 역사는 정녕 자신이 왜 죽어가야 하는지 영문도 모를 어떤 메타성 같은 것에 불과한 것인가. 오직 자신의 삶의 자리로 돌아가기만을 원하는 민초들의 즉자적이고 즉물적인 삶은 기회주의자 영의정 김류가 좇는 시류時流와 무엇이 다른가. 김류는 "세상은 되어지는 대로 되어갈 수밖에 없을 것"이라고 하는데, 이들 또한 모두 동격으로 영원의 표정을 갖고 있는 것인가. 그렇다면 '되어지는 대로'가 아니라 '되어야 할 대로'의 '됨'에는 어떤 개입도 하지 않고, 모든 당위와 이상을 타자화하면서 물 흐르듯이 사는 것이 영원의 삶인 것인가. 많은 희생의 대가를 지불하면서 '되어야 할 대로' 되는 문명사의 진전도 있는 법인데, 이는 무엇으로 설명할 수 있는가……

1장

사랑의

불가능성

문제

사랑의 탄생, 혹은 사랑 불가능성의 탄생

젊은 베르테르는 로테를 사랑하게 되자 로테를 그릴 수 없게 된다. 평소에 그림을 잘 그렸던 베르테르였다. 이제 겨우 로테의 실루엣 정도나 그리는 베르테르에게 찾아온 것은 순수한 이질적 타자성이다. 이 타자성을 지닌 비동일자의 발견이 없다면, 사랑은 굳이 내면에서 걸어나와 운명의 사건이 되지도 못한다. 어찌 괴테의 베르테르뿐이겠는가. 누구에게나 사랑이라는 손님은 자신이 아는 자신의 일부로 만만하게 요리할 수 있는 상대가 아니다. 사랑은 그러므로 그 심층적인 의미에서 사랑의 불가능성과 함께 탄생해야 비로소 사랑일 것이다. 사랑은 정신이 아니라 정신 차릴 수 없는 영혼의 일인 것이며, 사랑의 슬픔을 모르는 사랑의 기쁨은 '사랑'을 단지 참칭하고 있는 것인지도 모른다. 사랑은 본시 있는 것, 없는 것 다 바치는 당신의 절대를 요구한다. 매혹'당해도', 사로'잡혀도' 벗어날 수 없는 사랑의 학대 속에서 수많은 사랑의 운명들이 스스로를 착취하며 불면의 밤을 하얗게 새웠다. 그럼에도 불구하고 세상 모든 형용사와 부사를 침묵시키고 좌절시키는 연서는 끝내 부치지 못한 편지의 추억이 되었다. 사랑에 빠진 발신자의 메시지가 수신자에 이를 수 없는 까닭은 예나 지금이나 사랑 안팎에 즐비하다 하겠다.

사랑의 대상 대신 다만 사랑 안에서 사랑 그 자체를 사랑하고야 마는 사랑의 나르시시즘은, 벅차고 눈부신 것 앞에서 차라리 눈을 감는 경우이다. 맹목의 열정이 사랑의 현기증을 견딘다고 해도 사랑을 훼방하는 운명의 장난은 얼마든지 있을 수 있다. 지금은 바야흐로 사랑의 시대라기보다는 혐오의 시대다. 무한 탐욕을 부추기는 신자유주의의 그늘 아래서 '혐오족'이라고 할 만한 신인류가 거듭 새로운 모습으로 출현하고 있다. 마음에 들지 않는 낯설고 이질적인 것들에 대한 거부를 '혐오'라는 표현도 모자라 '극혐'이라는 말로 배설하는 시대가 바로 지금의 우리 시대다. 거칠고 난폭한 경계짓기와 구별짓기에 의해 광범위하게 사랑이 상실되어 가고 있는 것이다. 그러나 김훈 소설에서 사랑은 이렇게 누구나 어느 정도는 예측 가능한 이유들 때문에 불가능한 것으로 등장하는 것은 아니다.

자고로 소설이라는 문학 장르가 태생적으로 사랑과 불가분리의 관계를 맺어왔다는 사실을 길게 말하는 것은 췌언일 것이다. 문제 정황을 좀 더 좁혀서 '사랑의 불가능성'이 문제라고 해도 이 역시 유서 깊은 것이다. 연애와 사랑이 시장의 물건처럼 넘쳐나는 오늘날은 말할 것도 없고, 간통의 유혹 혹은 불륜의 사랑에 빠진 남녀의 러브 스토리가 이루어질 수 없는 관계로 끝나는 근대소설은 너무 흔하고 진부하기까지 하다. 반드시 불륜이 아니어도 그렇다. 단적인 예를 들자면 흔히 근대소설의 시초라고 불리는 『돈키호테』에서 풍차를 향해 돌진해 가는 시골 남자 돈키호테의 가슴속에는 이룰 수 없는 사랑, 둘시네아 공주가 있다. 또, 조선의 『춘향전』은 우리에게 역경을 이겨내고 신분의 차이(차별)마저 극복한 아름다운 사랑 이야기로 알려져 있지만, 일찍이 『광장』에서 이명준의 사랑을 좌절시켰던 최인훈은 『춘향전』을 「춘향뎐」으로 고쳐 써 본래 원작에서 가능했던 사랑의 가능성을 미궁에 빠뜨렸다. 최인훈이 보기에 해피 엔딩이라는 안이한 결말을 갖기에는 "춘향은 가장 어두운 중세의 밤을 보낸 여자다"(최인훈, 1993: 267).

 대부분의 경우, 사랑의 불가능성 문제에는 보통 '차이'의 문제가 가로놓여 있다. 사랑이 '차이'에 의해 극복될 수 없는 '거리'에서 지탱되고 있다는 것은, 현대문학에서 반복적으로 제시되고 있는 기본 주제이기도 하다(오사와 마사치, 2005: 16). 국적·성·계급·계층·직업 같은 것에서만 차이가 생성되는 것은 아니다. 취향과 의견이라는 사소한 점에도 위협적인 차이가 형성된다.[*] 사랑의 주체와 사랑의 대상 사이의 비대칭성과 불균형은 사랑의 가장 유력한 동력이기도 하다. '나'는 '타자'와 함께 있고, '나' 역시 상대방에게 '타자'라는 사실은, 사랑이 피할 수 없는 운명인 우리에게는 가장 근원적인 인간조건이다. 사랑의 실상은 이렇게 타자성과 차이의 체험으로 비슷할 것 같지만, 문제는 그것의 수준과 차원이 다양하고 다채로운 스펙트럼으로 펼쳐져 있다는 것이다. 사랑, 나아가 사랑의 불가능성의 문제는 가장 흔하고 보편적인 소설의 소재이자 탐구 대상이어서 평이한 것이 아니라, 그만큼 작가들의 천차만별의 실력이 발휘될 수 있는 담론의 장이기도 하다. 작가들 저마다의 문학의 존재 이유와 문학 정체성이 다르듯이, 사랑의 문제 또한 다양한 차원과 수준이 있을 수밖에 없다. 김훈의 경우는 어떠한가? 우리에게 김훈은 무엇보다도 『칼의 노래』(2001), 『현의 노래』(2004), 『남한산성』(2007) 등 일련의 역사소설로 잘 알려진 작가이다. 누가 어떤 독법으로 읽어도 전쟁

---

[*]철학적 통찰에 유머까지 곁들여 이 점을 설득력 있게 보여 주는 우리 시대의 대표적 저작물로 알랭 드 보통의 책을 꼽을 수 있다(알랭 드 보통, 2005: 92).

의 역사에서 소재를 취한 이 평판작들에서 사랑의 문제를 상상하기란 쉽지 않다. 그러나 전체적으로 보자면 김훈의 소설도 사랑의 문제를 피해가지 않았다.

사랑의 존재론적 위상

뛰어난 에세이스트로 먼저 알려진 김훈의 작가지성은 자신의 작품세계에 대해서도 일종의 주석으로 읽힐 만한 글을 남기고 있다. 작품 밖에서 소설 언어에 대해 메타 언어로 말하는 작가 서문 같은 글이 특히 그러한데, 먼저 이런 글 하나를 읽으면서 출발해 보자. 다음 글은 김훈 소설에서 사랑이 말해지는 근본 환경을 요약해 준다고 볼 수 있는 것이다.

나는 눈이 아프도록 세상을 들여다보았다. 나는 풍경의 안쪽에서 말들이 돋아나기를 바랐는데, 풍경은 아무런 기척이 없었다. 풍경은 태어나지 않은 말들을 모두 끌어안은 채 적막강산이었다.

(…)

부처가 생명의 기원을 말하지 않은 것은 과학적 허영심이 없어서라기보다 말하여질 수 있는 것이 아니기 때문일 것이다. 산천과 농경지와 포구의 생선시장을 들여다보면서, 그런 생각을 했었다. 창조나 진화는 한가한 사람들의 가설일 터이다.

구름이 산맥을 덮으면 비가 오듯이, 날이 저물면 노을이 지듯이, 생명은 저절로 태어나서 비에 젖고 바람에 쓸려갔는데, 그처럼 덧없는 것들이 어떻게 사랑을 할 수 있고 사랑을 말할 수 있는 것인지, 나는 눈물겨웠다.

(…)

그러하되, 다시 돌이켜보면, 그토록 덧없는 것들이 이 무인지경의 적막강산에 한 뼘의 근거지를 만들고 은신처를 파기 위해서는 사랑을 거듭 말할 수밖에 없을 터이니, 사랑이야말로 이 덧없는 것들의 중대사업이 아닐 것인가.(「작가의 말」, 『내 젊은 날의 숲』: 341~343)[*]

생명의 기원은 무엇인가? 벌거숭이 생명이 아니라 이미 역사를 축적해 온 문명화된 인류는 이런 물음에 답하기 위해서 어떤 '세계상(weltbildes)'을 선택한다. 예컨대 '진화론'이나 '창조론'이 생명의 기원에 대한 물음에 있어 이런 세계상 가운데 대표적인 경우이다. 전자가 과학적인 패러다임이라면 후자는 종교적인 패러다임이다. 이런 세계상들은 자기 자신이 생명인 인류가 자신을 이해하기 위해 구축한 생명 세계의 유력한 주관적 표상이다. 있는 그대로의 생명 세계의 실상에 접근할 수 없는 우리로서는 이런 설명 모델을 통해 실상에 접근할 수 있는 단서를 마련한다. 기실 '진화론'이나 '창조론'은 생명의 기원에 대한 지금까지의 인류 지성이 사유해 낸 뚜렷한 문화 축

---

[*]이 글에서 김훈의 텍스트 인용은 본문의 내주에서 작가의 이름과 작품 생산연도를 일일이 밝히지 않고, 이처럼 약식으로 작품명과 인용 면수만을 적는 방식을 취하기로 한다.

적이 아닐 수 없다. 그러나 여기, 창의적인 작가는 지금까지의 인류 지성이 축적한 이런 '가설'에 기대거나 또 다른 가설에 대한 문학적 탐구에 나서는 것이 아니라 그것은 다만 "말하여질 수 있는 것이 아니"라는 입장을 취한다. 그런데 이런 입장은 우리에게 전혀 새롭거나 낯선 것만은 아니어서 왜 하필 사랑인가, 사랑이어야 하는가를 말하는 자리에 놓인 생명의 기원에 대한 담론은 좀 더 면밀하게 살필 필요가 있다.

생명의 기원을 말할 수 없다는 작가의 태도는 무슨 형용모순이나 표현 불가능성에 대한 절망이라기보다는 차라리 어떤 신비의 승인에 가깝다. 그런데 이 신비는 김훈의 독자들에게는 전혀 낯선 것만은 아니다. 김훈 소설의 한 인물인 『흑산』의 마노리馬路利는 그 이름처럼 마부인데, 그는 마부답지 않게 생명의 기원에 대한 철학적 사유를 다음처럼 펼치기도 한다.

　　큰물이 져서 들이 잠겼다가 물이 빠지면 전에는 없었던 물웅덩이가 패고 거기에 손가락만 한 피라미며 붕어, 개구리가 생겨나고 마름이 피어나는데, 마노리는 사람의 생명도 난데없이 파인 물웅덩이 속에서 저절로 생겨난 물고기나 벌레가 알을 슬듯이 그렇게 빚어지는 것이라고 생각했다.(『흑산』: 39)

"난데없이" 생겨나는 생명에 대한 이러한 사유는 도무지 합리적 언어로는 설명할 수 없는 신비에 접근한다. 주지하다시피 생명 현상을 신비로 또는 기적으로 보는 견해는 의사-종교적인 속류적 관행이라고 할 수 있다. 과학은 이런 종교적 입장과 정반대의 입장을 취할 것 같지만 사실은 그렇지만도 않다. DNA를 발견한 프랜시스 크릭이라는 과학자에 의하면 생명의 발생은 거의 기적이나 다름없다(프랜시스 크릭, 2015: 126). '신비'를 배제하는 어떤 과학의 입장도 생명의 시작과 진화를 설명할 수는 없다. 과학이 그것을 순전히 과학의 언어로 완전하게 설명할 수 있다면 조물주로서의 신의 역할은 없었을 것이다. 그래서 스티븐 호킹은 시간의 역사, 우주 탄생의 비밀을 탐구하는 종국에 "신이 우주를 창조할 때, 어느 정도의 선택의 자유를 가졌을까?"(스티븐 호킹, 1998: 232)를 묻지 않을 수 없었다. 요컨대 종교의 입장이든, 과학의 입장이든, 작가 김훈의 입장이든, 생명의 기원은 확정적인 논리의 언어로 규정될 수 없는 신비의 영역에 대한 승인을 필요로 한다. 김훈은 왜 사랑의 가능성을 묻는 물음 앞에 말하여질 수 없다는 생명의 기원에 대해 말하려고 하는지를 탐구하기 위해 이 문제에 좀 더 천착해 보자.

생명이 어떻게 가능할 수 있느냐는 물음은 무심한 가치중립적 과학의 탐색과 관찰의 문제일 수 없다. 김훈에게 이러한 물음이 물어지는 배경은 일단 인간 존재가 대단하거나 위대해서가 아니라, 바람에 쏠려가는 덧없는 것으로 인식되기 때문인 것으로 보인다. 김훈이 말하는 "무인지경의 적막강산"에 생명이 저절로 있었다가 바람에 쏠려가는 현상을 좀 더 일반화시켜 풀이한다면 유와 무에 대한 존재론적 모순이라고 할 수 있다. 실존철학의 언어로 말하자면 존재와 비존재의 양립 불가능성이라는 '부조리不條理'가 생명의 가능 근거를 묻게 되는 것이다. 이 물음을 하이데거 식으로 묻는다면 "왜 있는 것은 도

대체 있고 차라리 아무것도 아니지 않는가?"(하이데거, 1994: 23) 정도
가 될 것이다. 덧없는 것들이 어떻게 사랑을 할 수 있고 사랑을 말
할 수 있는지를 묻는 김훈의 물음은 지성사적 맥락에서 보자면 이
런 존재론적 맥락의 물음에 닿아 있다.* 그러므로 김훈에게 '사랑'이
말해지는 바탕은 결국 '무'의 지평이다. 생명의 가능성, 비존재에 대한
존재의 가능성은 바로 사랑의 가능성으로 치환되는 것이다. 그리고
무를 대신해 생명의 자리에 놓인 그 사랑에 눈물겨워하는 태도가 바
로 소설인 셈이다. 이것이 김훈 소설에서 사랑이 갖는 존재론적 위상
이다.

    '생명'과 '사랑'을 말하기 전에 '산천'과 '농경지'와 '포구의 생선시장'
을 돌아다닌다는 작가가 만나는 '구름', '산맥', '비', '노을', '바람' 등
은 「작가의 말」 서두에서 '풍경'으로 요약되어 있다. 이 '풍경'은 언어
로 구조화된 인간 세계의 사물들이라기보다는 우리가 살고 있는 이
데올로기로 구성된 세계 밖에 존재하는 대상 세계이다. 그것은 문명
속에서도 존재할 수 있지만 문명사의 의장意匠으로 어떤 변화가 있
을 수 없는 문명의 외부라고 할 수 있다. 이 외부로서의 풍경은 그
자체로 무無나 비존재非存在인 것은 아니나 적어도 인간중심주의적
으로 해석할 수 있는 자연인 것은 아니다. "자연은 무의미하다"(「가건
물의 시대 속에서」, 『화장·외』: 347). 이 자연의 풍경들은 결국 작가의 언

---

*우주 탄생의 비밀을 탐색하는 스티븐 호킹은 결국 아무것도 없는 것인데, 왜 아무것
도 없지 않고 무엇이 있는가를 "왜 군이 우주가 존재해야 할 이유는 무엇인가?"(스티
븐 호킹, 1998: 233)라고 묻는다. 이 역시 하이데거적 물음이라고 할 수 있겠다.

어로 여기서는 '적막강산'으로 요약되는데, '적막강산'이란 인간에게는 막막하고 극복할 수 없는 적대적 세계인 것이다.

「강산무진」은 〈강산무진도江山無盡圖〉라는 산수화가 등장하는 작품인데 주인공은 간암에 걸려 다만 홀로 쓸쓸히 죽어가기 위해 이역만리로 떠나가는 사내다. 처자식도 이제는 타자나 다름없는 처지가 된 화자는 〈강산무진도〉의 '강산'을 두고 "알 수 없는 거기가, 내가 혼자서 가야 할 가없는 세상과 시간의 풍경인 것처럼 보였다" (「강산무진」, 『강산무진』: 339)라고 말한다. 이처럼 '적막강산', 그곳은 인간 삶의 안쪽이 아니고 바깥이다. 그곳은 인간사 세상이 아니고 인간사가 묻히는 절대의 침묵 공간이다. 그곳은 삶의 현재는 아니지만 현재 삶의 미래이다. 현재 삶에 스며드는 적막도 이 미래에서 온다. 결국 문제는 어쩔 수 없는 이 외부에 대한 사유이다. 현재 누리고 있는 문명의 외부에 대한 사유가 결핍을 부른다고 할 수 있다. 김훈의 경우, 사랑과 연민이라는 결핍을 부르는 모든 사단은 저 적막강산의 풍경이라는 삶의 바깥, 존재의 외부에서 오는 것이다. 그러므로 적막강산은 현재 삶을 위협하는 치명적인 타자에 다름 아니다. 이 타자 앞에 사랑이 바람 앞의 생명처럼 놓여 있는 것이다. 이제 이러한 사랑이 소설 텍스트에서 구체적으로 전개되는 양상을 살펴볼 차례이다.

겨우 존재하는 사랑 혹은 연민

앞에서 인용한 "사랑이야말로 이 덧없는 것들의 중대사업"이라는 「작가의 말」을 덧붙이고 있는 소설은 『내 젊은 날의 숲』이다. 이 소설은 일견 작가의 어떤 작품보다도 사랑의 가능성에 가까이 다가서 있는 작품이다. 우선 인물 설정부터가 독자들에게 사랑의 가능성에 대한 기대를 갖게 하기에 충분하다. 비무장지대 안에 있는 국립수목원에서 꽃과 나무를 사진보다 더 실감나게 그리는 세밀화가로 근무하는 조연주는 젊은 여성인데, 그녀 주변에는 두 명의 남성이 있다. 아내와 이혼한 뒤 자폐아 아들과 살아가는 수목원 연구실장 안요한, 그리고 민통선 검문소 대장 김민수 중위가 조연주 주변의 남성이다. 그러나 소설의 전개는 통속적인 삼각관계의 러브스토리 같은 것은 물론 없고, 특별히 특정 이성관계에 대한 몰입을 보여주지도 않는다. 안요한과 그의 아들은 주인공 여성의 시선에 "닮은 꼴 부자의 결핍은 생명으로 태어난 것들의 근원적인 결핍"(『내 젊은 날의 숲』: 240)일 지언정 이성적 관심의 대상으로 발전하는 것은 아니다.

조연주의 아버지는 뇌물죄로 구속된 비리 공무원인데, 소설은 이 아버지의 이감 소식에서 시작해 주검을 새 먹이로 주는 장례 의식으로 끝난다. 『내 젊은 날의 숲』이라는 밝은 소설의 타이틀과도 어울리지 않고, 젊은 남녀의 관계 설정이라는 소설 인물 구도와도 어울리지 않게 이 소설에서는 죽음이 오히려 라이트모티프로 시종 작동하고 있고, 텍스트 도처에 그 이미지가 현저하다. 죽은 할아버지나 할아버지의 죽음에 영향을 준 할아버지 말(馬)의 죽음, 미술학원

원장 이옥영의 자살, 숲 해설가 이나모 노인의 죽음 그리고 한국전쟁 때 전사한 장병들의 유해 발굴 현장 등등에서는 도저한 죽음이 산포되어 있다. 조연주는 다름 아닌 발굴된 유해의 뼈를 정밀화로 그리고, 죽은 아버지의 뼈를 새에게 먹이로 주는 인물이기도 하다.

소설은 아버지의 초상 장면 다음에 짧은 한 장章을 추가하는 것으로 마무리된다. 많은 등장 인물들의 죽음이 마무리된 시점에서 김민수의 명함을 간직하고 있는 조연주는 수목원을 떠난다. 그녀 앞에는 새로운 출발이 놓여져 있는 셈인데, 다만 사랑의 가능성은 작가가 책임지는 것이 아니라 독자의 상상력에 맡겨지는 열린 결말 속에 있을 뿐이다. 이러한 결말이 사랑을 단지 가능성을 넘어 현실의 일로 암시하기에 충분하다고 할 수는 없다. 조연주에게 김민수라는 인물은 안요한과는 다른 인물인 것만은 분명해 보인다. "그의 말투는 일인칭의 일에 삼인칭을 끌어들임으로써 만남과 헤어짐, 그리고 거기에서 비롯되는 무수한 충돌과 파란으로부터 벗어나고 있"(『내 젊은 날의 숲』: 121)는 인물이 안요한이다. 반면 김민수는 "멀고 무관한 삼인칭인 '그'를 내 눈앞의 이인칭인 '너'로 바꾸어놓는 이 지울 수 없는 구체성을 어떻게 미망이라고 할 수가 있을까"(『내 젊은 날의 숲』: 229~230)라고 확연한 실감으로 다가오는 인물이다. 그러나 연락처가 있는 명함의 존재를 확인하는 이 정도의 결말은 사랑의 가능성이라면 아주 희미한 가능성에 속하는 것이고, 엄밀히 말해 젊은 사람의 앞길을 원천봉쇄하지 않는 정도의 트임에 불과하다고 할 수 있다.

프로이트는 「덧없음」이라는 흥미로운 제목의 글에서 아름답고 완벽한 그 모든 것이 소멸과 쇠퇴의 길로 나아간다는 것은, 우리 마음에 두 가지 서로 다른 충동을 불러일으킨다고 말한다(프로이트, 1997: 22). 하나는 가슴 저미는 낙심이며, 다른 하나는 그 명백한 사실에 대한 저항이다. 아주 소품의 서정시라면 몰라도 덧없음, 혹은 허무에 대한 낙심만으로 소설 작품 자체가 생산될 수는 없다. 기실 모든 문학 작품은 그것이 생산되었다는 사실만으로도 일정하게 허무를 부정하고 위반하고 있는 것이 아닐 수 없다(C.I. 글릭크스버그, 1983: 13). 문제는 이 부정과 위반이 어느 정도 수준의 저항이라고 할 만한 실체를 갖고 있느냐는 것이다. 이 점에서 『내 젊은 날의 숲』은 "덧없는 것들의 중대사업"이라고 할 만한 사랑의 실체가 보이지 않는다.

역사소설로 분류되는 김훈의 잘 알려진 일련의 작품들에서도 사랑의 가능성은 전혀 추구되지 않은 테마이다. 『칼의 노래』, 『현의 노래』, 『남한산성』 등을 통틀어 볼 때, 좀 예외적으로 『현의 노래』에서 악사 우륵 부부 사이의 평화로운 일상이 잠시 그려지기는 한다. 그러나 이 예술가 부부의 부부애도 지극히 삽화적 부분에 한정된 것이고, 그마저도 우륵의 처 비화가 뱀에게 죽임을 당함으로써 더 이상 지속되지 못한다. 『칼의 노래』, 『현의 노래』, 『남한산성』 등은 한편으로는 전쟁소설이기도 한데, 자연에 희생당하는 『현의 노래』의 비화의 자연사는 이 전쟁소설들에 등장하는 많은 죽음들 가운데 하나이다. 생명이란 곧 경험인 것이며, 풍부한 경험을 갖는다는 것은 더욱 생생하게 살아 있다는 뜻이다. 따라서 생명의 진화는 대체로 이 '경험의 풍부성(richness of experience)'이라고 불릴 만한 것을 증대시키는 방향으로 가고 있다(찰스 버치·존 캅, 2010: 238~239). 사랑은 다름 아닌 이런 경험의 풍부성을 가장 극적으로 증거하는 것이 아닐 수 없다. 그러나 어김없이 생로병사의 회로에서 탈주하지 못하는 김훈의 인물들은 사랑의 가능성을 추구하기에는 너무 많은 죽음의 환경에 둘러싸여 있다.* 이들에게는 근본적으로 사랑이라는 경험의 풍부성 자체가 감히 누릴 수 없는 일종의 사치인 것으로 보인다.

(가) 오지의 여인숙에서 윤애는 무덤덤하게 **김장수의 몸을 받았다. (…) 김장수는 그것이 사랑이라고는 생각하지 않았다. 그것은 사랑이라고도, 불륜이나 치정이라고도, 심지어 욕망이라고도 말할 수 없는 일처럼 느껴졌다.** 그것은 뭐랄까, 물이 흐르듯이, 날이 저물면 어두워지듯이, 해가 뜨면 밝아지듯이, 그렇게 되어져가는 일인 것처럼 느껴졌다.(「배웅」, 『강산무진』: 15~19)

(나) 그이의 부인이 오래 전에 죽었으므로 **나의 사랑은 불륜을 모면하는 것일까.** 그리고 그이의 부인이 죽은 줄 모르고 있던 동안의 일들도 모두 사면되는 것일까를 생각하다가 그 질문이 견딜 수 없이 쓸쓸해서 내버렸다. **사랑, 사랑이라고 말하고 나니까, 강물이 다 빠져버린 썰물의 갯벌이 눈앞에 나타난다. 죽음조차도 다 사**

---

*소설 시작의 첫 문장이 중요하지 않은 소설 작품은 없다. 향후 많은 문장들의 운명이 이 문장으로부터 비롯되고, 연쇄적인 의미화의 방향과 영향력이 조직되는 시발점이기 때문이다. 이 점에서 김훈의 소설에서는 첫 문장을 죽음의 사실에서 출발시키는 사례가 한둘이 아니라는 사실은 주목해 볼 필요가 있는 것 같다. "왕들의 상여는 능선 위로 올라갔다."(『현의 노래』: 11), "운명하셨습니다."(「화장」, 「화장·외」, 11), "마동수馬東守는 1979년 12월 20일 서울 서대문구 산외동 산 18번지에서 죽었다."(『공터에서』: 7)는 모두 김훈 소설의 첫 문장인데, 이렇게 거듭해서 죽음에서 출발하는 서사 전개 방식은 결코 우연의 선택으로 볼 수 없다.

람이 지어낸 헛된 말이어서, 그이의 부인이 죽지 않고 살아서 동 네에서 가까운 찜질방 쇠통에 앉아 밑에 쑥 연기를 쏘이고 있거 나 남편의 속옷에 묻어온 앙고라 털을 들여다보고 있을 것만 같 았다.(「언니의 폐경」, 『강산무진』: 266)

(다) 정약전이 순매를 배첩으로 삼아서 조 풍헌의 행랑채를 늘 려 살림을 차린 일을 흑산 사람들은 순리로 받아들였다. (…) 죽 음은 바다 위에 널려 있어서 삶이 무상한 만큼 죽음은 유상했 고, 그 반대로 말해도 틀리지 않았다. 그러므로 살아 있는 자들끼 리 살아 있는 동안 붙어서 살고 번식하는 일은, 그것이 다시 무상하 고 또 가혹한 죽음을 불러들이는 결과가 될지라도, 늘 그러한 일이 어서 피할 수 없었다. 흑산의 사람들은 붙어서 사는 삶이 불가피하 다는 것을 모두 말없이 긍정하고 있었다.(『흑산』: 303)

(라) 한밤중에 라면을 끓여서 나누어 먹으면서 대파와 달걀과 라 면 국물과 파미르 고원에 관하여 주고받는 이야기는 하찮았지만 거 기에는 하찮음만큼의 위안이 없지 않았다. 그리고, 문정수가 놓쳐버 린 것들, 혹은 놓아버린 것들을 향해서 괜찮아…… 내버려둬……라 고 말해 주는 일은 평화로웠다. 그 평화는 사랑이라기보다는 연민 일 것이라고 욕실의 물소리를 들으면서 노목희는 생각했다.(『공무 도하』: 221. 이상, 텍스트에서의 강조는 인용자)

김훈의 소설 텍스트에서 발견하기조차 힘든 '사랑'이라는 기표는 이처럼 빈곤한 양상으로 겨우 존재한다. 이 텍스트들에서 '사랑'은 단지 절제되는 것이 아니다. '사랑'은 사랑을 '사랑'으로 드러내지 않을 수 없는 절박한 내적 욕구를 밀고 나오는 언어가 아니다. 또, '사랑'이라는 말은 사랑의 무의식과 욕망을 불충분하게 실현시키며 사랑을 비켜가는 경우도 아니다. 일단 김훈의 텍스트에 이처럼 등장하는 '사랑'은, 세상에서 흔히 말하는 사랑의 의미로 사랑을 긍정하는 것은 아니다. 그것은 적어도 스테레오 타입으로 협애화된 사랑의 의미에 간단히 동조하지 않을 뿐만 아니라 저항하는 언어적 실천 행위인 것만은 분명해 보인다. (가)와 (나)에 등장하는 '사랑'은 '불륜'과 함께 섞여 시빗거리가 되는 것을 사양하며, '치정'이나 '욕망'과도 동일시될 수 없는 부정적 기표이다. 그렇다면 이 사랑이 아니라면서 굳이 '사랑'의 기표를 동원해야 하는 사랑의 의미는 어떻게 한정될 수 있는가.

　(가)와 (나)에서 '사랑'이 '불륜' 가까이 있다면, 그런 상황은 (다)도 마찬가지다. (다)에서 정약전은 유배지에서 첩을 들이는데 이미 처자식이 있는 몸이다. (다)에는 '사랑'이라는 기표가 등장하지 않지만, 이렇게 세상의 형식적 도덕률 바깥에서 존재할 수 있는 사랑에 정당성을 부여하는 논리가 보다 직접적인 언술 행위로 드러나 있다. 즉 '사랑'이라고 하든, '붙어서 사는 삶'이라고 하든, 그것이 가능한 이유는 "삶이 무상한 만큼 죽음은 유상"하기 때문이라는 것이다. 다시 말해 작가 김훈에게 사랑의 논리는 거듭 죽음, 비존재로부터 온다. (가)와 (나)는 물론 (다)에서도 '사랑'이라고 말해지기를 거부하는 사랑은, 사랑을 함께하는 남녀 주체들의 욕망으로부터 오는 것이 아니라 이처럼 죽음으로부터 오는 것이기 때문에 그것은 오히려 욕망으

로부터 무장해제된 생명 주체의 일이다. 이렇게 되면 사랑은 욕망에 들뜬 주체의 일이 아니라 '나투라 나투라타Natura naturata*'의 슬픈 운명일 뿐이다. 이 운명이 (라)처럼 사랑의 운명을 연민의 운명으로 바꿔놓는다. (라)뿐만이 아니다. 결국 (라)의 "사랑이라기보다는 연민일 것"이라는 진술은 특정 인물, 특정 상대에게 국한된 것이 아니라 생명과 나투라 나투라타로 환원된 (가), (나), (다)의 인물 모두에게 해당되는 사랑의 정의이다.

절대적 타자성에 대한 욕망

김훈 소설에서 사랑의 문제를 가장 본격적으로 소설의 중심 상황으로 초점화시킨 작품은 「화장」이다. 「화장」의 주인공은 잘나가는 화장품 회사의 상무이다. 그에게는 뇌종양으로 2년에 걸친 투병생활을 한 아내가 있다. 소설은 이 아내의 운명 소식을 전하면서 시작한다. 가망이 없는 아내의 투병 생활과 죽음, 다른 한편으로는 추은주라고 하는 신입사원이 있다. 오상무는 이 젊은 여성에게 사랑을 느

---

*스피노자의 용어다. 범신론자 스피노자에게는 유일신과 피조물의 개념 대신에 그에 대응하는 능산적 자연能産的 自然(Natura naturans)과 소산적 자연所産的 自然(Natura naturata)의 구분이 있다. 보통 '能産的 自然'이라고 하는 나투라 나투란스는 태어나게 하는 자연, 무제약적 자유 존재인 반면 '所産的 自然'이라고 하는 나투라 나투라타는 태어난 자연으로서 타자로부터 연유해 피동적으로 태어난 피조물을 뜻한다. 나는 「인물 형상화의 문제」에서 이 개념을 빌려 김훈 소설의 인물이 나투라 나투라타의 한 전형임을 주장하고자 한다.

끼는 처지이기도 하다. 두 여자 가운데서 한 여자는 죽어가고 한 여자는 눈부신 젊음으로 살아가는 모습이 그려진다. 이처럼 흔히 있을 수 있는 통속적인 불륜의 삼각관계 설정과 크게 다르지 않은 것이 「화장」의 외적 형식이기도 하다.

게다가 이 소설은 여성의 '몸'에 대한 집중적인 묘사가 거듭 펼쳐지기도 한다: "(…)저의 부름이 닿지 못하는 자리에서 당신의 몸은 햇빛처럼 완연했습니다"(「화장」: 26); "그리고 당신의 몸은, 구석자리에서 컴퓨터 자판을 두드리며 결재서류를 작성하고 있던 당신의 둥근 어깨와 어깨 위로 흘러 내린 머리카락과 그 머리카락이 당신의 두 뺨에 드리운 그늘은 내 눈앞에서 의심할 수 없이 뚜렷했고 완연했습니다"(「화장」: 26); "돌아선 당신의 몸은 블라우스와 스커트 속에서 완연했고 반팔 블라우스 소매 아래로 노출된 당신의 팔에는 푸른 정맥이 드러났습니다"(「화장」: 30); "엎드린 추은주의 등과 엉덩이는 완연한 몸이었다"(「화장」: 32). 이와 같이 추은주의 '몸'이 주어로 등장하는 문장은 반복적으로 '완연하다'라는 서술어를 취하는 경우가 많은데, 국어사전의 풀이에 의하면 '완연하다'는 "눈에 보이는 것처럼 아주 뚜렷하다"는 뜻이다. 작가의 집요한 묘사의지는 추은주라는 여성을 눈앞의 시각적 대상으로 거듭 소환할 뿐만 아니라, "나는 두 손을 앞으로 모으고 바닥에 엎드린 추은주의 몸을 내려다보았다"(「화장」: 32)고까지 하는 응시권력이 될 수도 있는 지경이다.* 남성, 그것도 직장상사라는 권력을 가진 남성의 관음적 시선으로 여성의 몸을 물신화하고, 페티시즘fetishism의 완상물로 대상화한다는 비판이 있을 수 있는 대목인 것이다.

추은주의 '몸'에 대한 다채로운 묘사는 신비주의적 탐닉으로부터
도 자유롭지 못하다. 오상무는 1인칭 서술자인데 추은주가 등장하
는 대목에 이르면 이 1인칭 서술자는 앞뒤의 서술과 균형이 맞지 않
는 내적 초점자가 된다. 오상무는 추은주의 상사이지만 자신의 의식
에 들어온 구애의 상대에게 한껏 자신을 낮춰 경어체를 사용함으로
써 문체론적 차원에서도 서술 어조와 호흡이 확연히 달라진다. "그
몸은 스스로 자족自足해 보였다"(「화장」: 32)라고 하는 추은주의 몸이,
수차례 하나의 자족적인 '나라'라는 표현까지 얻을 때, 신비화는 절
정에 이른다고 볼 수 있다. 이 신비화의 위험은 무엇인가. 구애의 남
성은 여성을 통한 구원을 만병통치약처럼 여긴다는 낭만주의 문학
의 로맨스는 이런 유형의 여성 묘사가 갖는 자연스러운 귀결 가운데
하나다. 일찍이 특정 여성성을 이상화하고자 하는 낭만주의적 충동
은 『파우스트』의 괴테뿐만 아니라 젊은 니체 같은 남성도 가졌던 본
능의 유혹이기도 하다.

진지함과 두려움에 대한 스스로의 교육을 함에 있어서, 이러한 문
화의 비극적 인간이 하나의 새로운 예술, 즉 '형이상학적 위안의 예
술' 다시 말해서, 그들에게 어울리는 헬레나와도 같은 비극을 열망
하여 파우스트처럼

---

*송명희는 「화장」에서 여성은 시선을 갖지 못한 채 응시의 대상이 될 뿐이고, 처음부
터 끝까지 여성의 몸은 주체가 아니라 대상으로 타자화되었다고 비판적으로 지적한
바 있다(송명희, 2010: 68).

나는 그래서는 안 되는가?

몹시도 큰 동경이 지니는 힘으로

그 오직 하나뿐인 여인을

소생시켜서는?

라고 소리쳐야 한다는 것은 '어쩔 수 없는 일'이 아닌가?(니체, 1982: 117)

그러나 「화장」이 추구하는 사랑의 문제는 이런 형이상학적 위안이나 타협과는 거리가 있다. 낭만적인 사랑이라는 강박관념의 가장 기본적인 요소들 중의 하나는 여러 가지 면에서 완전하게 결합을 이룰 수 있는 타자가 세상에 존재한다는 생각이다(재크린 살스비, 1985: 32). 그런데 「화장」의 오상무는 이 점에서 결정적으로 낭만적인 사랑의 주체가 아니다.

당신의 이름은 추은주秋殷周. 제가 당신의 이름으로 당신을 부를 때, 당신은 당신의 이름으로 불린 그 사람인가요. 당신에게 들리지 않는 당신의 이름이, 추은주, 당신의 이름인지요.

제가 당신을 당신이라고 부를 때, 당신은 당신의 이름 속으로 사라지고 저의 부름이 당신의 이름에 닿지 못해서 당신은 마침내 3인칭이었고, 저는 부름과 이름 사이의 아득한 거리를 건너갈 수 없었는데, 저의 부름이 닿지 못하는 자리에서 당신의 몸은 햇빛처럼 완연했습니다. 제가 당신의 이름과 당신의 몸으로 당신을 떠올릴 때 저의 마음속을 흘러가는 이 경어체의 말들은 말이 아니라, 말로 환생

되기를 갈구하는 기갈이나 허기일 것입니다. 아니면 눈보라나 저녁
놀처럼, 손으로 잡을 수 없는 말의 환영일 테지요.(「화장」: 25~26)

'부름'과 '이름'의 차이는 무엇인가. 이름을 부름으로 실재에 도달
할 수 없다는 사유는 우리에게 해묵은 지적 논쟁을 상기시킨다. 중
세 유럽에서 보편논쟁을 통해 실재론과 격렬하게 대립했던 유명론
唯名論(nominalism)이라고 하는 논리학상의 입장이 있다. 이 입장
은 보편자의 실재를 부정하며, 실재하는 것은 어떤 '개체'와 그 개체
에 붙인 '이름'뿐이라고 한다. 조금 더 근래로 오자면 소쉬르의 언어
학은 기의와 기표를 분리하기도 했고, 이 구조주의 언어학의 정교
한 이론을 자신의 이론적 배경으로 흡수하고 있는 라캉은 무의식이
언어처럼 구조화되어 있는데, 기표와 기의는 고정되지 않으며, 기표
는 또 다른 기표를 지시할 뿐이어서 의미화의 사슬은 무한히 화자
의 의도를 벗어난다고 본다(장영란 외, 1999: 259). 그러나 위 인용문에
서 작가는 우리에게 지시어와 지시대상 사이의 임의성과 자의성의
관계에 대한 통찰 같은 것을 보여주는 데 공을 들이고 있는 것 같지
는 않다. 문제의 핵심은 "닿지 못하는", "잡을 수 없는" 같은 제한사
가 거듭 환기시키는 '차이'에 대한 사유이다.

일단 김훈의 '이름'과 '부름'의 차이에 대한 사유는 타자를 동일성
속에 녹여냄으로써 하나가 될 수 있다는 식의 낭만적 일치에 대한
거부를 드러낸다. 장편소설도 아닌 짧은 소설에서 거듭 반복 서술되
는 이 일치 불가능성은 관계 불가능성, 나아가 사랑의 불가능성을
효과적으로 부각시키기 위해 채택된 가장 유력한 서술 전략 가운데

하나라고 볼 수 있다.

텍스트를 자세히 읽어보면 오상무는 단지 아내를 잃음으로써 얼마든지 연애하기 좋은 처지가 되는 중년 남성이 아니다. 전립선염을 앓고 있는 오상무에게 의사는 "전립선염은 나이 먹으면 저절로 생기기도 합니다. 병이라고 할 수도 없는 노화현상이지요"(「화장」: 16)라고 위로조의 말을 건네지만, 그러나 장 아메리의 말처럼 "노화는 불치의 병이다"(장 아메리, 2014: 69). 돌이킬 수 없는 시간 속에 놓여 있는 몸의 병이다. 생로병사의 과정에서 '사'에 가까워지고 있다는 증좌의 병인 것이다. 노화는 인간을 이렇게 그 무엇도 아닌 오직 '몸'으로 환원시키는 병인데(장 아메리, 2014: 75), 전립선염으로 오줌이 빠지지 않는 오상무의 몸은 "몸 전체가 설명되지 않는 결핍"(「화장」: 29)이기까지 한 몸이다. 오상무의 이 결핍은 필멸의 인간 존재가 생명으로 존재하기 시작하면서부터 갖게 되는 결핍이다. 몸으로 생을 부여받은 자가 갖게 되는 이 결핍은 어떤 만족으로도 채워질 수 없는 근원적인 결핍이 아닐 수 없다.

오상무가 욕망하는 추은주 역시 성적 묘사가 집중적으로 수반되는 미모의 여사원 같은 존재로 설정되어 있지는 않다. 추은주의 몸에 대한 직접적인 묘사 속에서도 작가는 예컨대 '생식기'를 '산도'로 표현하는 식의 선택을 한다. 아내의 죽음을 겪은 오상무에게 아직 죽음을 전혀 모르는 추은주의 몸은 결국 "아, 살아 있는 것은 저렇게 확실하고 가득 찬 것이로구나"(「화장」: 26) 하는 감탄을 자아내게 하는 생명 주체인 것이다. 이러한 결핍과 충일의 차이는 좁힐 수 없는 거리이다. 오상무의 입장에서 추은주의 젊은 몸이 범접할 수 없는 타자성으로 존재한다면, 추은주에게 오상무의 늙어가는 몸 역시 타자화될 수밖에 없는 처지이다. 중산층의 사고방식이 유포시킨 신화들과 상투적인 말들은 늙어가는 사람을 인간이라는 범주 밖으로 밀어내 '타자'로 보여주려고 애쓰는데(시몬 드 보부아르, 2016: 11), 오상무는 다름 아닌 이 노화의 주인공이기 때문이다.

여기에 이르면 오상무의 추은주에 대한 욕망의 정체가 분명히 드러나기 시작한다. 요컨대 오상무의 사랑은 죽어가는 존재의 삶에 대한 욕망인 것이다. 사랑의 불가능성의 문제는 그러므로 다름 아닌 삶의 불가능성의 문제로 치환되는 것이다. 오상무는 자신의 사랑을 절제할 수 있을 만큼 충분히 도덕적이기 때문에, 또는 추은주는 이미 유부녀이기 때문에 이 사랑이 불가능한 것이 아니다. 오상무에게 일치의 욕망을 불러일으키는 추은주가 상대적 타자라면, 삶에게 죽음은 절대적 타자이다. 이 경우, 차이를 해소할 수 없는 상대적 타자성은 절대적 타자성의 환유로 기능한다.

오상무는 추은주라는 차이의 타자를 동일성으로 포섭할 수 없는 것처럼, 죽음이라는 절대적 타자를 삶의 동일성의 내용으로 살아낼 수 없고 인간화할 수 없다. 오상무는 추은주와의 사랑을 꿈꾼다. 그러나 작가는 이런 상투적인 러브 스토리에 만족하지 않는다. 이미 죽어간 아내의 화장火葬을 통해 소멸을 지켜본 필멸은 불멸을 꿈꾼다. 이 꿈은 도저할수록 욕망의 주체를 '기갈'로, '허기'로, '결핍'으로 벌거벗기지만, 그러나 그렇다고 필멸의 존재가 불멸을 실현할 수는 없는 것이다. 오직 꿈꿀 수 있을 뿐이다. 이것이 오상무-추은주의 사랑의 불가능성이 갖는 심오한 차원이고, 작가 김훈이 사랑의 불가능성이라는 테마에 부여한 품격이라고 할 수 있다.

　모든, 닿을 수 없는 것들을 사랑이라고 부른다. 모든, 품을 수 없
는 것들을 사랑이라고 부른다. 모든, 만져지지 않는 것들과 불러지지
않는 것들을 사랑이라고 부른다. 모든, 건널 수 없는 것들과 모든, 다
가오지 않는 것들을 기어이 사랑이라고 부른다.(「바다의 기별」, 『라면
을 끓이며』: 223)

안분安分을 넘어서

　김훈의 소설 문장에는 "~이란 참 좋구나"라는 통사체(syntagm)가
있다. 이 통사체는 텍스트에 따라 발화 주체를 바꿔가며 반복 서술
된다. 『현의 노래』에서 악사 우륵은 제자 니문에게 "강이란 참 좋구
나", "여름이란 참 좋구나", "새벽이란 참 좋구나", "밭에 쪼그리고 앉
은 여자란 참 좋구나"라고 말하는 사람이다(『현의 노래』: 46). 『공무도
하』의 문정수는 "라면이란…… 참 좋구나"(『공무도하』: 213)라고 말한
다. 또, 『공터에서』는 "카, 술이란 참 좋구나"(『공터에서』: 23)라고 오장
춘이 말한다면, 박상희가 마차세의 얼굴을 더듬자 마차세가 입을 벌
려 박상희의 손가락을 입에 넣으며 말한다. "손이란 참 좋구나"(『공터
에서』: 187). 여기서 '~이란' 보조사를 붙여 특정하는 대상들은 최소
한 작가가 경이를 가지고 긍정해 마지않는 세계 내용임에 틀림없다.
아무것도 없는 이 무인지경의 적막강산에 그럼에도 불구하고 무엇

인가가 이렇게 돌올하게 있음이다.

이 일련의 통사체에서 '강', '여름', '새벽', '밭에 쪼그리고 앉은 여자', '라면', '술' 그리고 '손' 등은 계열적系列的(paradigmatic)* 관계를 가지고 있다. 즉 "~이란 참 좋구나"라는 통사체에서 대체 가능한 어군語群의 집합 내에서 낱말 사이의 관계인 것이다. 그렇다면 지금까지 김훈의 텍스트의 현실로 드러난 이러한 계열체의 질서에서 우리는 드러나지 않은 무엇을 더 상상할 수 있을까. 적어도 "손이란 참 좋구나"라는 통사구조에서 '손'은 '사랑'을 대체어로 쓸 수 있는 것으로 보인다. 이 말의 발화 주체가 시늉하는 손동작은 사랑의 행위, 그 이상도 이하도 아니기 때문이다. 이렇게 본다면 사랑은 "~이란 참 좋구나"의 통사체 시리즈를 이어가는 텍스트의 무의식의 일부라고 할 수도 있다. 그러나 김훈 소설에서 사랑의 의미는 이렇게 간단한 계열적 관계 속에서 이해 가능한 것만은 아니다. 김훈의 작중인물 가운데는 이 "~이란 참 좋구나"의 의미를 가늠해 보는 인물이 등장하기도 한다. "~이란 참 좋구나"라는, 나이 먹은 스승의 말을 듣는 니문은 "깊은 시름처럼 내뱉는 스승의 혼잣말"에 "설명하기 어려운 슬픔을 느꼈다"(『현의 노래』: 47)고 한다. 그는 왜 사랑으로까지 번져갈 수 있는 이 세계 긍정의 언어에 슬픔을 느끼는 것일까.

---

*T. S. 쿤의 『과학 혁명의 구조』 이래 패러다임은 현대 이론에서 여러 특별한 용법을 쌓아왔다. 가장 일반적인 용법에 따르면 패러다임은 패턴 내지는 모델을 가리킨다. 하지만 구조주의 이론에서 패러다임은 한 연속체(sequence) 속의 동일한 위치에서 호환이 가능한 일련의 언어적 단위나 그 밖의 단위를 지칭하게 되었다(조셉 칠더스·게리 헨치, 1999: 318). 물론 여기서 사용하는 패러다임의 의미는 구조주의적 용법을 좇은 것이다.

　도무지 아무것도 없는 세계에서 무엇이 이렇게 생명으로 있는 경이를 세계 내용으로 긍정하고 연민하는 것, 김훈 소설의 사랑은 여기서 그치지 않았다. 김훈의 소설에서 '사랑'에게 주어진 궁극적인 운명은 이러한 "참 좋구나"의 좋음 정도에 안분安分하지 못하는 것이다. 참 좋음 정도에 안분하지 못하는 사랑은 끝내는 불가능한 절대의 요구가 된다. 절대의 요구를 부르는 절대적 타자성이라는 차원만 존재하지 않는다면, "참 좋구나"의 세계 내용을 향유하는 것, 또는 향락하는 정도가 사랑이 될 수도 있을 터이다. 또는 세계 내용의 가난함을 연민하는 것을 사랑으로 여길 수도 있을 터이다. 그렇다면 굳이 사랑이 불가능할 까닭도 없다. 그런데 김훈의 소설에서 '사랑'이란 말에 부여된 최종적인 운명은 이런 세계 내용의 경이를 긍정하는 것에 그치지 않고, 그 긍정에 긍정만으로는 감당할 수 없는 균열을 내는 것이다. 삶에 슬픔과 허무의식이 배이는 것은 이 벌어진 균열의 틈이다. 이 균열의 틈에서 니문은 스승의 혼잣말 같은 말에 슬픔을 느낀다고 볼 수 있다.

　요컨대 삶이 감당할 수 없는 수준의 강렬한 사랑이 없다면, 슬픔도 허무의식도 없다. 김훈의 소설은 우리에게 현재 삶의 향유의 지평 너머, 문명의 외부, 존재의 바깥에 대한 감수성을 거듭 환기시킨다. 사랑의 불가능성은 이 문제의 중심에 있다. 삶의 동일성으로 포섭할 수 없는 죽음이라는 절대적 타자성의 틈입 다른 한편에서 벌어지는 삶에 대한 치명적인 짝사랑, 김훈 소설의 허무의식에 초점을 맞추는 많은 독후감과 논의들은 이런 사랑의 차원을 숙고해야 마땅하다고 나는 생각한다. (2018)

2장

자연주의의
문제

_ 장편 역사소설을 중심으로

"불안하고 절망하고 싶구나! 횡포한 아무 목적도 없는 자연의 힘이다! 그때 내
정신은 감히 자신을 뛰어넘고 말았지. 여기서 나는 싸우고 싶다. 나는 이것을
이기고 싶다."(괴테, 1983: 395)

자연주의의 재인식과 김훈의 소설

자연주의란 무엇인가? 자연주의는 '몽몽夢夢'이라는 필명을 쓴 진학문秦學文의 「요조오한」(1909)에서 외래사조의 목록 가운데 하나로 열거되며 우리 소설사에 등장한 것으로 보인다. 하지만 외래 문예사조 가운데 자연주의만큼 논란이 많은 것도 드물다. 자연주의 문학 텍스트의 존재 여부 자체도 쉽게 합의를 볼 수 있는 문제가 아니다. 일찍이 백철은 근대 외래사조 가운데서 우리 신문학사에 가장 뚜렷한 발자취를 남긴 것은 자연주의라고 주장했다(백철, 1983: 247~277). 그러나 백철의 주장은 문학사를 사실상 문예사조로 환원시키며 빈궁문학을 자연주의 문학과 등치시켜 보는 수준을 벗어나지 못한 것이었다. 흔히 염상섭의 「개성과 예술」이 자연주의 문학의 선언문으로 말해지는데, 개성의 예찬을 자연주의의 기본인 것처럼 소개한 염상섭도 문제지만, 이를 합리화시키고자 노력한 백철의 논리는 실은 비논리나 무논리에 다름없는 것이었다(장사선, 1988: 57). 그런데 '비논리'나 '무논리'를 비판하는 논자들의 '논리'의 궁극적인 거점은 사실상 졸라이슴Zolaïsme과의 일치 여부다. 생물학적 범주인 결정론을 내세우고 한국적 자연주의의 졸라이슴과의 일치 여부를 주된 관심사로 삼는 경우 한국적 자연주의는 항상 미달 상태라는 판단이 불가피하다. 문화의 수용에는 '굴절'이 일어날 수밖에 없다는 주장을 펴면서도 궁극적으로는 졸라이슴과의 일치 여부로 자연주의를 재단한다면, 한국적 자연주의는 역시 요원한 문제일 수밖에 없는 것이다.[*]

그러나 자연주의를 "인생의 암흑 추악한 일반면—反面으로 여실히 묘사함으로써, 인생의 진상은 이러하다는 것을 표현하기 위하여 이상주의 혹은 낭만파 문학에 대한 반동적으로 일어난 수단"(염상섭, 1922.4: 3)이라고 염상섭이 적을 때, 그는 자연주의를 전적으로 오해한 것만은 아니다. 이런 염상섭이 전부가 아니다. 식민지 현실을 심층 경험하면서 우리의 식민지 근대성은 분명 '자연주의 소설'이라고 할 만한 작품을 낳는다. 예컨대, 임화가 "20년대 조선 자연주의 문학이 소유하는 예술적 보옥으로서 그 뒤에 올 프로문학에 물려줄 최량의 문학적 유산"(임화, 1993: 345)이라고 극찬한 김동인의 「태형」(1923)이나, 혹은 그가 정치적인 이유로 "비속한 침후한 경험주의"와 "심각한 생물학적 심리주의"(임화, 1933.7.18)에 떨어졌다고 혹평한 김남천의 「물!」(1933)은 같은 맥락의 자연주의 작품이라고 할 수 있는 것이다.

이들의 작품에서 인간은 가치중립적이고 자연 생리적인 존재로 묘사되며, 유교이념은 물론이고 신문명의 관념적 가치관이나 계급적

---

*문학사의 정리든, 작가론이든, 작품론이든 서구식 개념을 그대로 한국문학에 적용시키는 것은 오류라는 점을 긍정하면서도, 김치수는 염상섭이 졸라이슴에 비추어 보았을 때 자연주의 작가가 아니라는 평가를 내린다. 김치수에 의하면 "역사적 필연성의 결여, 정확한 이론을 뒷받침하지 않은 사조, 그것은 언제나 하나의 공론과 모방으로 끝나고 만다"(김치수, 1986: 420). 그러나 과연 똑같은 역사적 필연성을 어떻게 처지가 다른 곳에서 되풀이할 수 있을까. 초기 근대 문학에서 외래 사조를 무분별하게 흡수하는 정신적 공복 또한 우리의 역사적 필연성이라면 필연성일 수 있다. 그리고 실천은 항상 이론을 일정하게 배반하는 운명을 살 수밖에 없는 것이다. 어쩌면 '공론'과 '모방' 같은 과정도 거치지 않으면서 스테레오 타입으로 정형화되는 '정확한 이론'이야말로 교조적 이론처럼 쓸모없는 것인지도 모른다.

가치관의 거대 담론은 무용지물이 된다. 「태형」이나 「물!」은 단적인 사례일 뿐이다. 새로운 변이태의 생성가능성보다는 기원만을 지나치게 중시하는 본질주의(essentialism)적 태도를 고집하지만 않는다면 자연주의 문학이란 서구의 것만은 아닐 것이다. 이렇게 문학사의 전개 속에서 자연주의를 긍정할 때, 자연주의라는 개념은 영원불변의 실체로 고정되는 게 아니라 어쩔 수 없이 역사적인 구성적 개념이 되어 간다. 그렇다면, 오늘날 김훈의 소설을 '자연주의'(혹은 '자연주의적'으로)로 읽는다면 이때의 자연주의는 무엇인가.

이 글에서 사용하는 '자연주의'란 용어는 문학사의 흐름에서 보자면 리얼리즘과 길항관계나 종속관계로 서로 얽혀 있는 개념이기도 하지만,[*] 오늘날의 담론장에서 '철학적 자연주의'[**]라고 지칭하는 의미 함축을 배제할 수 없는 것이다. '철학적'이라는 제한사가 붙은 이 자연주의는 자연과학의 방법을 정신적 주제에 적용하려는 입장이며, 우리들이 살아가는 이 자연세계 이외의 다른 세계를 인정하려

[*] 세계문학사의 흐름에서도 그렇지만 한국문학사의 흐름에서 자연주의와 리얼리즘은 사실 명백히 구별하기가 쉽지 않다는 게 문학사적 시각에서 본 중론이다(김영민, 2005: 233). 자연주의를 '자연주의적 리얼리즘'에 등치시켜 리얼리즘에 종속관계를 가지는 것으로 간단히 이 문제를 비켜갈 수도 있다. 그러나 명백히 구별되지는 않더라도 비교적 뚜렷한 변별점을 가지면서 길항관계를 가질 수도 있다. 나병철은 자연주의와 리얼리즘의 차이를 다음과 같이 구별해 정리한다. 자연주의는 현실에 패배할 뿐만 아니라 주인공의 내면성까지도 붕괴됨으로써 전망을 상실한다. 반면 리얼리즘은 현실 모순을 내면적으로 부정하는 전망을 지닌다. 자연주의가 환경결정론적 태도를 취한다면 리얼리즘은 인물과 환경 사이의 역동적 상호작용을 중시하며 열려진 플롯을 제시한다(나병철, 1998: 255~261). 이 글에서는 리얼리즘과 구별해 '자연주의'란 용어를 사용하기로 한다. 여기서의 '자연주의'란 용어는 무엇보다도 자연주의적 특질이 지배적인 소설이 있다면, 그 소설은 자연주의(적) 소설이라고 명명해 볼 수도 있다는 수준의 분절과 구획의 개념일 뿐이다.

고 하지 않는다는 것이 기본 입장이다(정병훈, 1997.5: 275~289). 이 입
장에는 이 세계는 기본적으로 시간-공간적인 세계로서 그것이 유일
한 세계라는 것을 강조하는 세계관이 전제되어 있다. 이 세계는 인
과적으로 닫힌 시공간의 세계이기 때문에 시공적인 사물만 존재한
다. 따라서 자연세계의 법칙이 인간에게도 그대로 적용되며, 인간 특
유의 이성적 능력에 대한 환상도 없다. 요컨대, 이 글에서 김훈의 역
사소설을 탐구하기 위해 사용하는 '자연주의'라는 담론은 이런 문
학-철학적 개념인 것이다.

　지금까지 작가 김훈이 쓴 장편소설로는 『빗살무늬토기의 추억』
(1995), 『칼의 노래』(2001), 『현의 노래』(2004), 『개』(2005), 『남한산성』
(2007), 『공무도하』(2009) 등이 있다. 이 작품들 가운데 화제작이자
평판작을 꼽는다면 단연 역사소설 3부작이라고 할 수 있는 『칼의
노래』·『현의 노래』·『남한산성』일 것이다. 김훈은 무엇보다도 이 장
편소설들을 통해 대중적인 성공을 거둔 작가이고 일약 스타 작가의
반열에 오른 작가이기도 하다. 일부는 '노래'라고 이름 붙인 이 역사
서사물을 두고 독서계에서는 그것을 역사 '에세이', 혹은 역사에 대
한 '판타지'이거나 '모노드라마'로 읽었고, 심지어는 김훈이 쓴 것은
3인칭 소설이 아니라는 평판도 있었지만(이현우, 2009: 74), 김훈이 쓴

** 한국분석철학회는 1995년에 『철학적 자연주의』(철학과현실사)를 펴내는데, 이 책은
'철학적 자연주의'를 비교적 최근의 '유행' 사조로 소개하고 있다. '철학적 자연주의'
가 영미철학계에서 본격적으로 논의되기 시작한 시점은 1970년대 들어서면서부터
라고 한다. 구체적으로는 비트겐슈타인류의 철학에 대한 반발에서 비롯되었다는 것
인데, 현대적 자연주의자들의 경향은 다양하지만 그들은 모두 개별과학 위에 존재하
는 순수철학에 대한 비트겐슈타인의 개념에 반대한다.

것은 분명 일종의 역사소설이었다. 김훈은 소설이 시작하기 전 '일러두기'를 통해 자신이 쓴 것은 "오직 소설"(『칼의 노래·1』: 6)[*]이고, "다만 소설"(『현의 노래』: 4)이며, "오로지 소설"(『남한산성』: 2)일 뿐이라고까지 밝혔다. 왜 김훈에게는 이런 최소한의 사실 긍정이 필요했을까. 김훈의 역사소설을 자연주의적 맥락에서 파악하는 이 글은, 이러한 '일러두기' 자체가 비판적 리얼리즘 계열의 역사소설 문법과의 거리두기라고 판단하면서 출발한다.

인간 존재의 자연주의적 조건

인간을 객관적으로 냉정하게 파악하려고 하는 자연주의 소설의 유별난 특징은 인간의 신체 기능을 다루는 데에 세심하게 공력을 들이고 솔직성을 보였다는 점이다(조셉 칠더스, 2000: 362). 문학적 자연주의든, 철학적 자연주의든 자연주의 인간학의 요체는 간단히 말해 인간을 자연으로 환원시키는 것이다. 자연주의의 기본 정신은 인간 생태를 자연 현상의 일부로 파악할 뿐만 아니라, 특히 이 한계 조건을 강조하는 사고 방식이기 때문이다. 이렇게 볼 때 인간이란 무엇인가. 다름 아닌 먹고 배설하고, 그리고 반드시 죽는 존재이다. 그 실상이 김훈의 역사소설 텍스트에는 적나라하다.

『칼의 노래』에는 '밥'이라는 제목의 독립된 장이 하나 따로 설정되

[*] 이 글에서 김훈 텍스트의 인용은 이와 같은 방식으로 본문에서 괄호로 대신하겠다.

어 있다. 여기서는 "싸움은 싸울수록 경험되지 않았고, 지나간 모든 싸움은 닥쳐올 모든 싸움 앞에서 무효"(『칼의 노래·1』: 155)였듯이, "지나간 모든 끼니는 닥쳐올 단 한 끼니 앞에서 무효"(『칼의 노래·2』: 48)라는 탄식이 나온다. "끼니는 칼로 베어지지 않았고 총포로 조준되지 않았다"(『칼의 노래·2』: 49)는 것으로 보아, 끼니는 베어지지도 조준되지도 않는, 이순신의 또 하나의 난감한 적임에 분명하다. 작가는 생활인으로서의 '밥벌이의 지겨움'을 토로한 적도 있거니와 단 한 끼니도 수월하게 건너뛸 수 없는 끼니에 강박되어 있지 않은 사람은 어디에도 없다. 그것은 자연세계의 법칙을 초월할 수 없는 인간의 자기동일성을 유지시켜주는 원천이다. 물론 밥을 먹는 것만으로 생물학적 조건을 졸업하는 것은 아니다. 『현의 노래』에서 가야의 가실왕은 항문 조일 힘을 잃어버려서 항문이 항상 열려 있다는 노구에 대한 상세한 묘사로 등장한다. '왕'이 아니라 왕의 모든 것을 제쳐두고 왕의 '항문'이 집중 조명되고 있는 것이다. 가실왕처럼 항문이 열려 있는 일이 없을 가실왕의 젊은 시녀 아라는 그러나 무엇보다도 오줌줄기로 묘사되는 인물이다. 아라는 시종 요의를 느끼는 여성으로 대상화되어 있다. 이렇게 먹고 배설한다는 생물학적 조건은 죽음에 이르러 그 완성을 이룬다.

시즙屍汁이 들판을 적시는 『칼의 노래』나 『현의 노래』는 말할 것도 없고, 김훈의 어떤 작품에도 죽음은 흔한 일이다. 작가는 『빗살무늬토기의 추억』의 장철민, 『칼의 노래』의 이순신, 『현의 노래』에서의 우륵, 아라, 비화 등등을 모두 예외 없이 이른바 '자연사'시켰다. 특히 『현의 노래』에서 아라와 비화의 죽음은 죽음의 자연주의를 완성하려는 작가의 과잉 의지가 읽혀지는 대목이기도 하다. 『현의 노래』는 순장을 5개의 장을 할애해 묘사하고 있다. 아라를 순장의식에서 도망치는 궁중 시녀로 설정함으로써 순장의 이야기가 종결되지 않고 이어지는 서사의 연결 고리를 마련한 셈인데, 소설의 중반부에 이를 때까지도 오히려 현絃의 이야기는 순장의 그것에 비해 소루한 편이다. 산 사람들을 죽은 한 사람과 같이 매장하는 순장은 죽음의 공포마저 억압당한 야만의 죽음을 집단적으로 증거한다. 이 순장에서 도망친 아라는 세월이 흐름에 따라 나이를 먹어가지만, 그 나이에 따른 얼굴 변화까지도 알아챈 집사장에 의해 발각돼 가야 최후의 순장자가 된다. 기어이 아라는 결국 그 시대의 어둠의 깊이를 홀로 헤쳐나오지는 못한 것이다. 비화도 뱀에 물려 죽는다는, 그 시대에 걸맞는 죽음의 방식대로 죽는다. 그 아름답던 비화의 몸은 죽은 지 며칠이 지나자 썩어 있었고 닭들이 올라타서 문드러진 허벅지 살점을 쪼아댔다. 이로써 죽은 비화의 시체는 데뷔작 『빗살무늬 토기의 추억』에서부터 『남한산성』에 이르기까지 비루하기 짝이 없는 모습으로 일관되게 등장하는 저 수많은 시체들 가운데 하나가 되었다. 이것이 누구에게나 공평하게 허용된 인간이라는 존재의 실상이다. 누구도 초월한 바 없는 인간 몸의 생물학적 조건인 것이다.

물론 이것이 전부는 아니다. 비화 같은 여성도 있다는 사실을 빠뜨릴 수 없다. 비화는 악사 우륵의 처이다. 이 예술가 부부의 몸은 인간 몸의 소여태所與態로서의 감각의 한 절정을 유감없이 보여준다. 우륵은 물론 소리(청각)에 열린 자이다. 반면 비화는 냄새(후각)에 열린 경우이다. 비화는 들숨, 날숨, 머리카락, 입속, 목덜미, 가랑이

할 것 없이 온몸에서 신비한 냄새가 나고, 그것도 시간의 변화에 따라 다른 냄새가 나는 인물로 묘사되고 있다. 비화의 냄새는 물론 육체의 육체성이다. 좀 더 정확히 말하자면 육체의 풍부한 육체성이다. 그것은 풍화의 운명을 가진 몸에 붙잡을 수 없는 휘발성으로 일렁이다가, 그 몸의 일부인 육감을 육체성으로 현전시키는 페이소스로 다가오는 무엇이다. 그러나 여기까지다. 그 이상은 아니다. 먹고 싸고, 죽는 인간에 대한 연민이 절제되는 것처럼, 비화는 더 이상 신비화되지 않는다. 비화는 반드시 자연사하며, 우륵의 소리 또한 영원성 같은 것을 가지고 있는 것이 아니라는 사실을 작가는 거듭 강조하고 있다. "소리는 덧없다"(『현의 노래』: 139). 왜냐하면 "떨림은 시간과 목숨이 어우러지는 흔들림"(『현의 노래』: 140)이기 때문이다. 아무리 뛰어난 감각일지라도 그 감각은 육체의 것이며, 육체는 철저하게 필멸의 이 세상의 것이다. 그러므로 그 감각은 휘황한 것일수록 다른 한편으로는 더 극적으로 덧없는 것에 불과하다. 김훈이 역사를 택한 이유도 그것이 철저하게 이 세상의 것이기 때문일 것이다. 역사는 지금 여기를 넘어 시공간의 깊이를 열어주지만, 궁극적으로는 이 세상 안에 닫힌 것이다. 그러므로 역사를 통해서 우리는 더욱 분명하게 깨닫게 될 뿐이다. 우리에게는 이 세계라는 텍스트밖에는 아무것도 주어지지 않았다는 것을.

인간의 몸에 대한 묘사의 궁극적 의미는 무엇인가? 김훈의 역사소설에서 인간의 몸에 대한 묘사는 좀 더 세밀하게 살펴야 할 문제이다. 몸에 대한 묘사가 환기하는 의미는 파워 엘리트에 대한 것과 기층 민중에 대한 그것이 다르다. 가실왕과 아라는 같은 '똥과 오줌의 존재'가 아니다. 가실왕의 배설물은 악취가 나는 더러운 것임에 반해 아라의 그것은 건강한 생명의 본능으로 그려지고 있다. 상대적으로 파워 엘리트에 대한 이러한 묘사는 그들이 주도하는 문명사를 일정하게 허구화하는 데 기여한다. 작가의 골똘한 공력에 힘입어 비화의 몸에서는 자두, 단감, 오이, 잎파랑이, 풀, 해초 등등의 냄새가 난다. 비화의 몸은 더 이상 부족할 것이 없는, 그 자체로 자족적인 하나의 소우주를 이루고 있다. 이 몸이 소우주일 때, 그리고 이 몸의 식물성 냄새가 현실성을 가지고 강렬해질수록 쇠붙이들이 휘몰아가는 저 동물성의 문명사는 야만의 문명사로 평가절하된다. 『남한산성』에서는 비록 상세한 묘사가 자제되고 있는 것으로 보이지만, 인조는 칸의 오줌세례를 피할 수 없는 것으로 설정되어 있다. 반면 기층 민중이랄 수 있는 서날쇠의 똥은 치욕의 시간을 씻고 봄 농사의 밑거름으로 뿌려지는 것이다. 우리는 이제 비로소 역사 중에서도 왜 김훈 소설은 하필 '전쟁'의 역사인가를 물어야 할 지점에 당도했다.

사회진화론적 세계 인식의 문제

작가가 아무리 소설에 앞서 "작은 이야기"(『남한산성』: 5)라고 토를 단다고 하더라도, 김훈이 다루는 역사가 미시생활사나 풍속사인 것은 아니다. 김훈의 역사소설들에는 누가 봐도 명백한 라이트모티프와 핵심 서사가 존재한다. 그것은 '전쟁'이라는 것이다. 왜 많은 역사

사실들을 제쳐두고 하필 전쟁이어야 하는가?[*] 이 물음은 김훈의 역사소설을 탐구하는 데 있어서 무엇보다도 중요하게 제기되어야 할 질문이다.

『칼의 노래』·『현의 노래』·『남한산성』에 등장하는 전쟁은 토마스 홉스가 '자연 상태'로 상상했던 '만인의 만인에 대한 투쟁(bellum omnium contra omnes)' 같은 전쟁이 아니다. 홉스가 상상했던 전쟁은 공화국 혹은 국가라는 '리바이어던'이 출현하면 얼마든지 종식될 수 있는 것이었다(토마스 홉스, 1990: 231). 문제는 국가들 사이에서 일어나는 실제로 군병들에 의해 자행되는 집단적이고 조직적인 살인 행위로서의 전쟁이다. 이러한 전쟁은 인간의 생존 기반인 경제적 토대와 사회 하부구조를 무참히 파괴하는 야만의 폭력행위임에도 불구하고 문명사의 진전과는 관계없이 종식되지 않는 극악이다. 이러한 극악으로서의 전쟁에 대한 김훈의 남다른 근본주의적 감수성과 문제의식은, 전쟁보다 세상의 이치를 극명하게 드러내는 것도 없다는 판단에서 비롯되는 것으로 보인다. 세상이 힘의 논리에 의해 평정되어 간다는 것을 그리는 데에는 전쟁보다 호적한 소재는 없다. 김훈보다 먼저 이순신을 소설화한 선배 소설가 이광수에 의하면 "전쟁처럼 힘의 형태를 단적으로 나타내는 것은 없을 것이다"(이광수, 1931.12: 1).

이광수는 한때 톨스토이 사상과 기독교 사상, 그리고 불교 사상

---

[*] 김영찬은 "김훈의 소설에서, 전쟁이란 그가 생각하는 세상의 됨됨이를 축약해 보여주는 드라마틱한 알레고리"(김영찬, 2007: 390)라고 지적했다.

에 심취했다고 알려져 있다. 그러나 이광수는 종교적 탐구와는 별도로 이미 1900년대부터 약육강식과 적자생존이 바로 우주와 사회의 법칙이라고 확신하고 있었으며, 바로 이 믿음을 이론적 밑바탕으로 삼아 약자인 조선의 '중추 계급'이 강자인 일본의 지배를 천리天理로 받아들이면서 민족성을 차츰 '개조'해야 한다고 보았다(이경훈, 1998: 35). 적자생존·생존경쟁·약육강식·우승열패 등을 주요 내용으로 하는 사회진화론*은 개화기에 이어 특히 애국계몽기 지식인들

---

* '사회진화론'이라는 일본식 용어의 영어 원어는 'Social Darwinism'이라는 견해(박노자, 2005: 63)도 있지만, 사회 다윈주의(Social Darwinism)는 여러 사회 진화 이론들 가운데 하나이다. 사회 다윈주의는 사회과학의 생물학화, 구체적으로는 사회과학을 다윈주의적 패러다임으로 바라보려는 시도이다(김덕호, 1994: 569). 그러나 사회진화론(social evolutionism)은 사회 다윈주의와 별개가 아니다. 역사적으로 보면 사회진화론과 사회 다윈주의는 극히 최근에까지도 거의 같은 의미로 사용되어 왔다. 사회진화론은 역사적으로 오늘날 말하는 바 사회 다윈주의를 주로 가리키는 것이라고 이해해도 무방한 것이다(윤건차, 2003: 223~225). 이를테면 사회 다윈주의는 단지 하나의 사회진화론이 아니라 사실상 사회진화론의 대명사인 셈이다. 그런데, 사회 다윈주의는 엄격한 의미에서 보자면 일종의 탈선에 기초하고 있다. 다윈주의는 본래 사회 컨텍스트를 지니지 않은 가치 중립적인 것이었다. 다윈은 결코 직접적인 증거 밖으로 나아가지 않았다(화이트헤드, 1989: 172). 다윈의 진화론을 둘러싼 문제의 쟁점들은 대부분 이해관계를 가진 각자의 입장에 따라 가치지향성을 내세워 자기 방식대로 해석하고 정의하려고 한 것이다. 한국에서 '자연 도태'라고 번역된 'natural selection'은 일본식 번역일 뿐이고, '적자생존'이라는 말은 다윈이 아니라, 다윈의 'natural selection 자연 선택'을 스펜서가 자기 식으로 표현한 것이다. 일본에서는 1870년대 후반 이후 진화론이 '생존경쟁', '우승열패', '적자생존'이란 형태로 간략화되고, 한국에서는 적자생존의 논리가 약육강식의 논리로 둔갑해 버리고, 오늘날 경쟁만능주의, 신자유주의의 기본적인 사유구조로 자리잡는다(최종덕, 2010: 462~463). 그런데 다윈주의는 과연 '탈선'한 것일까? 끊임없는 변용과 재해석은 열려 있는 지식의 피할 수 없는 운명일 것이다. 열려 있는 지식은 다른 지식과 대화하게 마련이고, 그 대화를 통해 자신을 재구성하고 재맥락화를 시도한다. 앞서 적자생존은 다윈이 아니라 사실은 스펜서의 개념이라고 했는데, 이 개념은 다윈이 다시 소화해서 『종의 기원』 5판부터 추가적으로 사용한다. 6판에서는 스펜서의 서문까지 실린다. 『종의 기원』이 '진화'한 것이다.

에게 유력하게 선택된 지배 담론이었다. 각종 애국계몽운동은 세계 사적 유행 담론*이었던 사회진화론의 이론을 원용하여 운동의 정당 성을 논증하고자 했다. 이광수뿐만이 아니었다. 사회진화론은 현상 윤, 송진우, 유길준, 서재필, 윤치호 등 식민지 시대 주류 논객들의 일 관된 논조였고, 특히 식민지 조선의 우파적 지식인들은 일제 말기까 지 골수 사회진화론적 '힘의 찬양'에 힘을 아끼지 않았으며, 이승만 이나 박정희 같은 그들의 1945년 이후 계승자들도 근본적으로 같은 노선을 걸었다(박노자, 2005: 80~88). 요컨대 김훈의 자연주의적 세계 인식은 한국 사회의 이런 사회진화론적 세계 인식의 흐름과 무관하 지 않은 것으로 보인다. 김훈은 다윈에게 받은 지적인 충격을 고백 한 적도 있거니와,** 약육강식이나 적자생존으로 간략화된 사회진화

---

* 1900년대의 '경쟁'과 '힘의 논리'에 관련한 담론은 주로 중국과 일본의 초기 근대적 논객들, 그중에도 특히 량치차오梁啓超를 비롯한 동아시아 사회진화론의 주요 대중 화 운동가들이 제공했다. 『종의 기원』(1859)의 출판에 따른 파문 이후, 1870년대부 터 사회진화론의 주장이 나타나기 시작해 세계1차대전(1914) 발발 무렵까지 크게 유행했는데, 이것은 정치사적으로는 제국주의의 시대와 일치하는 것이다. 명치시대 의 일본에서는 도쿠가와 막부 말기 이후 대외적인 대항 방법을 모색하는 상황 속에 서, 진화론은 생물학의 이론으로보다는 자기 존재의 운명과 직결된 사회이론 혹은 사회인식론으로서 급속하게 수용되었다. 명치시대의 대표적인 계몽지식인 후쿠자와 유키치福澤諭吉가 『문명론의 계략』(1875)에서 세계의 문명을 '야만', '半개화', '문명' 세 가지로 분류한 것은 국가간의 생존경쟁을 사회진화론적 사고로 파악했기 때문 이다. 그의 제자 유길준은 『서유견문』(1892)에서 이 비슷한 삼분법을 사용한다. 그러 나 일본에서는 점차 사회진화론의 영향이 후퇴한다. 이러한 후퇴 경향은 식민지 조 선의 경우와는 다른 것이다. 오히려 식민지 조선에서는 '약육강식'으로 요약되는 노 골적인 사회진화론을 유교의 성리설을 대체해 줄 만물 전체의 선험적 진리로 숭배 했다(윤건차, 2003: 224~225).
** NAVER '지식인의 서재'에서 김훈은 '내 인생의 책'으로 다윈의 『종의 기원』을 꼽 았다. 김훈에 의하면 이 책은 세상을 완전히 바꾸어놓은 "무서운 책"이다. http:// bookshelf.naver.com/life/view.nhn?intlct_no=20.

론의 요체가 텍스트의 무의식으로 내면화되었을 공산이 크다.

세상은 항상 악을 내포하고 있고, 이 악의 기초 위에서 '전쟁'이라는 이름의 약육강식의 드라마가 있다. 김훈의 소설에서 약육강식의 진리를 벗어나는 세상은 어디에도 없다. 물론 자연으로서의 인간에게 자연의 법칙으로서의 약육강식의 논리가 아무 저항 없이 관철될 리는 없다. 그러나 김훈의 역사소설은 이 저항에 방점이 찍혀져 있지 않다. 『남한산성』의 작가 머리말에는 "나는 세계악에 짓밟히는 내 약소한 조국의 운명 앞에 무참하였다"(『남한산성』: 4)고 적었지만, 이 '무참'이 저항은 아닌 것이고, 임진왜란과 병자호란이라는 조선의 양대 전란을 다루고 있음에도 불구하고, 그의 소설에서 제국주의에 저항하기 위한 내셔널리즘의 존재가 필요하다는 문제의식 같은 것을 읽는 독자는 거의 드물 것이다. 사회진화론의 진리가 철저하게 관철되는 김훈의 전쟁은 다만 자연사自然事의 한 극점으로서의 인간사人間事를 재현하고, 모든 것을 다시 자연의 상태로 되돌려놓을 뿐이다. 그러므로 우리는 『남한산성』의 "내 약소한 조국"이 『현의 노래』의 저 가야국과 그리 멀리 떨어져 있다고 느끼지 못한다.

가야는 이런 '나라'였다:"산맥이 갈라지는 틈새마다 나라들은 서식했고 강과 강 사이마다 나라들은 돋아났다. 빈약한 물 한 줄기가 겨우 흘러내려오는 산골짜기 사이로 경작지는 비집고 들었다. 나라들은 잘록하거나 오목했는데 오래된 부스럼처럼 완강하게 땅에 들러붙어 있었다"(『현의 노래』: 14). 가야라는 '나라'는 무슨 통치권을 행사하는 정치조직이나 제도적인 사회조직이 아니라, '서식하고' '돋아난다'는 생물의 언어로 서술되고 있는 것이며, '부스럼' 같은 자연물

로 그려지고 있음을 주목해볼 필요가 있다. '나라'가 이렇게 자연화
될 때 당연히 인간도 자연화된다. 인간은 생물학적 조건에 갇힌 존
재로 자연화될 뿐만 아니라 낙백의 존재로도 묘사된다. '가을빛'이
라는 제목을 달고 있는 『현의 노래』의 마지막 장은, 나뭇잎이 바스
락거리는 가을날 니문이 스승 우륵을 묻고, 가야 대궐 뒤 무덤의 능
선에 오른 장면이다. 니문은 산 채로 순장당한 아라의 무덤가에서
무덤의 풀섶에서 나온 사마귀 한 마리를 들여다보며 옛 가야의 금
을 뜯는다. 사마귀는 니문의 소리를 시늉하는 듯한 몸짓을 해보이다
가 니문 앞을 지나 봉분 뒤로 사라진다. 『현의 노래』에서 가장 슬픈
장면이기도 한 이 대목에서 사마귀는 어쩌면 아라의 현신인지도 모
른다. 이처럼 나라와 인간이 자연화될 때, 역사 또한 도리 없이 자연
화될 수밖에 없다. 아무리 전쟁의 활극을 다루어도 역사는 활력이
거세된 풍경으로 가라앉고 마는 것이다. 이 점은 『남한산성』 또한
크게 다르지 않다.

　남한산성 안에서 척화파와 주화파는 대립한다. 명분론과 현실론
의 대립이다. "죽음에도 아름다운 자리가 있을"(『남한산성』: 271) 것이
라는 김상헌과 "강한 자가 약한 자에게 못할 짓이 없고, 약한 자 또
한 살아남기 위하여 못할 짓이 없는 것"(『남한산성』: 339)이라는 최명
길의 말이 맞선다. 그러나 이 모든 말들은 작가의 표현에 의하면 '말
(言語)먼지'에 불과한 것이다. 이 말먼지는 칸이 몰고 온 또 다른 '말
(馬)먼지'에 의해 평정된다. 힘 없는 임금과 말뿐인 문약한 신료들의
나라는 이로써 간단히 허구화된다. 긍정적 인물로 그려지는 이시백,
서날쇠, 나루 같은 기층 민중은 새로운 역사의 주인공이라기보다는

다만 건강한 삶의 본능을 가지고 있는 자연의 일부에 가깝다. 이들에게 역사란 어떤 진전된 삶의 조건을 만들어 나가는 의미 있는 일련의 과정이 아니다. 김상헌은 죽지 않고 산 것을 다행으로 여기고, 이시백은 무장을 해제하고, 나루는 초경을 흘린다. 모든 쇠붙이들이 휘몰아친 헛것들의 역사는 바람과 함께 사라지고 자연의 영원한 흐름만 남을 뿐이다. 여기에는 인간 주체의 의지에 대한 물리적 자연의 우위가 확고하게 전제되어 있다.

  소설의 대단원은 "서날쇠는 뒷마당 장독 속의 똥물을 밭에 뿌렸다. 똥물은 잘 익어서 말갛게 떠 있었다"(『남한산성』: 363)는 것이다. 이렇게 등장하는 서날쇠는 가령 『태백산맥』의 대단원에 등장하는 하대치처럼 역사화된 자연이 아니라 자연화된 역사이다. 인조가 남한산성에 피신한 47일 간의 난상토론 끝에, 우왕좌왕과 좌충우돌 끝에 결국 분명한 것은 이렇게 '똥물'이 잘 익었다는 것 정도인 것이다. 여기서 역사는 결정적으로 자연화되는 길을 피할 수 없고, 단지 맹목적으로 순환하는 시간의 퇴적층에 지나지 않는 것이 되고야 만다. 그래서 이런 반反역사주의를 내장하고 있는 김훈의 소설은 역사소설이 아니라 '자연사소설'이라는 규정이 가능해진다(신형철, 2007: 360). 김훈의 소설은 따라서 궁극적으로는 허무주의의 문제와 부딪치지 않을 수 없는 것이다.

허무주의와 비극의 사이에서

김훈은 거대 담론을 거부하는 작가로 알려져 있다.[*] 그는 가치판단을 유보하고 '존재'를 판단하고자 한다. 이런 태도가 기자 출신 작가의 일종의 팩트주의인지는 모르겠지만 여기에는 비교적 분명한 위험이 도사리고 있다. 거대 담론에 대한 거부의 태도는, 모든 거대 담론을 부정하는 것이 아니라 심층무의식에 이미 포획되어 있는 특정 거대 담론만을 긍정하는 결과로 나아갈 수 있다. 이름하여 '사회진화론'의 긍정이 바로 그것이다. 이 거대 담론도 기실은 삶의 구체성이 추상화된 이론적인 극단일 수 있다. 그런데 김훈은 인간에게서 인간주의를 제거하고, 역사에서 역사주의를 무력화하는 데 사회진화론이라는 거대 담론이 작동하고 있는 경우이다. 그 결과 우리는 인간 자체에 도달하는 것이 아니라, 사회진화론적으로 자연화된 또 하나의 자연주의적 주체를 만나게 된다.

가야가 멸망한 나라에는 가을이 오고, 니문은 무덤에 오른다. 남한산성에는 다시 봄이 오고, 서날쇠는 똥을 푼다. 세상은 이렇게 가을이 오고 봄이 올 뿐이다. 그래서 어쨌단 말인가? 작품에서 뭔가 주제의식을 찾아야만 한다고 생각하는 독자들이 아니더라도 떨쳐버리기 힘든 물음이다. 그런데 이에 대한 답변은 자연주의자 졸라가

---

[*] "거대 담론, 가치판단, 선악, 정오… 이런 거 매일매일 판단하잖아. 이것도 시건방진 수작이고, 일단 '존재'를 판단해야 해. 이것이 옳으냐 아니냐를 판단하기 전에 '이것은 무엇이냐.'에 대한 판단을 먼저 해야 한다고. What is this! 존재판단이 확실하지 않을 때는 가치판단을 유보해야 하고……"(김훈·김규항·최보은, 2000: 110).

이미 내렸는지도 모른다. 졸라는 말한다:"왕당파, 가톨릭파 같은 어떤 원칙을 갖는 대신, 나는 유전이나 선천성 따위의 법칙을 세운다. 나는 발자크처럼 인간사人間事에 대하여 정치인·철학자·도덕가 등의 결정을 내리지 않는다. 박학한 것만으로 내적 이유를 찾으며 '있는 것'을 말하는 것으로 만족할 생각이다. 우선 그러므로 결론이 없다"(김치수, 1986: 421에서 재인용). 이 '결론'을 알고 있기 때문에 사르트르는 "자연주의, 그것은 인간, 행위, 가족, 사회의 점차적인 해체라는 단 한 가지의 주제만을 가지고 있다고 해도 과언이 아니다"(사르트르, 1998: 179)라고 자연주의의 주제를 일축했을 것이다. 그런데, 이렇게 결론의 요구에 막막해지는 자연주의란 결국 허무주의에 다름 아닌 것이다.

흔히 우리는 허무주의를 '세상 모든 것이 헛되다'는 탄식의 정서적 태도로 받아들이거나, 아니면 니체를 좇아 현실의 세계 자체를 전적으로 인정하지 않고 현실 너머의 초월적 본질을 찾는 본질주의적 사고방식으로 생각한다. 그러나 김훈의 허무주의는 물론 이런 허무주의가 아니다. 김훈의 허무주의는 가을이 오고, 봄이 오는 이 현실밖에는, 혹은 이 현실 밖(外)에는 아무것도 없다는 일종의 가난의식이다. 이 가난으로부터 벗어나는 길에는 어떤 방법이 있을 수 있을까. 우선 가난의 살림살이에 살림살이 항목을 더 추가해 볼 수 있을 것이다. 실로 졸라 식의 자연주의는 인간 삶을 외부로부터 그리기 때문에 내면적으로는 빈약하고 단순할 수밖에 없는데, 김훈의 소설은 분명 이런 자연주의와는 다른 차원의 내면성을 확보하고 있다. 그러나 어떤 식의 풍요도 결국 허망할 것이다. 비화의 몸에 냄새, 혹은 향기의 항목들이 더 늘어난다고 닭에 살점이 쪼이는 비화의 주검이 어찌 무상하지 않을 수 있겠는가. 냉정하게 말하면 허무주의를 '극복'할 수는 없을지 모른다. 그러나 적어도 허무주의와 싸울 수는 있다. 자연의 불모성에 항의하고 운명과 싸우는 근대 비극의 주인공 파우스트를 보라. "불안하고 절망하고 싶구나! 횡포한 아무 목적도 없는 자연의 힘이다! 그때 내 정신은 감히 자신을 뛰어넘고 말았지. 여기서 나는 싸우고 싶다. 나는 이것을 이기고 싶다"(괴테, 1983: 395). 생의 허무, 비참, 불행 같은 것은 단지 비극의 조건일 뿐 아직 비극은 아니다(김주언, 2002: 60). 비극에는 반드시 저항이라는 비극적 행동이 있어야 한다. 리쾨르가 "운명과 자유의 변증법 없이는 비극이 없다"(폴 리쾨르, 1994: 211)고 할 때, '변증법'을 통해 표현하고자 하는 것은 바로 이 저항이라는 운명과 세계 사이의 상호작용이다. 김훈에게는 운명과 싸우는 인간을 그림으로써 자연주의로부터 가장 멀리 벗어나 있으면서 비극의 가능성을 보여주는 작품이 바로 『칼의 노래』다.

> 그 저녁에도 나는 적에 의해 규정되는 나의 위치를 무의미라고 여기지는 않았다. 힘든 일이었으나 어쩔 수 없었다. 어쩔 수 없는 일은 결국 어쩔 수 없다. 그러므로 내가 지는 어느 날, 내 몸이 적의 창검에 베어지더라도 나의 죽음은 결국은 자연사일 것이었다. 비가 내리고 바람이 불어 나뭇잎이 지는 풍경처럼, 애도될 일이 아닐 것이었다.(『칼의 노래·1』: 71)

1인칭 서술자이자 초점자인 '나' 이순신은 사실상 적의 시선으로 자신을 보고, 나아가 자연의 시선으로 자신을 본다. 적과 자연의 시선으로 타자화되어 있는 '나'는 '적의 적'으로 규정되며, 자연의 일부로 여겨지는 수동적 정체성으로 객관화되어 있다. 가히 자연주의적 엄정한 시선이라 하겠다. 그런데 이런 식의 객관성에는 오히려 역설적으로 비극의지의 작의가 숨겨져 있는 것 같다. 이순신의 죽음이 단지 '자연사'로 비춰진다면 그것은 전적으로 이 수동적 정체성만을 이순신의 모든 정체성으로 승인하기 때문일 것이다. 그러나 그렇지 않다. 『칼의 노래』의 이순신은 결코 이런 위인만이 아니다. 이순신은 "내 몸을 조여오는 그 거대한 적의의 근본을 나는 알 수 없었다"(『칼의 노래·1』: 71)고 하는데, 그 "적의의 근본"은 "전쟁은 결국은 무의미한 장난이며, 이 세계도 마침내 무의미한 곳인가"(『칼의 노래·1』: 21)라는 실존적 회의에서 비롯되는 것이라고 할 수 있다. 심오한 투지를 생성하는 이러한 회의는 오직 삶을 나름대로 의미 있는 것으로 만들고자 하는 실존적인 투쟁 속에서만 가능한 것이다. 이순신의 전쟁은 바로 이런 투쟁이다. 무엇보다도 이순신은 쓰레기의 바다, 아수라의 세상, 무의미한 장난 같은 전쟁, 내용 없는 삶을 베어버리고자 하는 칼의 주인공인 것이다. 이 칼의 주인공답게 그는 마지막 전투에서 임금의 면사첩을 불태워버리고, 단지 '적의 적'으로서 '자연사'하지 않는 자신만의 죽음의 방식을 선택하고 결단한다. 그는 저절로 죽지 않았고 자신의 죽음의 자리를 골라 자신의 삶에 의미를 부여하는 방식으로 비극을 감행한 것이다.

자연주의라는 문제틀에서 명백해지는 것들

지금까지 김훈의 역사소설을 '자연주의'라는 문제틀에서 살펴보았다. 끊임없이 자신의 작품 세계를 갱신해 가는 현역 작가에게 그의 작품 세계 전개 과정이나 발전의 맥락에 따른 경향은 물론 잠정적인 것일 수밖에 없다. 김훈의 역사소설을 자연주의 계열의 소설로 읽는 것도 잠정적인 독법일 것이다. 그러나 김훈의 역사소설을 자연주의 소설이라고 단정하는 데는 다소 무리가 있을지는 모르지만, 그것은 적어도 '자연주의적'이라는 일관된 맥락에서 읽힐 수 있는 변별적 특질들을 충분히 갖추고 있다는 것이 나의 판단이다.

물론 자연주의는 보편사로서의 문예사조의 하나이다. 따라서 어떤 작가의 작품 경향을 이 보편성으로 환원한다는 것은 지나친 일반화의 위험을 배제할 수 없는 일이기도 하다. 이때의 보편성은 구체적 텍스트의 독자성을 무차별화시키는 문학제도적인 합법성을 위장한 일종의 폭력일 수 있기 때문이다. 그러나 리얼리즘이 그렇듯이 자연주의 또한 단지 보편사로서의 문예사조의 하나인 것만은 아니다. 그것은 삶의 태도나 세계 이해의 감수성의 방식이기도 한 문제이다. 그래서 복수의 자연주의가 가능한 것이고, 복수의 자연주의는 자연주의의 변이태들을 자연주의의 보편성으로 단순 환원시키는 것이 아니라, 또 다른 새로운 자연주의의 운명을 열어 간다. 이런 맥락에서 우리 시대에는 우리 시대의 자연주의, 나아가 우리 시대 김훈의 자연주의 또한 있을 수 있는 것이다.

자연주의가 현실을 있는 그대로 보려는 근대적 노력의 소산이라고 할 때, 근대과학이라는 이름으로 『실험소설론』의 졸라가 이용한 것은 클로드 베르나르의 『실험의학서설』이었다. 또, 자신의 주저인 『인간본성론:실험적 추리의 방법을 정신적 주제에 도입하려는 시도』에서 흄이 과학의 이름으로 이용한 실험적 추리의 방법이란 다름 아닌 뉴턴의 실험적 방법이었다. 클로드 베르나르의 졸라, 뉴턴의 흄이 있듯이, 얼마든지 다윈의 김훈도 있을 수 있다. 김훈의 소설을 자연주의(적) 소설이라고 했을 때 진정한 문제는, 다만 이러한 분류 행위와 명명 행위가 갖는 김훈 문학 현실에 대한 설명력의 수준일 뿐이다.

우리가 살아가는 이 자연세계 이외의 다른 세계를 인정하지 않는 존재론적 입장, 인식론적 한계에 대한 분명한 태도, 이상 집착으로까지 보이는 인간의 생물학적 조건에 대한 비상한 관심과 집중, 문명사에 대한 자연사의 우위의 태도, 다윈주의에 근거한 사회진화론적 세계 인식의 경향 등 김훈의 역사소설에서 파악할 수 있는 주요 특질들은, 모두 자연주의라는 문제틀에서 명백해지는 것이다. 이런 자연주의적 특질은 그 논리적 귀결로서 허무주의를 피할 수 없는 것이었다. 김훈의 허무주의는 우리 사회의 절차적 민주주의가 어느 정도 진척되고, 더 이상 뚜렷한 진보적 전망도 없고, 또 진보적 전망이 있더라도 개인적 욕망에 가려 뚜렷한 의미를 갖지 못하는 환멸의 시대에 만나는 일종의 닫힌 전망일 수 있다. 이런 맥락에서 김훈의 허무주의를 '바람직하지 않다'거나 심지어는 '나쁘다'라고 규정하는 것은, 루카치처럼 자연주의를 리얼리즘의 암종 같은 것으로 여기는 비판을 답습하는 것에 불과할 것이다. 김훈의 허무주의에 대한 비판은 이제 새삼스러울 것도 없는 이미 상식이 되어버린 논점이고, 또 그렇게 생산적인 논의도 아닐 것이다. 김훈에게는 김훈의 길이 있고, 김훈만의 한계와 가능성이 있다. 그의 허무주의는 그의 작품 경향의 내적 필연성인 만큼, 그것은 그 내적 필연성에 따라 극복되어야 할 문제이다. 이 점에서 김훈이 『공무도하』를 연재하기에 앞서 밝힌 포부에서 "약육강식은 모든 먹이의 기본 질서이고 거대한 비극이고 운명이다. 약육강식의 운명이 있고, 거기에 저항할 수밖에 없는 인간의 운명이 있다"고 한 발언은, 김훈 자연주의의 기왕의 내력과 앞으로의 가야 할 길을 동시에 요약해 주고 있다고 볼 수 있다. 허무주의에 맞서는 '저항'과 '비극'은, 『칼의 노래』 이후 주목할 만한 '저항'과 '비극'이 없는 김훈에게는 반드시 풀어야 할 앞으로의 숙제가 아닐 수 없을 것이다. (2010)

3장

시간의

문제[*]

_『남한산성』을 대상으로

[*] 이 논문은 2011년도 정부(교육과학기술부)의 재원으로 한국연구재단의 지원을 받아 연구
되었다(NRF-2011-327-A00403). 논문 원제: 「김훈 소설에서 시간의 문제」.

왜 시간이 문제인가

이 글은 『남한산성』을 대상으로 김훈의 소설에 나타나는 시간 담론을 분석하고 그것의 함의를 밝히려는 데 목적이 있다. 우리는 소설의 탄생 이래로 시간의 문제로부터 자유로운 소설을 상상하기 힘들다. 소설에서 시간은 서사 진행에 있어서 연속성의 원칙으로서, 모든 서사의 기본 전제 조건이다. 더구나 근현대 소설에 이르면 이 시간은 소설 원칙의 기본 공리公理에 머무르지 않고 독립적인 위상을 갖기도 한다. 어떤 사건 성취나 발전을 위한 조건일 뿐만 아니라 실은 소설의 숨은 주인공이 되기도 하는 것이다.[*] 근현대 소설 속의 인간과 운명이란 서사시나 설화의 세계에서와는 달리 시간으로부터 근본적인 제약을 받으며, 본질적인 변화의 계기를 부여받기 때문이

---

[*] 고전적인 소설 이론에서 비교적 최근의 현대 소설 이론에 이르기까지 소설과 시간의 문제는 불가분리의 관계로 인식되어 왔다. 가령, 퍼시 러보크는 소설에서의 시간의 효과와 기능을 논하면서 소설에서의 시간 문제를 작품의 구성에 관한 문제로 인식했다(퍼시 러보크, 1984: 46). 멘딜로우에 의하면 시간은 소설에서 좀 더 포괄적인 의의를 갖는다. 시간은 소설의 모든 국면, 즉 주제, 형식, 언어 등에 모두 영향을 끼친다는 것이다(멘딜로우, 1983: 40). 비교적 현대에 이르러서도 시간은 여전히 소설의 중요한 차원으로 인식된다. 구조주의 서사학의 교과서 정도로 읽히는 주네트의 『서사 담론』은 프루스트의 『잃어버린 시간을 찾아서』의 서술 형식을 탐구하고 있는데, 이 문제의 저작은 다름 아닌 시간론을 주축으로 하고 있는 것이다. 문학의 구조나 장치보다 해석에 더 관심을 갖는 리쾨르에게도 시간과 소설은 불가분리의 차원에 있다. 시간성과 텍스트의 서술성이 아예 별개의 차원이 아니라는 인식이 『시간과 이야기』라는 리쾨르의 장황한 저술의 작업 가설인 것이다. 리쾨르는 시간의 문제를 해결할 수 있는 방법을 시학, 특히 이야기에서 찾고 있는데 삶을 이야기로 엮어내는 서술성은 역동성과 창조성을 갖고 있으므로 서술된 인간의 삶과 행동은 시간의 차원에 서게 된다고 한다. 시간성과 서술성의 관계를 아우구스티누스의 시간론과 아리스토텔레스의 『시학』과의 상동성 관계에서 탐구하는 것이 『시간과 이야기·1』(김한식·이경래 옮김, 문학과지성사, 1999) 제1부의 주된 내용이 되는 것은 이 때문이다.

다. 가령, 우리 근현대 소설의 맨 앞자리에 놓여져 있는 『무정』은 이렇게 시작한다.

> 경성학교 영어 교사 이형식은 오후 두 시 사년급 영어 시간을 마치고 내리쪼이는 유월 볕에 땀을 흘리면서 안동 김장로의 집으로 간다. 김장로의 딸 선형善馨이가 명년 미국 유학을 가기 위하여 영어를 준비할 차로 이형식을 매일 한 시간씩 가정교사로 고빙하여 오늘 오후 세 시부터 수업을 시작하게 되었음이라.(이광수, 2005: 10)

텍스트를 자세히 읽어보면 시간의 세목에 민감해져 있는 근대 소설의 주인공 이형식은 텍스트의 문면에 떠오르지 않는 또 다른 보이지 않은 존재에 쫓기고 있다. 즉, '시간'이라는 존재가 바로 그것이다. 『무정』은 시간이 서사의 진정한 숨은 주인공이라고까지는 할 수 없는 작품이지만, 근현대 소설에서 시간의 존재를 상징적으로 암시해 주는 사례로 읽을 수 있는 작품이다. 우리 소설사에서 보자면 많은 작가들이 민감한 감수성으로 시간이라는 이 숨은 주인공을 드러내고자 했다. 그러나 이 주인공은 아무래도 난감한 존재가 아닐 수 없는 것이다. 위 인용에서 보이는 "오후 두 시", "오후 세 시"처럼 사물화된 시계판의 시간이 없는 것은 아니지만, 작가가 진정 포착하려고 하는 시간은 보이지도 않는 무정형의 존재이기 때문에 항상 표현불가능성이라는 딜레마가 있다. 이 글에서 주목하는 김훈은, 특히 『남한산성』의 김훈은 이 점에서 어느 시대 어떤 작가보다도 우리들의 주목에 값하는 탁월한 면이 있다. 『남한산성』은 일단 그 궁극적 함의를 제쳐놓고 보더라도, 작가의 시간에 대한 통찰과 에세이즘이 빼어나게 교직되어 있는 한 편의 시간론의 담론장이라고도 할 수 있는 텍스트이다. 김훈이 『남한산성』에서 담론화하고 있는 시간 문제는 분명 우리 소설사에서 보기 드문 진경에 해당하는 것이다.

전쟁 서사인 『남한산성』은 물론 '남한산성'이라는 닫힌 공간에 대한 서사이다. 남한산성은 닫힌 공간이고, 일종의 한계 상황인 것이다. 성문을 열고 나가면 서사는 종료되어야 한다. 그런데 『남한산성』은 이 절대 공간, 한계 상황의 공간에 대한 서사일 뿐만 아니라 남한산성에 갇힌 47일간의 시간에 대한 기록이기도 하다. 갇힌 상황에서 삶은 '지금-여기'가 아닌 '다른 곳-미래'에 있을 수밖에 없다. 여기서 시간은 한편으로는 모든 것을 있게 하고 생성시키는 힘이기 때문에 실존의 절대적 근거가 되지만, 다른 한편으로는 이와 동시에 모든 것을 소멸시키는 파괴의 원천이기도 하다. 시간은 한 순간도 쉬지 않고 끊임없이 이러한 이중본질을 작동시키고 있기 때문에 누구도, 그리고 그 무엇도 시간으로부터 자유로울 수 없다. 서술자나 인물의 목소리를 통해 아무 말도 하지 않아도, 시간은 군량이 분뇨가 되어 흩어지는 남한산성의 위기 속에 엄연한 것이다. 남한산성에 갇힌 사람들의 운명은 단적으로 말하자면 시간 문제에 지나지 않은 것이다.

그러나 이 글은 작품의 표면에 드러나는 시간 양상에만 주목하지는 않을 것이다. 연대기적 시간 속에 드러나는 시간 양상과 별도로 작품의 의미를 형성하는 과정으로서의 시간, 객체를 파악하는 주체의 지각으로서의 시간의식이 있는데, 시간의식은 궁극적으로는 역사의식의 문제와 무관할 수도 없을 것이다. 그러나 어떤 매개도 없이 단순히 역사의식에 포괄되거나 환원될 수는 없는 문제이다. 이런 문제를 섬세하게 탐구하지 않으면, 김훈 문학 연구는 상식적인 논점에서 공전할 수도 있다. 이 글의 문제 분석 단위는 일단 이데올로기, 역사의식, 세계관, 거대담론 같은 거시적 차원을 직접 겨냥하지 않는다. 그렇다고 어떤 판단도 유보하는 가치중립적인 미시적 시간 분석에 그치지도 않을 작정이다. 이 글은 일단 텍스트 내재적 접근을 통해 김훈 문학 세계에 들어가되, 작가가 제시하는 언어로 작가의 세계관과 전망 안에 갇히지 않고, 텍스트가 말하지 않는 궁극적 함의를 탐구하고자 한다.

시간 현상에 대한 영도의 글쓰기

『남한산성』은 인조가 청군을 피해 남한산성으로 몽진하는 병자년 겨울의 시점으로부터 이야기를 연대기적으로 서술해 나간다. 사건에 대한 진술이 이야기 현재를 중심으로 순차적으로 이루어지므로 전진의 과정이나, 전개의 과정이 중시되는 서술 구조라고 할 수 있다. 대체로 역사소설이 그렇듯이 이른바 '전진적 시간 구조'를 취하고 있기 때문에 현재와 과거의 시간 포개기(superposition) 같은 구성이나 스토리 시간과 서사 시간의 어긋남(anachrony) 같은 서술 기법이 추구되지는 않는다. 김훈의 『남한산성』에서는 서술 기법으로서의 시간 문제 이전에 '시간' 자체가 문제가 되어 텍스트의 문면으로 떠오른다. 소설 『남한산성』에서 '시간'은 메타 언어가 아니고 텍스트에 엄연한 기표로 실재하는 대상 언어의 현실이다. 대체 시간이란 무엇인가. 그것은 또 어떻게 삶이 되고, 역사가 될 수 있는가.

일찍이 아리스토텔레스는 "시간은 그 전의 것과 나중 것의 관점에서 본 운동의 수"(아리스토텔레스, 『자연학』; 이기상, 2000: 70에서 재인용)라는 정의를 내린 바 있다. 물론 이 정의는 틀림없는 사실을 규정한다. 그러나 이런 식의 정의는 좁은 의미의 물리적인 운동뿐만 아니라 질적인 변화, 생성과 소멸, 되어감 등을 포함하는 개념으로 시간을 느끼는 주체에게 시간의 실체를 확인시키지는 못한다. 시간의 실체란 규정하기 힘든 아무래도 난감한 것이 아닐 수 없다. 그래서 아우구스티누스는 "도대체 시간이란 무엇인가? 아무도 나에게 그 질문을 하지 않을 때에는 나는 알고 있다. 그러나 누군가 나에게 그것을 묻고 내가 그것을 설명하려 한다면 나는 더 이상 알 수 없다"(아우구스티누스, 『고백록』; 폴 리쾨르, 1999: 34에서 재인용)고 말했을 것이다. 이러한 시간의 아포리아에 큄멜 같은 이의 견해를 덧붙여 생각해 본다면 시간의 실체란 거의 수수께끼에 가까운 것이다. 큄멜은 시간이 무엇인지 분명히 말할 수 있기 위해서는 동시에 자유와 의식이 무엇인가를 분명히 말해야 한다고 주장한다(프리드리히 큄멜, 1986: 165). 시간, 자유, 의식 이 세 가지는 동일한 뿌리를 가지고 있으면서 근원적으로 관련되어 있기 때문에 분리할 수 없다는 게 큄멜의 주장이다. 요컨대 시간은 시간에 대해서 누가 어떻게 정의하든지간에 분명해지지 않는다. 그렇다면 작가는 이런 아포리아의 시간을 어떤 서술

전략으로 포착할 수 있는가. 흔히 시간을 과거·현재·미래 식으로 대별해서 용이하게 포착한다고 생각할 수 있지만 과거는 이미 지나가 버린 것이고, 미래는 아직 오지 않았으며, 현재는 끊임없이 도망가고 있다. 또 이렇게 구분하는 식의 분절이 유효하지 않다고 한다면 시간이란 지리멸렬한 순간들의 단순 연쇄이거나 모든 것을 집어삼키는 무한의 낯섦 자체일 뿐이다. 김훈의 시간에 대한 묘사 의지는 이렇게 말할 수 없는 것을 말해 보려는 불가능한 절망적인 노력 가운데 있는 것이다.

삶이 무엇인지 몰라도 삶을 살 수 있듯이, 시간이 무엇인지 몰라도 시간의 실체를 일단 괄호 속에 묶고 시간이라는 현상이 우리에게 어떻게 주어지며, 우리가 시간을 어떻게 경험하는지를 제시할 수는 있다. 많은 작가들이 정신과 내면의 체험으로서 시간을 묘사할 수 있었던 것은 이 때문이다. 근현대 소설에는 외부 세계와 내면성의 불화라고 하는 이원 대립의 문법이 있다. 현대 소설의 시간론에도 이런 대립 문법은 어김없이 투사되어 있다. 지금까지 시간론을 펼친 주요 논자들의 표현을 빌려서 말해 보자면 이런 소설 세계의 외부 세계/내면성의 대립은, 외부의 시간/주체의 정신적이고 심리학적 범주로서의 시간(아우구스티누스), 세계의 시간/삶의 시간(블루멘베르크), 우주의 시간/체험 시간(리쾨르), 객관적 시간/주관적 시간(후설), 자연 시간/개념 시간(헤겔), 균질적 시간/지속으로서의 시간(베르그송), 통속적인 시간/근원적인 시간(하이데거)이라는 대립쌍의 대응으로 각각 인식되고 있다(위르겐 슈람케, 1995: 173). 이 경우, 시간은 소설 세계에서 '내면성'이 대체로 그렇듯이, 특히 후자의 표현으로 분류된 시간이 모든 가치의 의미 충족을 뜻하는 게 보통이다. 다시 말해 이런 분류 자체가 후자의 시간을 추구하기 위해서 필요했던 것이다. 그러나 김훈은 내면성의 태도를 중시하는 시간의식과는 정반대의 입장에서 시간 문제를 담론화하는 것으로 보인다. 시간의 내적 신비주의야말로 김훈 텍스트에서는 발견할 수 없는 대목이다.

(가) 밝음과 어둠이 꿰맨 자리 없이 포개지고 갈라져서 날마다 저녁이 되고 아침이 되었다. 남한산성에서 시간은 서두르지 않았고, 머뭇거리지 않았다. 군량은 시간과 더불어 말라갔으나, 시간은 성과 사소한 관련도 없는 낯선 과객으로 분지 안에 흘러 들어왔다. 저녁이 되고 아침이 되니, 아침이 되고 저녁이 되었다. (⋯) 적병은 눈보라나 안개와 같았다. 성을 포위한 적병보다도 저녁이 되고 아침이 되면서 종적을 감추는 시간의 대열이 더 두렵다는 것을 누구나 알고 있었다. 아무도 아침과 저녁에서 달아날 수 없었다. 새벽과 저녁나절에 빛과 어둠은 서로 스미면서 갈라섰고, 모두들 그 푸르고 차가운 시간의 속을 들여다보고 있었다. 임금은 남한산성에 있었다.(179~180)*

롤랑 바르트는 '글쓰기의 영도'라는 개념을 '무구한 글쓰기', '백색의 글쓰기', '중립적인 글쓰기', '냉정한 무감동의 글쓰기' 등으로 부르고 있는데, 아무튼 이런 스타일의 글쓰기에 참여하는 언어가 가지

---

*이 글에서 『남한산성』의 텍스트 인용은 이처럼 본문에서 괄호 안에 인용 면수를 표시하는 것으로 대신한다.

고 있는 사회적·신화적 특징들은 중립적인 어떤 상태를 위해 폐기
되거나 유보된다(롤랑 바르트, 2007: 62~71; 그레이엄 앨런, 2006: 48~58).
바르트는 언어는 이미 온갖 이데올로기에 젖어 있어서 그것을 의도
적으로 벗어버리지 않고 글을 쓴다는 것은, 이미 굳어버린 고정관념
이나 이데올로기를 확대재생산할 수밖에 없다고 본다. (가)의 인용
문은 이런 '글쓰기의 영도'라는 개념틀에서 이해할 수 있는 글쓰기
스타일을 보여주는 것 같다.

남한산성에서 시간은 적군을 위해 서두르지도 않고, 아군을 위해
머뭇거리지도 않는다. 시간은 피아를 가리지 않는다. 남한산성의 시
간을 묘사하는 이 대목에서 우리는 약소 민족 작가의 내셔널리즘
에 대한 어떤 태도 같은 것은 전혀 읽을 수 없다. "시간은 성과 사소
한 관련도 없는 낯선 과객"일 뿐이다. 스스로의 자족적인 내적 계기
에 의한 인과율로 운동할 뿐인 시간은 아침 저녁이나 일월처럼 자명
한 것이지만, 누구도 그것을 자기 편으로 이용할 수 없는 '절대적 타
자성'을 지닌 대타자(the Other)이다. 이 타자성은 향유를 통해 자기
자신의 것으로 동화시킬 수 있는 잠정적 규정으로서의 타자성이 아
니라 그것의 존재 자체가 곧 타자성인 그런 의미의 타자성이다.* 시
간은 결코 남한산성으로 운명을 보호받으려는 자들의 편이 아니다.
이 영도의 글쓰기에서 시간은 '눈보라', '안개' 등속으로 자연화된 실
제의 적보다도 더 무서운 타자성으로 '대열'을 이루어 활동하는 위

---

* 레비나스는 죽음의 타자성을 이런 식으로 설명한 바 있다(에마뉘엘 레비나스, 1996:
  84).

협적인 존재인 것이다.

특히, 인용문 (가)에서 "임금은 남한산성에 있었다"는 서술을 주목해 보자. 작가는 이 서술을 거듭 반복함으로써 독자의 주의를 요구하고 있다. "임금은 남한산성에 있었다"는 서술은 등장 인물인 사관의 기록으로도 거듭 서술되고(38, 244), 위의 (가)처럼 사관이 등장하지 않는 상황에서도 서술자의 목소리로도 거듭 전해진다(32, 180). 이 반복은 물론 의도적인 특수한 정신적 구조물이다. 여기서 우리는 주네트의 논의를 참조할 필요가 있다. 누구도 주목하지 않았던 서술의 빈도를 서술 시간의 주요 양상 가운데 하나로 탐구했던 이는 주네트였다. 주네트는 스토리에서 서술된 사건과 텍스트 속에 서술된 진술이라는 두 가지 측면에서 반복이라는 문제를 논의한다. 이 관계에서 양쪽에 주어진 가능성, 즉 사건이 반복되느냐, 되지 않느냐와 그 진술이 반복되느냐, 되지 않느냐의 상관관계로부터 4가지 유형을 추출한다: 첫째, 단 한 번 일어났던 것을 단 한 번 서술하는 경우가 있을 수 있다. 둘째, n번 일어난 사건을 n번 서술하는 경우가 있다. 셋째, 단 한 번 일어난 것을 n번 서술하는 경우가 있다. 넷째, n번 일어난 것을 단 한 번 서술하는 경우가 있을 수 있다(제라르 주네트, 1992: 103~116). 주네트는 여기서 특히 네 번째 경우와 관련해서 '유추 반복(iterative)'이란 개념을 사용하는데, 반복되는 현상이 스토리에 나타날 때 그것을 어떻게 뭉뚱그려 보려는 노력은 불가피한 것이다. 유추 반복 서술이란 동일한 사건이 여러 번 발생하는 것을 한 번에 언급하는 것을 지칭한다. 사실 특별한 문체상의 효과를 고려하지 않는다면 한 문장 안에 축약의 표현을 담아 반복을 피하는 방식을 취하게 되는 게 일반적이다.

　"임금은 남한산성에 있었다"고 거듭 쓰는 작가는 유추 반복 서술을 거부하고 있는 것으로 볼 수 있다. 예컨대 김훈은 유추 반복 서술로 "임금은 날마다 남한산성에 있었다"라거나 "임금은 오늘도 남한산성에 있었다"라고 쓰지 않는다. 연민을 일으킬 수 있는 빈도 부사 따위로 상황에 개입해 부사적 정황의 군더더기를 만들지 않는다. 일체의 부사적 정황을 털어버린 최소한의 존재 동사 하나만으로 남한산성 안에서의 임금의 존재 방식은 규정되며, 임금의 상황을 전하는 화자의 목소리가 똑같은 양태로 중첩된다. "임금은 남한산성에 있었다"고 인물(사관)의 서술과 서술자의 서술이 인용 부호 없이 하나로 겹쳐지지만, 여기에 서술자의 주관을 개입시켜 자유간접화법으로 나아가지는 않는다는 점을 우리는 주목할 필요가 있다. 작가는 냉정한 사실史實만을 팩트로 여기는 인물*에게서 서술의 목소리를 빌려와 그 인물의 어조를 따르기만 할 뿐이다. 그러나 스토리 시간의 상황이 심각해짐에 따라 발화 내용의 의미론적 농도는 가중되고 있다고 봐야 할 것이다. 임금이 처한 상황은 항상 같은 수준의 곤경이 아니다. 시간이 지남에 따라 위기는 고조되고 있다는 사실을 누구나 안다. 그럼에도 불구하고 서술은 문장이 가질 수 있는 최소한의 기본 형식만으로 임금의 소식을 전한다. 김훈의 이러한 반복 서술은 그러므로 상황을 주관과 내면으로 쉽게 오염시키지 않겠다는 중립

* 겨울비에 얼고 젖으며 성첩을 지키는 군병들의 고통을 자책하는 임금은 오래 운다. 그러나 사관은 울지 않으며 그 임금을 다만 기록할 뿐인 인물로 등장한다.

적인 영도의 글쓰기 의지라고 볼 수 있다. 그런데 롤랑 바르트가 말하는 영도의 글쓰기란 개념의 비밀은, 사실 이런 글쓰기가 지속적으로 가능하지 않다는 데 있다(테렌스 호옥스, 1984: 148~150). 상황이 구체화됨에 따라, 그리고 작가의 시간론에 대한 전개 의지에 따라 영도의 글쓰기로 펼쳐진 시간론은 시간론을 감당할 만한 인물의 사유와 상황 속으로 코드화된다.

신생론과 영원론의 대립

『남한산성』은 병자호란의 기록이지만, 실제 교전 장면 같은 것은 거의 없고, 남한산성 안에 갇힌 자들의 내분이라는 또 다른 작은 전쟁이 서사의 핵심으로 들어온다. 이 남한산성 안의 전쟁은 척화파와 주화파로 나뉘어지는데, 명분론의 김상헌이 전자의 입장이라면 현실론의 최명길이 후자의 입장을 대변한다. 따라서 남한산성 내부에서 서사의 주축은 간단히 말해서 김상헌과 최명길의 대립이다. 그런데 이 대립의 양상이 다름 아닌 시간론을 통해 표출된다는 점에서 김훈『남한산성』의 품격과 득의의 영역이 있다고 볼 수 있다.

예조판서 김상헌과 이조판서 최명길은 영의정 김류와 함께 백제의 시조인 온조왕 제사를 지낸다. 산성 자리에 나라를 연 온조는 위난 속에서 나라를 더욱 강성하게 만들었다는 인물이다. 그러므로 이 제사에는 국난을 타개하고 위기로부터 구원받고자 하는 암중모색의 의미가 담겨져 있다. 그런데 과거를 불러와 위기의 현재와 대면시키는 바로 이 시간의식에서 무엇보다 인상적인 것은, 제사의식 그 자체가 아니라 제사의식을 진행하면서 김상헌과 최명길의 내면 속에서 펼쳐지는 시간론의 진경이다. 따지고 보면 스토리에서는 한 순간의 생각에 지나지 않는 것을 서사에서는 길게 서술하는 '멈춤 (pause)'의 장면 처리는, 병자호란의 스토리에서 시간론에 대한 작가의 서술 의지를 단적으로 증거한다고 하겠다.

(나) 시간은 흘러서 사라지는 것이 아니고, 모든 환란의 시간은 다 가오는 시간 속에서 다시 맑게 피어나고 있으므로, 끝없이 새로워지는 시간과 더불어 새롭게 태어나야 할 것이었다. 모든 시간은 새벽이었다. 그 새벽의 시간은 더럽혀질 수 없고, 다가오는 그것들 앞에서 물러설 자리는 없었다. 이마를 땅에 대고 김상헌은 그 새로움을 경건성이라고 생각하고 있었다.(237)

(다) (…) 온조의 나라는 어디에 있는가……. 최명길의 이마가 차가운 돗자리에 닿았다. 왕조가 쓰러지고 세상이 무너져도 삶은 영원하고, 삶의 영원성만이 치욕을 덮어서 위로할 수 있는 것이라고, 최명길은 차가운 땅에 이마를 대고 생각했다. 그러므로 치욕이 기다리는 넓은 세상을 향해 성문을 열고 나가야 할 것이었다.(236)

『남한산성』은 전체적으로 3인칭 관찰자 시점의 기조를 유지하고 있지만, 김상헌과 최명길의 시간론이 펼쳐지는 이 대목에 이르면 3인칭 전지적 작가 시점으로 전환된다. 주네트의 용어로 말해 본다면

인물 내면으로 '내적 초점화(internal focalization)*의 전환이 이루어

진다고 말할 수도 있겠다. (나)를 '신생론', (다)를 '영원론'이라 이름

붙일 수 있다면, 김상헌의 신생론과 최명길의 영원론은 여기서 그치

는 게 아니다. (나)는 (라)의 연장선상에서 읽어야 할 대목이며, (다)

는 (마)로 이어진다.

(라) 언 강 위에 눈이 내리고 쌓인 눈 위에 바람이 불어서 얼음 위

에 시간의 무늬가 찍혀 있었다. 다시 바람이 불어서 눈이 길게 불려

갔고, 그 자리에 새로운 시간의 무늬가 드러났다. (…) 김상헌은 폐부

를 찌르는 새벽 공기를 깊이 들이마셨다. 몸이 찬 바람에 절여지며

시간은 차갑고 새롭게 몸속으로 흘러들었다.

(…) 천도가 시간과 더불어 흐르고 있으니, 시간 속에서 소생할 수

있으리.(41~42)

(마) 산야는 처음 빚어지고 처음 빛을 받는 강과 들처럼 깨어나고

있었다. 최명길은 차가운 공기를 몸 깊숙이 들이마셨다. 해가 떠올라

들을 깨우는 힘과 강이 얼고 또 녹아서 흘러가는 힘으로 성문을 열

고 나올 수는 없을 터이지만, 삶의 길은 해 뜨고 물 흐르는 성 밖에,

강 너머에, 적들이 차지한 땅 위에 있을 것이었다.(161)

---

* 주네트는 초점화 양상을 비초점화 서술 혹은 제로 초점화로 된 서술, 내적 초점화로
된 서술, 외적 초점화로 된 서술, 이렇게 3가지 서술 유형으로 삼분화했다(제라르 주
네트, 1992: 177~182).

들뢰즈는 시간론을 전개하면서 사물의 시간과 사건의 시간을 구분한 바 있다. 먼저 크로노스chronos 혹은 크로노스적 시간이 있고, 반면에 아이온Aiôn 내지 아이온적 시간이 있다(들뢰즈, 2000: 50~51, 135~138, 279~284). 크로노스 혹은 크로노스적 시간은 사물의 시간성이다. 사물의 상태를 이루는 한, 현재는 과거 및 미래와 분리되어 있다. 이 경우 시간 속에는 오직 현재만이 존재한다. 과거, 현재, 미래가 시간의 구성체로서 세 가지 차원이 아니다. 오직 현재만이 시간을 채우며, 과거와 미래는 시간 안에서 현재에 상대적인 두 차원일 뿐이다. 반면, 아이온 내지 아이온적 시간은 사건의 시간성이다. 이 시간성은 현재를 과거로 분할하는 시간의 방향성을 갖기도 하고, 현재를 미래로 분할하는 시간의 방향성을 갖기도 한다. 흔히 이 두 방향성은 '과거 지향'과 '미래 지향'이라는 개념으로 표현된다. 요컨대 크로노스의 시간은 작용을 가하고 있는 물체들 속에서 살아 있는 전적인 현재이며, 아이온의 시간은 물체들 및 그들의 작용에서 유래하는 비물체적인 효과들 속에서 과거와 미래로 무한히 나뉠 수 있는 심급이다. (가)의 영도의 글쓰기에서 나타나는 사물화된 시간이 크로노스적 시간이라고 한다면, (나)와 (다), 다시 (나)-(라)와 (다)-(마)로 구체화되는 신생론과 영원론의 시간은 아이온적 시간일 것이다.

(가)에서 서술자의 목소리를 통해 시간은 밝음이 아침이 되고 어둠은 저녁이 되며, 다시 아침은 저녁이 되고 저녁이 아침이 되었다. 이제 (나)-(라), (다)-(마)에서 시간은 주요 인물들의 목소리를 통과하면서 비로소 역사의 시간이 된다. 단적으로 말하자면 시간은 역사

가 된다. 이렇게 역사로 코드화된 시간은 (가)처럼 아침이 저녁이 되고, 저녁이 아침이 되는 사물의 시간과는 분명 다른 차원을 부여받은 것이다. 뉴스와 이야기를 만들어내는 사건의 시간은 탈물질적이며, 자명한 것이 아니라 문제적이기 때문이다. 신생론과 영원론의 시간은 또 "닭 울음이 멎자 내행전 마루는 시간이 빠져나간 듯 적막했다"(112)거나, "임금의 말은 시간이 행궁 지붕을 스쳐가는 소리처럼 들렸다"(187)는 시간의식의 시간과도 다른 것이다. 시간에 예민해진 감각은 임금의 일상에서 시간을 징후적으로 느끼고 있지만, 이 감각은 파편화된 단편적인 감각이어서 얼마든지 서사에서 생략 가능한 것이다. 그러나 (나)-(라)의 신생론과 (다)-(마)의 영원론은 그렇지 않다. 신생론과 영원론의 시간은 역사의 방향과 길에 관련되어 있다. 조선의 운명은 이 신생론과 영원론의 대립과 다툼 속에서 앞날이 있거나 없을 형국인 것이다.

신생론의 김상헌이 믿고 있는 시간의 진리는 사실 근거 없는 낙관론에 가깝다. "아침은 오고 봄은 기어이 오는 것이어서 성 밖에서 성 안으로 들어왔듯 성 안에서 성 밖 세상으로 나아가는 길이 어찌 없다 하겠느냐"(61)고 할 때, 이 막연한 시간론은 사물의 이치나 자연의 이치를 다시 한 번 확인시키는 수준의 복습에 불과한 것이라고 할 수 있다. 그런데 김상헌의 시간론의 핵심은 정작 "천도가 시간과 더불어 흐르고 있"(42)다는 생각에 있다. 여기에는 감출 수 없는, 유가의 관념적인 도덕적 이상주의가 투사되어 있는 것이다. 김상헌이 "길은 사람의 마음속에 있는 것"(199)이라고 믿는다면, 반면 최명길은 "길은 땅바닥에 있는 것, 가면 길이고 가지 않으면 땅바닥"(269)

이라고 맞선다. 최명길의 입장은 강자가 약자에게 못할 짓이 없는 약육강식의 현실에서 자연은 특별히 누구의 편도 아니고, 삶이 지속되기 위해서는 엄혹한 대가와 희생을 치러야 한다는 것이다. 남한산성에 갇힌 인조는 결국 "살기 위해서는 가지 못할 길이 없고, 적의 아가리 속에도 삶의 길은 있을 것"(271)이라는 최명길의 길을 간다. 당장 삶의 영원성이 치욕을 위로할 수는 없을지라도 치욕의 길을 가지 않을 수 없는 것이 인조의 운명이다. 그렇다면 이제 『남한산성』의 서사는 인조의 발길을 따라 역사의 시간을 향해 보다 진전된 모색을 보여주는 것일까.

순환시간의 지평과 함의

임금이 결국 적들이 차지한 땅 위의 길을 갔다면, 최명길이 말한 '영원'은 어디에 무엇으로 있는 것인가? 『남한산성』 서사의 핵심 담론이 시간론이라고 한다면 이제 소설은 이 질문에 답해 나아가야 할 결말을 남겨두고 있는 셈이다. 겨울이 가는 남한산성에는 봄이 온다. 특히 작가의 묘사에 오류가 있다는 지적*이 있기는 하지만, 냉

---

* 김훈은 『남한산성』에서 대지에 봄이 오는 풍경으로 냉이를 집중적으로 묘사했다. '냉이'라는 제목의 독립된 장章이 따로 설정되어 있을 정도이다. 해토머리에 올라온다는 냉이의 묘사는 이렇게 시작된다:"묵은 눈이 갈라진 자리에 햇볕이 스몄다. 헐거워진 흙 알맹이 사이로 냉이가 올라왔다. 흙이 풀려서 빛이 드나드는 틈새를 싹이 비집고 나왔다. 바늘끝 같은 싹 밑으로 실뿌리가 흙을 움켜쥐고 있었다"(265). 이러

이는 지천으로 봄이 오는 풍경을 전한다. 봄이 오는 남한산성에서 백성들은 다시 봄농사를 준비한다. 서날쇠는 잘 익은 똥물을 밭에 뿌리고, 나루는 초경을 흘린다. 47일간 똥물은 잘 익었고, 나루는 서날쇠에게 그의 쌍둥이 아들 둘 중 어느 녀석과 혼인을 시켜야 할지 새로운 고민을 안겨주는 처녀가 되었다. 김상헌은 이제 성 안에서 목을 매달았을 때 죽지 않기를 잘했다고 고쳐 생각한다. 이것이 시간론의 담론장이었던 『남한산성』이 대단원을 맺는 내용의 전부이다. 이것밖에는 없다. 이러한 결말은 우리에게 어떤 희망을 주는가,

한 냉이 묘사의 오류를 지적한 이는 학계나 평단의 인사가 아닌 농부 서연이었다. 서연이 지적한 오류를 그대로 옮기자면 다음과 같다.

남한산성의 '묵은 눈'과 '언 땅'에는 계절이 담겨 있다. 그 산성에서 냉이를 캐던 때는 음력 정월 초순께의 해토머리였다. '해토解土'는 다름 아닌 '땅풀림'인바, 겨울에서 초봄으로 넘어가는 때를 가리킨다. '초봄에 얼었던 흙이 풀리려는 때'라는 뜻의 '따지기때'도 같은 말이다.

'묵은 눈' 속의 '언 땅'에 햇볕이 스미고, 땅거죽의 흙 알갱이가 헐거워지면 그 틈새에서 냉이의 싹이 올라오는가. 겨울의 한기가 한참 남아 있는 시절인데도, 냉이는 씨앗에서 '바늘 끝' 같은 싹을 틔워 흙을 밀고 올라오는가. 그렇지 않다. 그 시절에 싹이 나왔다가는 얼어 죽는다. 냉이도 그걸 안다. 농사짓고 산 지 열여덟 해가 됐지만, 나는 이 땅에서 언 땅의 해토머리에 싹이 올라오는 냉이는 보지 못했다.

해토머리에 들녘과 산자락에서 만나는 냉이는 모두 월동한 두해살이풀이다. 지난 해 가을 돋아난 뒤 눈 덮인 언 땅에서도 죽지 않고 살았다. 섣달에도 산다고 해서 '납생臘生'이다. 잎을 보라. 겨우내 광합성을 하지 못해 어떤 잎은 검붉다. 뿌리께는 갈색으로 변한 진잎도 붙어 있다. 삶의 내력은 때로 빛깔로도 드러나는바, 월동한 냉이의 엽색은 엄정했다. 잎은 또 방석처럼 퍼져 땅에 바싹 붙어 있다. 식물학에서는 이런 잎을 '로제트rosette' 잎이라고 부른다. 장미 꽃잎을 닮았기 때문이다. 로제트 잎은 일조량이 적은 겨울에 햇빛은 더 받고, 찬바람은 덜 맞는다. 그 잎은 지열도 받아가며 추위를 견딘다. 이 모두 두해살이풀의 생존 전략이다.

한해살이 냉이도 있기는 하다. 그 냉이도 해토머리를 훨씬 지나 늦봄 무렵에야 올라온다. (…) 『남한산성』의 '냉이'처럼 묵은 눈이 갈라진 자리, 언 땅의 거죽 흙이 헐거워진 틈새에서 '바늘끝' 같은 싹이 올라온 냉이가 있었다니 놀랍다(서연, 2008: 296~297).

혹은 절망을 주는가를 따지기 이전에 시간론의 견지에서 본다면 그 의미가 무엇인지를 생각해 보자.

우선, 서사가 종료되면서 제시되는 시간 질서는 전前근대적이거나 탈脫근대적인 것이라고 말할 수 있다. 밤과 낮의 교체, 계절의 바뀜, 출생과 성장과 사망의 순환 등 자연과 사물의 무한한 반복을 가리 키는 시간은 우주적 시간이다. 작가의 궁극적 옹호와 선택은 이 우 주적 시간이라고 할 수 있다. 우주적 시간에서는 밤과 낮, 세대, 계 절 등의 자연적 단위들이 반복적으로 영속할 뿐이다. 이것이 영원이 다. "봄은 빠르게 다가왔다. 추위는 온 적이 없다는 듯이 물러나고 있었다. 날들은 지나간 모든 날들과 무관한 듯싶었다"(287)고 쓰는 작가는 순간과 순간의 계열적 연쇄나 계기적으로 축적되는 시간을 지우고 있다. 이런 마당에 마땅히 영원의 첫 번째 얼굴은 망각이어 야 할 것이다. 역사주의를 비판하는 자리에서 니체는 망각을 학문 적으로 표현하자면 비역사적으로 감각하는 것이라고 하면서 망각 이야말로 행복의 조건이라고 하는데(니체, 1982: 111), 소설은 봄농사 를 준비하는 서낟쇠가 웃는 것으로 끝난다. 눈녹듯이 사라지고 다 시 반복되는 순환의 우주적 시간에 대한 작가의 선택은 명백히 다 음과 같은 배제의 함의를 지니고 있다.

첫째, 우주적 시간에 대한 선택은 역사적 시간에 대한 배제를 함 축한다. 근대 이전에는 농업 중심의 생활 형태가 영위되고 있었기 때 문에 기본적으로는 태양의 운행과 계절의 순환을 기반으로 하는 시 간의식이 있었다. 이 순환시간, 즉 우주적 자연의 운동에 의거한 시 간의식이 무너지고 새로운 시간의식, 즉 직선적 시간의식(과거에도

미래에도 무한히 열린 시간의식)이 생겨나올 때 비로소 근대가 도래
한다(이마무라 히토시, 1999: 66~67). 순환의 시간은 과거중심적이다. 순
환의 반복 자체가 과거의 동일성을 재생산하는 것이기 때문이다. 그
러므로 적극적으로 차이 나는 반복을 사유하지 않는 한 미래란 뚜
렷하게 의식되지 않는다. 그러나 직선적이고 선조적인 흐름, 즉 국가
와 문명과 종족들의 경과를 말하는 역사적 시간에는 어느 정도 '진
보'라는 개념이 전제되어 있기 마련이다. 시간이 단일한 방향으로 진
행되고 역전 불가능한 것으로 여겨지는 정도의 시간에 대한 관념은
인류 문명사의 견지에서는 아주 일반적인 통념이기도 하다. 특히 근
대의 계몽주의 철학에 의해 진보라는 개념은 하나의 소신所信으로
주창되었고 19세기의 역사철학에 의해서는 교의의 수준으로까지
격상되었다(한나 아렌트, 1999: 52). 진보의 관념에 의해 추동되는 근대
역사의식은 역사를 목적론적 책무와 연결시키며 궁극적으로는 역사
의 미래에 대한 낙관을 노정한다. 물론 이 낙관이 누구에게나 신뢰
되는 것은 아니다. 현대 지성사의 견지에서 보면 이런 낙관은 광범위
하게 불신되었다. 가령 우리는 파울 클레의 「새로운 천사」라는 그림
을 제시하며 '진보'를 세찬 폭풍, 곧 훼방꾼에 불과한 것으로 묘사하
는 벤야민의 '역사철학테제'(발터 벤야민, 1983: 348~349)를 잊기 힘들
다.* 『남한산성』의 작가도 이러한 진보의 역사적 시간이 상정하는 목
적론적 시간관에 거부를 표현하고 있는 것으로 볼 수 있다.

---

* 마샬 버먼은 이 대목에 대해 "벤야민의 대단히 현대적인 천사는 우리 역사를 사로잡
고 있는 이 모든 불안과 내적 모순의 희생물이다"(마샬 버먼, 2001: 330)고 적고 있다.

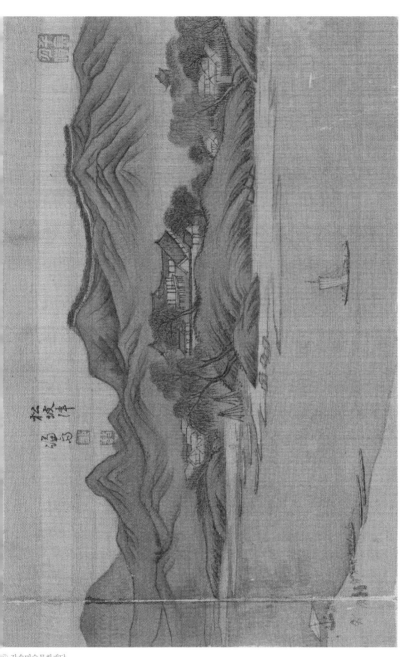

〈송파진松坡津〉(1741, 간송미술관 소장). 겸재 정선鄭敾의 그림이다. 병자호란으로부터 100여 년이 흐른 뒤 남한산성이 송파나루에서 원경으로 잡혔다. 시간이 흐르면 병자년의 치욕도 저 강물처럼 씻겨져 흘러가는 것인가. 병자년 겨울을 뒤로한 채 능수버들의 머리채가 강바람에 씻기고 있다. 치욕도 무상한 것인지 남한산성은 산허리 일부가 되어 아름답게까지 보인다.

둘째, 시간의 내적 신비주의에 대한 경계를 읽을 수 있다. 역사주의 시간에 대한 발본적인 비판은 우주적 시간에 대한 신비화로 이어질 수도 있다. 이런 가능성은 가령 엘리아데 같은 이에게서 쉽게 발견될 수 있는 것이다. 고대 사회의 인간은 불가분리의 관계로 우주 및 우주적인 리듬과 관련지어져 있는데 반해, 현대 사회의 인간은 '우주' 대신 '역사'와만 관계를 맺고 있다는 비판이 엘리아데의 기본 관점이다(미르체아 엘리아데, 1984: 7). 그래서 엘리아데는 사물이 비롯된 태초의 신화적 시간, 즉 거룩한 시간에로의 주기적인 복귀에 대한 종교적 향수를 가지고 있다. 그러나 김훈에게 위대한 시간, 성스러운 시간에 대한 욕망은 자제되고 있다. 작가에게 이런 욕망 자체가 아예 없다고는 말할 수 없다. 가령 (라), (마)의 인용문에서 김상헌과 최명길은 모두 새벽 시간에 서 있다. 새벽은 단지 균질적인 시간이 아니라 그 무엇보다도 성화聖化되고 있는 에포크의 시간이다. 그러나 우주의 시간으로서의 새벽은 여기까지이다. 그것은 더 이상 절대의 시간으로 발전하지는 않는다. 현대소설이 인간의 내면성이 투사된 주관적 시간에 관심을 기울인다고 할 때, 시간에 대한 내적 신비주의(혹은 구원주의)는 이 내면성과 주관성에 깃들 터이다. 그러나 "한국문학의 거의 대부분은 인간에 대한 연민의 바탕 위에서 놓여진 것"(신수정·김훈, 2004: 318)이라는 반인간주의적 문제의식 때문인지, "길은 땅 위로 뻗어 있으므로 나는 삼전도로 가는 임금의 발걸음을 연민하지 않는다"(4)는 작가의 말을 앞세우는 『남한산성』에서는, 시간을 인간의 시간으로 순치시켜 인간 내면 속으로 끌어들이는 일체의 인간중심적 신비주의가 거부되고 있다. 따라서 김훈의 우주적 시간은 신비의 구원사상이나 진보의 유토피아 사상으로부터 멀리 벗어난 지점에서 벌거벗은 물리적 교리로 존재할 뿐이다. 이 시간은 치욕을 망각으로나 씻을 뿐인 순환하는 자연이다.

남는 문제들

흔히 역사 소재의 리얼리즘 소설에서 시간은 개인이나 집단의 성숙을 이끌거나 파멸로 인도하는 힘으로 묘사된다. 이 경우 시간은 어찌 됐든 한 사회의 진화를 표시하는 게 보통이다. 그러나 『남한산성』은 이에 해당하지 않는다. 『남한산성』은 이른바 '이념형 역사소설'이 아니기 때문에 우리에게 불편하고 낯선 것인가. 그러나 모든 형태로 보편성을 멸시하는 경험주의의 풍조로 인해 영미문학계의 지적 풍토에서도 역사적인 미래가 소멸되고 이념소설이 포기되는 경향이 일반적이라고 한다(칼 하인츠 보러, 1995: 251). 『남한산성』의 낯설음과 깊이는 우리에게 텍스트가 말함으로써 말하지 않는 것의 함의를 숙고하게 하지만, 시간 문제의 심오함은 책장을 덮고 나서도 거듭 함의의 함의를 사유하게 한다. 『남한산성』에서 시간은 틀림없이 작가가 도처에서 자주 언급하는 인간사 '생로병사'와 세상사 '약육강식'의 관철 원리로서의 삶 안팎의 리듬일 것이다. 그것은 서술자의 목소리뿐만 아니라 인물의 담론을 통해서도 드러나는 기표의 현실이고, 나아가 텍스트의 무의식으로 내면화된 심층 무의식의 주인공이기도 하다. 그런데 이 주인공은 또 하나의 주인공을 낳는다.

초점화된 시간이 원경으로 물러날 때 결국 남는 것은 역사의 풍경이다. 이 풍경은 '영원'의 모습을 마지막 장면으로 제시하는데, 지금까지 전개한 시간론의 견지에서 본다면 적어도 작가는 다음과 같은 문제들을 적극적으로 추구하지는 않았다고 볼 수 있다.

즉, 세대, 계절, 우주 등 자연적 단위들은 영원회귀의 틀에서 순환하면서도 시간의 덧없음을 소거할 수 있는 계기는 없는 것인가. 가령, '새벽'이 영원회귀의 주체가 된다면 그것은 덧없음을 소거하고 영원과 동격이 될 수 있을까. 말(言語)먼지와 말(馬)먼지의 부질없는 소용돌이 속에서 죽어가는 사람들에게 역사는 정녕 자신이 왜 죽어가야 하는지 영문도 모를 어떤 메타성 같은 것에 불과한 것인가. 오직 자신의 삶의 자리로 돌아가기만을 원하는 민초들의 즉자적이고 즉물적인 삶은 기회주의자 영의정 김류가 좇는 시류時流와 무엇이 다른가. 김류는 "세상은 되어지는 대로 되어갈 수밖에 없을 것"(16)이라고 하는데, 이들 또한 모두 동격으로 영원의 표정을 갖고 있는 것인가. 그렇다면 '되어지는 대로'가 아니라 '되어야 할 대로'의 '됨'에는 어떤 개입도 하지 않고, 모든 당위와 이상을 타자화하면서 물 흐르듯이 사는 것이 영원의 삶인 것인가. 많은 희생의 대가를 지불하면서 '되어야 할 대로' 되는 문명사의 진전도 있는 법인데, 이는 무엇으로 설명할 수 있는가……

작가가 그리는 영원이라는 것이 역사에서 역사주의의 역사 같은 대문자 역사만을 뺀 것만은 아닐 것이다. 만약 그렇다고 한다면 궁극적으로 『남한산성』의 기획은 거대담론의 무력화에 지나지 않는다. 그러나 한 서사의 모험이 네거티브 전략 같은 것으로 요약될 수

는 없을 것이다. 무엇보다도 빼어난 시간론은 영도의 글쓰기에서 아
이온의 시간에 대한 탐구에까지 그 자체가 진경이기도 하다. 그래서
우리는 다름 아닌 바로 김훈의 텍스트에서 무의미한 소용돌이의 단
순 교차 반복으로서의 영원의 순환이 아니라, 의미 있는 차이를 생
성하는 반복을 긍정적으로 모색하고 싶은지도 모른다. (2012)

4장

호모 비아토르의 표상 문제

내를 건너서 숲으로
고개를 넘어서 마을로

어제도 가고 오늘도 갈
나의 길 새로운 길

민들레가 피고 까치가 날고
아가씨가 지나고 바람이 일고

나의 길은 언제나 새로운 길
오늘도…… 내일도……

내를 건너서 숲으로
고개를 넘어서 마을로

윤동주, 「새로운 길」 전문(윤동주, 2004: 85)

김훈 소설의 길을 찾아서

우리말 '길'은 그 쓰임에 따라 다양하고 중층적인 의미함축을 갖는 심오한 어휘이다. 우선, 눈에 보이는 물리적 대상으로서의 길(路, road)이 있다. 이 길은 비교적 분명한 실체를 가지고 있다고 할 수도 있다. 그러나 보이는 길이라도 우리가 공간(space)과 장소(place)를 구분하는 인문지리학의 개념*에 유의한다면 공간으로서의 길과 장소로서의 길을 다르게 변별하는 인식 차원을 가질 수도 있다. 물론 보이는 길(路, road)과 다르게 보이지 않는 길(道, way)은 더 간단하지 않다. 세상의 보이는 길보다 보이지 않는 길이 더 많은지는 알 수 없지만, 보이지 않는 길은 단지 비유나 상징의 의미 확장성을 넘어 경우에 따라서는 다양한 의미론적 해석의 도전을 요구하는 것만큼은 분명하다. 예컨대 노자의 『도덕경』은 첫 구절을 "도가도비상도道可道非常道"(노자, 1995: 19)로 시작하고, 성경에서는 "나는 길이요, 진리요, 생명이니······"(요한복음 14장 6절)라는 대목이 빼놓을 수 없는 핵심 가운데 하나라고 우리는 알고 있다.** '길'이란 이처럼 동서를 막론하고 인류의 의식 속에 뿌리 깊게 자리하고 있는 어떤 원

---

* 현상학적 방법론을 통해 지리학을 탐구하는 인문주의 지리학자들에게는 '공간(space)'과 '장소(place)'의 구별이 있다(이푸 투안, 2007: 19~20, 219). 즉, 공간은 움직임이며, 개방이며, 자유이며, 위협이다. 반면 장소는 정지이며, 개인들이 부여하는 가치들의 안식처이며, 안전과 애정을 느낄 수 있는 고요한 중심이다.

** 『도덕경』에 나오는 '도가도비상도'의 '도道'는 영어로는 'The Way'라고 번역하는 것이 일반적이다(노자, 1995: 21). 위의 성경 요한복음 대목은 영어성경에는 "I am the way, the truth, and the life······"(*Good News Bible: Today's English Version*, 1984: 138)라고 적혀 있다.

형原型심상에서 비롯되고 있다고 볼 수 있지만 그 의미표상은 결코 일의적이지 않다. '길'의 이러한 중층적 의미함축과 의미생산 가능성 은 물론 문학 언어로서의 가능성으로 주목받기도 했다.[*] 나아가 '길' 은 문학 텍스트의 언어로서뿐만 아니라 텍스트 언어를 해명하는 메 타 언어로도 널리 활용되었다. 잘 알려진 바와 같이 일찍이 루카치 는 『소설의 이론』에서 소설의 생래적 장르 특질을 길과 관련지어 해 명했던 것이다.

"별이 빛나는 창공을 보고, 갈 수가 있고 또 가야만 하는 길의 지도를 읽을 수 있던 시대는 얼마나 행복했던가? 그리고 별빛이 그 길을 훤히 밝혀 주던 시대는 얼마나 행복했던가?"(게오르그 루카 치, 1985: 29). 누구에게나 인상적인 명문으로 기억될 법한 루카치의 『소설의 이론』의 시작은 이렇게 길에 대한 사유로 출발한다. 루카 치에게 "소설은 신에 의해서 버림받은 세계의 서사시"(게오르그 루 카치, 1985: 113)이기 때문에 잃어버린 초월적 총체성을 찾아 헤매는 길찾기가 바로 소설의 내적 형식이 되는 장르이다. 따라서 길이 없 는 시대에 길을 찾아 떠나는 길 위의 문제적 인물이 소설의 주인 공이며, 이 문제적 인물이 경험하는 삶의 여로가 바로 소설의 플 롯이 된다. 우리 근현대 소설사에서도 명작으로 평가되는 많은 작 품들을 다름 아닌 '길의 플롯'에 의해 이루어진 작품들로 읽을 수

---

[*]이재선은 우리의 고전문학에서부터 근현대문학에 이르기까지 지속적으로 길의 상 징 혹은 표상이 출현하고 있다는 사실을 일관되게 지적했다(이재선, 1986: 201~217; 1989: 178~194).

있다.[*] 이인직의 『혈의 누』, 이광수의 『무정』, 염상섭의 『만세전』, 이기영의 『고향』, 허준의 「잔등」 등이 바로 '길의 플롯'에 의해 소설이 이루어진다고 볼 수 있는 작품들이다.[**] 루카치가 생각했던 것처럼 타락한 세계에서 진정한 가치를 추구하기 위해 길을 나선다는 문제아들의 세계는 오늘날에는 그 입론의 타당성과 문제의식의 적실성에 한계가 있을 수 있다. 그러나 여전히 많은 소설의 주인공들은 타락으로부터의 구원이나 서사시적 총체성으로의 귀환이라는 저 루카치적 문제의식 없이도 저마다의 이유로 길을 떠나고 있다. 그러므로 간혹 오늘날 작가들의 소설 세계의 전개를 '소설 기행'으로 요약하는 논급은 비평적 클리셰만은 아닐 것이다.[***] 소설 세계뿐만

---

[*] 길의 플롯에 의해 이루어진 '여로형 소설'에 대한 최근의 가장 주목할 만한 논의로는 나병철의 『소설과 서사문화』를 꼽을 수 있다. 나병철은 들뢰즈, 푸코, 그레마스 등의 이론을 활용해 여로형 소설에서의 소설의 여로를 분석한다(나병철, 2006: 103~359). 특히 이 논의는 들뢰즈에 많이 기대고 있는데, 소설의 여로가 들뢰즈가 말한 '계열화된 사건의 선'과 유사하다고 보기 때문이다. 이 관점에 따르면 들뢰즈의 세 가지 사건의 선에 다양한 서사문학을 대응시킬 수 있다. 들뢰즈의 세 가지 선이란 사회적 규범에 의해 결정된 점들 사이를 연결하는 경직된 몰적(집단적) 선분과, 그 선분을 통과하면서도 유연한 분자적(개인적) 운동을 통해 균열을 만드는 선, 그리고 사회적 규범이 만드는 점과 선에서 이탈하는 탈주선의 구분을 말한다. 이렇게 분류하면 서사시·로망스·고전소설·근현대소설로 이어지는 서사문학의 흐름이 일정한 개념에 의해 통시적으로 계열화된다. 그러나 어떤 작품이 어떤 선에 상응하는지 쉽게 시각화되기 때문에 분류의 편의성은 또한 도식성이라는 부담을 안아야 하는 것으로 보인다.

[**] 이 일련의 근대소설사의 문제작들에 대한 작품론으로 무엇보다도 먼저 정호웅의 논의를 주목할 필요가 있다. 정호웅은 위에 적은 작품 이외에도 채만식의 「역로」, 지하련의 「도정」, 이기영의 『두만강』을 문제적 인물이 경험하는 삶의 여로(길)가 바로 소설의 내적 형식이 되는 작품으로 꼽았다(정호웅, 1995: 83~107). 우찬제는 『혈의 누』, 『만세전』, 『고향』, 「잔등」 이외에 황석영의 「삼포 가는 길」, 김승옥의 「무진기행」, 하일지의 『경마장 가는 길』, 조성기의 『통도사 가는 길』 등의 작품 목록을 추가하며 논의를 현대소설사의 지평으로 확장시켰다(우찬제, 1996: 162~196).

아니라 나아가 작가적 지향도 길과 관련된 모티프로 정의될 수도 있다. 김훈은 다름 아닌 '방황'이 작가적 정체성의 요체로 지목되는 작가이기도 하다.*

　사람은 누구나 어떤 길을 간다. 굳이 소설이 곧 길이라는 명제를 받아들이지 않는다고 하더라도, 또 특정 소설 속 인물이 아니라고 하더라도 길을 떠나고, 길 위에 있다. 그러나 길을 간다는 사실이 특별히 인간적 조건이 되고 인간다움의 유적類的 본질을 형성하는 경우도 있다. 한두 명의 예외적 사례로 그치지 않는 김훈의 많은 작중인물들이 그렇다. 가히 호모 비아토르homo viátor** 라고 할 만

*** 김훈의 소설 세계를 '길'의 여정으로 요약하는 논의도 있다. "그의 소설가로서의 여정은 역사와 세상, 인생사와 일상사에 켜켜이 배어들어 있는 허무의 심연을 미학적으로 확인하기 위한 소설기행이라고 부를 수 있지 않을까 싶다"(권성우, 2016: 267).

* 신형철은 김훈 특유의 어디에도 속하지 않는 탈이념 구체성 지향을 '방황'으로 표현하고, 라캉의 말을 빌려 김훈의 작가적 지향을 '속지 않는 자가 방황한다'고 논단한 바 있다(신형철, 2007: 349~364).

** 여기서 '비아토르'라고 쓰는 라틴어 'viátor'는 길 가는 사람, 길손, 행인, 여행자, 나그네 등의 의미로 풀이되는 말이다. 이 대목에서 어떤 독자는 자코메티A. Giacometti의 명작으로 꼽히는 〈걸어가는 남자(L'homme qui marche)〉의 이미지를 떠올리기도 할 것이다. 그렇다. 자코메티는 사르트르J. P. Sartre와 친구 사이이기도 했고, 따라서 그의 작품은 사르트르 실존 철학의 어떤 단면들을 구현했다고 평가받기도 한다. 자코메티의 〈걸어가는 남자〉는 우리에게 쉽게 잊지지 않는 호모 비아토르의 강렬한 표상 가운데 하나이다.

'호모 비아토르'에 대한 개념적 이해를 위해서 좀 더 폭넓게 인류 지성사의 장으로 눈을 돌려보자면 『호모 비아토르Homo viátor』라는 저서를 남기고 있는 가브리엘 마르셀G. Marcel의 경우를 주목해 볼 수 있다. 마르셀에 의하면 길 가기는 인간의 인간다움의 조건으로 정의되는 것이며, 도상途上에의 존재는 언제나 어떤 그 무엇을 찾아 끊임없이 탐색하는 영혼이다(김형효, 1990: 169). 그러나, 이 연구에서는 굳이 가브리엘 마르셀적 특정 의미에 국한시키지 않고 보통명사로서 '호모 비아토르'라는 말을 사용하기로 한다. '호모 루덴스'가 더 이상 호이징가J. Huizinga의 것이 아니듯, '호모 사케르'가 더 이상 아감벤G. Agamben만의 것이 아니듯, 호모 비아토르는 가브리엘 마르셀적 특정 의미 맥락에서 탈코드화되며 동시에 재맥락화되는 개념이다.

한 인류를 김훈의 소설에서는 일정한 흐름으로 포착해 낼 수 있다. 이 글은 지금까지 쓰여진 김훈의 소설 세계 전반을 대상으로 먼저 이러한 호모 비아토르의 구체적 존재 양상을 살펴보면서 출발하고, 나아가 그 의미를 탐구하고자 한다. 이러한 접근으로써 그동안 인식되지 않았던 김훈 소설들 간의 새로운 근친성이 드러나면서, 또 하나의 새로운 김훈 소설 세계의 정체성이 정의될 수 있기를 기대한다.

길 위의 사람들: 호모 비아토르

김훈 소설에서 호모 비아토르 존재의 전개 양상을 살피기 위해 무엇보다 먼저 논급되어야 할 작품은 『흑산』이다. 『흑산』은 『칼의 노래』, 『현의 노래』, 『남한산성』 등 일련의 역사 장편소설 이후에 출간된 또 하나의 역사 장편소설이다. 『흑산』에서 주인공은 물론 흑산으로 유배 길을 가는 정약전이고, 마부 마노리라는 인물은 핵서사와는 거리가 있는 주변 인물에 불과하다. 그러나 작가는 이 길가기가 천분인 마부 마노리의 인물 형상화에도 많은 공을 들이고 있다. 마노리는 누구인가. "사람이 사람에게로 간다는 것이 사람살이의 근본이라는 것을 마노리는 길에서 알았다. 사람이 동쪽 마을에서 서쪽 마을로 갈 때, 동쪽 마을에서는 간다고 해도 서쪽 마을에서는 온다고 하니, 길 위에서는 갈 왕往과 올 래來가 같고, 지나가는 것과 다가오는 것이 다르지 않음을 마노리는 고삐를 끌고 걸으면서 알았다"(『흑산』: 41~42)[*]고 특기할 정도로 마노리는 일단 길의 의미를 깨우친 인물이다. 『흑산』에는 자득自得의 인물로 종교 엘리트 황사영이나 물고기 전문가 창대를 소개하고 있는데, 마노리 역시 '길'에 관한 자득의 인물임이 틀림없어 보인다. 마노리馬路利는 본시 평안도 정주 역참의 마부인데 그 이름 자체가 말을 끌고 길을 간다고 해서 동네 사람들이 지어준 것이다. 마노리가 북경에 갔을 때 구베아 주교는 마노리에게 '요한'이라고 이름을 지어주는데, 요한이라는 이름 역시 '먼 길을 가는 자'라고 구베아 주교는 말한다. 여러 모로 마노리는 길의 운명을 피할 수 없는 입장인 것이다.

'먼 길을 가는 자'라는 점에서는 『흑산』의 문풍세 역시 마노리와 크게 처지가 다르지 않다. 작중인물 문풍세는 실존인물 문순득(1777~1847)을 모델로 한 것으로 보인다. 사전이 제공하는 정보에 의하면 실존인물 문순득은 조선 후기 흑산도 출신의 홍어 장수로 알려져 있다.[**] 문순득은 어물 거래를 위해 항해하다가 풍랑을 만나 일본과 필리핀까지 밀려가 외국에서 머물기까지 한 인물로 기록되어 있다. 실제로 정약전은 문순득의 체험담을 듣고 그의 표류기를 쓰기도 했다고 전해지는데, 교통수단이 발달되지 않은 시대에 문순득의 여정은 자발적인 길가기의 기획이 아니라 의도하지 않은 뜻밖의 표류였고 불상사 이상이 아니었다. 역시 정약전의 삶을 형상화하고 있

---

[*] 앞으로 작가의 텍스트 인용은 이처럼 본문의 내주에서 작가의 이름과 작품 생산연도를 일일이 밝히지 않고, 약식으로 작품명과 인용 면수만을 적는 방식을 취하기로 한다.

[**] 'https://terms.naver.com/entry.nhn?docId=1715569&cid=40942&categoryId=33383

는 한승원의 『흑산도 하늘 길』에는 이 인물에 대한 비교적 전기적 사실에 충실한 인물 형상이 그려진다. 『흑산』에서도 "흑산뿐 아니라 대마도를 돛배로 오가며 교역을 하고 있으며 어느 해 태풍에는 유구琉球까지 표류했다가 거기서 배를 수리해서 반년 만에 돌아왔다는 소문도 있었다"(『흑산』: 298~299)는 소문의 주인공은 다름 아닌 이문순득임이 분명하다. 그러나 여기까지다. 『흑산』의 문풍세는 풍문의 정보를 받아들이는 이 정도 선에서 문순득의 전기적 정보에 빚지고 있을 뿐이다. 김훈이 초점을 맞추는 것은 이런 전기적 무용담이 아니다. 무엇보다도 "멀고 또 멀어서 아무도 갈 수 없는 바다를 건너가는, 먼 길을 가는 자"(『흑산』: 274)라는, 길의 테마와 관련된 사실이 주된 관심사다. 육지에서는 마노리가 있다면, 바다에서의 문풍세는 풍랑을 헤쳐가며 누구도 쉽게 갈 수 없는, 먼 길을 가는 비상한 호모 비아토르인 셈이다.

호모 비아토르에 대한 작가의 탐색 의지는 『흑산』한 작품만 놓고 보아도 여기서 그치지 않는다. 역시 『흑산』의 작중인물인 길갈녀는 단지 박해받는 천주교 신자 가운데 한 명이 아니다. 지상에서의 삶을 천국으로 가는 '정거장' 정도로 생각한다는 길갈녀에게는, 길을 간다고 해서 '마노리馬路利'로 명명된 마부처럼, 호모 비아토르에 대한 작가의 일관된 탐색 의지가 작명원리로 작동되고 있는 경우라고 볼 수 있다. 다만 길갈녀는 마노리와는 달리 길을 가는 여성 비아토르 주체인 것이다.

명시적으로 호모 비아토르로 읽을 수 있는 인물은 『흑산』의 인물만이 아니다. "말로써 정의를 다툴 수 없고, 글로써 세상을 읽을 수 없으며, 살아 있는 동안의 몸으로써 돌이킬 수 없는 시간들을 다 받아 내지 못할진대, 땅 위로 뻗은 길을 걸어갈 수밖에 없으리"(『남한산성』: 4)라는, 작가 서문을 앞세우고 있는 『남한산성』의 임금 역시 일종의 호모 비아토르라고 할 수 있다. 이 비아토르 주체는 "세상의 길이 성에 닿아서, 안으로 들어오는 길과 밖으로 나가는 길이 다르지 않을 터이니, 길을 말하라"(『남한산성』: 194)고 삶의 논리를 다름 아닌 길의 논리로 말하는 발화 주체이다. 갈 곳 없는 천하의 임금 역시 김훈의 소설에서는 한 명의 억압된 호모 비아토르에 지나지 않는 것이다.

길 모티프가 라이트모티프로 작동하고 있는 김훈의 소설 가운데 어떤 소설보다도 중요한 위치에 놓이는 작품으로 『개』가 있다. 이 소설에서 개는 물론 호모 비아토르일 수는 없다. 그러나 '내 가난한 발바닥의 기록'이라는 부제가 붙은 이 작품에서 보리라는 진돗개는 어떤 인류보다도 비아토르 주체이다. "나무 그늘 밑에 엎드려서 나는 바퀴가 돋아날 수 없는 내 발바닥의 굳은살을 핥았다"(『개』: 101)는 진돗개 보리는 인라인스케이트를 타는 아이들을 부러워하는데, 이 대목은 문명사회에서 이미 호모 파베르homo faber*인 문명인으로서의 호모 비아토르의 운명을 예고한다고 볼 수 있다. 호모 파베르로서의 인류는 호모 비아토르의 운명을 바퀴라는 문명의 이기利器를 통해 실현하는 존재이기도 하기 때문이다. 김훈의 역사소설에

---

*호모 파베르Homo Faber는 도구의 인간을 뜻하는 용어이다. 도구를 사용하고 제작할 줄 안다는 사실에 주목하여 인간의 본질을 파악하는 인간관으로 베르그송에 의해서 창출되었고 막스 프리쉬는 동명의 소설을 발표했다.

서는 말이나 배와 함께 등장하는 마노라나 문풍세 같은 호모 비아 토르도 있지만, 또 『남한산성』에서처럼 말에서도 내려서 오직 땅에 난 길을 걸어가야만 하는 호모 비아토르도 있지만, 당대 현실을 소 설의 시점으로 택한 작품들에서는 현대 문명의 바퀴와 함께 호모 비아토르가 등장한다. 오토바이가 등장하는 『공터에서』, 택시가 등 장하는 「배웅」과 「고향의 그림자」, 불도저가 등장하는 「항로표지」, 열차가 등장하는 「언니의 폐경」, 비행기가 등장하는 「강산무진」, 이 일련의 작품들에서 호모 비아토르들은 어김없이 바퀴와 함께 길 위에 있다.

『자전거 여행』의 필자는 먹고 살아야 하는 세상에서 자전거는 밥 벌이가 되어주지 못하기 때문인지는 몰라도, 자전거 타는 호모 비아 토르를 주인공으로 삼은 소설을 쓰지는 않았다. 대신 김훈의 소설에 는 오토바이 운전을 직업으로 삼는 주인공이 있다. 『공터에서』의 마 차세는 일견 오토바이로 먹고 살지 않아도 되는 인물인 것처럼 보인 다. 마차세는 대학에서 경영학을 전공하고 경제 전문 잡지에 기자로 취직한 전력이 있는 인물이다. 그는 전두환 신군부의 언론 통폐합 조치의 결과로 실직하는데, 실직한 후 잡은 직장이 고속물류 회사이 다. 이 물류 회사에서 마차세가 하는 일이란 다름 아닌 오토바이 배 달이다. 마차세는 물류 회사에서 다른 직장으로 이직을 하기도 한 다. 장춘무역에 취업해 관리부에서 일하다 구매과 대리를 거쳐 인사 부 차장으로까지 승진한다. 그러나 그 모든 것에도 불구하고 이직한 직장이 파산하자 마차세는 다시 물류회사에 돌아와 배송기사로 오 토바이를 탄다. "길바닥이나 책상 앞이나 일은 다 마찬가지야. 먹이를 버는 거잖아. 사냥꾼이나 어부나 늑대나 솔개나……. 그게 오히려 아름다운 거지"(『공터에서』: 229)라고 말하는 마차세에게 작가는 신분의 위계가 매겨지는 직업의 환상 따위는 부여하지 않는다. 「항로표지」에서도 대기업 간부까지 지낸 송곤수는 불도저 운전에 호기심을 갖고 있는 인물인데, 종국에는 뱃길을 안내하는 등대지기가 된다. 호모 비아토르의 운명에 대한 지속적 관심은 「배웅」의 김장수, 「고향의 그림자」의 형사의 최종 직업을 택시 운전으로 설정한 데서도 확인된다. 이뿐만이 아니다. 다음처럼 김훈의 적지 않은 소설들은 작중인물을 길 위에 세우는 것으로 결말을 맺고 있어 작가의 집요한 호모 비아토르에 대한 탐색의지를 읽을 수 있다.

> 마차세는 서울 남부 순환 도로에서 동부 순환 도로로, 외곽 도로에서 중앙 도로로 하루 종일 달렸다.(『공터에서』: 351)

> 노목희가 전화를 끊었다. 강변의 아침안개 속에서 자동차들이 밀려 들었다. 문정수는 서울 서북경찰서를 나와서 서울 동남경찰서로 차를 몰아갔다. 서북경찰서 야간 당직사건 중에는 기삿거리가 없었다.(『공무도하』: 324)

> 저녁 일곱 시가 지나자, 인천공항에는 비행기들이 잇달아 도착했다. 도심으로 가는 승객들이 택시 승강장에 줄지어 있었다. 김장수는 당산동 쪽으로 가는 승객을 태우고 영종대교를 건너왔다. 휴가를 마친 피서객들이 서울로 몰려들고, 을지로에서 간선수도관이 터져서

도심 교통은 두 시간째 정체되어 있다고 교통방송 앵커는 전했다. 새
벽 네 시까지는 아득한 시간이 남아 있었다.(「배웅」, 『강산무진』: 30)

자정이 넘은 도심지에서 취객들은 택시를 향해 마구 달려들었다.
(…) 나는 달려드는 취객을 피해서 중앙선과 사차선 사이를 갈팡질
팡하면서 헤치고 나갔다. 늦고 지친 시간에 택시로 달려드는 취객들
은 때때로 내 어머니의 미즈코들처럼 보이기도 했다. 취객들은 차도
안까지 내려와서 길을 막았고 나는 중앙선을 넘어서 취객들을 피했
다.(「고향의 그림자」, 『강산무진』: 214)

대구를 지나자 날은 어두워졌다. 저무는 들판에 등불이 흘러갔고
기차가 강을 건널 때 물가에서 한쪽 다리로 서 있는 키 큰 새의 모
습이 차창 너머로 보였다. 내 옆에서 언니는 곤히 잠들어 있었다.(「언
니의 폐경」, 『강산무진』: 276)

비행기는 정시에 이륙했다. (…) 〈강산무진도〉는 살아 있는 내 눈
아래 펼쳐져 있었고 그 화폭 위쪽, 산들이 잔영으로 스러지고 바다
가 시작되는 언저리에서 새빨간 럭키 스트라이크 담뱃갑이 바람에
날리는 환영이 보였다. 비행기가 동해 위로 나왔을 때 나는 유리창
의 덧문을 내렸다. 바람이 역풍으로 강하게 불고 있어서 LA 도착시
간이 한 시간쯤 지연될 것이라고 기내방송이 알렸다.(「강산무진」, 『강
산무진』: 352)

몸의 길과 내재성의 장

작가는 어찌하여 길, 혹은 길 가는 사람에 대해 이토록 깊은 인상을 가지고 있는가? 아니 단순히 인상을 넘어 경우를 달리해 가면서까지 운명적인 연루를 보여주는 것인가? 호모 비아토르를 작중인물로 등장시키는 작가의 의식적 지향 뒤에 가려져 있는 무의식의 비밀에 접근하기 위해서, 일단 작중인물보다 더 신뢰할 수 있는 화자의 목소리를 먼저 들어보자. 역시 비아토르 주체인 『자전거 여행』의 화자는 "자전거를 타고 저어갈 때, 세상의 길들은 몸속으로 흘러 들어온다"(『자전거 여행』: 16)고 말한다. 이 진술을 조금 구체적으로 부연해 보면 호모 비아토르의 행보라는 것은 무엇보다도 세상의 길들을 길들이기 하는 것이라고 할 수도 있다. 여기서 길들이 몸속으로 "흘러 들어온다"는 식으로 길이 주체에게 주체화되는 과정은 주체의 어떤 내면을 외부에 투사하거나, 내면의 자기동일성을 밖으로 일방적으로 확장·연장시키는 행위가 아니다. 오히려 그 반대로 길을 내부로 들여놓고, 나아가 그 길이 되는 것이다. 그래서 작가는 "몸 앞의 길이 몸 안의 길로 흘러 들어왔다가 몸 뒤의 길로 빠져나갈 때, 바퀴를 굴려서 가는 사람은 몸이 곧 길임을 안다"(『자전거 여행』: 17)고 했을 것이다. 여기서 길은 곧 몸의 길인데, 몸이 길을 소유하는 길이 아니라 길을 몸에 들임으로써 몸이 길이 되는, 길과 몸 동격의 길이다.

길이 몸으로 이렇게 "흘러 들어온다"는 주체화 과정은 '길들이다'라는 말의 용법 속에도 어느 정도 표현되어 있다고 볼 수 있다. 일찍이 이러한 말의 용법에 주목할 만한 통찰을 보여준 작가 최인훈에 의하면 '길들인다'는 것은 주체가 아닌 것을 주체에게 본질적인 것으로 만든다는 뜻인데, 말 그대로 밖에 있는 길을 안에 들여놓는다는 행위를 의미한다(최인훈, 1989: 227~228). 생텍쥐페리의 『어린 왕자』의 경우를 떠올려볼 수도 있다. "여우가 '길들인다'고 말하는 것은 자기 아닌 것과 관계를 맺으며, 자신을 그것의 삶 속에, 그것을 자신의 삶 속에 있게 하는 일이다"(황현산, 2018: 136)라는 해석이 가능할 수도 있는 것이다. 결국 길들임, 그것은 몸 바깥의 세계에 대한 주체의 세계화 행위, 세계의 육화 행위라고 할 수 있다. 즉, 세계를 세계로 있게 하는 행위가 다름 아닌 길가기인 것이고, 그것은 주체와 세계의 상호 몸섞기 행위로 실현된다고 할 수 있는 것이다. 김훈에게 길에 대한 탐닉과 길가기라는 행위 의지는 그러므로 어떤 몸에 대한 탐닉과 의지이기도 한 문제이다.

이 문제의 깊이를 인간감각 이상으로까지 추구해 본 작품으로 『개: 내 가난한 발바닥의 기록』을 거론할 수 있다. 『개』는 인간의 관념을 의인화된 동물의 연기에 일방적으로 투사시키는 우화가 아니다. 여기서 개는 흔히 욕설의 대상이 되는 사람들의 '개만도 못한' 타락을 대신하는 존재도 아니다. 그보다는 인간에게 타자화된 동물의 타자성을 제거하고 대신 인간주체의 동물-되기를 보여주는 사례라고 할 수 있다. 들뢰즈/가타리는 "우리는 인간을 가로지르면서도 인간을 포함하는, 그리고 동물뿐 아니라 인간도 변용시키는 아주 특수한 '동물-되기'가 존재한다고 믿는다"(들뢰즈/가타리, 2001: 451)고 말한다. 이런 믿음 혹은 소망을 문학은 현실화할 수 있는 특권을

가지고 있다. 김훈의 『개』는 인간의 타자(동물)-되기를 통해 동물과
의 관계하에서 인간의 몸을 변형시켜나가는 특수한 경우라고 볼 수
있다.

이 소설에서 "개는 우선 세상의 온갖 구석구석을 몸뚱이로 부딪
치고 뒹굴면서 그 느낌을 자기의 것으로 삼아야"(『개』: 24) 하는 존
재로 설정되어 있다. 이 '몸뚱이'는 인간의 언어로 말하자면, 현실
운명으로서의 인간이 구현할 수 없는 '기관 없는 신체(corps sans
organes)*라고 할 수 있다. '기관 없는 신체'는 기관에 반대한다기보
다는 우리가 유기체라고 부르는 기관들의 유기적 구성에 더 반대한
다. 왜냐하면 체험된 신체의 한계로서의 유기체란 생명이 아니라 생
명을 가두고 있는 것이기 때문이다(들뢰즈, 1999: 75). 세상과 몸을 부
딪치면서 살아가야만 하는 존재로서의 개는, 먼저 자기 말만 내세
우는 싸움판의 사람들이 알아듣지 못하는 수많은 사물들의 말들
을 알아듣는 존재이다. 최소한 사람과 달리 일방적으로 말하는 '입'
보다는 만물의 소리를 듣는 '귀'라는 기관이 더 발달되어 있다. 그
런데 개가 알아듣는 이 경이의 말들을 사람들은 알아듣지 못한다.

---

* '들뢰즈/가타리의 용어로 '기관 없는 신체'는 우리에게 '탈기관체'로 번역되기도 한
다. 들뢰즈/가타리는 "사람들은 '기관 없는 신체'에 도달하지 않으며, 거기에 도달할
수도 없고, 끝내 그것을 획득한 적도 없다. 그것은 하나의 극한이다"(들뢰즈/가타리,
2001: 287)고 했다. 인간에 대한 우리 관념은 특정한 기관들을 특권화한다. 이를테면
사고하는 뇌, 판단하는 눈, 사회 권력을 유지하는 팔루스 등이 그것이다. 반면 '기관
없는 신체'는 아직 어떤 기관도 고착되어 있지 않은 순수한 잠재성의 상태이며, 잠재
적 에너지의 순수한 흐름 그 자체이다. 들뢰즈/가타리에게 기관 없는 신체의 문제는
탈영토화의 문제, 혹은 탈주선의 문제와 직접 결부되어 있다. 기관으로 할당된 고정
된 역할을 벗어나 다른 종류의 '기관'이나 '형상'으로 변형된 잠재적 능력을 획득하
는 것이기 때문이다.

그러므로 작가 서문에서 "나는 세상의 개들을 대신해서 짖기로 했다"(「작가의 말」, 『개』: 6)는 주체가 개가 된 이유는, 사람들의 말이나 들으면서, 사람들의 그 언어에 이미 물들어 있는 세계 이해 방식을 추종하고자 함이 결코 아니다. 오히려 기왕의 인간 언어의 세상으로부터 근본적으로 자유로운 인간 주체는 있을 수 없기 때문에 '보리'라는 이름의 발바닥 주체가 『개』에서 탄생한 것이다. "이름은 사람들에게나 대단하고, 나는 내 몸뚱이로 뒹구는 흙과 햇볕의 냄새가 중요하다. (…) 이름 따위는 하찮은 쓰레기일 뿐이다"(『개』: 10)는 개에게 사람들이 자신들의 세계 이해 방식에 물든 언어로 지어준 '보리'라는 이름도 개의 본질과는 사소한 인연도 없는 것이다. 그러므로 발바닥 맨살의 몸으로 세상을 있는 그대로의 날것으로 감각하며 그 느낌을 자기의 것으로 주체화하는 개가 가는 길은, 인간 언어(이름)의 세상과는 대척적인 자리에 놓여 있는 것이다.

길에 대한 작가의 에세이즘이 본격적으로 펼쳐지는 『남한산성』에서도 길은 인간의 말과 대척점에 놓여져 있다. 『남한산성』은 "서울을 버려야 서울로 돌아올 수 있다는 말은 그럴듯하게 들렸다"(『남한산성』: 9)는 문장으로 시작한다. 첫 문장에서부터 허구적이고 관념적인 '말'에 대한 비판의지를 분명히 한 셈인데, 전란 속에서 부질없는 말들의 세계는 그것이 실체가 있다면 가령, "문장으로 발신發身한 대신들의 말은 기름진 뱀과 같았고, 흐린 날의 산맥과 같았다"(『남한산성』: 9)는 수준의 실체를 가질 뿐인 것으로 묘사된다. 이러한 '말'의 운명 맞은편에 '길'이 놓여져 있고, 포위된 남한산성에서의 생존을 도모하는 논리 역시 다름 아닌 '말'과 '길'의 논리로 추구되는 작품이 김훈의 『남한산성』이다. 병자년 남한산성에 갇힌 조선 주화파와 척화파의 말 다툼에 "나는 아무 쪽도 아니요"(『남한산성』: 218)라고 말하는 수어사 이시백처럼 작가는 어느 한 편을 드는 방식의 개입을 하지는 않는다. 그러나 지금까지 전개된 길에 대한 에세이즘을 본다면, "전하, 지금 성 안에는 말(言)먼지가 자욱하고 성 밖 또한 말(馬)먼지가 자욱하니 삶의 길은 어디로 뻗어 있는 것이며, 이 성이 대체 돌로 쌓은 성이옵니까, 말로 쌓은 성이옵니까. 적에게 닿는 저 하얀 들길이 비록 가까우나 한없이 멀고, 성 밖에 오직 죽음이 있다 해도 삶의 길은 성 안에서 성 밖으로 뻗어 있고 그 반대는 아닐 것이며, 삶은 돌이킬 수 없고 죽음 또한 돌이킬 수 없을진대 저 먼 길을 다 건너가야 비로소 삶의 자리에 닿을 수 있을 것이옵니다"(『남한산성』: 197)라고 말하는 주화신 최명길에 작가의 의중과 작의가 많이 실려 있다고 볼 수 있다. 그런데, 척화신 김상헌도 '길'을 말한다.

　　최명길이 말했다.
　　─제발 예판은 길, 길 하지 마시오. 길이란 땅바닥에 있는 것이오.
　가면 길이고 가지 않으면 땅바닥인 것이오.
　　김상헌이 목청을 높였다.
　　─내 말이 그 말이오. 갈 수 없는 길은 길이 아니란 말이오.(『남한
　산성』: 269)

　　최명길과 김상헌의 대화에서 '길'의 시니피앙은 물론 다르지 않다.

그러나 시니피에는 다르다. 최명길의 '길'은 어디까지나 몸의 길(路)이다. 그리고 그것은 끝내 임금이 성 밖으로 걸어간 길이다. 결코 관념적인 명분과 이념의 길이 아니다. 삶의 길일 뿐이다. 반면 "길은 사람의 마음속에 있는 것"(『남한산성』: 199)이라는 김상헌의 길은 길이되, 도道에 가까운 길이다. 요컨대 명분론자로서 도리道理를 다하고자 하는 김상헌의 '길'에는 시급한 생존의 다툼과는 거리가 있는 형이상학적 관념이 배어 있다고 볼 수 있다.

'몸의 길'이 함축하고 있는 이러한 일관된 반초월적·반형이상학적 지향성은 내재성(immanence) 개념으로 보다 분명한 이해를 얻을수 있는 것으로 보인다. 본래 내재성이란 개념은 스피노자 철학의 핵심 용어이다. 스피노자의 내재성 개념에 따르면 이 세계를 벗어나서는 어떤 합리성도, 이념도, 권력도, 도덕적 의무도 존재하지 않는다. 모든 것이 이 현실 세계의 표면 위에 존재한다. 스피노자의 내재성 개념을 자신의 철학의 핵심 개념으로 발전시킨 이는 들뢰즈인데, 들뢰즈에게 내재성이란 그 어떤 것에 속하거나 내재하는 것이 아니라 (not in something, to something) 단지 하나의 삶(a life) 그 자체를 의미한다(들뢰즈, 2005.6: 292). 김훈 소설에 나타난 길의 지향성을 보다 분명히 이해하기 위해서는 내재성 개념을 좀 더 천착해 볼 필요가 있다.

내재성은 내부성이 아님을 강조할 필요가 있다. 반대로 그것은 차라리 외부성과 관련된 것이다. 스피노자의 내재하는 신이 초월적인 신과 대립되는 개념임을 안다면, 내재성은 초월성과 대립되는 개념임을 아는 것도 어렵지 않을 것이다. 초월성이란 무엇인가? 그것은 이런저런 구체적인 조건이나 양상(양태) 전체를 넘어서 있는 것이고, 모든 변화를 넘어서 있는 불변성이며, 모든 관계를 넘어서 있는 권력이다. 어떤 것 안에 존재하는 불변하는 본성, 어떤 변화에도 불구하고 변치 않고 남아 있는 '실체'다. 초월성의 사유란 초월적 신이든 이데아든, 혹은 사물의 '실체적' 본성이든 어떤 것을 조건과 무관한 무조건성 속에서 사유하는 것이다. 그렇기에 어떤 것과 만나는 외부적 조건이 아니라, 그것 내부에 속하는, 그 외부가 달라져도 변함없는 본성을 지칭한다. (…)

내재성의 사유란 이와 반대로 어떤 것의 본성이 내부에 따로 있는 게 아니라 그것과 만나는 것과의 관계를 내재적이라고 본다. 관계가 달라지면 모든 것이 달라지며, 그것을 넘어서 있는 초월적 항은 없다는 것, 그것이 내재성이다. 그런 점에서 내재성의 사유는 정확히 외부에 의한 사유다.(이진경, 2016: 125~126)

어떤 것의 본성이라고 할 만한 것이 초월적으로 이미 내면에 저장되어 있는 것이 아니라 오직 어떤 것과 만나는 관계의 조건성 속에서 있다고 여기는 내재성의 사유는, 다름 아닌 길의 사유, 몸이 펼쳐나가는 사유의 세계이기도 하다. "사람이 사람에게로 간다는 것이 사람살이의 근본이라는 것을 마노리는 길에서 알았다"(『흑산』: 41)고 할 때, 마노리의 이 '사람살이의 근본'에 대한 앎은 어떤 선험적이고 초월적인 도덕률을 답습踏襲하는 것이 아니다. 오직 말 고삐를 쥐고 길을 걸어서 가는 바로 그 '길에서' 체득할 수 있을 뿐이다. 봉건적 인습을 넘어 인생의 근본을 새롭게 정립할 수 있는 가능성이 다름 아닌 몸으로 길을 가는 인물에게 부여되고 있음을 주목할 필요가 있다. 이 길은 세상살이의 부질없는 분별의 경계를 지우며 나아가 사회 질서 유지에 근간이 되는 전제마저 발본적인 회의에 부칠 수 있는 파괴력을 가질 수도 있다. 가령, "길에는 오는 사람과 가는 사람이 있고 주인은 없었다"(『흑산』: 41)는 진술은, 누구보다도 주인의 말 고삐를 쥐고 걷고 있는 신분사회의 노예 마노리를 위한 것이다. 사회의 다양한 선들을 코드화하고 더욱이 하나의 선에 맞추어 정렬시켜 나가는 봉건사회 초코드화의 포획장치로부터 마노리의 길은 탈주하고자 하는 것이다.

『흑산』에는 마노리보다 더 분명하게 탈주선을 만들어가는 인물이 있다. 마노리처럼 육지에서가 아니라 바다에서 탈주의 길을 가고 있는 문풍세라는 인물이 보다 분명한 표정으로 다가오는 탈주선의 주인공이다. 『흑산』에서 문풍세는 어물교역이나 하는 인물로 한정돼 있지 않고 이런저런 이유로 옥섬에 갇힌 죄수들을 자신의 배에 실어 육지로 탈출시켜 주는 인물로 설정돼 있다. "문풍세는 옥섬의 죄인들이 모두 무죄임을 알고 있었다. 너는 무죄다,라고 누가 말해 주지 않아도 사람은 본래 무죄인 것이었다"(『흑산』: 274)라고 서술자는 말하지만, 문풍세의 이런 행위는 새로운 윤리 개념을 상상해 보지 않는 한, 기존 세상의 제도적인 선악 개념으로는 용납할 수 없는 것이다. 작가는 문풍세에게 "그 무죄한 자들을 데려오는 길은 멀고 또 멀어서 아무도 갈 수 없는 바다를 건너가는, 먼 길을 가는 자의 소임"(『흑산』: 274)이라는, 새로운 윤리적 책무를 부여하는데,

이러한 윤리의식은 내재성 개념에 비추어 본다면 전혀 뜻밖의 탈주
는 아니다. 내재성의 지향은 윤리적 판단의 전환을 가져온다. 내재
성 개념이 갖는 윤리적 함의는 선과 악이라는 윤리적 판단의 절대
성과 자유의지가 부정되고, 인간과 세계의 죄 없는 상태가 다시 구
현된다(백승영, 2017: 39). 요컨대 몸의 길은 동물-되기를 통해 인간
을 지우고, 초월성의 초코드화(overcoding)의 포획장치*가 지워지는
새로운 윤리의 탈영토화로 나아간다. 그러나 또한 이런 길의 운명은
얼마든지 허무주의로 귀결될 수 있는 가능성 또한 내포하고 있는 것
이다.**

벗어날 수 없는 한계 지평과 도로徒勞의 길가기

김훈 소설에 나타난 호모 비아토르의 길가기가 모두 '탈주'로 요
약될 수 있는 것은 아니다. 오히려 길가기의 지배적 경향은 결코 탈
영토화의 탈주라고 판명할 수 없는 데 있다. '탈주'라는 말은 기본적
으로 동물행동학적 견지에서 보았을 때 '도망가는 것'이 아닐 수 없
다. 여기에는 필연적으로 낭만적 일탈과 소극적 도피의 함의가 어
느 정도 있을 수 있다. 탈영토화를 통해서 새로운 삶의 양식과 영

---

* 들뢰즈/가타리가 사용한 개념으로 지배 장치를 말하기도 한다. 사회의 다양한 선들
을 코드화하고 더욱이 하나의 선에 맞추어 정렬시켜 나가는(초코드화) 장치들을 포
획장치라 하였다.
** 스피노자의 내재성 명제도 많은 철학자들이 세계의 의미에 대한 허무주의적 파괴
로 읽었던 것이 사실이다(백승영, 2017: 38~39).

토를 창출하지 못한다면, 탈주는 적극적인 의미에서의 탈주라고 할 수 없다. 그러나 호모 비아토르가 등장하는 김훈의 대다수의 소설들은 탈주의 적극적 의미를 추구하는 방향으로 나아가지 않을 뿐만 아니라 그렇다고 낭만적 일탈로 자족하지도 않는다. 대신 비아토르 주체가 봉착하게 되는 운명적 한계의 불가피성(necessity), 교착상태(deadlock)를 반복적으로 강조하는 방향으로 나아간다. 이런 경향을 단적으로 보여주는 서사계열체로 「배웅」, 「강산무진」 그리고 『공터에서』를 꼽을 수 있다.

「배웅」에서 김장수는 그 이름처럼 본래는 사장이었으나 사업이 망해 택시운전을 한다. 이로써 끝없는 길가기가 그의 직업이 되는데, 김장수에게는 그가 사장이었던 시절 산간오지에서 잠자리를 함께했던 윤애라는 여성이 있다. 윤애는 라오스로 이민을 가 결혼해 살다가 한국에 들른 김에 김장수에게 연락을 취하는데, 택시 운전사가 된 김장수는 "죽은 자를 상여에 실어서 장지까지 데려다주듯이, 윤애를 이 세상의 끝까지 데려다주는 느낌"(「배웅」, 『강산무진』: 28)으로 옛 애인 윤애를 공항까지 배웅해 준다. 이 배웅이 그가 옛 애인에게 할 수 있는 모든 것이다. 이 소설의 시작과 끝은 시종 정체된 교통상황을 전한다. 정체 대열 속에 있는 자동차들처럼 김장수는 지금, 여기(now & here)에서 한 치도 달아날 수 없다. 그는 옛 애인을 따라 비행기를 타고 어딘가로 갈 수도 없다. 김장수에게 삶이란 이렇게 닿을 수 없는 사랑과 이별해야만 하는 것이다. 혹 낭만적 초월 같은 것이 있다면, 그것은 이미 지나간 희미한 옛 사랑의 그림자일 뿐이고, 옴짝달싹 못하게 교통이 꽉 막히는 세속도시의 한복판에서 그는 자기 몫의 삶을 살아내기 위해 길을 가야만 하는 운명으로 조건지어져 있을 뿐이다.

김장수가 떠나가는 사람을 배웅했다면, 김창수는 배웅을 받으며 떠나가는 사람이다. 「강산무진」에서 김창수는 정년을 앞두고 있는 상무인데 간암에 걸린다. 그는 모든 것을 정리한다. 회사를 정리하고, 은행에 가서 적금을 해약하고, 주식을 처분하고, 이혼한 아내에게 위자료 잔금을 딸을 시켜 전하고, 이제 성묘할 사람이 없는 어머니의 산소까지도 없앤다. 옷과 책 몇 권이 담긴 트렁크 하나가 전부인 짐을 들고 김창수는 아들이 있는 미국으로 가는 비행기에 오른다. 결혼한 딸의 부담을 덜고, 자신의 남은 돈이 아들의 몫으로 돌아가게 하기 위한 선택이다. 소설에는 암에 걸려 돌아올 수 없는 길을 가는 김창수가 〈강산무진도江山無盡圖〉라는 산수화를 감상하는 장면이 비교적 상세하게 묘사된다. 비아토르 주체에게 그 산수화는 "화가가 이 세상의 강산을 그린 것인지, 제 어미의 태 속에서 잠들 때 그 태어나지 않은 꿈속의 강산을 그린 것인지, 먹을 찍어서 그림을 그린 것인지 종이 위에 숨결을 뿜어낸 것인지 알 수 없는 거기가, 내가 혼자서 가야 할 가없는 세상과 시간의 풍경인 것처럼 보였다"(「강산무진」, 『강산무진』: 339). 이렇게 비아토르 주체가 나아가는 '무진無盡'은 무슨 낭만적인 영원이나 무한의 다른 이름이 아니라 "혼자서 가야 할" 막막한 한계지평일 따름이다. 이 한계지평의 종국에는 물론 결코 피할 수 없는 죽음이 기다리고 있다. 자신이 가진 모든 것으로부터 발가벗겨진 비아토르 주체가 벗어날 수 없는 그 막막한 한계지평을 향해 가고 있을 뿐인 작품이 김훈의 「강산무진」이다. 미국으로 가는 비행기에서 "〈강산무진도〉는 살아 있는 내 눈 아래 펼쳐져 있었"(「강산무진」, 『강산무진』: 352)다고 하는데, 이 호모 비아토르가 그리는 〈강산무진도〉는 세상 어떤 누가 그린 〈강산무진도〉보다도 쓸쓸한 그림이라고 할 만한 것이다.

「배웅」이나 「강산무진」은 모두 떠나가는 사람들의 이야기다. 사랑하는 사람을 떠나가고(「배웅」), 사랑하는 삶을 떠나간다(「강산무진」). 이 이별의 서사에서 충분히 구체화되지 못한 텍스트의 무의식이 무엇인지는 장편소설 『공터에서』에서 어느 정도 확인할 수 있다. 『공터에서』는 떠나감에서 출발한다. '아버지' 장章으로 시작하는 『공터에서』는 첫 문장에서 "마동수馬東守는 1979년 12월 20일 서울 서대문구 산외동 산18번지에서 죽었다"(『공터에서』: 7)라고 마동수의 죽음을 전한다. 그런데 이렇게 등장하는 마동수의 죽음은 한 번 "죽었다"는 사실 적시에 그치지 않는다. 이 죽음은 다시 "마동수는 1910년 경술생庚戌生 개띠로, 서울에서 태어나 소년기를 보내고, 만주의 길림吉林, 장춘長春, 상해上海를 떠돌았고 해방 후에 서울로 돌아와서 6·25전쟁과 이승만, 박정희 대통령의 시대를 살고, 69세로 죽었다"(『공터에서』: 7)라고 부연된다. 이 부연에 의해서 개별적 존재의 죽음에 역사적 차원이 부여된다고 하겠다. 그러나 역사적 의미와는 무관하게 자연인 "마동수는 암 판정을 받은 지 3년 만에 죽었다"(『공터에서』: 8)에서 죽고, "마동수는 혼자서 죽었다"(『공터에서』: 8)에서 죽고, "12월 20일 저녁 마차세가 외출한 사이에 마동수는 빈방에서 죽었다"(『공터에서』: 9)에서도 죽고, 마침내 "마동수는 모로 누워서 혼자서

죽었다"(『공터에서』: 14)에서 또 죽는다. 짧은 장章 안에서 거의 무한반
복으로까지 느껴지는 "죽었다"라는 반복서술은 오직 역사적 사실관
계를 강조하기 위한 서술전략으로만 볼 수 없다. 여기서 '죽었다'라
는 완료형 동사는 호모 비아토르 운명의 완성형이다. '죽었다(died,
passed away)'는 '가다(go)'의 지속이 종료되는, 더 이상 최후가 있을
수 없는 최종완결형인 것이다. 마동수라는 인물은 무엇보다도 "떠돌
았"던 사람인데, 이제 그 떠돎이 마지막 떠나감으로 완료된 것이다.
'아버지' 장에서 이렇게 돌이킬 수 없는 호모 비아토르의 운명을 거
듭 환기시킨 서사는 이제 아버지의 최후 운명에 이르기까지의 삶의
여정을 소개해야 하는 것을 서술과제로 안는다.

마동수를 '아버지'라고 소개하고, 마동수를 '아버지'라고 부르는
아들이 주인공으로 등장하는 『공터에서』는 우리 근현대 소설에서
어렵지 않게 볼 수 있는 아버지-아들 서사의 가족 로망스다. 오이디
푸스 원천서사 이래로 아버지-아들 서사는 근현대 문학의 한 유력
한 서사 유형이기도 하다. 성장 서사를 위해 문제의 '아버지'가 등장
하고, 현실 아버지에 반항하는 아들의 새로운 아버지 찾기라는 성장
소설의 문법이 우리에게는 전혀 낯설지 않은 것이다. 그러나 천차만
별의 가족(혹은 가정)이 있듯이 아버지 극복의 성장 서사 혹은 독
립 투쟁 서사 또한 천차만별일 수밖에 없다. 『공터에서』는 어떤 경우
인가? 프로이트는 대표적인 가족 판타지로 어머니와의 혈연은 인정
하고 부친과의 혈연은 부인하는 가족 판타지와 다른 한편으로는 어
머니 아버지 모두와의 혈연을 부인하는 가족 판타지를 구분한다(프
로이트, 1996: 59). 이 구분에 근거해 마르트 로베르는 전자를 '사생아

형 로망스'로 부르고, 후자를 '업둥이형 로망스'라고 한다. 이 분류 기준으로 보자면 『공터에서』는 일단 업둥이형 가족 로망스에 가깝다. 마르트 로베르에 의하면 세계를 정면으로 공격하는 리얼리스트적인 사생아형임에 반해, 업둥이형은 지식과 행동 방식의 부족으로 도피나 토라짐을 통해서 싸움을 교묘히 피하는 유형이다(마르트 로베르, 1999: 70).

마동수의 아들 마장세와 마차세는 자발적 고아의식을 가지고 있다. 그러나 보통 업둥이들처럼 다른 아버지를 자신의 아버지로 오인하는 식의 환상을 갖지는 않는다는 점에서 철저하게 '업둥이형 로망스'로 규정할 수도 없다. 이들은 성장의 제의나 독립 투쟁을 위해 겪는 불가피한 갈등과 화해의 과정도 없이 다만 철저하게 고아일 따름이다. 마장세는 가족과의 인연을 끊고 부친상에도 모습을 드러내지 않는다. 형의 빈 자리를 대신해 아버지와의 관계가 억지로 떠넘겨져 있는 마차세는 그러나 좀 더 심오한 구제불능의 고아의식을 가지고 있다. 마차세는 선천적으로도, 후천적으로도 자발적 고아다. 태생부터 "난 무성생식으로 태어난 것 같아"(『공터에서』: 38)라고 느끼는 생래적 깊이의 고아의식을 가지고 있을 뿐만 아니라, "밤에 오토바이를 몰고 달릴 때 마차세는 자신이 이 인연 없는 세상에서 오직 혼자뿐이라는 적막감에서 벗어날 수 없"(『공터에서』: 240)는 인물이다. 그러나 이들 형제가 마동수의 아들들이라는 부인할 수 없는 뚜렷한 물증이 있다. 무엇보다도 호모 비아토르의 가장 중요한 정체성을 이들은 공유하고 있기 때문이다.

마동수는 누구인가. 마동수의 죽음에서 시작한 소설은 마동수의 살아생전의 삶을 소개하기 시작하는데, 마동수의 삶이란 마동수의 발바닥의 편력에 다름 아니다. 만주에서 상해로, 상해에서 다시 만주로, 만주에서 해방공간 서울로, 6·25전쟁으로 서울에서 피난지 부산으로, 부산에서 다시 서울로 이주한 편력이 마동수의 역사이다. 여기서 한 시대의 초상이 그려질 수 있다면 그것은 비루하고 남루한 디아스포라의 초상인 것이고, 단지 한 개인의 생애사라면 보잘것없는 마이너리티의 '흑역사'에 가깝다. 이 "마동수의 생애에 특기할 만한 것은 없다"(『공터에서』: 8)는 생애사에서 그래도 특기할 만한 것이 있다면, 그것은 바로 끝없는 떠돎뿐이다. 마동수는 어디에도, 누구에게도 정주하지 못한 사람이다. 그런데 마동수의 이 인생유전人生流轉은 유전遺傳한다. 피난지 부산에서 미군 구두닦이로 출발해 월남 파병 병사가 되었다가 한국에 오지 않고 미크로네시아 섬에 가서 사업을 하는 장남 마장세는 아예 떠도는 사람으로 설정된 인물이다. 차남 마차세 역시 어김없이 길을 가는 자의 운명이 부여되어 있다. 대학 중퇴의 학력에도 불구하고 마차세의 직업은 결국 오토바이 배달이다. 그러나 이들의 길가기는 진정한 의미의 탈주라고 볼 수는 없다. 임종을 앞둔 마동수에게 "세상은 무섭고, 달아날 수 없는 곳"(『공터에서』: 65)으로 요약된다. 마장세의 탈주는 종국에는 감옥행이고, 마차세의 탈주는 달리는 도로 위에서도 적막감에 휩싸여 있다.

 8차선 도로 전체가 자동차의 엔진음과 에어브레이크의 비명에 덮여 있을 때도, 백미러 블록거울 속의 세상은 적막했다. 소음에 찬 거리의 이면은 아무런 소리도 발생하지 않았거나, 발생한 소리가 귓속으로 건너오지 않는 무인지경의 적막이었다. 8차선 교차로 신호 대기선에서 백미러를 들여다보면서, 마차세는 중화기와 진지들이 눈에 덮이는 동부 산악 고지의 적막을 생각했고, 직장이 통폐합되어서 강제 실직당하고 사람들이 흩어져 돌아가던 날 저녁의 적막을 생각했다. 여러 적막이 백미러 안에 겹쳐 있었고, 신호가 바뀌면 마차세는 다시 엑셀을 당겨서 튀어 나갔다.(『공터에서』: 232)

마차세의 적막감은 대체 어디에서 오는 것인가? 오토바이 배달을 직업으로 받아들이며 마차세는 "직장과 직업을 통해서 무언가 번쩍거리는 것을 이루기보다는 다만 임금을 벌기 위해 몸을 수고롭게 하는 행위"(『공터에서』: 226)라고 생각한다. 마차세의 오토바이 탈주는 일단 직장과 직업에 대한 근대 부르주아적 관념으로부터 탈주하고 있는 것은 분명해 보인다. 그러나 이 무엇으로부터의 자유라는 소극적 의미의 탈주는 적극적 의미의 탈주와는 거리가 있는 것이다. 적극적 자유가 '무엇을 위한 자유'라고 한다면,* 마차세에게는 이 적극적 의미의 차원이 결여되어 있다. 마차세의 탈주는 새로운 삶의 양식과 영토를 창출해 내는 게 아니다. 현재의 자신이 그것에 속해 있고, 그것을 통해 자신이 자신으로서 존재하고 있는 배치, 그 배치를 바꾸고 싶은 욕망이 바로 생명의 불꽃으로 타오르지 않는다. 그러므로 마차세의 탈주는 다른 삶, 자신의 삶 바깥으로의 이행이 아니다.

---

* 에리히 프롬에게는 '소극적 자유'와 '적극적 자유'의 구별이 있다. '무엇으로부터의 자유'는 '소극적 자유'이고, '무엇을 위한 자유'는 '적극적 자유'이다(에리히 프롬, 2012: 47).

이러한 마차세의 탈주의 한계는 마차세만의 문제가 아니라 일종의 내림일 수 있다.

이 문제와 관련해서『공터에서』후반부에 등장하는 말(馬)의 존재를 주목할 필요가 있다. 공원에서 마차세의 딸 누니는 삐쩍 마른 조랑말을 탄다. 늙고 추레한 말이다. 숫말이지만 준마도 뭣도 아닌 조랑말이고 금방 주저앉을 것 같은 말이다. 마차세는 이 말에 대해 "말이 늙어 보였어. 말없이 걷더군. 끝도 없이 걸었어. 수백 바퀴를"(『공터에서』: 323)이라고 말하는데, 이 노화되고 퇴화된 마성馬性과 마동수의 운명이 겹쳐진다. 박차고 나갈 광야도 없이 헛바퀴를 돌고 있는 조랑말의 신세는 도로徒勞에 그치는 마동수의 탈주의 운명에 다름 아닌 것이다. 그리고 마동수의 이런 피로는 마차세의 적막감과 무관하지 않은 것이다.

마동수와 마차세, 이들 사이에는 어쩔 수 없는 유전을 제외한다면, 부자지간의 계승이라고 할 만한 것이 없다. 가족사라는 측면에서 보았을 때도 의미 있는 진전을 계승함으로써 역사에 기대나 희망을 가질 수 있게 하는 가능성 자체가 원천적으로 차단되어 있다. 따라서 어떤 축적도 계승도 없다는 점에서 이보다 더 허무한 인생을 달리 상상해 볼 수도 없을 지경이다. 저마다의 제로 베이스에서 출발해 한계지평을 향해 달리는 이 개별자들의 생은 대체 무슨 상관관계가 있는 것일까 의심스러워지는 대목에 말(馬) 한 마리가 상징으로 놓여 있다. 말의 상징적 의미를 고려한다면 우리는 마동수와 마차세의 마馬씨 성姓을 예사롭게 간과할 수가 없다. 그들은 하필 마馬씨인 것이다. 조금 더 상상력을 가지고 내력을 따져본다면,

이 마씨의 근친성은 『흑산』의 마노리馬路利에 가 닿는다. 즉 이들은 마노리의 호모 비아토르 후예라고도 할 수 있는 존재이다. 그렇다면 마동수의 되기(becoming)의 역사에는 말-되기의 역사라는 이력 하나가 더 추가될 수 있다. 그런데 이 말(馬)은 어떤 기억의 전사前史로부터 의미가 두터워지는 말이 아니다. 앞으로 나아가지 않고 제자리를 헛도는 조랑말은 다만 피곤하고 벌거벗은 생명일 뿐이다. 이 도로徒勞의 '피로감'이 그 무엇도 계승하지 않은 것으로 보이는 마동수-마차세의 삶에서 '적막감'으로 유전한다.

인간 존재론과 소설 존재론이 만나는 자리

이 글은 지금까지 김훈 소설에 나타난 호모 비아토르의 표상을 탐구하면서 대상 작품들을 '여로형 소설'이나 '여행 소설' 같은 범주에 귀속시키는 식의 논의에는 관심을 기울이지 않았다. 보통 '여로형 소설'이나 '여행 소설'에는 길떠남의 동기와 목적이 나타나고 출발과 도착을 전후로 한 주인공의 내적 변화가 포착된다. 그러나 김훈 소설에 나타난 길 위의 인물들을 이러한 소설 문법으로 읽는 것은 그렇게 생산적인 논의는 아닌 것 같다. 이 글에서는 김훈의 적지 않은 분량의 소설들이 논의 대상이 되었는데, 이 작품들에 의하면 삶을 산다는 것은 길을 간다는 것이며, 삶의 소설은 따라서 길가기 혹은 길찾기의 양식이 된다. 이것을 단지 소설의 종류나 분류 가능성의 문제로 볼 수도 있겠지만, 보다 본질적으로는 소설 존재론의 문제이다.

즉, 길가기나 길찾기의 어떤 소설이 있는 것이 아니라 소설이라는 존재 자체가 명시적으로 혹은 암묵적으로 길가기나 길찾기의 양식인 것이다. 좀 더 일반화시켜 말한다면 작가에게 길은 글의 내적 형식이 된다고 말할 수도 있겠다. 나아가 이러한 소설에 나타난 호모 비아토르의 표상은 어떤 특수한 예외적 인물의 문제가 아니다. 김훈의 많은 작품들에서 반복 서술되는 호모 비아토르의 표상은 작가의 어떤 반복 강박의 산물로 치부할 수도 없는 것이다. 인간이란 무엇인가. 여기 길 위에 있는 김훈의 인물들은 다름 아닌 길을 가는 존재, 호모 비아토르라고 말한다. 이 인물들은 적어도 김훈의 소설 세계에서는 길가기를 인간의 유적 본질로 일반화시킬 수 있을 만한 양적 실체를 가지고 있다. 그러므로 호모 비아토르의 초상이 그려지는 김훈의 소설 공간은, 김훈 소설의 존재론과 인간 존재론이 가장 인상적으로 만나는 자리라고 할 수 있다.

호모 비아토르가 나타나는 김훈의 소설이, 소설의 특정 유형 같은 범주로 쉽게 분류되지 않는 것처럼, 이 소설 세계는 특정 이론틀이나 개념에 쉽게 환원되지도 않는다. 이 글은 루카치를 인용하면서 출발했지만 김훈의 호모 비아토르를 '문제적 주인공'으로 환원하지 않았다. 루카치라는 인물이 지적 유행에서 밀려났기 때문이 아니다. 지적 유행의 흐름을 좇는다면 들뢰즈의 '노마드'라는 개념을 비아토르 주체와 치환할 수도 있을 것이다. 그러나 문제적 주체이든, 노마드 주체이든 그것이 가질 수 있는 적실성의 수준은 어디까지나 참고가 될 만한 수준의 일면적인 것이다. 소설적 세계 인식의 방법론과 사유원리가 전적으로 그런 개념에 환원되지 않고 합치되지 않는다는 것,

이 비동일성의 사유와 비표상적 사유야말로 탈관념과 탈이데올로기의 길을 몸의 길로 가는, 김훈이 창출한 발바닥 주체의 길이다.

비아토르 주체가 가는 모든 길은 그 마지막 길(죽음)로 환원될 수도 없다. 만약 이런 환원이 가능하다면 마지막 길만 남고 모든 길은 지워진다. 죽음이라는 결과만 남고 삶이라는 과정은 모두 지워지게 된다. 그렇다면 사방으로 뻗은 서사의 길을 소설 스스로 자기부정하는 꼴이 된다. 이러한 탈서사화야말로 가장 헐벗은 허무주의의 모습일 것이다. 그러나 소설은(그리고 삶은) 결과를 뻔히 알지만 그럼에도 불구하고 자기 길을 가는 것이 아닐 수 없다. "예술은 삶과의 관계에서 언제나 '그럼에도 불구하고'(Trotzdem)의 태도를 취한다"(게오르그 루카치, 1985: 92)는 루카치의 지적은 단지 옛말이 아니다. 이 글에서 마지막으로 논급했던 『공터에서』에 나오는 삐쩍 마른 늙은 말은 김훈의 수많은 텍스트들에 산포되어 있는 도저한 죽음의 음영에 발목이 잡혀 있는지 모른다. 분명 마노리의 후예라고 하기에는 마씨 가족은 이렇다 할 길의 모험을 보여주지 못한 경우에 속한다. 문풍세 같은 인물이 개척하려고 했던 윤리의 영역 같은 것은 아직 여전히 김훈의 인물들 누구도 가지 않은 미답의 영역으로 남아 있다. 어쩌면 성급한 도덕적 판단을 유보하고 도덕이나 윤리의 차원이 문제가 되지 않는 광대한 무한까지 나갈 용기가 필요한지도 모른다. 이런 의미에서 '그럼에도 불구하고' 마노리나 문풍세가 단초를 보여준 길의 세계는, 아직 지형도가 완성되지 않은 김훈 소설 세계의 미래의 지평이 될 수도 있을 것이다. (2018)

감각을 넘어 지각으로

풍경은 여기서 논의한 김훈 텍스트의 지배적 현실이다. 이 풍경은 일단 결정론의 현실은 아니다. 어쩌면 그것은 결정론이라는 이데올로기로부터도 자유롭다. 풍경을 초월할 수는 없는 묘사 주체는 이 자유의 힘으로 때로는 묘사 대상에 사무치고 묘사 대상을 수사修辭하기도 하지만, 이 자유가 인간 운명의 어떤 궁극적 자유까지도 암시해 주는 것은 아니다. 미술의 언어든, 문학의 언어든, 인간의 모든 언어는 대타자 풍경의 침묵 앞에서 무력하다. 묘사 불가능성이라는 묘사 주체의 운명은 대상과의 일치 불가능성에서 오는 것이고, 궁극적으로는 대타자의 절대적 타자성에서 연원하는 것이라고 볼 수 있다. 낯설지 않은 것으로 자동화된 소설 환경에서 이 절대적 타자성을 새롭게 환기시키는 데 김훈 소설의 일차적 의의가 있다고 볼 수도 있다. 자동화된 환경을 전복시키는 풍경이라는 낯선 타자성의 출현은 가라타니 고진의 논의에서도 보듯이 새로운 소설 양식으로까지 평가받기도 한다. 다만 우리는 이런 소설, 이런 풍경의 리얼리즘을 읽으면서 또 한 번 인간의 시대가 밀려났다는 사실을 인정해야만 한다.

5장

묘사의

문제

_『내 젊은 날의 숲』을 중심으로

바람 불고
키 낮은 풀들 파르르 떠는데
눈여겨보는 이 아무도 없다.

그 가녀린 것들의 생의 한순간,
이 외로운 떨림들로 해서
우주의 저녁 한때가 비로소 저물어간다.
그 떨림의 이쪽에서 저쪽 사이, 그 순간의 처음과 끝 사이에는 무한히 늙은 옛날
의 고요가, 아니면 아직 오직 않은 어느 시간에 속할 어린 고요가
보일 듯 말 듯 옅게 묻어 있는 것이며,
그 나른한 고요의 봄볕 속에서 나는
백년이나 이백년쯤
아니라면 석달 열흘쯤이라도 곤히 잠들고 싶은 것이다.
그러면 석달이며 열흘이며 하는 이름만큼의 내 무한 곁으로 나비나 벌이나 별로
고울 것 없는 버러지들이 무심히 스쳐가기도 할 것인데,
그 적에 나는 꿈결엔 듯
그 작은 목숨들의 더듬이나 날개나 앳된 다리에 실려온 낯익은 냄새가
어느 생에선가 한결 깊어진 그대의 눈빛인 걸 알아보게 되리라 생각한다.

김사인, 「풍경의 깊이」 전문(김사인, 2006: 10~11)

꽃 하나에서 풍경까지

리얼리즘 소설 전통에서 묘사(description)는 항상 문제적인 것으로 인식되어 왔고, 서술(narration)에 비해 종속적인 지위밖에 허락받지 못한 존재였다. 보통 서술 행위는 이야기의 시간적인 연속 안에서 행위 또는 사건들과 연결되어 있고, 반면 묘사는 이야기 시간의 흐름을 멈추게 해놓고 서술을 공간 속에다 펼쳐놓는 것으로 이해된다. 여기서 묘사는 단지 이야기의 선조적인 진행을 차단하고 서술의 시간을 늘리게 하는 것 정도로 인식될 수도 있다. 작가의 입장에서 보자면 서술의 흐름에 휴지부를 제공하거나 물리적 세부를 포함한 소설 구성의 요소들에 비상한 관심을 집중시킬 때 묘사를 사용한다고 할 수 있지만, 다른 한편으로는 서사성과 서사 동력의 결핍 때문에 묘사를 편의적으로 이용한다고 말할 수 있는 측면도 있는 것이다.

이렇게 서술과 묘사를 대립적으로 보는 것은 우리의 낡은 문학 의식 가운데 하나일 수 있고, 실제로 문학 언어 텍스트에서 묘사적 언어와 서술적 언어의 경계는 뚜렷하지 않기 때문에 이런 대립적 인식을 지양해야 한다는 주장도 있다. 주네트 같은 이가 대표적인 사람인데, 주네트는 묘사를 서술의 한 방식(mode)으로 보지 않고 서술의 한 모습(aspect)으로 취급할 것을 제안한다(제라르 주네트, 1997: 27~28). 문학적 표현의 모든 형태를 서술의 개념 속에 온전히 담을 수 있다고 보는 주네트에게 묘사는 그것이 지니는 목적의 자율성과 수단의 독창성으로도 서술 행위와 뚜렷이 구별되지 않는 것이다. 물론 주네트의 지적처럼 서술과 묘사의 구별이 용이하지 않은 어떤 문학 텍스트 부분이 실재한다는 점을 부인할 수 없다.[*] 그러나 그렇다고 '묘사'를 서술의 괄호 속에 두고 문학적 표현의 모든 형태를 서술이라고 통칭하는 것이 과연 문학 텍스트의 현실을 분석하는 데 얼마나 효과적이고 도움이 될지는 의문이다. 주네트의 논의를 자세히 읽어보면 주네트의 소론을 반박할 수 있는 소지도 있는 것 같다. 주네트는 전통적인 수사학에서 로브그리예에 이르기까지 묘사의 지위를 논하는데, 특히 발자크과 로브그리예에 이르면 묘사의 지위와 역할이 확연히 달라진다고 파악한다(제라르 주네트, 1997: 24~25).

전통적인 수사학에서 묘사의 역할은 단지 심미적인 역할에 그친다. 발자크에 이르면 묘사가 소설의 전통을 압도하게 되고, 고전주의 시대의 묘사와는 달리 설명의 주요한 요소가 된다. 여기서 묘사의 기능은 설명적이면서 상징적인 성격을 동시에 지닌다. 로브그리예의 경우, 작품에서의 묘사는 특별한 수단으로 이야기를 구성하기 위한 노력의 일환으로 받아들여진다. 이러한 묘사의 변형은 묘사 기능의 현저한 위상 제고인 동시에 결코 과소평가할 수 없는 서술적 목적성을 확실히 인정하는 것이라고 주네트는 평가한다. 그렇다면 결국 묘사의 지위와 역할은 작가에 따라, 그리고 작품에 따라 정의되는 것이지 선험적이고 일률적인 규정과 제한은 무의미하다고 볼 수 있다.

---

[*] 미케 발은 묘사와 서술의 구별이 가능하지 않음을 보여주는 사례로 가브리엘 가르시아 마르케스의 『백년 동안의 고독』에 나오는 죽음 묘사 장면을 든다. 이 대목에서 죽음은 정지 화면으로 제시되지 않는다(미케 발, 1999: 238).

소설의 새 역사를 쓰는 뛰어난 묘사 작가들에 이르러 묘사는 서술의 단순 보조자가 아니라 그 위상을 인정하지 않을 수 없는 유력한 서술 형태가 되고 전략이 된다. 발자크에 이르러, 로브그리예에 이르러 묘사는 소설 텍스트에서 재인식되고 재정의된다는 것이 중시해야 할 소설의 현실이다. 이런 작가들 이후로는 소설 텍스트 전반에 걸쳐 묘사의 독자적 기능에 대한 심층적 연구가 활성화될 필요가 있는 것이고, 텍스트에 내재하는 묘사 기제 및 형상화 효과에 대한 세부적 분석이 요청되는 것이다.

발자크나 로브그리예만이 아닐 것이다. 김훈은 어떤가. 김훈의 소설, 특히 『내 젊은 날의 숲』도 우리에게 묘사에 관한 한 그 문제를 따로 떼어서 사유해 볼 만한 수준을 갖추었다는 것이 나의 작업 가설이다. 김훈 연구에서도 이 주제는 선행 연구가 아예 없는 것은 아니지만,[*] 비교적 뚜렷하게 공백을 노출하고 있는 부분이기도 하다. 김훈이 『내 젊은 날의 숲』에서 묘사하는 대상은 작은 꽃 하나에서부터 시작해 결국 풍경이라고 할 수 있다. '풍경'이란 개념은 엄밀히 말해서 학술적 용어로 논구될 수 없다는 견해도 얼마든지 있을 수 있다. 보통 풍경을 은유와 이미지의 언어로 이해할 수 있기 때문이다. 그렇다면 풍경은 누구도 쉽게 종잡을 수 없는 개념에 머무르고

---

[*] 김택호는 묘사의 비중이 서사를 압도하는 작품의 수가 1990년대 이후 급격히 늘어나고 있는 것은 일상의 문제가 소설의 중심으로 들어오는 과정과 깊은 관계가 있다는 점을 전제하면서, 김훈의 『칼의 노래』는 보편적인 명제에 구체성을 부여하기 위해 묘사라는 재현 방법을 사용하고 있다고 보았다(김택호, 2006: 117~138). 물론 이런 관점은 독창적인 관점이라고 보기 어렵다.

만다. 그런데 풍경은 이미 20세기 중후반 공간, 장소 등의 토포스적 차원에 대한 관심의 증가와 함께 예술사·문학사·문화분석 등 다양한 분과의 중요 테마로 부상한 대상 가운데 하나이다(김홍중, 2009: 141~142). 이때의 풍경이란 단순한 미학적 완상의 대상이 아니라 그것을 통해서 풍경의 향수자가 세계를 해석하고 이해하는 일종의 세계상이다.*

소설 연구에서는 일단 풍경이 최소한 소설의 배경이라는 점에서 소설 환경을 새롭게 사유할 수 있는 장을 열어준다고 볼 수도 있다. 토대-상부구조의 비유에서 토대를 넓게 보아 경제적 차원에만 국한시켜 생각하지 않는다면 풍경은 이미 삶의 토대로서 소설의 배경이기도 하다. 일반적으로 공간적 자질은 존재의 근본 범주이자 사물이 탄생하기 위한 필수적 요건이지만, 때로는 소설의 어떤 인물보다도 중요한 독자적 대상으로 부상하기도 한다. 이 글에서 풍경을 주목하는 것은 이 때문이다. 풍경을 사유한다는 것, 그것은 바로 불가능을 사유함이며, 불가능의 전제 위에서 실패를 내포한 사유의 모험이라고 하지만(김홍중, 2009: 173), 나는『내 젊은 날의 숲』에 나타나는 묘사의 문제에 천착하면서 풍경에 대한 묘사의 문제까지도 탐구해 보고자 한다. 이야기 속에서 서술의 흐름과 리듬을 조절하는 묘사의 음악적

---

* 풍경이 인문학적 사유의 주요 테마로 부상할 때, "풍경은 자기 고유의 장소가 요동칠 때 터져 나오는 순수한 공간의 떨림이다. 말 그대로 아무것도 없는 공간의 순수함이란 갈릴레이가 발견한 무한성일 수도 있고 뉴턴이 추론해 낸 절대성일 수도 있다"(서영채, 2019: 21) 같은 정의도 만날 수 있다. 서영채에게 공간이 객관적인 것이고 장소가 주관적인 것이라면 풍경은 절대적인 것이다.

기능 문제, 재현된 묘사 부분과 묘사 대상과의 일치성이나 핍진성 여부의 문제, 또는 사실관계의 정확성 문제,* 이런 문제들은 논외로 하기로 한다. 다만 묘사를 통해 드러나는 작가와 세계와의 관계를 탐구하는 데 주력하고자 한다.

묘사의 세계와 묘사 불가능성의 세계

장편소설 『내 젊은 날의 숲』의 주요 배경은 도심 속 우리 곁에 비근한 일상 생활 세계의 공간이 아니다. 풍경은 생활적 경관에 여행자의 심미적 태도가 만날 때 발생하는 것이라고 할 때(李孝德, 2002: 173), 바로 그 풍경을 묘사 대상으로 하는 소설이라면 여행하는 사람, 혹은 일요일이 아닌데도 일요일처럼 보낼 수 있는 기행紀行 주체가 필요하다 하겠다. 그런데 이렇게 떠도는 인물의 등장은 비현실적 구성을 피하기 어렵기 때문에 작가의 시선이 가고자 하는 곳에 주인공을 취직시키는 방식을 취하는 게 현실적인 선택이라고 할 수 있다. 주인공 조연주의 직업은 민통선 안 국립 수목원의 전속 세밀화가이다. 이제 고전의 반열에 오른 이태준李泰俊의 『문장강화文章講話』(1939)는 "문장에 가장 날카로운 힘을 줄 수 있는 것은 묘사"(이태

---

* 김훈의 『칼의 노래』에 나타나는 쑥부쟁이, 백일홍, 옥수수에 대한 묘사에 오류가 있다는 지적이, 이 지적에 대한 작가의 '반론'과 함께 소개된 책도 있다(김민철, 2013: 203~205). 이 책에서 밝히는 몇 가지 오류는 작품성을 저해하는 치명적 결함이라기보다는 작가의 천려일실의 경우로 보인다. 이 글은 이런 문제를 침소봉대하지는 않겠다.

준, 1988: 209)라고 적고 있고, 실제로 인물 묘사에서 예기銳氣를 얻고 있는 이태준의 단편 소설 작품은 '인간 사전의 세계'라고 불러도 무방하다는 평가가 있는 실정이다(유종호, 1955: 243~259). 묘사에 공을 들인 이태준의 어떤 소설들이 인물 사전을 보는 재미를 우리에게 준다면, 김훈의 『내 젊은 날의 숲』은 우리에게 일단 일정 부분 식물 사전을 보는 재미를 주는 작품이라고 할 수도 있다. 조연주에게는 그려내야 할 과제로 할당된 식물들이 있다. 세밀화가의 작업 대상이 되어 있는 식물뿐만 아니라 초점자 조연주를 통해 숲의 여러 식물들이 묘사 대상으로 등장한다. 숲의 사계, 민들레, 진달래, 옥수수, 수련, 패랭이꽃, 백작약, 도라지꽃, 서어나무 등이 그것이다. 가령, 진달래는 이렇게 묘사된다.

진달래는 메마른 돌밭이나 다른 나무들이 버리고 떠난 비탈에서 산다. 거기서, 진달래는 다른 나무들보다 먼저 꽃을 피운다. 그 꽃의 색깔은 발생과정에 있는 색깔의 태아이거나, 미래에 있을 색깔의 추억이거나 아니면 태어나기 이전에 죽어버린 색깔의 흔적이었다. 그 색깔은 식물의 꽃이라기보다는 숨결처럼 허공에 떠 있다가 스러졌다. 정처 없고 근거 없고 발 디딜 곳 없는 색깔이었다. 그 색깔이 봄날의 며칠 동안 이 세상에 처한 모습을 그림으로 그려서 제출하라고 수목원 표본관은 지시했다.(116~117)[*]

---

[*] 이 글에서 『내 젊은 날의 숲』의 텍스트 인용은 이처럼 본문에서 괄호 안에 인용 면수만을 밝히는 방식을 취한다.

이렇게 조연주의 그림으로 탄생하기 이전에 진달래는 작가의 묘사의 세계에서 탄생한다. 이것은 단지 아름다운 것에 민감한 화가의 사생 능력과 미학적 감수성에 포착된 오브제의 세계가 아니다. 초점자는 무엇보다도 진달래의 '색깔'에 주목하고 있지만, 단지 색상 선택 따위를 고민하고 있는 것이 아니다. 수목원 연구실장 안요한의 연구과제는 다름 아닌 꽃 색깔의 구조적 또는 종자학적 필연성이라는 것이다. "수억만 가지의 색깔과 형태로 피어나는 이 세상의 꽃들에 대하여 그 꽃은 왜 그런 색깔과 형태로 피어나는 것이며, 식물의 종자 안에서 그 색깔과 형태는 어떤 모양의 잠재태로 살아서 존재하는가, 그리고 그 잠재태는 어떤 과정을 거쳐서 발현태로 이행하는가를 밝히는 것"(82~83)이 안요한의 과제다. 이 과제는 우리에게 곤충학자로 잘 알려진 파브르의 생전 풀지 못한 난제를 상기시키는데,[*] 과제의 내용은 텍스트의 여러 곳(82~83, 119, 194, 275)에서 반복 서술된다. 이 반복 서술이 작가의 실수라고 보긴 어렵다.[**] 조연주와 안요한은 물론 역할 분담이 있는 작중인물이지만, 화가 조연주가 진달래의 색깔을 보는 시선에는 안요한의 이런 문제의식이 겹쳐져 있다.

---

[*] 『파브르 식물기』 결말 부분에 "꽃도 흐르는 수액을 마시고 자기에게 적합한 재료를 선택하여 색채와 향을 만든다"라고 쓴 대목이 보인다. 파브르는 이 말을 하고 나서 곧바로 "나에게 이 이상은 묻지 않았으면 한다"라는 말을 덧붙인다. 결국 꽃에 관한 연구는 파브르에게도 영구미제 프로젝트였던 셈이다(파브르, 1992: 420).

[**] 『칼의 노래』에서는 "소멸한다"라는 서술어가, 『남한산성』에서는 "(임금이 남한산성 안에) 있었다"라는 서술어가, 『공터에서』는 "죽었다"라는 서술어가 반복 서술된다. 이러한 반복은 텍스트의 의미를 초점화시키고 강화시키는, 일종의 작가 특유의 서술 전략인 것으로 보인다.

그러나 안요한의 문제의식이 도저한 것이기는 하지만, 궁극적인 것은 아니다. 조연주의 시선에 의하면 진달래의 색깔은 "색깔의 태아"나 "색깔의 추억", "색깔의 흔적"으로, 또 "봄날의 며칠 동안 이 세상에 처한 모습"으로 심오하다. 여기에 더해 "정처 없고 근거 없고 발 디딜 곳 없는 색깔"을 어찌 쉽게 묘사할 수 있겠는가. 이런 심오한 문제의식 때문에 『내 젊은 날의 숲』에 등장하는 언어로 그리는 식물들은 예사롭지 않은 진경으로 탄생한다. 그것들은 우리가 익히 보아온 자연 풍경이 아닌 새로운 풍경인 것이다.

사실 김훈은 통념적으로 볼 때, 묘사 불가능한 것이라고 여겨지는 것을 묘사해 내는 데 탁월한 재능을 보여온 작가이기도 하다. 「언니의 폐경」이나 「화장」에서 드러나는 여성 몸의 세계에 대한 묘파는 남성 작가에게는 이례적인 경우다. 장편소설 『공터에서』도 주인공 마차세의 처 박상희의 임신의 기별을 묘사하는데, 작가의 이름을 가리고 그 부분만을 읽는다면 여성 작가의 작품이라고 오인할 수 있을 정도의 수준이다. 그러나 묘사의 가능성을 극단으로 추구하는 묘사의 세계는 묘사 불가능성이라는 그림자를 동반한다. 임신의 기별을 묘사하는 대목의 끝에는 "몸 속을 덮은 안개 속에서 해독할 수 없는 소리가 들려왔다. 소리는 수런거리면서 이따금씩 가까이 다가왔다. (…) 알아들을 수는 없었지만, 무어라고 말하고 있었고, 말하고 있었지만 아직 말이 되어지지 않은 소리였다"(김훈, 2017: 271)는 불가항력의 고백이 있다. 이 고백의 주인공은 미대에서 서양화를 전공한 인물이지만, 화가가 직업은 아니다. 반면 『내 젊은 날의 숲』에서 그리고 묘사하는 일을 일 삼아 전문적으로 하는 세밀화가 조연주는 박상희가 그릴 수 없었던 것을 그릴 뿐만 아니라 묘사 불가능성의 딜레마 또한 고스란히 떠안는 처지의 인물이 된다. 조연주는 화폭에 식물 세밀화를 그리는 화가이면서 동시에 텍스트 도처에서 그릴 수 없는 것, 묘사 불가능성을 토로하는 화자이기도 한 것이다.

화가라면 의당 "패랭이꽃의 그 단순하고 가벼운 이파리나 도라지꽃 속 깊은 오지의 색의 질감을 드러내는 일은 가능할는지"(118~119) 정도는 고민할 수 있다. 나아가 "검은색을 이끌고 흰색으로 가는 어느 여정에서 내가 작약 꽃잎 색깔의 언저리에 닿을 수는 있을 테지만, 기름진 꽃잎이 열리면서 바로 떨어져버리는 그 동시성, 말하자면 절정 안에 이미 추락을 간직하고 있는 그 마주 당기는 무게의 균형과 그 운동태의 긴장을 데생으로 표현하는 일이 가능할 것인지"(143)를 고민할 수도 있겠다. 이때의 표현 불가능성에 대한 염려는 다름 아닌 표현 가능성에 대한 방법론적 회의일 것이다. 여기까지는 어디까지나 화가 조연주가 감당해 내야 할 고민의 몫이다. 그런데 이 고민에 색상을 예술 질료로 사용하는 화가가 아니라 언어를 예술 질료로 사용하는 화자가 등장해 표현 불가능성과 묘사 불가능성의 문제를 아포리아의 수준으로 심화시킨다.

누가 거기에서 분석적 언어를 추출해 낼 수 있을 것이며, 인간이 지어낸 언어의 구조물은 그 대상과 어떤 관련이 있는 것인가. 그런 생각을 하면서, 나는 종이에 붓질을 해서 식물의 삶의 질감과 온도를 드러내는 일에 어쩐지 자신이 없어져서 선 자리에서 주저앉아버리는 느낌이었다.(91)

꽃에 대한 어떠한 언어도 헛되다는 것을 나는 수목원에 와서 알
게 되었다. 꽃은 말하여질 수 있는 것이 아니고, 꽃은 본래 스스로
그러한 것이다.(164)

잘 알려진 것처럼 지시어와 지시대상이 자의적 관계에 있다는 것
은 소쉬르 언어학의 기본 명제 가운데 하나이다. 기표와 기의의 미
끄러짐의 문제, 언어에 대한 미학적 자의식의 문제 등은 모더니스트
들에게는 고질적인 핵심 문제이기도 하다. 그런데 여기서 문제시되는
언어는 '헛될' 정도로 근본적인 회의의 대상이다. 우리는 언어가 대
상 사물을 단순히 명명하거나 기술하는 데 그치지 않고 사물을 실
현하는 데 기여한다고 생각할 수도 있다. 왜냐하면 언어는 대상을
끊임없이 해석하고 정의함으로써 세계에 개입하기 때문이다. 그러나
이런 낙관론은 표현 불가능성에 직면하는 예술가의 도전 앞에서 늘
무력한 것이다. 언어 표상은 일단 대상을 시각 주체 앞으로 표상한
다. 그런데 개별적이고 구체적인 대상은 고정된 것이 아니라 항상 움
직이는 생물인 것이며, 작가의 표현처럼 그 나름의 '질감'과 '온도'를
가지고 있다. 따라서 특정한 절단면으로 생명의 흐름을 포착하는 언
어는 항상 언어도단의 위험과 모험에 노출되어 있을 수밖에 없는 숙
명을 안고 있는 것이다. 화자 조연주의 묘사 불가능성, 표현 불가능
성에 대한 고민이 드러내는 것은 바로 이러한 숙명이다.

그림의 세계에서 대상에 대한 접근에는 그 동안 어떤 태도들이 있
어 왔는가. 푸코에 의하면 두 개의 원칙이 15세기부터 20세기에 이
르기까지 서양 회화를 지배해 왔다. 그 첫 번째 원칙은 조형적 재현

(유사를 함축한다)과 언어적 지시(유사를 배제한다) 사이의 분리이고, 두 번째 원칙은 '유사하다는 사실'과 '재현적 관계가 있다는 확언' 사이의 등가성이다(미셸 푸코, 2010: 39~42). 그러나 근대 사회의 암묵적 무의식을 이루고 있는 재현 이데올로기에 도전하는 푸코의 의지와는 별개로 이런 주장의 타당성은 좀 더 숙고되어야 한다. 가령, 푸코의 책을 우리말로 옮기고 있는 김현도 적절하게 지적하고 있듯이 정말로 서양 회화를 5세기 동안 그 두 원칙이 지배해 왔는가는 의문이다(김현, 1990: 185). 곰브리치 같은 미술사가에 의하면 서양 미술사를 관통하는 지배적 경향은 아는 대로 그리는 것과 보이는 대로 그리는 것의 두 경향이며, 르네상스 이후의 그림이 보이는 대로의 그림이라면 현대 예술은 인상주의 이래로 보이는 대로의 그것과 아는 대로의 것이 결합되어 있다(E. H. 곰브리치, 2017: 561~562).

『내 젊은 날의 숲』에서 조연주가 그리는 식물 세밀화가 무슨 선험적 지식에 이끌려 아는 대로 그리는 그림은 아니다. 그것은 기존의 앎의 도식을 따르는 그림이 아니라 '보이는 대로' 그리는 그림이라고 할 수 있다. 철저하게 조연주는 사실에 입각해 있을 뿐이다. 그러나 조연주는 단지 '보이는 대로'에 만족해서 그리는 세밀화가가 아니다. 작가는 '본다'는 행위와 '보인다'는 사실을 구분함으로써 조연주에게 단지 그림 결과물을 얻는 대신에 그림에 이르는 과정, 묘사하기 과정의 방법론적 문제를 주요 서술 상황으로 부각시키고 있다. 일단 '본다'와 '보인다'의 방법론적 성찰은 화가로서 대상 실재에 접근하는 조연주의 태도적 충실성을 뚜렷하게 보여준다. 김훈이 창출한 회화의 원칙은 우선 이 '본다'와 '보인다'를 구별하는 것이다. 이 문제는 안요한의 꽃 색깔의 비밀을 밝히겠다는 연구 과제와 함께 텍스트 도처에서 거듭 반복 서술되는 도저한 문제이기도 하다.

(가) 본다고 해서 다 그릴 수는 없을 것이었다. 본다고 해서 보이는 것이 아니고, 본다와 보인다 사이가 그렇게 머니까 본다와 그린다 사이는 또 얼마나 아득한 것인가를, 그 아이의 뒤통수 가마를 보면서 생각했다.(187)

(나) 멀리서 보아도, 꽃은 그 꽃을 쳐다보는 사람을 향해서 피어 있다. 꽃이 보일 때 사람이 느끼는 환각일 테지만 숲속의 성긴 나무들 사이로 보이는 꽃들도 늘 나를 향한 자세로 꽃잎을 벌리고 있다. 내 눈에 그렇다는 얘기고, 내가 꽃을 볼 때 꽃은 아무것도 보고 있지 않을 것이다. '보인다'라는 것이 이 환각을 말하는 것이라면 그림을 그리기는 점점 어려워질 것이다.(194)

우리는 영어 'see(본다)'는 본래 'know(알다)'라는 뜻을 지니고 있는 말이라고 이해하고 있다. '본다'라는 말 자체가 이미 인식론적 문제 정황을 내포하고 있는 말인 것이다. '본다'가 상상적 세계의 일방적 시선이라면, '보인다'는 상상적 세계의 오인이 지각되고 '봄'과 '보여짐'이 함께하는 국면이라고 할 수 있겠다. 라캉이라면 전자의 세계를 '시선(eye)', 후자의 세계를 '응시(gaze)'라고 명명했을 법하고,[*] 또 논자에 따라서는 '일별(glance)'과 '응시(gaze)'를 구별하기도 하지만,[**] 이런 이론틀에 의존하기 이전에 이미 동양의 지적 전통에서는

'본다'라는 문제에 대해 주목할 만한 성찰이 있었다는 사실을 간과
할 수 없다.

　동양적 신비론은 서구의 과학적 지식과 유사성이 있는데, 그 이유
는 동양적 신비론들이 경험에 그 지식의 기반을 확고히 두고 있고,
이는 서구의 과학적 지식이 실험에 확고한 기반을 두고 있다는 사실
과 크게 다르지 않기 때문이다. 그런데 이 유사성은 '본다'라고 하는
신비적 체험의 본성에 의해서 더욱 강화된다(프리초프 카프라, 2006:
56). 동양적 전통에서 관찰함으로써 얻어지는 직접적 통찰과 스스
로의 안에서 바라보는 관조의 세계는 지성의 영역 바깥에 위치한
다. 김훈에게도 『칼의 노래』의 이순신은 "나는 보았으므로 안다"(김
훈, 2003a: 19)는 인물이기도 한 것인데, 불교의 모든 종파에서는 본다
(見)는 것을 안다(識)는 것의 기초로 여겼다. 『현대 물리학과 동양사
상』의 저자가 인용하는 스즈키 다이세쓰鈴木大拙는 이 점을 이렇게
말한다.

　불교적 인식론에 있어서는 본다는 것이 안다는 것의 기본이 되
기 때문에 본다는 것이야말로 가장 중요한 역할을 하고 있다. 앎은

---

* 라캉은 시각의 영역에서 '시선'과 '응시'의 분열을 논하지만, 그에게 응시는 시선에 앞
　서 존재하는 것이다(자크 라캉, 2005: 204).
** 한편 노먼 브라이슨Norman Bryson 같은 이에게는 '일별(glance)'과 '응시(gaze)'
　의 구별이 있다. 브라이슨에 의하면 화가의 응시란 현상들의 흐름을 정지시키고, 지
　속의 유동성을 벗어나 있는 어떤 유리한 조망 지점에서부터 시각 장場을 관조하는
　것이다(마틴 제이, 2004: 29).

봄이 없이는 불가능하다. 모든 지식은 본다는 데 그 뿌리를 두고 있
다. 그래서 앎과 봄은 부처님의 가르침 속에서는 일반적으로 하나로
통합되어 보인다. 그러므로 불교 철학에서는 궁극적으로 실재를 본
래 면목대로 보는 것을 지향한다. 봄(正見)은 개오를 증험하는 것이
다.(프리초프 카프라, 2006: 57에서 재인용)

    동양의 신비적 전통 속에 있는 지각 양식으로서의 '본다는 것'은
물론 자구적인 의미를 넘어 비유적으로 이해되길 바라는 경험 양식
이다. 비유적으로 이해되어야 감각적인 현상을 초월할 수 있기 때문
이다. 그러나 그럼에도 불구하고 하필 '본다'는 행위의 강조는 동양
철학의 경험주의적 접근 방식을 강렬하게 환기시켜 주는 것 또한 사
실이다. 이런 문제의식에 비춰본다면 작가 김훈의 문제의식은 전혀
새로운 것으로 읽히지는 않는다. 그러나 김훈 득의의 영역은 그림 그
리기에 인식론의 문제를 중첩시킨다는 데 있는 것이 아니라 그 문제
를 묘사 불가능성의 문제로 치환하고 확대한다는 데 있다. 앞의 인
용문 (가)처럼 초점자 조연주는 '본다'를 믿지 않고 '보인다'를 추구
한다. 그렇다면 '보인다'는 믿을 만한 것인가. (나)에 의하면 '보인다'
의 세계도 환각일 수 있다. 그런데 문제는 여기서 그치지 않는다. '보
인다'의 세계는 결국 '그린다'의 세계를 지향하는 것인데, '그린다'의
세계는 또 하나의 궁극 차원을 은폐하고 있다. 이 차원은 발화되지
않고 '그린다'의 세계의 괄호 속에 있다. 그것은 바로 '쓴다'의 차원이
다. 이 '쓴다'야말로 발설되지 않은 최종심급이다. 본다고 해서 다 그
릴 수 없는 것처럼, 그린다고 해서 다 쓸 수 없다. 마찬가지로 본다와

보인다 사이가 그렇게 먼 것이라면, 그리다와 쓴다의 사이 또한 결코 가까운 것일 리 없다. 그렇다면, 그럼에도 불구하고 묘사 가능성에 도전하는 모든 언어는 묘사 불가능성이라는 필패의 모험을 불사하고 있는 셈이다. 대상을 묘사한다는 것은 대상과 함께 생성된 묘사 불가능성을 묘사하는 일이 되는 것이다. 그렇다면 왜 이렇게 볼 수 없고, 알 수 없고, 그릴 수 없고, 쓸 수 없는가.

대타자로서의 풍경

세밀화가 조연주는 자신에게 부여된 식물원의 과제 대상 식물들을 그린다. 그것은 말할 것도 없이 조연주의 직업상의 주요 임무이다. 그런데 조연주라는 초점자는 과제 대상 식물 하나하나뿐만 아니라 숲 전체를 묘사하고자 하는 욕망의 주체이기도 하다. 이 욕망의 주체는 낱낱의 식물을 대상으로 취할 때보다 숲 전체를 만났을 때 더 무력한 묘사 주체가 된다.

해가 들면, 젖은 숲이 마르면서 냄새를 토해냈다. 잎 큰 떡갈나무 숲의 바닥 냄새는 무거웠고 소나무나 전나무 숲의 바닥 냄새는 가벼웠다. 넓은 잎은 가는 잎보다 먼저 부식해서 흙이 되었는데, 넓은 잎이 삭은 흙이 쌓여서 오래된 흙의 깊은 냄새를 뿜었다. 그래서 늙은 숲의 냄새는 깊었고 젊은 숲의 바닥 냄새는 얇고 선명했다. (중략) 패랭이꽃과 노랑어리연꽃을 데생하다 보니까 여름이었다. **풀과 꽃**

은 겨우 그릴 수 있지만 숲과 산은 온전히 보이지 않았다. 숲은 다가가면 물러서고 물러서면 다가와서 숲속에는 숲만이 있었고 거기로 가는 길은 본래 없었다. 본다고 해서 보이는 것이 아니고 보여야 보는 것일 터인데, 보이지 않는 숲속에서, 비 맞고 바람 쏘이고 냄새 맡고 숨 들이쉬며 여름을 보냈다.(178~179. 강조: 인용자)

이렇게 묘사되는 자연은 물론 뛰어난 감각 주체에 의해 구성되는 자연이다. 이 구성은 어디까지나 재현적 구성이기 때문에 자연 그 자체일 수는 없는 것이며, 주체의 인식론적 기능이 다양하고 혼란스러운 감각 대상을 포섭함으로써 성립하는 자연과 주체의 상징적 종합이다. 이 점에서 자연 대상에서 언어를 이끌어내고, 그 언어로 대상에 접근하고 장악하는 인식론적 수준을 먼저 평가하지 않을 수 없다. 위 인용문에서 감각 주체는 단지 '보는 것'을 넘어 '보이는 것'을 갈망하는 시각 주체일 뿐만 아니라 우리 주변의 문학 환경 어디에서도 보기 힘든 빼어난 후각 주체이기도 하다.

냄새란 무엇인가. 냄새, "그것이 실체인지 헛것인지는 알 수 없었지만, 헛것이라 해도 헛것의 주술력으로 실체를 눈앞으로 끌어당겨주는 힘이 있었다"(62)고 하는데, 숲의 냄새를 이렇게 무거움과 가벼움, 깊음과 얕고 선명함의 세계로 묘파해 낼 수 있는 작가가 많지는 않을 것이다. 작가의 이러한 냄새 묘사는 『현의 노래』나 『개』에서 보여주었던 개별적 사물에 대한 묘사보다 진화한 수준이라고 할 수 있고, 동시대의 어떤 작가와 비교해도* 돌올한 측면이 있다고 하지 않을 수 없다.^{**} 그런데 이 모든 것에도 불구하고 작중화자는 "풀과 꽃은 겨우 그릴 수 있지만 숲과 산은 온전히 보이지 않았다"고 한다. 식물원 자등령의 숲은 "무수한 이파리들이 바람의 무수한 갈래에 스치면서 분석되지 않는 소리의 바다가 펼쳐"(24)

---

* 가령, 특히 묘사가 감각적이고 인상적인 정이현의 소설에는 이런 대목의 냄새 묘사가 있다. "눈을 감으면 그녀의 냄새를 맡을 수 있다. 어린 꽃잎에 번성하는 목화진딧물의 냄새, 갓 말린 바다 냄새, 처녀 양의 젖으로 만든 치즈 냄새, 혀끝이 열리고 온몸이 아리아리해지는 냄새, 태초의 냄새. 세상의 모든 냄새. 너의 너 자신의 냄새"(정이현, 2003: 123).

** 이 문제는 이 정도 논급으로 간단히 그칠 일은 아니다. 백문이 불여일견이다. 단적인 몇 가지 사례를 들어 일견 혹은 일독을 권해 본다.

죽은 장철민의 살았을 적 겨드랑 냄새는 이제 내 마음속에서, 냄새라는 먼 추상이나 살 없는 형해로 자리잡고 있을 뿐, 그 겨드랑 노린내의 노림은 아침식탁의 된장아욱국 냄새나, 여름의 폭양 아래서 하루 종일 놀고 돌아온 막내녀석 뒤통수의 햇빛 냄새나, 장마 때 멘스하는 아내의 비린내 같은 다른 냄새들 속으로 스며들어, 경계선이 뭉개지는 그 냄새들은 산다는 것의 희뿌연 누린내 속으로 합쳐지는 것이었지만, 죽은 자의 살았을 적 겨드랑 냄새와 어린 녀석 뒤통수의 햇빛 냄새와 그리고 모든 개별적인 냄새들은 저 몽롱하고도 압도적인 누린내 속에서 가늘지만 뚜렷하게 살아서 때때로 쑤신다(김훈, 1995: 79~80).

아아, 나는 그때 사람의 냄새를 처음으로 맡은 거야. 놀랍고도 기쁜 냄새였지. 무어라 말할 수 없이 정답고 포근해서 눈물겨운 냄새였어. 아기의 입과 머리통에서는 삭은 젖 냄새가 풍겼는데, 달콤하면서도 시큼했어. 그 냄새는 이 세상에 막 태어난 것들의 냄새였는데, 여리고 부드러웠지. 너무 세게 들이마시면 부서져버릴 것 같은 냄새였지. (…) 사람의 몸 냄새 속에 스며 있는 사랑과 그리움과 평화와 슬픔의 흔적까지도 그날 모두 알게 되었지. 그 냄새는 모두 사랑받기를 목말라하는 냄새였어(김훈, 2005: 33~35).

숯쟁이는 숯가마 일이 없을 때는 따스한 가마 속에 메주를 띄웠다. 메주에 흙냄새와 불냄새가 스며서 장맛이 깊었다. 숯가마 아궁이에서 사위면서 헐떡거리던 잉걸불과 마른 장작의 향기, 발정해서 싸질러 다니다가 며칠 만에 돌아와서 우물가에서 물을 먹던 수캐의 비린내, 햇볕 쪼이는 여름날의 마을 흙담 냄새가 형틀에 묶인 젊은 숯쟁이의 기억에 어른거렸다. 살점이 흩어진 자리에서, 흘러내린 피의 냄새 속에서 기억 속의 마을의 냄새가 살아났다. 냄새가 어째서 물건처럼 기억되는 것인지, 지나간 냄새가 피 냄새를 밀어내며 콧구멍 속을 흘러들어왔다(김훈, 2011: 77).

지는 장소이다. 이렇게 보이지 않고, 분석되지 않는 숲에서 "나무는 자신을 들여다보는 사람과 사소한 관련도 없는 타자로서 땅 위에 서 있는데, 사람이 한사코 나무를 들여다본다"(263)는 것이다. 이 어찌 할 수 없는 '타자'의 절대적 타자성이 뛰어난 감각 주체가 맞닥뜨린 절망의 원인이다.

작가가 여기서 '타자'라고 적고 있는 타자의 타자성을 좀 더 분석 적으로 살펴보기 위해서는 라캉의 타자 개념을 참고할 필요가 있다. 라캉에게는 타자 개념에 있어 소타자와 대타자의 차이에 대한 구별 이 있다. 라캉에 의하면 언어가 대타자 속에서 기원하는 것이라고 한다면 언어는 의식의 통제와 표현 가능성 저편에 있는데, 이러한 대타자는 무엇보다도 하나의 장소로 생각되어야 한다.[*] 『내 젊은 날 의 숲』에 출현하는 이 대타자의 장소 이름을 김훈은 '풍경'이라고 요 약한다.

나는 눈이 아프도록 세상을 들여다보았다. 나는 풍경의 안쪽에서 말들이 돋아나기를 바랐는데, 풍경은 아무런 기척이 없었다. 풍경은 태어나지 않은 말들을 모두 끌어안은 채 적막강산이었다.

[*] 라캉의 타자 개념에서 대타자는 대수학에서 빌려온 기호 A(프랑스어 Autre)로 표시하 고, 소타자는 a(프랑스어 autre의 이탤릭체 소문자)로 표시한다. 소타자는 실제로 타자가 아니라 자아의 반영과 투사인 그런 타자이다. 반면 대타자는 근본적 타자성, 즉 상 상계의 착각적인 타자성을 초월하는 그런 타자성을 가리킨다. 이 타자성은 동일시를 통해 동화될 수 있는 것이 아니다. 자아 속에서 또는 주체 속에서 기원하는 것이라 고 여겨지는 소타자의 세계에서만 언어 표현으로 대상을 정의하고 장악할 수 있는 것이다(딜런 에반스, 1998: 201~203).

그래서 나는 말을 거느리고 풍경과 사물 쪽으로 다가가려 했다. 가망 없는 일이었으나 단념할 수도 없었다. 거기서 미수에 그친 한 줄씩의 문장을 얻을 수 있었다. 그걸 버리지 못했다. 이 책에 씌어진 글의 대부분은 그 여행의 소산이다.(「작가의 말」, 341~342)

보기 드문 감각적 탁월성에도 불구하고 『내 젊은 날의 숲』에서 숲이 끝내는 묘사될 수 없는 것으로 등장하는 까닭은, 라캉 식으로 말하자면 이를테면 숲이 대타자의 '풍경'이기 때문이다. 종국에는 조연주의 부친상이 치러지는 장소가 다름 아닌 숲이기도 하다. 숲에서 조연주 부친의 유해는 새의 먹이로 버무려져 사람의 시야 밖으로 사라진다. 죽음은 장례식장의 문화 같은 것으로 인간화되지 않고, 대신 인간적 의미화의 가능 지평을 넘어선 절대적 타자의 영역으로 사라진다. 거기에 대타자 숲이 있고 '적막강산'의 풍경이 있다. 김훈의 소설에서는 적막강산에서 바다로 공간을 옮겨도 사정은 크게 다르지 않다. 『흑산』의 주인공 정약전은 우리에게 어류생태의 풍부한 보고서인 『자산어보』를 남긴 위인으로 알려져 있다. 그런데 김훈에 의하면 바다라는 대타자의 언어화는 다음과 같이 "티끌만치"의 가능성에 불과한 것이다:"물고기의 사는 꼴을 글로 써서 흑산의 두려움을 떨쳐낼 수도 없고 위로할 수도 없을 테지만, 물고기를 글로 써서 두려움이나 기다림이나 그리움이 전혀 생겨나지 않은, 본래 스스로 그러한 세상을 티끌만치나 인간 쪽으로 끌어당겨 볼 수 있지 않을까 싶었다"(김훈, 2011: 337). 모든 가상한 인간적 노력에도 불구하고 대타자는 이처럼 묘사 불가능한 것이다.

회화의 역사라는 관점에서 보자면 '풍경風景'의 개념은 일단 '산수山水'의 개념과는 변별적인 데가 있다. 산수가 동아시아의 전통적 인문교양의 총화로서 천지산천과의 친화적이고 이상적인 세계관을 표상한다면, 풍경은 서구 근대의 시각적 재현양식의 축도이다. 우리의 경우로 말하자면, 산수화는 조선시대의 이념에 따른 자연에 대한 의미화 작용을 담고 있었으며, 산수화를 그리는 것은 시대의 이념을 개별적으로 확인하는 행위에 불과했다(서유리, 2002: 86~87). 풍경 개념이 함축하는 자연에 대한 형이상학적 태도의 변화를 풍경의 '발견'이라는 개념과 함께 문학론에서 전개한 이는 다름 아닌 가라타니 고진이다. 가라타니 고진에게 풍경을 '발견'했다는 말이 의미하는 것은 풍경이 선험적으로 자연스럽게 처음부터 존재했던 것이 아니라 일정 시기와 계기에 의해 기원과 역사성을 가지고 존재하게 되었다는 것이다. 풍경이 출현하는 이 역사적 시기가 바로 일본 근대문학 리얼리즘이 확립되는 시기라는 것이 고진의 독특한 주장이다. 일본 근대문학의 리얼리즘이 풍경 속에서 확립되고, 리얼리즘이 묘사하는 것은 '풍경'이고, 풍경으로서의 인간이라는 주장을 이해하기 위해서는 산수화에서 풍경화로의 이행이라는 근대 회화사에 대한 이해가 요청된다(가라타니 고진, 1997: 30~38).

고진이 설명하는 방식을 따르면 산수화의 장은 개인이 대상에 대해 갖는 관계가 아니라 선험적이고 형이상학적 모델로 존재한다. 산수화에서 화가는 '사물'을 보는 것이 아니라 선험적인 개념을 보고 있는 것이다. 여기서 선험적인 것이란 산수화의 장에서는 중국의 철인哲人이 깨달음을 얻는 이상향이었으며, 중세 유럽에서는 성서 및

신神이었다. 서구 중세의 회화와 '산수화'는 '풍경화'에 대비해 볼 때 서로 공통점이 있다. 즉 양쪽 다 '장소'가 초월론적이라는 점이다. 소나무 숲을 그릴 때 산수화가는 소나무 숲이라는 개념을 그릴 뿐 진짜 소나무 숲을 그리는 것이 아니다. 진짜 소나무 숲이 대상으로 보이려면 이 초월론적 장場이 전복되어야 한다. 그러므로 풍경화 이전의 과거 작품에 '묘사'로 보이는 것도 '묘사'가 아니라 묘사는 한 줄도 없이 실은 풍경이 아니라 문자에 이끌리고 있었다는 것이다. "묘사란 단순히 외부 세계를 그리는 일과는 이질적인 것이었다. '외부 세계' 그 자체를 발견해야 했기 때문이다"(가라타니 고진, 1997: 38).

산수화가 아는 대로 그리는 그림이라면 풍경화는 그러므로 외부 세계를 그 자체로 발견해 있는 대로, 또는 보이는 대로 그리는 그림이라는 설명이 가능하다. 그렇다면 풍경의 '발견'은 단지 시각의 문제가 아니라 지각양태와 인식틀을 바꾸는 것이며, 초월론적 장을 전복시키는 것이다. 그것은 단지 사생寫生의 문제 이전에 일종의 가치 전도인 것이다. '산수'의 개념과 '풍경'의 개념 사이에는 그러므로 인식론적 단절(epistemological break)이라고 할 만한 상거가 있다. 풍경이 보이기 위해서는 산수라는 인식론적 장애가 제거되어야 한다. 이런 전복과 전도의 장에서 풍경을 발견할 때, 자연은 재래의 인간 친화적 완상물이 아니라 인간의 시선과 의식에 순치되지 않은 타자로 출현한다. "아무런 기척이 없었"고, "태어나지 않은 말들을 모두 끌어안은 채 적막강산"이었다는 김훈의 저 「작가 후기」에 등장하는 풍경은 이런 타자, 대타자이다. 파스칼이라면 "이 무한한 공간의 영원한 침묵이 나는 두렵다"(파스칼, 1987: 67)라고 말했을 법한 타자 공간이다. 파스칼이 두려워하는 침묵과 김훈이 듣고 싶지만 들을 수 없다는 저 풍경의 침묵은 크게 다르지 않을 것이다. 그것들은 모두 인간 언어로는 받아낼 수 없는 대타자의 타자성에 짓눌려 있다.

중세에서 근대로의 이행을 초월론적 장의 붕괴로 설명하는 설명 모델은 우리에게 전혀 새롭지 않다. 그러나 가라타니 고진의 독창성은 이 이행을 풍경의 발견과 결부짓고, 여기서 일본 근대문학의 출현을 본다는 관점이다. 우리는 여기서 멈추지 않고 가라타니 고진의 논의가 갖는 함의를 김훈의 소설과 관련지어 좀 더 숙고해 보기로 하자. 일단, 그렇게 탈신비화되고 탈이데올로기화된 풍경이 전경화前景化된다면, 후경화後景化되는 것 또한 존재한다는 이치 또한 자명해질 터이다. 이 점을 작품의 세계를 실례로 들어 설명할 수 있다. 가라타니 고진은 근대 일본문학에서 풍경을 처음으로 묘사한 작가로 구니키다 돗포國木田獨步를 꼽고, 특히 그의 「잊을 수 없는 사람들」을 높이 평가한다. 「잊을 수 없는 사람들」은 무명작가 오쓰라는 인물이 이키야마라는 인물에게 '잊을 수 없는 사람들'에 대해 이야기하는 형식을 취하고 있는 짧은 소설이다. 주목할 점은 이 소설의 결말에 이르면 그때까지 중요하게 보였던 사람들은 잊혀지고 아무래도 상관없는 사람들이 '잊을 수 없는' 사람이 된다는 사실이다. 역전 현상이고 전도 현상이다. 후경화되었던 것이 전경화된 것이다. 그런데 가라타니 고진에 의하면 이것이 바로 풍경화에서 배경이라는 것이 종교적·역사적 주제 대신 그 자리를 메운 것과 마찬가지라는 것이다(가라타니 고진, 1997: 46). 풍경이 전경화될 때 역사적 주제 혹은 사회적·정치적 주제 같은 것이 후경화될 수 있다는 것은 김훈 소설,

특히 『내 젊은 날의 숲』의 소설 현실과 결코 무관하지 않다. 김훈의 이 소설에서 풍경은 주제의 보조적인 존재로서, 혹은 세팅의 한 구실로 종속되어 있는 것이 아니라 그것 자체만으로도 묘사하기 힘들고 벅찬 숨은 주인공으로 다가와 있다.

묘사의 함의

왜 조연주는 그림을 그리는가. 수목원에 극사실화를 그리는 화가로 취업했기 때문에 그리겠지만, 왜 하필 극사실화를 그리는 조연주를 주인공으로 설정했는가는 조연주가 답할 수 있는 물음이 아니다. 이 물음은 계절을 바꿔가며 다투듯이 피어나는 식물원의 꽃과 생태를 그려내는 조연주의 이야기를 텍스트 밖에서 『내 젊은 날의 숲』이라는 제목의 책으로 펴내고 있는 작가가 답변할 수 있는 사안이다. '젊은 날'을 또렷하게 타이틀에서 명시적으로 제시하고 있는 작가는 그러나 더 이상 젊은 사람은 아니다. 『내 젊은 날의 숲』의 작가는 젊어서 젊음을 보지 못하는 젊음의 자기도취로부터 벗어나 젊음을 대상화할 수 있는 나이를 먹은 사람이다.[*] 작가의 이 더 이상 젊지 않음과 화가 주인공 설정과는 모종의 함수관계가 있을 수도 있다. 더 이상 젊지 않은 나이의 옛 중국 사람들은 그림을 그리는 이유를 주

---

[*] 『내 젊은 날의 숲』은 1948년생 김훈의 2010년작이다. 그러므로 우리 나이로 치자면 작가 나이 63세의 작품인 셈이다.

로 과거의 젊음과 관련지어 말하곤 했다. 예컨대, 종병宗炳은 그가 그림을 그리는 것은 나이 들어 더 이상 산을 오를 수 없을 만큼 쇠약해졌을 때, 방 벽에다 자신의 기억 속의 경치를 그려놓고, 이 그림들을 바라봄으로써 그가 예전에 했던 여행들을 다시 체험하기 위해서였다고 한다(J. 캐힐, 1978: 45~46). 또, 교징명交徵明은 옛날 젊었을 때 보았던 자연을 다시 접해서 정신을 새롭게 했으면 좋겠다는 생각에서 그림을 그린다고 했다(김우창, 2016: 126).

젊음의 미적 향유를 지속시키고자 하는 이들이 본 것은 산수화의 액자 속에 들어갈 수 있는 '산수'라는 소타자일 것이다. '큰 것'을 보았다고 해도 그것은 김훈이 「작가 후기」에서 적은 '적막강산'이라는 저 침묵의 대타자는 아니라고 볼 수 있다. 동양의 인문 교양 속에 있는 '산수화'라는 이데올로기를 벗어나야 비로소 대타자 풍경을 만날 수 있기 때문이다. 우리에게 문학평론가로 잘 알려진 I.A. 리처즈는 영국과 미국에서만이 아니라 중국의 베이징대학에서도 교편을 잡은 바 있는 사람인데, 김우창 교수가 소개하는 바에 의하면 그는 산수를 본다는 행위의 의미에 대해서도 다음과 같이 일가견이 있었다.

리처즈는 우리의 마음을 평정하고 정성스러운 상태로 이르게 하는 길은 큰 것을 보는 데 있다고 했습니다. 리처즈는 **사람이 얼마나 광활한 우주의 속에 외롭게 조그만 존재로 있는가 또는 사람이 태어나고 죽는 것이 얼마나 허무하고 이해할 수 없는 일인가, 그 얼마나 신비스러운 것인가, 또 무한한 억만 겁의 시간 속에서 사람의 생명이라는 게 얼마나 짧은 것인가, 사람의 무지가 얼마나**

거대한가, 아는 것보다는 모르는 것이 얼마나 더 많은가, 우주 공간 속에 사람이라고 하는 것이 얼마나 작은 존재인가, 그 무한한 시간 속에서 사람이라는 게 얼마나 하잘것없는 존재인가, 그런 시간 속에 사람이 태어나고 죽는다는 게 얼마나 신비스러운 것인가, 우리가 이런 것에 대해서 아는 것이 얼마나 없는가 하는 것들을 생각하면 절로 평정에 이르게 된다는 것입니다. 리처즈가 한 이야기인데, 물론 『중용』에도 비슷한 이야기는 나옵니다. (…) 거기에서 오는 안정감이 바로 산수山水를 보는 데서 오는 안정감이 아닌가 합니다.(김우창, 2016: 134~135. 강조: 인용자)

그렇다면 단지 '큰 것'이 아니라 대타자를 보는 일은 어떨까. 동양 고전 속에 있는 자연이 여유를 가지고 생을 관조하는 안정감을 줄 수도 있었는지 모르지만, 『내 젊은 날의 숲』을 쓰는 근대의 아들 작가 김훈에게는 이런 평정平靜의 '산수'는 없다. 『내 젊은 날의 숲』을 쓰는 그는 다만 더 이상 젊지 않을 뿐이고 인간이 자연이기 때문에 안도할 수 있는 자연과의 조화는 깨져 있다. '산수'라는 이데올로기가 지워지면 '풍경'만이 남는다고 할 때, 위 인용문에서 느낌표가 달릴 수 있는 밑줄친 문장은 느낌표 대신 물음표 생략형 의문이 된다. 이 의문의 세계를 '우주적 허무'라고 요약해도 크게 틀리지는 않을 것이다. 인간과 자연의 조화로운 세계관이 깨진 자리 그 균열의 틈을 파고드는 것이 이 '우주적 허무'다. 우주적 허무는 우리가 운명의 이름으로 의미와 가치를 만드는 인간 세계의 크고 작은 것의 분별과 시비마저도 지워버린다.

옛날의 결속은 깨어졌다. 인간은 마침내 그가 우주의 광대한 무
관심 속에 홀로 내버려져 있음을, 그가 이 우주 속에서 순전히 우연
에 의해서 생겨나게 되었음을 알게 되었다. 이 우주의 그 어디에도
그의 운명이나 의무는 쓰여 있지 않다.(자크 모노, 2010: 257)

세밀화가 조연주는 육군 유해발굴단의 요청으로 발굴된 뼈도 그
리는데, 그 뼈에는 남과 북이 새겨져 있지 않고, 남쪽 병사와 북쪽
병사의 구분이 무의미한 것이다. 다만 뼈로 남은 병사는 남/북 이데
올로기와 무관한 '뼈'의 사람이다. '혁명 열사'였다는 병사의 뼈는 다
만 "적막한 뼈"(172)일 뿐이고, 죽기 전에 무엇보다도 어머니의 풀 먹
인 여름옷을 입고 싶고 상추쌈이 먹고 싶었다던 병사는 목숨에 충
실한 생명이지 조국을 위해 충성한 사람으로 그려지지 않는다. "상
추쌈을 못 먹고 죽은 그 병사가 '사상학습노트'를 남기고 죽은 인
민군 병사이거나, 그의 총에 맞아 죽은 그의 적병이거나, 그의 적병
이 죽기 직전에 찔러 죽인 또 다른 적병이거나, 별 차이가 없는 것이
라고 '상추쌈'과 '풀 먹인 여름옷'은 말하고 있었다"(159)고, 서술자는
'상추쌈'과 '풀 먹인 여름옷'을 풀이한다.

조연주가 그리는 극사실화는 "원리나 개념으로는 파악이 안 되"
는 "개별적 생명의 현재성을 그리는 일"(203)일 뿐이다. 그러므로 작
가가 묘사하는 묘사 대상 역시 저마다의 개별성으로 구체적일 뿐
어떤 원리나 개념 따위에 귀속되지 않는다. 이데올로기가 들어설 자
리가 없는 것이다. 6.25전쟁 병사의 뼈마저도 그것은 가령, 참호를
파다가 드러난 유골을 묘사하고 있는 임철우의 「아버지의 땅」에서

처럼, 분단의 성처를 증언하고자 하는 증언 의지에 수렴되지 않는 다. 그렇다면 이런 극사실의 묘사는 궁극적으로 무엇을 증언하는 가. 이 점과 관련해 로브그리예의 통찰은 주목할 만하다. 로브그리 예가 제시하는 탈이데올로기 묘사가 가는 길은 세 가지 부정을 함 축한다.

사실 사물을 묘사한다는 것은 고의적으로 그 사물의 밖에, 사물 과 대면하는 자리에 위치한다는 것을 의미한다. 이제는 사물을 순치 시켜 인간에 맞게 길들인다든가 사물에 어떤 인간적인 의미를 갖다 붙이는 데 주안점이 있는 것이 아니다. 애초부터 '인간이 아닌' 것으 로 상정된 사물은 끊임없이 손닿을 수 없는 저쪽에 남아 있으며 어 떤 자연적인 결합을 통해서 이해되지도 않으며 어떤 고통을 통해서 인간에게 수렴되어 버리지도 않는다. 묘사하는 것만으로 만족한다 는 것은 물론 대상에 접근하는 다른 모든 방법들을 거부하는 것이 다. 다른 방법들이란 가령 비현실적인 것 같은 공감, 소외된 것 같은 비극, 과학의 유일한 영역에 속하는 것 같은 이해가 그것이다.(알랭 로브그리예, 1998: 82~83; 롤랑 부르뇌프/레알 웰레, 1986: 174)[*]

『내 젊은 날의 숲』에 나타난 김훈의 자연에 대한 묘사도 비현실적 인 공감, 소외된 비극, 과학적인 이해 등으로 요약될 수 있는 대상에

---

[*] 여기서 옮긴 대목은 김치수의 번역과 김화영의 번역을 서로 대조하며 이들의 번역 문장을 선별적으로 채택했다.

대한 접근 방법들을 거부한다고 볼 수 있다. 소설 텍스트의 이상이 '과학적 이해'일 리는 없으므로 이 문제를 논외로 친다면, 먼저 비현실적 공감에 대한 거부가 있다. 김훈의 묘사 세계가 도전하는 것은 언어 표상으로 대상을 충분히 정의하고 장악할 수 있는 소타자의 세계를 넘어서 끊임없이 묘사 불가능성의 곤경을 동반하는 대타자의 세계이다. 그것이 작은 꽃 하나라 할지라도 근본적 타자성이 드러나면 묘사 불가능한 대상이 되고 만다. 꽃뿐만이 아니라 나무도 그렇다. "내가 제 눈에 비친 대로 나무를 겨우 그릴 수는 있지만 나무를 안다고 말할 수는 없고 나무와 어떤 관계를 맺고 있다고도 말할 수 없는 까닭은 내가 나무를 닮거나 비슷한 구석이 전혀 없기 때문"(263)이라는 절대적 타자성은 어찌할 수 없게 도저한 것이다. "나무는 나이를 먹으면서 늙어가는 것이 아니라 나무의 삶에서는 젊음과 늙음, 죽음과 신생이 동시에 전개되고 있었다"(87)는 대목에서는 죽음이라는 타자성을 삶의 동일성 속에서 파악하는 물활론적物活論的 인식의 단초도 보이지만, 대상을 낭만적 감정이입 따위로 의인화하여 억지 공감을 자아내지 않는다는 것은 시종일관 견지되는 묘사의 원칙적 태도이다.

여기서 로브그리예가 사용하는 '비극'이란 개념은 사르트르나 카뮈의 저 실존주의 부조리 문학의 맥락에서 이해되어야 할 용어이다. 로브그리예는 비극을 인간과 사물 사이에 존재하는 거리를 회복하고자 하는 시도로서, 아무것도 놓치지 않으려고 하는 휴머니즘의 마지막 발명품 같은 것이라고 정의하는데(알랭 로브그리예, 1998: 70), 부조리 비극뿐만 아니라 자고로 비극이란 삶의 무의미에 대한 항의가 있어야 성립하는 것이다. 묘사는 대상을 바라보는 자의 일방적 시선과 아무 상관이 없고, 사물은 그것을 바라보는 자의 내면과 어떤 연관을 가지거나 혹은 일치하는 일과 거리가 멀다. 이러한 관점에서 풍경은 전통적 휴머니즘, 나아가 그것이 한편으로 함유하고 있는 인간중심주의와 자연에 대한 초월적 인식으로부터 결별하는 것이다. 『칼의 노래』는 바다를 묘사하면서 시작하는데, 작가가 무엇보다 먼저 바다를 제시하는 것은 이순신의 삶이 어떤 근왕주의 이데올로기 같은 것으로 설명되지 않는다는 사실과 관계가 있다. 이순신에게 "바다는 내가 입각해야 할 유일한 현실"(김훈, 2003b: 61)이다. 마찬가지 이치로 작가가 자연의 묘사에 몰두하는 것은 삶의 가능성이 자연의 사실을 초월할 수 없기 때문이라고 할 수 있다. 그렇다면 결국 묘사 대상을 따라가는 묘사의 정신은 한계를 오직 한계로만 감당하는 한계의 정신이다. 이 한계의 정신은 궁극적으로는 대타자 풍경의 침묵 앞에 선 한계 주체의 운명인 것이다.

인간의 시대는 갔는가

소설 이론의 역사에서 보자면 소설 세계에서 공간의 묘사가 인물 묘사보다 더 중요하게 다루어진 시기는 자연주의의 등장 이후 본격화되었다고 볼 수 있다. 다윈의 영향을 많이 받은 졸라는 『실험소설론』에서 물리적 현실로 이해한 환경에 중차대한 중요성을 부여한다. 졸라에게 묘사는 "인간을 결정하고 완성하는 환경의 상태를 그리기"(에밀 졸라, 2007: 84)였다. 환경에 대한 소설의 묘사는 단지 인물의 성격을 드러내는 하나의 기법일 수도 있지만, 인간의 운명을 이해하고 드러내고자 하는 새로운 기획일 수도 있다. 이 기획에는 인간의 자리만큼이나, 혹은 인간의 자리보다 더 폭넓게 자연의 자리가 마련되어 있다. 그런데 이제 21세기 우리 소설에서 결정론적이고 운명론적인 뉘앙스가 강한 '환경'이라는 말 대신에 그 자리에 '풍경'을 대신 놓으면 어떻게 될까.

『내 젊은 날의 숲』에 등장하는 묘사 대상의 자연을 작가는 「작가 후기」에서 '풍경'이라는 말로 요약한다. 소설 텍스트로부터 그리 멀지 않은 곳에서의 이 요약은 터무니없게 실상을 왜곡하는 메타 언어는 아닐 것이다. 풍경은 여기서 논의한 김훈 텍스트의 지배적 현실이다. 이 풍경은 일단 결정론의 현실은 아니다. 어쩌면 그것은 결정론이라는 이데올로기로부터도 자유롭다. 풍경을 초월할 수는 없는 묘사 주체는 이 자유의 힘으로 때로는 묘사 대상에 사무치고 묘사 대상을 수사修辭하기도 하지만, 이 자유가 인간 운명의 어떤 궁극적 자유까지도 암시해 주는 것은 아니다. 미술의 언어든, 문학의 언어든, 인간의 모든 언어는 대타자 풍경의 침묵 앞에서 무력하다. 묘사 불가능성이라는 묘사 주체의 운명은 대상과의 일치 불가능성에서 오는 것이고, 궁극적으로는 대타자의 절대적 타자성에서 연원하는 것이라고 볼 수 있다. 낯설지 않은 것으로 자동화된 소설 환경에서 이 절대적 타자성을 새롭게 환기시키는 데 김훈 소설의 일차적 의의가 있다고 볼 수도 있다. 자동화된 환경을 전복시키는 풍경이라는 낯선 타자성의 출현은 가라타니 고진의 논의에서도 보듯이 새로운 소설 양식으로까지 평가받기도 한다. 다만 우리는 이런 소설, 이런 풍경의 리얼리즘을 읽으면서 또 한 번 인간의 시대가 밀려났다는 사실을 인정해야만 한다.(2019)

6장

음식의
문제

_ 장편 역사소설을 대상으로

음식, 뜨거운 감자

오늘날 '음식'만큼 각광받는 대중문화의 콘텐츠도 드물다. 의·식· 주 가운데 하나인 음식에 대한 인간의 운명적 연루는 물론 숙명적 인 것이지만, 음식은 먹고-마시는 기본 욕구(need) 이상으로 다양하 게 부풀려진 욕망(desire) 속에서 소비되고 있다. 개인 블로그 같은 것은 말할 것도 없고 공중파 방송이나 신문 같은 대중 매체에서 다 루는 음식 관련 프로그램이나 기사들은 무엇이 얼마나 있는지 일일 이 다 헤아리기 힘들 정도다. 소설가들도 앞다투어 단지 음식 모티 프 작품뿐만 아니라 음식 관련 에세이까지 생산해 내는 이 시대는 음식이 대중문화의 콘텐츠에 머무르지 않고 문학 담론장의 한복판 에 와 있는 느낌을 갖게 한다.* 대체 음식이란 무엇인가. 왜 음식이 문제인가. 그것은 소설 연구에서 무엇을 말해 줄 수 있는가.

음식은 물론 몸을 구성하는 무기 물질을 공급해 주고, 세포에 탄 소를 공급해서 산소와 결합할 수 있도록 해주는 탄소 운반체일 것 이다. 그러나 동시에 이런 생명 현상과 에너지의 관점만으로 환원 할 수 없는 게 우리의 음식이다. 가령, 우리에게 잘 알려진 현대 소설 의 주인공 중의 한 명인 그리스인 조르바는 "음식을 먹고 그 음식으 로 무엇을 하는지 대답해 보시오. 두목의 안에서 그 음식이 무엇으

---

* 예컨대 은희경, 조경란, 한강, 정이현 등의 소설에서 음식 모티프를 발견하기란 어려 운 일이 아니다. 또, 공선옥의 『행복한 만찬』(달, 2008)이나 성석제의 『칼과 황홀』(문 학동네, 2011) 같은 책은 음식 산문집이다.

로 변하는지 설명해 보시오. 그러면 나는 당신이 어떤 인간인지 일러 드리리다"(니코스 카잔차키스, 2009: 460)고 말한다. 음식을 먹고 무엇을 하는 동안을 기다릴 필요도 없다는 듯이 이렇게 말하는 이도 있다. "당신이 무엇을 먹는지 말해 달라. 그러면 당신이 어떤 사람인지 말해 주겠다"(장 앙텔므 브리야 사바랭, 2004: 19). 이것은 무슨 재치 문답이나 퀴즈일 리 없다. 독심술의 어떤 비법이 음식에 담겨 있다는 말도 아닐 것이다. '어떤 인간'인지를 말해 주겠다는 음식 담론에서 우리가 읽을 수 있는 것은 음식 담론이 인간학이 될 수 있다는 어떤 가능성이다. 음식은 보다 보편적인 인문학의 의제들과 만나면서 인간 삶을 이해하는 코드이자 세계를 해석하는 문제틀일 수도 있는데,[*] 음식이 사유의 질료로서 어떤 가능성이 있는지를 가장 인상적으로 보여준 우리 시대의 대표적인 인물로는 예컨대, 지젝을 꼽을 수 있을 것이다.

지젝은 토착 원주민의 식습관을 관찰해서 음식을 날 것, 구운 것, 끓인 것으로 구분한 레비-스트로스를 인용하며 여기에서 그치지 않고, 나아가 특정 이데올로기에 대한 논의로 발전시킨다(슬라보예 지

---

[*] 가령 캐롤린 스틸의 『음식, 도시의 운명을 가르다』(이애리 옮김, 예지, 2010)의 책 표지에는 "음식을 보면 도시의 미래가 보인다"고 씌어 있다. 도시화, 자본주의, 에너지 문제, 기아, 기후 변화 등 현대 문명이 처한 이 모든 문제의 핵심에 음식이 있다고 이 책은 말한다. 음식을 통해 무엇을 '알 수 있다'거나, 무엇을 '볼 수 있다'는 시리즈는 앞으로도 끝이 없을지 모른다. 우석훈 또한 음식을 통해 계층과 계급, 그리고 지역을 포괄하는 문화를 읽을 수 있다고 강조한다(우석훈, 2008: 38). 무엇을 먹느냐에 따라 어떤 신체를 가질 것인가가 결정되는 자연적 측면만큼이나 무엇을 먹느냐에 따라 '누가 될 것인가'가 결정되는 사회적 속성을 음식은 가지고 있다는 것이다.

젝, 2002: 17~19). 레비-스트로스에 힌트를 얻은 지젝은 레비-스트로스를 보충하며, 대변(변기)도 역시 훌륭한 사고 재료로 기능할 수 있다는 것을 보여주고자 한다. 지젝은 변기의 세 가지 기본 형태는 요리에 있어서 레비-스트로스의 삼각형에 대한 일종의 배설물 상관-대위법을 형성한다고 본다. 결국 반성적 철저함을 엿볼 수 있는 독일의 변기, 혁명적 조급성을 엿볼 수 있는 프랑스의 변기, 그리고 실용적 프래그머티즘을 엿볼 수 있는 영국의 변기에서 지젝이 읽어내는 것은 독일의 보수주의와 프랑스의 급진주의, 그리고 영국의 자유주의라는 잘 알려진 각국 특유의 이데올로기이다.

음식-변기의 스타일에서 착안한 지젝의 이러한 분방한 사유 태도를 문학 연구의 방법론으로 옮겨와 말해 본다면 일종의 폭로 비평 (disclosure criticism), 좀 더 구체적으로 특정하자면 이데올로기 폭로 비평이라고 할 수 있겠다. 우리는 탈이데올로기의 세계에 살고 있다는 '환상'을 갖고 있지만, 화장실에 들르는 순간 다시금 이데올로기에 몰두하게 된다고 지젝은 폭로한다. 그러나 자유연상으로까지 보이는 이런 지젝 식의 거침없는 분방함은 아무래도 조심스럽게 제한적으로 수용되어야 할 태도인 것 같다. 우리는 한 나라의 국민성 (혹은 민족성)을 논단한다는 것이 얼마나 위험한 언어적 모험인지를 안다. 그것은 모험에 그치는 것이 아니라 폭력이 될 수도 있다. 다시 음식 문제에 국한시켜 말해 본다면, 음식에 대한 가장 은밀한 태도조차도 이데올로기를 실천하고 발언하고 있다는 사실을 폭로하는 것은 매력적으로 보일지 모르지만 위험한 견강부회가 될 수도 있다.

김훈의 『칼의 노래』, 『현의 노래』, 『남한산성』을 대상으로 이 소설들에 나타난 음식 담론을 분석하고자 하는 이 글은, 이런 이데올로기 폭로의 욕망을 성급하게 따라가지는 않으려고 한다. 그렇다고 음식의 가치중립성을 확인하는 정도가 음식 담론 연구의 귀결점이 될 수는 없을 것이다. 음식 담론의 숨겨진 차원을 발견하고 그것을 작품의 의미 해석 영역과 관련짓는 것은 물론 소설에 나타난 음식을 탐구함에 있어서 피할 수 없는 연구 과제이다. 다만 김훈의 소설에서 음식은 이데올로기를 확인하는 자리가 아니라 그와 반대로 기왕의 이데올로기를 벗어나는 자리에 놓여 있을 수도 있다는 가능성을 열어두고 이 글은 출발하고자 한다.

낮은 유물론의 자리에 있는 음식

신문 기자로서 김훈이 쓴 글 중에는 「'밥'에 대한 단상」이라는 것이 있다. 이 글은 향후 작가 김훈의 문학세계에 출현하는 음식의 문제와 관련지어 볼 때, 매우 징후적인 시사점을 제공해 준다. 먼저 이 글을 인용해 보자.

황사바람 부는 거리에서 전경들이 점심을 먹는다. (…) 시위군중들도 점심을 먹는다. 길바닥에 주저앉아서 준비해 온 도시락이나 배달시킨 자장면을 먹는다. 전경들이 가방을 들고 온 배달원의 길을 열어준다. 밥을 먹고 있는 군중들의 둘레를 밥을 다 먹은 전경들과 밥을 아직 못 먹은 전경들이 교대로 둘러싼다. 시위대와 전경이 대치한 거리의 식당에서 기자도 짬뽕으로 점심을 먹는다. 다 먹고 나면 시위군중과 전경과 기자는 또 제가끔 일을 시작한다. 밥은 누구나 다 먹어야 하는 것이지만, 제 목구멍으로 넘어가는 밥만이 각자의 고픈 배를 채워줄 수가 있다. 밥은 개별적이면서도 보편적이다. 시위현장의 점심시간은 문득 고요하고 평화롭다. 황사바람 부는 거리에서 시위군중의 밥과 전경의 밥과 기자의 밥은 다르지 않았다. 그 거리에서, 밥의 개별성과 보편성은 같은 것이었다. 아마도 세상의 모든 밥이 그러할 것이다.(김훈, 2002.3.21)

후배 기자들에게는 이른바 '팩트주의'의 진수를 보여주는 사례로 회자되기도 했다는 이 글은 그러나 사건 기사로서의 육하원칙에 입각해 있는 것은 아니다. '단상'이라는 제목이 주는 특권적 자유 때문인지는 몰라도 시위 사건의 주체는 익명화되어 있고, 무엇보다 '왜' 이런 불편한 밥들을 먹고 있는지 알 수 있는 정보가 전혀 제시되지 않는다. 시위자나 전경이나 기자는 너나없이 하나같이 주저앉아 그저 '밥'을 먹고 있는 풍경의 일부가 될 뿐이다. 밥을 먹는 사람들이 후경화되고 주변화되면서 대신 밥 자체가 전경화되는데, 이들이 먹는 밥에는 이편 저편이 없다. 기자 김훈은 이것을 일러 '보편성'이라고 한다. 그런데 우리는 날카롭게 대립하는 삶의 전선에서 물러나 잠시 휴식하고 있는 이 무차별성의 틈으로 편을 가르는 예각화된 정치성이나 이데올로기 따위는 빠져나가고 있다는 사실을 주목할 필요가 있다. 역설적으로 말하자면 기자 김훈이 밥을 통해 주목하는 것은 바로 이렇게 무색해지는 정치성과 탈이데올로기의 틈인 것이다.

　　저널리스트 김훈은 소설가가 되는데, 소설가 김훈의 탈이데올로기 지향은 그가 쓴 장편 역사소설들의 작가 서문만 읽어봐도 뚜렷하다. 『칼의 노래』 작가 서문에서는 "나는 정의로운 자들의 세상과 결별하였다. 나는 내 당대의 어떠한 가치도 긍정할 수 없었다"(『칼의 노래·1』: 12)*고 적었다. 『남한산성』의 서문에서는 "나는 아무 편도 아니다. 나는 다만 고통 받는 자들의 편이다"(『남한산성』: 5)라고 선언한다. 작가의 이런 원칙적 입장은 소설 본문에서 작중 인물들의 태도로 구체화된다.

　　『칼의 노래』의 주인공 이순신은 우리가 흔히 생각하는 전통적인 의미의 충효라는 유교 이데올로기를 실천하는 위인은 아니다. 『남한산성』에는 "아무 편도 아니다"는 작가의 입장을 다시 반복하는 인물이 등장하는데, 수어사 이시백은 "나는 아무 쪽도 아니오. 나는 다만 다가오는 적을 잡는 초병이오"(『남한산성』: 218)라고 말한다. 『남한산성』에는 남한산성을 사이에 둔 조선과 청의 대립뿐만 아니라 남한산성 안에서의 주화파와 척화파의 내분이라는 또 하나의 분란이 전쟁의 주요 내용이 된다. 보기 드물게 긍정적 인물로 그려지는 이시백은 본래 문관 출신으로서 자신의 태도를 추상화하는 이념적 사고나 개념적 사고를 할 줄 모르는 자가 결코 아니다. 이시백은 다만 실질과 무관하게 이루어지는 주화나 척화라는 메타담론의 정치 이데올로기를 거부하고 있는 것이다. 『현의 노래』의 우륵 또한 내심 "소

---

*이 글에서 텍스트의 인용은 개별 각주를 생략하고 이와 같은 방식으로 본문에서 괄호로 대신한다.

리가 어찌 충忠을 감당할 수 있겠소"(『현의 노래』: 95)라고 선을 긋는다. 뿐만 아니라 "소리는 덧없다. 흔들리다가 사라지는 것이다"(『현의 노래』: 139)라고 적는 작가는 우륵의 소리 예술을 철저히 시간 예술로 한정시킴으로써 예술의 초월성이라고 하는 우리의 낯익은 이데올로기와도 결별한다. 요컨대 이렇게 우리에게 익숙한 이데올로기들을 조금 수정하는 정도가 아니라, 그것과 완전히 헤어진 자리에서 김훈의 소설은 뭔가 새로운 이야기를 시작하려고 하는 것이다. 음식 담론은 이 새로운 이야기의 낯선 타자성의 한 얼굴이다.

이데올로기 개념은 기본적으로 구조적인 순진성을 함축한다고 한다. 자신의 전제와 자신의 실질적인 조건들에 대한 오인, 그리고 소위 사회적인 현실과 우리의 왜곡된 표상 사이의 거리와 차이, 그것에 대한 우리의 허위의식 등등을 우리는 흔히 이데올로기라고 하기 때문이다(슬라보예 지젝, 2002: 60). 따라서 어떤 소설 담론도 공식적인 지배 이데올로기를 그대로 승인하는 일에 복무하지는 않는다. 김훈의 소설도 그렇다. 특정 관념에 대한 동일성의 거부는 예술의 본령이기도 하고, 특히 아도르노 같은 이에 의하면 '부정으로서의 예술 작품(das Kunstwerk als Negation)'은 마땅히 부정의 긴장상태를 유지하는 법이다(차봉희, 1990: 128). 그런데, 김훈의 경우 특기할 만한 것은 상부구조의 이데올로기에 대한 허구화 의지가 인간 삶의 물적 조건에 대한 비상한 관심과 맞물려 진행된다는 점이다. 음식이나 몸 같은 물적 조건이 전경화되면서 문명사의 위엄을 떠받치는 이데올로기의 지위가 상대적으로 지워진다. 이것은 단지 피상적인 이데올로기 비판의 문제가 아니라 발본적인 부정의 문제이다.

『칼의 노래』, 『현의 노래』, 『남한산성』은 모두 역사소설의 외양을 띠고 전쟁을 핵심 소재로 삼고 있다. 이 소설들에서 전쟁이란 과연 무엇인가. 물론 『현의 노래』에는 "나라들이 언저리를 마주 댄 강가나 들판에서 쇠에 날을 세운 병장기들이 날마다 부딪쳤다"(『현의 노래』: 15)고 서술하는 대목이 있는데, 이 대목이야말로 전쟁소설의 전쟁에 대한 자기 정의를 드물게 드러내는 부분이다. 얼마든지 자연물처럼 생성 소멸하고 지워질 수도 있는 '나라'에서 '병장기들이' 부딪치는 사건이 바로 전쟁이다. 여기서 주어는 '병장기들'이지 사람이 아니라는 사실을 주목해서 보자. 이렇게 핵 서사인 전쟁이라는 것 자체가 유물론적 세계 이해에 바탕한 것이라고 할 수 있는 것이다.[*] 그런데 이 유물론은 물적 조건에 집착하되 경제적 조건에 관심을 기울이는 것은 아니어서 무슨 변증법적 유물론 같은 것은 아니다. 이 유물론에 대해서는 따라서 좀 더 세심한 고찰이 요구된다.

김훈의 유물론적 태도를 보다 분명히 이해하기 위해서는 바타이유의 '낮은 유물론(Bas MatEérialisme)'에 대한 성찰을 참조할 필요가 있는 것 같다.[**] 바타이유의 유물론은 우선 정신과 물질 사이의 환원불가능성을 그 자체로 인정하는 것이다. 이러한 전제 아래 정신

---

[*] 김훈 소설의 세계를 '유물론'으로 요약하는 이해는 이미 신형철에 의해 제시된 바 있다. 신형철은 김훈 소설 곳곳에서 똥과 오줌에 대한 강박적 집착을 발견하며, 이를 '유물론의 유물론'이라고 명명했다(신형철, 2007: 352~353).

[**] 조르주 바타이유는 유물론의 철학을 본격적으로 전개한 사상가는 아니기 때문에 유물론자로서의 바타이유는 우리에게 비교적 낯선 편이다. 바타이유의 '낮은 유물론'의 독특한 성격에 대한 논의는 피에르 마슈레와 최정우의 글(피에르 마슈레, 2003: 165~190; 최정우, 2009: 7~12)을 참조할 수 있다.

과의 위계적 관계 속에서 파악되지 않는 물질의 단독성을 사유하고
자 한다. 바타이유 유물론의 기획은 낮음의 가치를 전복하여 높음
의 가치로 고양시키려 하지 않는 반면, 반대로 '낮음' 자체가 지닌 고
유한 가치를 강조하고 높은 것을 그 높음과 위엄으로부터 벗어나게
해서 격하시키고 모욕한다. 그렇다면 낮은 물질은 무엇인가. 낮은 물
질은 인간의 이상적 갈망(aspiration idéale)에는 외부적이고 이상한
것이며, 그러한 갈망에서 기인하는 거대한 존재론적 기계에 유혹당
하기를 거부하는 것이다(피에르 마슈레, 2003: 189). 이렇게 낮은 유물
론에 대한 역설적이고 전복적인 사유가 바타이유 유물론 사상의 기
저이다.

　바타이유를 인용해 말하자면, 김훈에게 물질의 단독성으로 사유
대상이 되는 음식은 몸과 마찬가지로 '낮은 물질'이다.* 그것은 우리
의 이상주의적 열망을 이탈하여 외부성의 형태로 출현하며, '높음'의
이데올로기와 관계없이 '낮음' 자체가 지닌 고유한 가치로 존재한다.
전쟁소설에서 한층 유려한 에세이즘을 낳고 있는 '밥'에 대한 '단상'
도 그렇다. 가령, "끼니는 어김없이 돌아왔다. 지나간 모든 끼니는 닥
쳐올 단 한 끼니 앞에서 무효였다. 먹은 끼니나 먹지 못한 끼니나, 지

---

* 김훈 소설에서 몸의 문제는 독립된 논제로 다루어진 바 있다. 송명희는 김훈의 소
설이 몸을 정신의 부속물로 간주하던 모더니즘의 사고에 반발이라도 하듯 몸의 문
제를 전면화하고 있다고 보았다(송명희, 2010: 55~74). 그러나 이 논의가 몸을 음식과
관련된 문제로 파악한 것은 아니다. 필자 역시 김훈의 소설에서 인간 존재의 자연주
의적 조건으로서의 밥의 문제를 언급한 바 있지만, 음식 문제를 집중적으로 초점화
하지는 못하고 단편적인 논급의 수준에 그쳤다(졸고, 2010: 231~248).

나간 끼니는 닥쳐올 끼니를 해결할 수 없었다. 끼니는 시간과도 같았다"(『칼의 노래·2』: 48)는 대목이 등장한다. '밥'도 아닌 '끼니'와 '시간'은 다르지 않다고 할 때, 시간이란 대체 무엇인가. 시간에 대한 절정의 사유를 보여주는 『남한산성』에 이르면 "시간은 성과 사소한 관련도 없는 낯선 과객"(『남한산성』: 179)이다. 즉, "하릴없는 시간"(『남한산성』: 188)은 주체가 주체화할 수 없는 타자성인 것이고, 주체가 멋대로 의미부여할 수 없는 삶의 의미의 외재성인 것이다. 김훈은 '끼니'를 통해 음식의 운명 또한 이 시간과 다르지 않다고 말하고 있는 것이다. 따라서 김훈 소설에서 음식은 일단 이렇게 우리의 이상주의적(혹은 관념주의적) 열망과는 거리가 먼 타자성과 외재성의 '낮은 물질'의 자리에 놓여 있는 것이다.

낮은 물질로서의 음식의 비루함과 주이상스jouissance[*]

세 편의 역사소설에서 지체 높은 인물들은 한결같이 비루한 몸의 존재로 묘사되고 있다. 몸의 존재로서의 그들은 높음과 위엄으로부

---

[*] 이 글은 이 말을 굳이 우리말로 옮기지 않는다. 라캉이나 라캉의 개념을 방법론적으로 활용하는 지젝 같은 이에 의해서 우리에게는 낯익은 개념이 된 이 용어는, 이들의 저작을 소개하는 국내의 많은 번역본들에서도 번역되지 않는 게 일반적인 추세이다. '누리다'라는 뜻이 지배적인 '향유享有' 정도가 사전적으로 주이상스에 대응하겠지만, 향유는 주이상스가 갖는 어감을 충분히 드러내지 못한다고 판단하기 때문인 것 같다. 『라캉 정신분석 사전』에 의하면 프랑스어인 'jouissance'는 기본적으로

터 벗어나 일정하게 격하되고 모욕된다. 가령, 이순신은 몹시 피곤하고, 일신에 아수라의 무게를 감당하기 힘들어 코피를 흘리고, 머리의 비듬을 긁으며 기진맥진하여 서캐를 잡고, 청정수를 들이키고 싶어 하고, 새벽마다 어둠 속에서 오한이 나고 식은 땀으로·요를 적시는 위인이다. 가야의 가실왕은 어떤가.『현의 노래』에서 우리는 그가 어떤 공과가 있는 인물인지 전혀 알 수가 없다. 그는 다만 항문 조일 힘을 잃고 열려 있으며, 창자가 항문 밖으로 나와 있는 인물이고, 밑살에 수건이 스칠 때 진저리를 치며 아파하는 인물일 뿐이다.『남한산성』에서 조선의 지존 인조의 몸은 고두구배를 할 때, 청의 칸이 내갈기는 오줌줄기를 피하기 어려운 위치에 놓인다. 그러나 칸의 몸 역시 모욕을 피할 수는 없다. 조선에 온 칸의 아버지 누르하치는 스스로 칸의 자리에 오른 자인데, 고작 등에 돋은 종기가 곪아서 죽었다. 그런데 그 종기는 큰 종기도 아니고 작은 종기였다.

이 몸들은 위대한 것들을 비하시키고, 인간은 정신적·관념론적·형이상학적 초월성의 존재가 아니라고 말한다. 음식은 이 몸들이 먹는 것이다. 음식은 '낮은 물질'의 자리에서 몸의 자기동일성을 유지시켜 주는 물질적 원천인 것이다. 이 음식들에 대한 작가의 비상한 감수성은 전쟁소설에 등장하는 음식들을 단지 '군량'이나 '밥' 같은

는 영어 'enjoyment'를 뜻하지만 영어에는 없는 성적 함축(예컨대 오르가즘)을 갖는다. 그래서 라캉의 대부분의 영역본에서도 이 어휘는 번역되지 않은 채로 남아 있다고 한다. 라캉은 종종 이 용어를 사용했는데, 1957년까지 이 용어는 그의 저술에서 주로 배고픔과 같은 생물학적 욕구의 충족에 수반되는 유쾌한 감각만을 의미하다가, 그 뒤로 곧 성적 함축이 더욱 분명해진다(딜런 에반스, 1998: 430~433).

추상적 수준으로 요약하지 않는다. 세 편의 전쟁소설에는 다양한 음식이 등장하는데, 그 세목을 제시해 보면 다음과 같다.

김에 만 주먹밥, 파래로 끓인 죽, 된장에 찍어 먹는 생선, 말린 쑥가루에 버물린 보리떡, 어종을 구분하지 않고 한솥에 넣어 된장을 풀고 끓이는 생선탕, 급식소에서 수군에게 나눠주는 보리죽, 이순신이 부하들과 함께 먹는 보리밥, 백성들이 이순신에게 주는 말린 쇠고기 육포 등은 『칼의 노래』에 등장하는 음식들이다. 『현의 노래』에는 쏘가리찜과 완두콩밥, 재첩국, 찐 쌀, 보릿가루와 육포, 좁쌀에 조개와 미역을 넣고 쑨 죽, 오미자차, 말린 사슴 넓적다리가 음식물로 등장할 뿐만 아니라 우륵의 처 비화를 묘사하는 데 자두, 단감, 오이 같은 먹거리가 동원되기도 한다. 『남한산성』에서는 뜨거운 간장국물 한 대접과 같이 먹는 보리밥 한 그릇이 군병들의 식사라면, 닭다리 한 개와 취나물 국물은 임금의 수라상이다. 이 이외에도 남한산성 안에서 발견된 밴댕이젓, 적진에게 세찬 음식으로 보낸 쇠고기, 김상헌이 노복에게 준 곶감이나 미숫가루, 육포 같은 음식이 등장한다.

텍스트에 이렇게 많이 산포되어 있는 음식들은 대부분 단지 '끼니'를 위해 소진되는 낮은 물질일 뿐이다. 누구라도 사는 일은 이 낮은 물질을 삼키는 일이다. 만신창이의 이순신은 무엇보다도 끊임없이 먹는 사람이었다. 이순신은 부황 든 부하들이 굶어 죽어가는 수영에서도 먹는다. 그는 끼니 때마다 먹고, 죽은 부하들의 시체를 수십 구씩 묻던 날 저녁에도 먹는다. 심지어 『현의 노래』에서는 순장당하는 아라의 매장 구덩이에도 밥 한 그릇이 던져진다. 그러나 어떤 장면보다도 낮은 물질로서의 몸과 음식이 비루하게 어울리는 장면의 압권은 가실왕이 재첩국을 삼키는 대목일 것이다.

> 아라는 무릎걸음으로 왕에게 다가갔다. 아라는 왕의 상반신을 일
> 으켜 가슴에 안았다. 아라는 재첩국 국물을 왕의 입속으로 흘려넣
> 었다. 앞니가 모두 빠진 왕의 입속은 캄캄했고 그 어둠 속에서 시궁
> 창 냄새가 피어올랐다. 재첩국 국물은 그 어둠 속으로 흘러들어갔
> 다. 국물을 넘길 때, 왕의 목울대가 흔들렸다. 국물은 왕의 마른 창
> 자에 스몄다. 엷고도 아득한 국물이었다. 아득한 국물은 창자 굽이
> 굽이와 실핏줄 속으로 깊이 스몄다. 국물은 연기처럼 퍼졌다. 두어
> 모금을 삼키고 나서, 왕은 재첩국 사발을 들여다보았다. 잿빛 토기
> 속에서 뽀얀 국물 위에 부춧잎이 떠 있었다. 부추의 초록이 국물 속
> 으로 풀려나와 국물은 새벽 안개처럼 몽롱하고 정처없어 보였고, 그
> 밑에 쌀알만 한 조개들이 가라앉아 있었다.(『현의 노래』: 40)

살기 위해서는 이렇게 먹어야 한다는 사실 앞에 이보다 더 엄숙한 이데올로기 따위는 들어설 자리가 없다. 순장을 피해 도망치는 아라야말로 벌거벗은 생명, 호모 사케르Homo sacer이지만 음식의 전복적인 힘은 역설적으로 가실왕도 한갓 살고자 하는 벌거벗은 생명으로 되돌려 놓는다. 인간은 아무리 높은 자리로 멀리 가더라도 결국은 이 자리로 되돌아와 죽는 존재인 것이다. 그러나 오직 살기 위해서 먹는다고 말하는 것은 공정하지 않다. 우리는 먹기 위해 산다는 것은 옳지 않지만, 살기 위해서만 먹는다고 말하는 것은 더욱

옳지 않다고 레비나스는 말한다. 레비나스에 의하면 세계 안에서 우리의 실존을 특징짓는 것은 먹거리들인데, 먹는 행위의 최후 목적은 음식 밖에 있지 않고 음식 안에 담겨 있다(에마뉘엘 레비나스, 1996: 64~65). 레비나스의 이런 관점은 탈존적 실존, 즉 자기 밖에 존재하는 것은 어디까지나 대상에 의해 제한된다는 관점을 반영하는 것인데, 김훈의 역사소설들에서도 먹는 행위 자체에 몰입하는 장면들이 있다. 단지 살기 위해서만 먹는 것으로는 보이지 않는 다음 장면들에서 음식은 먹거리의 대상 자체가 주는 주이상스 속에 있다.

> (가) 아낙이 멍석 위에 밥상을 차렸다. 나는 그 장터에서 송여종, 안위와 함께 점심을 먹었다. 아낙이 국밥 열 그릇을 말아서 나룻배 편으로 격군들에게 보냈다. 말린 토란대와 고사리에 선지를 넣고 끓인 국이었다. 두부도 몇 점 떠 있었다. 거기에 조밥을 말았다. 백성의 국물은 깊고 따뜻했다. 그 국물은 사람의 몸에서 흘러나온 진액처럼 사람의 몸속으로 스몄다. 무짠지와 미나리 무침이 반찬으로 나왔다. 좁쌀의 알들이 잇새에서 뭉개지면서 향기가 입 안으로 퍼졌다. 조의 향기는 안쓰러웠다.(『칼의 노래·2』: 38)

> (나) (…) 집 뒤뜰에서 우륵과 니문은 통나무를 사이에 두고 마주 앉아 톱질을 했다. 낮에 비화飛火가 점심밥을 뒤뜰로 이고 왔다. 호박잎에 싸서 졸인 쏘가리찜에 푸른 완두콩을 섞은 밥과 탁주 한 홉이었다. (…) 비화가 숟가락질을 할 때 겨드랑 밑 속살이 내비쳤다. 팔이 오르고 내릴 때마다 속살은 벌어지고 접혔다. 니문은 밥그릇

위로 고개를 숙였다. 흰 쌀밥에 박힌 완두콩이 반짝였다. 쌀밥에 기름이 흘러 윤이 났고 완두콩의 초록이 쌀 속으로 번져 있었다. 니문의 시선은 밥 속으로 깊이 빨려 들어갔다. 완두콩 속에는 무슨 소리가 들어 있는 것인지, 니문의 생각은 막혔다.(『현의 노래』: 19~20)

(다) 임금과 신료들, 백성과 군병과 노복들이 냉이국에 밥을 말아 먹었다. 언 땅에서 뽑아낸 냉이 뿌리는 통째로 씹으면 쌉쌀했고 국물에서는 해토머리의 흙냄새와 햇볕 냄새가 났다. 겨우내 묵은 몸속으로 냉이 국물은 체액처럼 퍼져서 창자의 먼 끝을 적셨다. (…) 나루가 끓여 오는 냉잇국을 김상헌은 마셨다. 국에 만 보리밥에 무말랭이를 얹어서 먹었다. 김상헌의 목구멍 속에서 산과 들로 펼쳐지는 강토가 출렁거렸고, 온조 이후의 아득한 연월이 지금 이 시간 속으로 흘러들어왔다. (…) 날쇠야 죽지 마라, 날쇠는 살아서 돌아오라……. 국그릇을 두 손으로 들어 국물을 마실 때 더운 김이 올라 김상헌의 눈앞이 흐려졌다.(『남한산성』: 265~266)

몸의 인간은 또한 목구멍의 인간이어서 뜨거운 것에는 (다)처럼 목메게 되어 있는지도 모른다. 그러나 이데올로기를 걷어낸 자리에 남는 벌거숭이 인간에 대한 연민은 작가 김훈이 일관되게 절제하고자 하는 값싼 충동이다. "나는 인간에 대한 모든 연민을 버리기로 했다"(『칼의 노래·1』: 12)거나, "길은 땅 위로 뻗어 있으므로 나는 삼전도로 가는 임금의 발걸음을 연민하지 않는다"(『남한산성』: 4)는 작가 서문이 작품 앞에 놓여 있다. 따라서 (가)의 마지막 문장을 "안쓰러웠다' 같은 식으로 끝맺는 것은 작가로서는 절제하고 싶은 서술 충동이었을 것이다. 결국 자기 단속의 절제 속에서도 숨길 수 없는 연민이 주이상스의 음식으로 열리는 셈인데, 이 점은 (다)의 경우도 마찬가지인 것으로 보인다. 소설 밖에서는 "국 한 모금이 몸과 마음속에 새로운 천지를 열어주었다. 기쁨과 눈물이 없이는 넘길 수가 없는 국물이었다. 국물 속에 눈물이 섞여 있는 맛이었다. (…) 냉이된장국을 먹을 때, 된장 국물과 냉이 건더기와 인간은 삼각 치정 관계이다"(김훈, 2000: 35~36)라고 쓴 김훈이지만, 『남한산성』의 작가는 차마 조선 최고의 척화신 김상헌이 냉잇국에 눈물을 빠뜨렸다고 쓸 수는 없었을 것이다. 그러나 김상헌은 적어도 뜨거운 냉잇국을 마실 때 요동치는 격렬한 페이소스의 주인공인 것만은 분명하다.

(가)와 (다)의 음식이 결국 연민을 노출시키는 주이상스 속에 있다면, (나)는 주이상스로서의 음식이 가장 환하고 맑게 그려지고 있는 경우이다. 완두콩밥은 쏘가리찜과 어울릴 뿐만 아니라 관능의 서스펜스 자리에 놓여 있다. 특히 니문을 시점자로 설정함으로써 지복의 음식과 성적 긴장 사이에서 경이를 자아내고 있다. 그런데, 이 예사롭지 않은 경이의 순간은 동시에 음식 물신주의(fetishism)의 가능성에도 노출되어 있다는 점을 지적할 필요가 있겠다. 그렇다고 한다면 김훈의 낮은 유물론은 정신과 이데올로기의 자리에 거꾸로 몸과 음식 같은 낮은 물질을 놓은 것에 불과하다. 정신과 물질의 이분법의 구도 아래에서 정신에 부여되었던 우월한 위치를 다시금 물질에 부여함으로써 구조적인 측면에서 볼 때, 관념론적 도식을 자신의 무의식으로 삼은 반복을 되풀이할 수 있는 것이다. 그러나, 전체적으

로 볼 때 음식 물신주의의 혐의를 느낄 수 있는 대목은 지극히 한정적인 국면에 불과하다. 전시 상황이란 기본적으로 음식에 일정하게 굶주려 있는 상황인 것이고, (나)의 경우도 전시 이전의 지극히 짧았던 평화의 순간에 불과하다. 김훈 소설에서의 음식의 운명은 주이상스의 확대가 아니라 '분뇨'의 문제로 완성된다.

탈승화의 분변학

바타이유에 의하면 인간 속에는 이성의 세계와 폭력의 세계라는 두 세계가 공존한다(조르주 바타이유, 1989: 42). 노동 또는 이성의 세계가 인간적인 삶의 기초를 구성하는 것은 사실이다. 인간은 타나토스 충동의 증가에도 불구하고 이성의 세계를 건설하면서 '승화'해 왔다. 이는 인간이 동물의 육체성을 타자화하면서 정신적·관념론적·형이상학적 초월성을 추구해 왔음을 의미한다. 그러나 인간의 내부에는 그럼에도 불구하고 언제나 폭력의 원형이 도사리고 앉아 있다. 본래 난폭한 것이 자연이기 때문이다. 전쟁이란 폭력의 운용에는 한계가 없는 폭력 행동이라고 할 때(칼 폰 클라우제비츠, 1998: 36), 그것은 이러한 인간 내부의 폭력이 밖으로 드러난 가장 극단적인 양태일 수 있다. 정신적인 것 또한 그 상징적·문화적 질서라는 의장을 벗고 동물적이고 자연적인 것으로 언제든지 되돌려질 수 있다. 이 과정이 바로 탈승화(desublimation)의 과정이다. 김훈 역사소설에서 낮은 유물론의 자리에 있는 음식(input) 문제의 논리적 귀결은 결국 탈승화의 분뇨(output) 문제와 표리관계로 만나는 것이다.

억압적 승화를 카타르시스(배설)하는 탈승화는 본래 문학 자체의 기능이기도 하다. 좀 더 일반화시켜 말하자면 문학은 항상 의식이 억압해 온 존재와 삶의 이면을 폭로하고 전복시키고자 한다. 그래서 우리에게는 분뇨마저도 이미 문학 공간에서 낯선 것만은 아니다.* 문학은 의식이 억압해 온 뒷간을 앞으로 끌어내리려는 작업이라고도 할 수 있는 것이다(황도경, 1997: 352). 김훈 역사소설의 탈승화도 물론 이런 타자화된 것의 복권이라는 기획과 무관하지 않을 것이다. 그러나 김훈의 문제적 전복은 폭력의 폭발성을 키우는 문명사의 과잉억압에 대한 비판의지에서 비롯되는 것으로 보이지 않는다. 어떤 전복의 유희 같은 것도 발견하기 힘들다. 바흐친처럼 민중 문화의 저항 에너지에 주목하는 것도 아니다. 김훈의 탈승화의 기획은 일단 초월성으로부터 발가벗겨진 인간을 물구나무 세움으로써 처절한 인간 조건에 대한 탐문에 집중하는 것으로 보인다.

『현의 노래』와 『남한산성』에는 각각 '오줌'과 '똥'이 독립된 하나의 타이틀을 갖춘 장章으로 등장한다. 여기서 인간은 도리 없이 분변학(scatology)의 대상이 되어 먹고-싸는 존재라는 규정을 피할 수 없다. 이 존재 규정은 인간에 대한 '항문적 정의'와 근친성을 갖는 것이다. 가령 마르틴 루터는 노골적으로 인간에 대한 배설물적 동일시에

---

* 『똥 오줌의 역사』의 저자에 의하면 "원숭이 왕초들이 나무에 똥을 발라 자기네 영토를 표시하듯이, 현대의 많은 소설가들도 그들의 문학 공간을 분뇨화시켜 놓았다"(마르탱 모네스티에, 2005: 430).

대해 언급했다. 인간은 신성한 똥과 같으며 신의 항문으로부터 떨어진다는 것이다(슬라보예 지젝, 2011: 376). 루터에게 이 정의는 자기 비하로 내몬 어떤 초자아의 압력이 아니라, 성육신의 진정한 의미가 형성될 수 있는 신교의 논리를 의미한다. 물론 김훈의 인간에 대한 '항문적 정의'에서 이런 '신성'의 차원을 발견하기는 어렵다. 인간은 '성육신'이 아니라 단지 '육신'의 존재이며, '신성한 똥'이 아니라 그냥 '똥'과 동일시될 수 있다. 이 똥과 오줌의 존재에게 자기 존재가 가장 극적으로 정의되는 사건은 죽음이다. 라캉에 의하면 인간을 동물과 구별시켜 주는 특징 가운데 하나가 정확히 인간에게는 대변 처리가 문제로 떠오른다는 점이다(슬라보예 지젝, 2002: 19). 사람됨의 정의가 이렇게 배설물 처리 문제라면 인간의 탈인간화, 즉 죽음은 인간의 배설물 처리 능력의 상실을 의미한다고 할 수도 있겠다. 먹고-싸는 존재에게 죽음은 무엇인가. 김훈은 그것은 다름 아닌 똥 오줌 못 가리는 사건이라고 답변한다.

'분뇨와 액즙의 일'을 임금에게 고한 『남한산성』의 정육품 수찬의 죽음은 분뇨와 얽히는 사건이다. 그러나 똥 오줌 못 가리는 죽음의 사례는 어떤 작품보다도 『현의 노래』에서 현저하다. 가야의 "왕의 죽음은 조일 힘을 잃은 항문에서 새어나온 분비물"(『현의 노래』: 71)과 같은 것이며, 죽어가는 "태자는 미음을 토하고 오줌을 지렸다"(『현의 노래』: 213). 에피소드를 거드는 주변 인물뿐만 아니라 작가의 관심이 집중되는 핵심 인물들 또한 사정은 마찬가지다. 신라 병부령 이사부가 죽었을 때는 "똥물이 흘러와 가랑이에 엉겼다"(『현의 노래』: 274). 절정은 주인공 악사 우륵에게서 완성된다. 우륵은 숨이 멎자 오줌이 흘러 두 다리를 적셨다. 이 모든 인간에 대한 '항문적 정의'는 지위 고하를 가리지 않고 관철된다는 점에서 인간 보편의 조건을 지시해 준다. 그러나 탈승화의 분변학이 이 정도에 머물지만은 않는다는 점을 지적할 필요가 있겠다. 다음을 보자.

> 김상헌은 똥국물에 시선을 박은 채 중얼거렸다. 사물은 몸에 깃들고 마음은 일에 깃든다. 마음은 몸의 터전이고 몸은 마음의 집이니, 일과 몸과 마음은 더불어 사귀며 다투지 않는다⋯⋯라고 김상헌은 읽은 적이 있었다. 김상헌은 서날쇠에게서 일과 사물이 깃든 살아 있는 몸을 보는 듯했다. 글은 멀고 몸은 가깝구나⋯⋯. 몸이 성 안에 갇혀 있으니 글로써 성문을 열고 나가야 할진대, 창검이 어찌 글과 다르며, 몸이 어찌 창검과 다르겠느냐⋯⋯. 냄새는 선명하게 몸에 스몄다. 김상헌은 어지럼증을 느꼈다.(『남한산성』: 121~122)

김상헌의 현기증은 '똥국물'의 냄새 때문만은 아니다. "글은 멀고 몸은 가깝구나"에서부터 현기증이 발단하고 있다고 볼 수 있는 문제이고, 김상헌에게 이 명제가 의미하는 바는 일종의 전도 현상이라고 할 수 있다. 김상헌의 마음속에 일고 있는 가치의 역전 현상과 유자儒者에게 일반화되어 있는 몸에 대한 마음(글)의 우위, 유물론에 대한 관념론의 우위가 서날쇠의 똥국물 앞에서 뿌리째 흔들리고 있다. 김상헌과 서날쇠는 누구인가? 김상헌은 임금이 있는 남한산성으로 가기 위해 집을 나서며 "책과 벼루를 버리고, 미숫가루 다섯 되와 말린 호박오가리 열 근을 챙겼"(『남한산성』: 41)던 사람이며, 서날쇠는 단지 눈썰미가 매서운 대장장이가 아니라 성 안으로 들어오는 군사들을 보고 "저것들이 겉보리 한 섬 지니지 않았구나"(『남한산성』: 53)라고 판단하는 자이다. 요컨대 여기서 '똥국물'('똥물'이 아니다)의 위상은 미숫가루 다섯 되, 호박오가리 열 근, 그리고 겉보리 한 섬과 다르지 않은 것이다. 따라서 김상헌이 집을 나설 때 내려놓는 책과 벼루, 그리고 "글로써 성문을 열고" 나간다고 할 때의 '글'은 이러한 똥국물의 위상과 대척점에 놓인다. 똥국물 앞에서의 현기증은 물론 냄새 자체의 물리적 충격도 있겠지만, 이러한 자리바꿈의 충격과 무관하지 않다. 김상헌의 시선을 따라 자세히 보면 똥국물은 단지 더러운 것이 아니라, 오히려 조선의 유자에게 기존의 고상한 것이라고 여겨졌던 것을 도발적으로 추문화하는 전복의 기제로 작동하는 것이라고 할 수 있는 것이다. 그러나 여기까지다. 낮은 물질로서 음식과 표리관계에 있는 분뇨가 신비화되는 지점까지는 가지 않는다. 그것은 봄농사의 거름이 됨으로써 철저히 자연의 일부로 한정될 뿐이다.

허무의 외부를 사유할 수 있는가

김훈을 탐미주의자, 스타일리스트, 허무주의자, 보수주의자, 개인주의자, 남근주의자, 파시스트 등으로 규정하는 식의 논의가 없는 것은 아니다. 이 글은 여기에 음식주의자나 음식 물신주의자 같은 호명이 추가될 수 있다고 주장하는 게 아니다. 주로 평문들을 통해 이루어지는 이런 자극적인 딱지 붙이기 식의 논의를 삼가고 대신 나는, 김훈을 무엇보다도 음식 같은 '사소한' 문제에 관심을 가지고 있는 작가로 보고 접근했다. 전쟁은 역사 중에서도 굵직하고 덩치 큰 거대 서사이다. 음식은 이 거대 서사 속의 작은 이야기에 불과하다. 음식은 역사 이야기 속에 등장한다고 하더라도 미시생활사나 풍속사에 초점을 맞췄을 경우에나 전경화될 수 있는 생활의 풍경일 뿐이다. 그렇다면 미시생활사나 풍속사의 재현을 겨냥하고 있지도 않은 전쟁 서사물에서 음식이란 무엇인가. 음식은 일단 김훈의 탈이데올로기 서사 전략에서 핵심적인 지위를 갖는 것이다. 그런데 낮은 유물론의 자리에 놓여져 있는 음식은 궁극적으로 인간을 비루하고 하찮은 것으로 폭로하는 허무의 풍경을 배경으로 하고 있는 것이기도 하다.

유별난 탈이데올로기 지향, 당대의 모든 가치에 대한 공공연한 불신의 입장 등을 작품들에 앞세우는 김훈의 태도는 분명 허무주의자 특유의 그것이라고 볼 수 있다. 일체의 목적론적 역사의식으로부터 자유로운 유물론적 세계 이해라는 것 자체가 허무주의를 논리적 귀결로 삼지 않을 수 없는 태도이기도 하다. 그러나 우리는 모든 것을 허무로 거칠게, 그리고 쉽게 요약하는 대신에 그 허무라는 것을 섬세하게 읽어냄으로써 허무의 외부를 사유할 수도 있을 것이다.

장편 역사소설의 서사 공간이 모두 균질적인 허무의 공간으로 평정되어 있을 수는 없다. 서사는 세계의 질서화인 것이고, 엄밀히 말하자면 세계의 질서화는 세계 내용에 대한 가치나 의미 부여 없이는 불가능한 것이다. 이 가치나 의미 부여의 작업에는 반드시 선택과 배제의 원리가 작동한다. 따라서 모든 질서는 본질적으로 위계적 질서

일 수밖에 없다. 김훈의 역사소설에서 음식이 놓여 있는 낮은 유물론의 세계는 균질적인 허무의 공간이 아니라 이 위계적 질서 안에서 작동하는 것이다. 음식은 작가에게 그 자체로 독립적인 위상을 가지고 집요하게 초점화되고 있는 세계 내용 가운데 하나이다. 낮은 물질로서의 음식은 인간을 자연화하는 환멸의 먹이이거나, 높은 것에 대한 전복의 기제이기도 하지만 그것은 때로 부정할 수 없는 주이상스의 대상이기도 하다. 주이상스로서의 음식은 무력하나마 세계 내용을 다름 아닌 먹거리의 내용으로 긍정하며, 그 내용의 감동으로 세계를 긍정하는 힘이기도 하다. 그렇다면 그것은 적어도 그 긍정의 힘만큼 일정하게 허무를 위반하고 있다고 말할 수도 있는 것이다. 이 위반은 적어도 우리 문학 환경에서는 보기 드물게 철저한 유물론에서 나오는 처절한 경험론적 진실이다. 요컨대 이데올로기 같은 거시 단위의 분석에 주력하는 김훈 소설 연구는 이러한 사소한 물질의 사소한 위반에도 주목할 때, 김훈 소설을 더욱 풍부하고 새롭게 읽어낼 수 있을 것이다. (2012)

7장

바다의

문제

_『흑산』을 중심으로

김훈 소설에서 바다가 의미하는 것

이 글은 김훈의 장편소설 『흑산』에 나타난 바다의 의미를 탐구하는 데 목표가 있다. 『흑산』은 병조좌랑을 지낸 정약전丁若銓 (1758~1816)이 천주교를 배교하고 일개 '선비'가 되어 귀양지 흑산도로 향하는 장면에서부터 시작되는 역사소설이자 종교소설이다. 흑산에서 펼쳐지는 정약전의 삶이 서사의 한 축이라면, 섬 바깥 육지에서 황사영을 비롯한 당대 천주교 신자들이 끝내 참형을 당하는 시점까지의 이야기가 서사의 다른 한 축이다. 천주교 박해라는 핵서사의 공통분모를 가지고 섬 안팎의 이야기가 서사의 씨줄과 날줄로 교직되어 전개되는 셈이다. 이 글에서 논의의 초점이 되는 소설 속의 바다는 물론 흑산도 섬 안에서의 정약전의 삶을 좇아갈 때 만날 수 있는 것이다.

정약전이 만난 흑산의 바다는 한가한 서정 공간이 아니라 그가 육지에서 만난 당대의 현실만큼이나 막강하고 무서운 곳이다. 모든 것을 망실하고 뿌리 뽑혀진 인간이 어떻게 저 막강한 현실에 삶을 다시 기초할 수 있는가? 이런 현상학적 물음의 관점에서 본다면 정약전의 바다에서의 삶은 단지 종교라는 신념의 박해자의 문제에 국한되지 않고, 절망의 주체가 어떻게 세계를 새롭게 긍정하고 경험하는지를 탐색할 수 있는 보다 보편적인 문제로 치환될 수 있다. 사실상 유배객의 삶을 산 에드워드 사이드는 유배를 서구 현대 문화에서 하나의 유력하고 보편적인 모티프 가운데 하나라고 본다(에드워드 사이드, 2000: 173~74). 그에 의하면 우리는 현대를 정신적으로 뿌리 뽑히고 소외된 것으로 생각하는 것에 익숙해져 있는데, 이는 서구 문화라는 것이 대체로 유배, 이주, 피난의 산물이라는 점과 관련이 있다는 것이다. 정약전이 남긴 문화적 산물은 그가 저술했다는 『자산어보』일 뿐만 아니라, 모든 것이 뿌리 뽑혀져 절해고도에서 절망과 고독으로 겨우 존재한 그의 실존일 수도 있다. 어떤 의장意匠이나 맥락으로부터도 탈코드화된 삶의 원초성 속에서 인간에게 의미 있고 가치 있는 것들을 기술하는 방식에 관심을 가진 작가라면 정약전의 이런 실존적 모티프는 무엇보다도 매력적인 정약전의 자산일 것이다. 이 글은 바다 토포스topos라는 탐색 도구를 통해 김훈이 포착한 그 가치의 수준과 깊이가 과연 어떤 것인지를 검증하고자 한다. 역사 공간을 끌어들인 우리 근현대 문학에서 바다는 접근하는 관점에 따라 생명의 원천이기도 하고, 영원성의 상징이기도 하고, 생태적 상상력을 표상하는 대상이기도 했다. 그러나 『흑산』에서 바다는 적어도 이런 식의 공식적인 정형화된 의미로 수렴되지는 않는 바다이다. 따라서 김훈이 제시하는 바다의 진경은 그의 문학 수준을 가늠해 볼 수 있는 하나의 유력한 척도가 될 수도 있을 것이라는 기대를 가지고 우리는 출발한다.

바다가 놓인 자리: '바깥'으로서의 바다

바다란 무엇인가. 김훈의 인물 가운데서 바다와 별로 인연이 없을 것 같은 신라의 장수 이사부는 "바다는 가없이 넓고 큰 물이옵니다. 신은 그 끝을 모르고 깊이를 모르옵니다. 바람이 불면 그 큰 물이 뒤집히옵니다"(『현의 노래』: 181)라고 정의하고 있지만, 이런 단편적인 정의를 넘어서 김훈의 문학은 바다와 운명적인 연루를 맺어왔다. 대중적인 성공작이자 평판작으로 잘 알려진 『칼의 노래』에서 바다는 다름 아닌 주인공 이순신의 전장戰場이다. 바다는 그러나 『칼의 노래』에서 단순히 작중인물의 활동이 펼쳐지는 물리적 배경이나 배후인 것만은 아니다. 그것은 기표의 현실이나 배경으로 존재할 뿐만 아니라 인물과의 상호작용을 통해서 작품의 주제를 형성해 가는 또 하나의 주인공이라고도 할 수 있는 존재이다. 『칼의 노래』의 한 대목을 다시 읽어 보자.

> 나는 정유년 4월 초하룻날 서울 의금부에서 풀려났다. 내가 받은 문초의 내용은 무의미했다. 위관들의 심문은 결국 아무것도 묻고 있지 않았다. 그들은 헛것을 쫓고 있었다. 나는 그들의 언어가 가엾었다. 그들은 헛것을 정밀하게 짜맞추어 충忠과 의義의 구조물을 만들어가고 있었다. 그들은 바다의 사실에 입각해 있지 않았다.(『칼의 노래 1』: 18)

여기서 바다는 '언어'의 대척점에 '사실'로 놓여 있다. '헛것'인 언어, '헛것'인 충忠과 의義의 이데올로기 반대편에 '사실'의 바다가 있다. 이순신의 인간됨은 여러 측면에서 설명할 수 있겠지만, 무엇보다도 이순신은 이 '바다'의 사실에 입각한 위인이기 때문에 충과 의의 이데올로기로부터 이탈하고 있는 인물이라는 설명도 가능하다. 이순신뿐만이 아니다. 김훈의 역사소설에서는 우리가 흔히 역사 공간에서 기대할 수 있는 '충'과 '의' 같은 전통적 가치의 이데올로기가 옹호되지 않는다. 가야금을 가지고 신라로 투항하는 『현의 노래』의 악사 우륵 또한 무리로부터 이탈해 독보獨步하는 실존적 인간이다. 우륵은 말한다. "소리가 어찌 충忠을 감당할 수 있겠소"(『현의 노래』: 95). 『남한산성』 또한 치욕을 삶의 논리로 내세움으로써 내셔널리즘 같은 거창한 이데올로기로부터 결별한다. 이러한 반反이데올로기 지향은 『흑산』에서도 예외가 아니다. 『흑산』은 "어째서 배반으로서만 삶은 가능한 것일까"(18)*라고 물으면서 출발하는 작품이다. 순결한 이념에 순교하는 순교사 기술에 대한 욕망이 『흑산』 텍스트의 욕망은 아니다.

『흑산』에서 어린 임금을 대신해 섭정을 펼치는 대비는 무엇보다도 '언어'의 인물이다. 어린 임금을 대신해 윤음綸音을 내리고, 대비 자신의 자교慈敎를 내린다. 대비의 언어는 다급하고 수사로 넘친다. 말(馬)마다 방울을 세 개씩 달고 날랜 기발騎撥들이 밤새워 달려 대비

---

*이 글에서 『흑산』의 텍스트 인용은 본문의 괄호 안에 작품명 없이 인용 면수만을 밝히는 방식을 취하겠다. 여기서 인용한 "어째서 배반으로서만 삶은 가능한 것일까"는 "어째서 배반으로써만 삶은 가능한 것일까"의 오기인 것으로 보인다. 물론 '배반으로서의 삶'(life as betrayal)이라는 표현이 불가능한 것은 아닐 것이다. 그러나 원문이 놓여 있는 전후 맥락으로 보자면 '배반으로서의 삶'이라는 표현 가능성은 아무래도 비약이 될 것 같다. 간단히 전후 맥락을 소개하자면 다음과 같다.

"한때의 황홀했던 생각들을 버리고, 남을 끌어들여서 보존한 나의 목숨으로 이 세속의 땅 위에서 좀 더 머무는 것은 천주를 배반하는 것인가. 어째서 배반으로서만 삶은 가능한 것인가. 죽은 약종이 말했듯이, 나에게는 애초에 믿음이 없었으니 배반도 없는 것인가. 그런가, 아닌가"(18~19).

의 언어를 지방 관아까지 전한다. "세상에 말을 내리면 세상은 말을 따라오는 것이라고 대비는 믿었다"(120)지만, 세상은 '말'보다 더 막강한 것이다. 따라서 대비의 언어는 이순신 당대의 조정의 언어처럼 사실과 다른 허위의 구조물에 불과하다. 세상은 대비의 '말' 같은 것으로 포획되지 않는다. 삶은 말로 세우는 이데올로기 따위가 아니라는 것은 김훈 소설의 일관된 주제의식이다. "나는 그들의 언어가 가엾었다"는 이순신의 태도에는 따라서 작가의 일관된 작의가 실려 있다고 볼 수 있다. 김훈의 인물에게 '사실'의 바다는 일단 이러한 '헛것'의 언어 상징계 저편에 놓여 있는 것이라는 점을 우리는 주목할 수 있는데, 그렇다면 정작 김훈의 소설 언어가 추구하는 것은 무엇인가를 그의 문학의 출발점에서 되짚어볼 필요가 있다.

> 애초에 내가 도모했던 것은 언어와 삶 사이의 全面戰이었다. 나는 그 全面戰의 전리품으로서, 그 양쪽을 모두 무장해제시킴으로써 순결한 始原의 平和에 도달할 수 있기를 기원하였다. 그리고 나는 그 始原의 언덕으로부터 새로운 말과 삶이 돋아나기를 기원했다. 나는 인간으로부터 역사를 밀쳐내버릴 것을 도모하였는데, 벗들아, 그대들의 그리움 또한 내 그리움과 언저리가 닿아 있는 것이 아니겠는가. 나는 말의 군단을 거느리고 지층과 쇠붙이와 바람과 불의 안쪽으로 진입하였다. (「自序」, 『빗살무늬토기의 추억』: 5)

작가가 되기 이전에 이미 문학 평론을 쓴 이력을 가지고 있는 김훈에게 작가 서문은 나름대로의 비평적 자의식으로 자기 문학을 스스로 정의하는 글로 읽혀져도 손색이 없는 경우이다. 특히 데뷔작인 『빗살무늬토기의 추억』의 작가 서문은 김훈 문학의 원칙적 태도나 근원적 스타일이 비교적 분명하게 표명되어 있어 주목을 요한다. 우리가 아는 김훈이라는 작가는 『칼의 노래』, 『현의 노래』, 『남한산성』 그리고 『흑산』에 이르기까지 어떤 소설 장르보다도 특히 '역사소설'로 분류될 수 있는 일련의 소설들을 생산한 작가이다. 그런데 그는 "인간으로부터 역사를 밀쳐내버릴 것을 도모"한 작가였다고 말한다. 이러한 태도 표명은 명백히 소설의 현실과는 양립불가능한 모순된 입장인 것처럼 보인다. 그러나 이것이 단순히 모순이 아니라는 데 김훈 역사소설의 새로운 위상과 좌표가 있다.

'역사'소설보다는 역사'소설'에 방점을 찍은 소설들을 썼다고 하더라도 김훈이 쓴 것은 분명 일종의 '역사소설'들이었다. 그러나 그 역사소설들은 우리가 흔히 역사소설의 문법에서 생각하는 역사를 다루지는 않았다. 적어도 김훈의 역사소설에서의 역사는 진보적 역사의식에 의해 지지되는 역사주의의 역사가 아니다(졸고, 2012: 247~250). 따라서 김훈의 역사소설에서 우리는 문명사의 불안과 불만을 극복하려는 의지 같은 것을 만나기는 어렵다. 오히려 우리가 근거 없이 소박하게 수락하고 있는 어떤 이데올로기의 기대지평이 무력화되고 보편적 가치 규범은 무색해진다. 삶은 치욕이고 환멸이고 협잡이듯이 역사는 고결한 이상이나 이념이 아니다. 역사주의의 역사가 역사가 아니듯이 이데올로기의 언어는 진정한 언어가 아닌 것이다. 역사에서 역사주의를 단념시키고, 언어가 가질 수 있는 이데올로기와 거대 담론에 대한 욕망을 단념시키는 영도의 글쓰기, 이것이 애초의 김훈 소설 언어의 욕망이었다고 할 수 있다.

　김훈은 인간이라는 존재가 생로병사와 약육강식의 현실에 지배되는 존재로 보는데, 생로병사가 개체발생적 고통을 압축적으로 표현한다면, 약육강식은 이 개체발생적 고통의 계통발생적 외삽의 현실을 간명하게 표현한다. 문제는 이 생물학적 범주 확대에 의해 포착되는 약육강식의 역사 공간은 막막한 것이고, 집단적 준거점이나 지향점을 갖지 못한다는 데 있다. 이 방향성 부재의 리얼리티를 지양해가는 당위가 일반적인 역사소설들처럼 김훈의 역사소설에서는 미래의 이름으로 추구되지 않는다. 그러므로 주로 전쟁을 무대로 하고 있는 김훈의 역사소설에서 전쟁 서사는 활극의 활력마저도 단지 사실 소여태의 이전투구의 혼란에 불과한 것으로 묘사된다. 쇠붙이들이 서로 충돌하고 헛된 말들이 티격태격하는 이 우왕좌왕, 설왕설래의 서사에 붙여진 이름이 '역사'인 것이다. 이 역사의 세상은 『칼의 노래』에서 거듭 말해지고 있듯이 '아수라'의 세상이다. 그러나 이 '아수라'의 세상은 어떤 근본주의 종교 서사의 하위 서사가 아니다. 다만 이 '아수라' 이상으로, 혹은 이 '아수라'라는 텍스트 이외에는 어떤 세상도 없다. 이것이 역사를 '언어와의 전면전'을 통해 발가벗기는 김훈 역사소설의 역사에 대한 근본 태도라고 할 수 있겠다.

　『빗살무늬토기의 추억』에서 이렇게 "역사를 밀쳐내버릴 것을 도모"했다는 작가는 "지층과 쇠붙이와 바람과 불의 안쪽으로 진입"했다고 한다. 그렇다면 이렇게 '바람'과 '불'의 작가는 다른 한편으로는 '바람'과 '물'의 작가를 이미 예고하고 있다는 추론이 가능할 수 있다. 김훈의 소설에서 바다는 이런 방식으로 예비되고 있었다고 볼 수도 있는 문제이다. 이사부가 바다를 "바람이 불면 뒤집히"는 "가없이 넓고 큰 물"이라고 규정하는 대목을 다시 상기해 보자. 김훈에게 바다는 일단 낭만적 동경이나 이상 같은 것이 아니라 원소 단위의 물질로 환원된 무엇이다. 특히 『흑산』에서는 다음 장에서 살피게 될 시간 표상과의 관련에서 바다는 현상학적으로 환원된 물질성 이상이 아니다. 그러나 현상학적 환원이라는 개념의 설명모델로 바다를 규정하는 것으로는 충분하지 못하다.

현상학은 인간 실존이 이루어지는 생활세계를 관심 대상으로 삼는데, 이 생활세계란 과학적인 세계도 아니고, 개념적인 세계도 아니고, 어떤 이념적인 세계도 아니다. 다만 우리가 매개를 거치지 않고 일상적으로 직접 체험하는 세계인데, 바다라는 공간적 범주 역시 이러한 생활세계인 것이다. 그런데 현상학은 그렇게 겪은 주체의 체험, 내면성, 의식 등을 특화시키는 사유 전통이다. 김훈의 사유 스타일은 분명 현상학적이되, 이런 주관적 관념론의 일방성*에 기우는 현상학적 태도와는 다른 것이다. 바다에 일방적으로 인간주의적 의미를 부여해 상징화하고 신비화시키는 태도는 김훈의 사유 스타일이 아니다. 외부 세계나 주위 환경과 무관하게 정신적인 경험

---

*어떤 사유 태도를 '현상학적'이라고 규정하는 것은 '현상학'이라는 말이 복잡한 의미 함축을 지니는 만큼 조심스러운 일이다. 피에르 테브나즈에 의하면 "현상학은, 때로는 논리의 본질이나 의미에 대한 객관적 탐구로, 때로는 하나의 관념론으로, 때로는 심오한 심리학적 서술 또는 의식의 분석으로, 때로는 '선험적 자아'에 대한 명상으로, 때로는 경험 세계에 대한 구체적 접근 방법으로 나타나기도 하며, 그런가 하면 사르트르나 메를로 퐁티에게서처럼 전적으로 실존주의와 합치되는 듯이 보이기도 하는 프로테우스Protée와도 같다"(피에르 테브나즈, 1982: 13).

이나 내면의 자족적인 자유를 추구하는 내면 지향은 김훈의 문학이 가는 길과 거리가 멀다. 그렇다면 이런 내면성을 거부할 때 어떤 길이 있는가.

바깥의 사유에 참여하는 길이 있을 수 있다. 바깥의 사유는 인간을, 인간을 포함하고 있는 객관적인 장場으로부터 사유한다. 예컨대 『칼의 노래』에서 '나'라는 이순신은 실존주의적 인간이지만, 그의 내면성으로 신비화되는 것이 아니라 '적의 적'으로 규정된다. 이러한 '바깥'은 두 차원에서 유별화가 가능하다. 먼저 자연이 그 하나라면, 사회·역사적 공간이라는 제2의 자연이 그 다른 하나이다. 이를 『흑산』의 경우로 좁혀 말해 보자. 『흑산』에는 많은 인물들이 등장하는데 역시 주인공은 정약전이고, 좀 더 정확히 표현하자면 절망을 인내하는 정약전의 내면이야말로 진정한 주인공이라고 할 수 있다. 그러나 이 주인공은 찾아보기 힘든 숨은 주인공이다. 정약전은 속내를 잘 드러내지 않는 양반이어서가 아니다. 정약전은 그가 존재하지 않는 곳에 있다. 작가는 정약전의 내면을 조명하며 중언부언하는 대신에 그를 그의 내면 바깥에 배치한다. 그 바깥의 이름은 1)바람의 바다라는 자연인 것이고, 2)천주교 박해의 형극이 펼쳐지는 육지의 세

'현상학'이라는 말로써 의미하는 바와 입장이 이렇게 다양하지만, '경험 세계에 대한 구체적 접근 방법'이라는 측면에서 보았을 때, 현상학은 '경험의 근본성'(experiential radicality)이라는 새로운 논의의 층위를 개발함으로써 새로운 인식론적 가능성의 지평을 열어 왔다고 할 수 있다. 이런 관점에서 본다면 "현상학이 위치한 근원적 딜레마는 개념적 인공성, 임의성을 넘어 경험적 원초성을 다시 획득하고자 하는 의식의 지향이 어떻게 주관적 관념론의 늪지대를 벗어날 수 있겠는가 하는 점이다"(김영민, 1994: 29).

"바다는 처음으로 보는 바다였다. 바다에서는 가장 오래된 것이 가장 새로웠다. 바다는 눈보라 개울이나 시슴이 아직 빛어지지 않
는, 언어 지 너머의 공간이었으므로, 나는 거기에 마땅히 딸을 걸 수가 없었고, 바깥가에서 나는 바다로부터 멀려날 수밖에 없었지만,
그 수평선 너머에서 새로운 발음들이 태어나 바다의 새들처럼 날아오기를 기다렸다"(김훈, 2015: 49).

© 탁기형

상이라는 제2의 자연인 것이다. 이 제2의 자연은 다름 아닌 기왕의 김훈의 역사소설들에서 볼 수 있었던 전쟁과 아수라의 세상이다. 요컨대 바다는 이렇게 주인공이 그의 내부에 존재하는 것이 아니라 그의 외부에 존재할 때, 그 외부의 엄연한 현실로 놓여져 있는 것이다. 이 현실은 초월할 수 없는 현실이다.

바다 표상 체계로서의 시간과 현상학적 무의식

우리의 인식 활동은 흔히 표상을 통해 전개된다. 표상(representation)이란 '다시 나타나게 하는 것(re-presentation)'인데, 무엇이 다시 나타날 때는 자신이 갖고 있는 경험이나 생각, 혹은 관념을 동반한다. 그 단어를 들으면 우리의 관념 안에 무언가가 재생되어 나타난다. 그렇지만 그것이 단독으로 나타나는 일은 없다. 그런데 사회마다 어떤 것에 결부되는 것들은 대개 문화적으로 항상-이미 결정되어 있고, 우리는 그것을 학습하거나 수용하여 사용한다. 하나의 단어나 사물을 다른 것들과 연결하여 다시-나타나게 하는 이런 문화적인 조건을 '표상 체계'라고 한다(이진경, 2002: 712~713). 가령, '바다'라는 표상은 흔히 '여름'이나 '낭만'과 같은 말과 어울리는 표상 체계를 형성한다고 볼 수 있다. 그런데 김훈의 소설에서 '바다'의 표상 체계는 '시간'이라는 기표를 동반하는 것이다. 기왕의 김훈의 소설에서도 그렇지만,[*] 특히 『흑산』에서 이 점은 뚜렷한 변별적 특징으로 나타난다.

(가)**빛과 어둠이 뒤섞이면 바다의 시간은 뿌옜다.** 수탉이 목청을 뽑아서 아침과 대낮의 시간을 알려주었고 노꾼들에게 육지와 잇닿아 있는 끈이 있음을 알려주었다.(267)

(나)바다는 이 세상 모든 물의 끝이어서 더 이상 갈 곳이 없었는데, 보이지 않는 그 너머에 있다는 흑산도는 믿기지 않았다. **바다는 인간이나 세상의 환란과는 사소한 관련도 없어 보였다. 밀고 써는 파도가 억겁의 시간을 철썩거렸으나, 억겁의 시간이 흘러도 스치고 지나간 시간의 자취는 거기에 남아 있지 않았다.** 바다는 가득 차고 또 비어 있었다.

……저것이 바다로구나, 저 막막한 것이, 저 견딜 수 없는 것이…….

……마음은 본래 빈 것이어서 외물에 반응해도 아무런 흔적이 없다 하니, 바다에도 사람의 마음이 포개지는 것인가.(10~11)

---

* 가령, 이런 대목이 있다. "새 아파트에서는, 강의 흐름이 두 번 뒤집히면 하루가 갔다. 강이 도심 쪽으로 흐르는 소리는 사나웠고 강이 바다 쪽으로 흐르는 소리는 스산했다. 강물 위에 퍼진 빛은 아침의 빛과 저녁의 빛이 다르지 않아서 마디가 없는 시간은 바다를 향하는 썰물의 강과 같았다"(「언니의 폐경」,『강산무진』: 262).

"바다가 뿜어내는 안개가 먼 잔산殘山들의 밑동을 휘감았고, 그 안개 속에는 내가 모르는 시간의 입자들이 태어나서 자라고 번창했다. (…) 화가가 이 세상의 강산을 그린 것인지, 제 어미의 태 속에서 잠들 때 그 태어나지 않은 꿈속의 강산을 그린 것인지 먹을 찍어서 그림을 그린 것인지 종이 위에 숨결을 뿜어낸 것인지 알 수 없는 거기가, 내가 혼자서 가야 할 가없는 세상과 시간의 풍경인 것처럼 보였다"(「강산무진」,『강산무진』: 338~339).

(다)바다는 땅 위에서 벌어진 모든 환란과 관련이 없이 만질 수 없는 시간 속으로 펼쳐져 있었고 어두워지는 수평선 너머에서, 움트는 시간의 냄새가 몰려오고 있었다. 그 너머 보이지 않는 어디인가가 흑산도였다.

……죽지 않기를 잘했구나……저렇게 새로운 시간이 산더미로 밀려오고 있으니……(19)

(라)정약전은 시선을 멀리 보냈다. 아무것도 눈에 걸리지 않았다. 처음 보는 난바다였다. 바다에서는 눈을 감으나 뜨나 마찬가지였다. 물과 하늘 사이를 바람이 내달렸다. ……이것이 바다로구나. 이 막막한 것이……여기서 끝나고 여기서 또 시작이로구나.

바다에는 시간의 흔적이 묻어 있지 않았고, 그 너머라는 흑산은 보이지 않았다.(31)

(마)바다는 다만 하늘과 닿은 물일 뿐이었는데, 흔들리는 물 위에 햇빛이 내려앉아서 바다에서는 새로운 시간의 가루들이 물 위에서 반짝이며 피어올랐다. 천주가 실재한다면 아마도 저와 같은 모습일 것인가를 정약전은 생각했다.(51. 이상, 강조: 인용자)

위의 인용문들의 맥락만 놓고 보면 '바다'라는 공간은 무엇보다도 '시간'과 잘 어울리는 무엇이다. '강'이나 '바다'와 같은 상징을 동원해 표현하는 시간의 연속적 흐름이나 지속성은, 문학작품의 영원한 주제가 되어왔다고 우리는 알고 있다(한스 마이어호프, 1987: 31). 그러나 여기에서 나타난 시간양상은 어떤 연속적 흐름이나 지속성과는 거리가 있다. 우선, (가)에서 "빛과 어둠이 뒤섞이면 바다의 시간은 뿌옜다."라는 문장은 우리말 문법의 기대 수준에서 보자면 그닥 자연스럽지 않다. "시간은 뿌옜다"는 심정의 시라면 몰라도 관계의 산문을 엮어나가는 소설 언어에서 자연스럽게 주술관계가 호응하는 경우라고 보기 어렵다. 그런데도 어떻게 이런 언어 구사가 가능했을까. '바다'를 '시간'과 함께 짝지어서 사유하고, '시간'의 이상한 가역반응이 '바다'를 만나면 이루어지는 것은 작가의 **현상학적 무의식**이 작동하기 때문인 것으로 보인다. '바다'와 함께 나타나는 '시간'은 "시간의 자취는 거기에 남아 있지 않"(나)고, "시간의 흔적이 묻어 있지 않"(라)은, "새로운 시간"((다), (마))이다. 이 시간은 환원된 시간이다.

후설Husserl은 시간을 두 가지 종류의 유형으로 구분했다(김영민, 1994: 49). 하나는 우리가 자연스럽게 상식적인 태도로 받아들이는 개념화되고 표준화된 시간이 있다. 다른 하나는 우리 경험의 원초성 속에서 체험되는 시간이 있다. 물론 현상학이 추구하는 시간성은 후자에 있다. 이 시간은 근원에 대한 보다 속 깊은 향수를 드러내며 어떤 상식주의적 타성이나 학습된 정보로부터 자유롭다. 즉 의식에 직접적으로 다가오는 경험의 구조로서의 시간성이 '원시적으로' 나타나는 그러한 시간성을 현상학은 주목한다. 여기서 시간은 물론 현존재를 존재이게 하는 존재론적 근원이자 토대이다. 그러나 모든 시간이 그런 것은 아니다. 김훈에게는 특히 '바다'의 '시간'이 우리에게 주어진 세계의 의미와 현존의 원천으로 되돌아가게 하는 현상학적 환원의 시간인 것으로 보인다. 즉, 바다를 만나면 현상학적 세계 인식의 무의식이 거의 조건반사 식으로 작동한다고 말할 수 있다. 이러한 바다는 한 개인의 정체성이 지속성으로 유지되는 내면의 바깥이자, 사회 집단의 집단적 기억이 유지되는 역사의 바깥이기도 하다. 이 바깥에는 그러므로 어떤 내력도 기입되어 있지 않다.

작가의 도저한 현상학적 세계 인식과 지향은 텍스트로 내면화되어 관통하는 주목할 만한 서술 흐름이다. 가장 단적인 사례가 '매'와 '밥'을 동류항으로 여기는 태도라고 할 수 있다. 신유박해라는 정치적·역사적·종교적 사건을 배경으로 하고 있는 『흑산』에는 참혹한 형극에 대한 묘사도 텍스트에서 빠뜨릴 수 없는 주요 부분으로 다루어지고 있다. 무능한 봉건권력은 무자비하고, 무자비한 권력에 백성들은 맨몸으로 노출되어 있다. 고을마다 요언이 창궐하는 세상에서 백성들은 누구나 매 맞을 수 있는 허약한 신체의 운명을 가지고 있을 따름이다. 흑산으로 유배를 가는 정약전 역시 이미 매를 맞아본 처지이고, 정약전의 동생 정약종은 신체가 두 토막 나는 참수형에 처해지고, 조카 사위 황사영은 능지처참을 당한다. 소설은 매 맞는 백성의 고통뿐만 아니라 매 맞는 법까지 소개하고 있을 정도이다. 그런데 여기서 우리가 주목해야 하는 것은 매의 정치적 무의식이 아니고 현상학적 무의식이다. 예컨대 왕은 두 개의 신체를 가지고 있다고도 볼 수 있을 터이다(미셸 푸코, 1994: 58). 즉, 자연적 신체와 정치적 신체가 그것이다. 잔인무도한 신체형이 노리는 것은 엄청난 금기를 어긴 자가 훼손한 '왕의 정치적 신체'에 상응하는 '금기 위반자의 정치적 신체'를 상정해 그것을 파괴하고자 하는 것이라고 할 수도 있다.* 그러나 『흑산』에서는 이런 정치적 상상력이 괄호 속에 묶이고 대신 몸에 직접적으로 다가오는 매 맞는 경험의 심층으로 들어가려는 현상학적 욕망이 텍스트를 지배한다. "『대학』에도 『근사록』에도 매의 고통은 나와 있지 않았다"(12)고 하는 고통이 김훈의 소설에는 이렇게 나와 있다.

> 고통은 벼락처럼 몸에 꽂혔고, 다시 벼락쳤다. 이 세상과 돌이킬 수 없는 작별로 돌아서는 고통이었다. 모든 말의 길과 생각의 길이 거기서 끊어졌다. 고통은 뒤집히고 또 뒤집히면서 닥쳐왔다. 정약전은 육신으로 태어난 생명을 저주했지만 고통은 맹렬히도 생명을 증거하고 있었다.
>
> (…)
>
> 형틀에 묶이는 순간까지도 매를 알 수는 없었다. 매는 곤장이 몸을 때려야만 무엇인지를 겨우 알 수 있는데, 그 앎은 말로 옮겨질 수 있는 것은 아니었다. 책은 읽은 자로부터 전해들을 수나 있고, 책과 책 사이를 사념으로 메워나갈 수가 있지만, 매는 말로 전할 수가 없었고, 전해 받을 수가 없으며 매와 매 사이를 글이나 생각으로 이을 수가 없었다. 그래서 매는 책이 아니라 밥에 가까웠다.(10~13)

김훈이 매 맞는 인간을 집요하게 관심을 가지고 묘사하는 이유는 권력의 그물망이 어떻게 인간의 신체를 포획하는가에 대한 관심, 혹

---

* "사법적 신체형은 정치적인 행사로 이해되어야 한다. 아무리 규모가 작은 형태일지라도, 그것은 권력이 자신의 모습을 과시하는 의식행사에 속하는 것이다"(미셸 푸코, 1994: 84).

은 그 그물망을 어떻게 찢을 수 있는가에 대한 모색 때문이라기보다는 육체의 경험의 직접성을 드러내는 데 이보다 더 좋은 소재도 없다고 판단했기 때문인 것으로 보인다. "모든 말의 길과 생각의 길이 거기서 끊어졌다"고 하는데, '말'과 '생각'이라는 형이상학을 전복시키는 육체의 현상학을 '매'가 전개하는 셈이고, 이 육체의 현상학이라는 점에서 '밥'은 '매'와 동궤에 있다. 이렇게 '매'는 직접적으로 주어진 몸의 경험으로 구성되는 일상성의 생활세계에서 '밥'과 동류항이 됨으로써 김훈 소설 득의의 현상학적 영역으로 등재된다.

　여기에 이르면 작가가 왜 하필이면 정약전을 초점화하고 있는지, 그 이유가 어느 정도 해명될 수 있다. 작가의 실존 인물 정약전에 대한 관심은 우발적인 것으로는 보이지 않는데, 정약전은 무엇보다도 환원된 자이고 뿌리 뽑혀진 자이다. 그에게는 아무것도 없다. 처자식은 있어도 없는 것이나 마찬가지인 신세가 되었고, 사회적 신분은 박탈당했다. 그는 벌거숭이 인간이며 유배죄인, 사학죄인邪學罪人이 그의 정체성일 뿐이다. 그는 다시 백지상태에서 시작할 수밖에 없는 인물인 것이다. 그러나 아직 이것만으로는 충분하지 않다고 작가는 판단한 것 같다. 정약전은 흑산으로 가기 위해서 물론 뱃길을 이용하는데, 그는 이 길에서 풍랑을 만나 의식을 잃는다. 죽었다 깨어나는 것과 같은 환원의 입사의식을 거쳐 정약전은 다시 시작하는 것이다. 그러나 자세히 보면 정약전은 이제 아무것도 없는 사람은 아니다. 앞의 인용 제시문에서 "저것이 바다로구나, 저 막막한 것이"(나)는 이제 "이것이 바다로구나. 이 막막한 것이"(라)로 바뀐다. 요컨대 정약전에게는 '저것'을 '이것'으로 끌어당겨 살아내야 할 바다가 있는 것이다.

공포와 연민의 바다

『흑산』에서 본격적인 바다 이야기는 정약전의 유배지 흑산도에서 펼쳐진다. '헛것'인 언어의 저편에 놓인 바다, 이데올로기의 바깥에 놓인 바다, 원시적 '시간'이라는 기표와 표상체계를 이루며 등장하는 바다는 '막막한' 바다이다. 바다가 본래 '막막한 것'인지는 알 수 없다. 다만 정약전이 서술자의 목소리로 '막막한 것'이라고 본질을 부여할 때, 바다는 정약전의 내면의 주소로 배치되기 시작한다는 점은 분명하다. 즉 이 벌거숭이 인간에게 바다는 언어가 없다는 점에서 무의미의 막막함을 주는 것인데, 바다에는 이렇게 정약전의 헐벗은 내면이 투사되고 있는 것이다. 그런데 이런 막막함은 서사를 출현시키지 못하는 정적인 이미지의 느낌에 불과한 것이고, 막막함이 후경화되면서 대신 '두려움'이 전경화된다. 언어가 없는 바다에 대한 두려움은 물론 (헛것인) 언어가 지배하는 당대에 대한 두려움과 짝을 이룬다.

먼 어둠 속을 달리는 물소리가 섬의 연안으로 다가왔다. 시간의 바람이 물을 스쳐서, 물과 시간이 섞이는 그 소리에는 아무런 의미도 담겨 있지 않았다.

귀 기울이지 않아도 물소리는 정약전의 몸속을 가득 채웠고 정약전은 그 소리를 해독할 수 없었다. 그 물소리 너머의 바다에서는 말이 생겨나지 않았고 문자가 자리 잡을 수 없을 것이었다. 언어가 지배하는 세상과 언어가 생겨나지 않은 세상 중에 어느 쪽이 더 무서운 것인가.(184)

흑산은 그 자체가 바다의 일부이기 때문에, 또 최소한 바다와 인접성을 갖기 때문에 바다와 환유적 동질성을 갖는데, 흑산을 대하는 정약전의 태도에 이 두려움이 잘 나타나 있다. 정약전은 '黑山'을 '玆山'으로 바꾸어 부르고자 한다. 지명 고쳐부르기를 통해 장소정체성을 수정하고자 하는 이유는 단 한 가지, "흑은 무섭다"(338)는 사실 때문이다. 설령 정약전이 배교를 하지 않은 신앙인이었다고 하더라도 바다와 흑산은 그의 종교에 의해서도 보호받기 힘든 무서운 대상이었을 것이다. 성경에서도 바다는 악의 상징이고 죽음의 영역으로 묘사되고 있다(이인성, 1997: 112~116). 렐프는 지리학을 현상학적 방법론을 통해 탐구하는 인문주의 지리학자로 그 이름이 알려진 사람인데, 그는 하이데거의 '진정성((authenticity)'이라는 개념을 장소에 적용해 진정한 장소감을 일으키는 장소와 진정치 못한 장소감을 일으키는 장소를 구별한다. 전자의 장소 경험은 능동적·주체적이며 후자의 장소 경험은 수동적·강제적이라는 것인데, 이 전자의 장소 경험이 토포필리아topophilia이며, 후자의 장소 경험이 토포포비아topophobia인 것이다(랠프, 2005: 5장 및 6장). 주체가 특정 장소에 대해 갖는 강렬한 불안, 공포, 억압 그리고 혐오 같은 일련의 부정적 정서가 토포포비아이다. 정약전에게 "강들은 서로 스미듯이 합쳐져서 물이 날뛰지 않았"(62)으며, "그 물의 만남과 흐름은 삶의 근본과 지속을 보여주는 산천의 경서經書였다"(64)는 고향 두물머리의 강이 토포필리아의 세계라면, "인간의 앞을 가로막고 있는, 그렇게 넓고 불안정한 공간"(177)인 흑산의 바다는 토포포비아의 세계로 강과 대조를 이루는 것이다.

흑산도에서의 정약전의 주요한 행위 동기도 이 '두려움'으로부터 설명이 가능하다. 정약전은 흑산에 살기 위해 '순매'라는 배첩을 얻는데, 배첩을 얻는 근본 동기 역시 두려움에서 오는 것이라고 할 수 있다. 바다는 백성들이 바람과 바람 사이에 나아가는 일터이지만 죽음이 널려 있는 죽음의 자리가 바로 바다이다. 바다의 계절풍에도 죽음은 실려 있다. 그래서 "흑산의 사람들은 붙어서 사는 삶이 불가피하다는 것을 모두 말없이 긍정"(300)하고 있는데, 정약전의 배첩과의 삶 역시 이 일종의 '붙어서 사는 삶'인 것이다. 순매가 잉태하는 순간은 그러므로 어떤 애욕의 절정의 순간이 아니다. 캄캄한 밤, "파도가 섬으로 달려드는 밤에," "바람이 불어서 바다가 뒤집히는 밤에 순매는 잉태했다"(343). 이렇게 '붙어서 사는 삶'을 삶의 관습은 역시 '사랑'이라고 할지 모른다. 그런데 작가는 이것을 다른 작중인물을 통해 '사랑'이 아니라고 말한다.

(가)김장수는 그것이 사랑이라고는 생각하지 않았다. 그것은 사랑이라고도, 불륜이나 치정이라고도, 심지어는 욕망이라고도 말할 수 없는 일처럼 느껴졌다. 그것은 뭐랄까, 물이 흐르듯이 날이 저물면 어두워지듯이, 해가 뜨면 밝아지듯이, 그렇게 되어져가는 일인 것처럼 느껴졌다.

"사장님, 마늘은 영양 쪽이 좋아 보이네요."라고 말하면서, 윤애는 김장수의 머리를 안고 쓰다듬었다.(「배웅」, 『강산무진』: 18~19)

(나)─미역국이 좋구려.

—말린 생선뼈를 우리면 깊어지지요.

—젓갈도 좋소.

—생선 내장인데 삭아도 맑아요. 더운 밥에는 녹지요.(303)

'사랑'이 아니고 그러면 이것은 무엇인가. 작가는 명시적으로 긍정적인 진술을 하지는 않지만 이것은 이를테면 '연민'일 수밖에 없다. 정약전과 순매의 "붙어서 사는 삶"이 신접살림의 일상으로 자리잡기 위해서는 (나)와 같은 대화만으로도 충분하다. 이들은 (가)에서 "마늘은 영양 쪽이 좋아 보이네요"라고 하면서 김장수를 끌어안는 윤애처럼, "미역국이 좋구려" 하면서 서로를 끌어안는 것이다. "순매를 안으면서 정약전은 여자의 몸속을 헤엄쳐 다니는 작은 물고기 떼의 환영"(302)을 느끼고, 정약전의 몸을 받으면서 순매는 "작은 내장 한 점과 한 뼘의 지느러미를 작동시켜서 먼 바다를 건너가는 물고기 한 마리가 몸 안에 들어와서 꿈틀거리고 있"(302)다고 느끼는데, 이들은 서로에게 두려움의 바다라는 세상에서 각자 물고기가 되어 결합하는 셈이다. 이 물고기는 애욕으로 벌거벗은 암컷과 수컷의 짐승의 이름이 아니다. 이들은 모두 "작은" 존재, 저 대양에서 정향 없이 흘러가며 겨우 존재하는 존재라는 점에서 연민의 대상이 되는 미물일 수밖에 없다. 이런 연민의 미물끼리의 결합이기 때문에 서울에 처자식이 있는 유배 죄인의 첩 들이기나, 바다에 남편을 잃고 재혼에 스스럼이 없는 과부 순매의 태도는 전혀 비도덕적으로 보이지 않는다. 이것은 도덕적인 차원의 문제가 아닌 것이다.

연민은 작가가 일관되게 절제하고자 하는 일종의 값싼 충동의 감상 같은 것이다. 『칼의 노래』에서 이순신의 삼엄한 내면에는 어설픈 연민 같은 것은 끼어들 여지가 없다. 『남한산성』에서도 작가서문에서 "길은 땅 위로 뻗어 있으므로 나는 삼전도로 가는 임금의 발걸음을 연민하지 않는다"(『남한산성』: 4)고 김훈은 썼다. 그런데 김훈의 텍스트에서라면 마땅히 괄호 속에 묶여 있어야 할 연민이 『흑산』에서는 특히 순매라는 여성 인물이 초점화될 때 거듭해서 분명한 표정으로 드러난다.

> 남편이 타고 나간 배는 나무토막으로 흩어졌고 남편은 끝내 돌아오지 않았다. 끝내, 라고 하지만 끝이 어딘지 알 수 없었다. 죽음을 긍정하기는 삶을 긍정하기보다 어려웠다. 산에서 칡을 캐거나 어린 소나무를 뽑아낼 때, 순매는 바다에 뜬 고깃배를 보면서 울었다. 저 생선 한 마리처럼 작은 것이 어쩌자고 수평선을 넘어 다니면서 생선을 잡는 것인지 순매는 배들이 가엽고 또 징그러웠다. 바다와 배, 섬과 바람과 물고기가 삶의 바탕을 이루는 조건이라는 것을 알게 된 어린 시절부터 순매는 고깃배가 생선과 똑같이 생긴 것이라고 여겼다. (…) 한 줌의 내장과 한 뼘의 지느러미를 작동시켜서 바다를 건너가고, 잡아먹고 달아나고, 알을 낳고 정액을 뿌려서 번식하는 물고기들의 사는 짓거리가 순매는 눈물겨웠다.(296~297)

"끝내, 라고 하지만 끝이 어딘지 알 수 없었다"라는 식의 메타 서술에는 화자의 목소리에 실제 작가 자신의 목소리가 겹쳐 있다고 볼수 있지만, 특히 "순매는 눈물겨웠다."라는 문장은 작가 자신의 세계에 대한 연민의 태도가 어쩔 수 없이 직접적으로 표출된 것으로 보인다. 가령, 이 문장의 의미를 손상시키지 않고 소설 밖에서 다시 배치한다면 다음과 같은 재맥락화가 가능할 것이다.

구름이 산맥을 덮으면 비가 오듯이, 날이 저물면 노을이 지듯이, 생명은 저절로 태어나서 비에 젖고 바람에 쓸려갔는데, 그처럼 덧없는 것들이 어떻게 사랑을 할 수 있고 사랑을 말할 수 있는 것인지, 나는 눈물겨웠다.(「작가의 말」, 『내 젊은 날의 숲』: 342~343)

이처럼, 연민의 미물이 되어 "붙어 사는" 흑산에서의 삶 또한 "태어나고 또 죽는 일은 눈비가 내리고 해가 뜨고 지는 것과 같"(176)은 것이다. 삶과 죽음은 자연에게서 잠시 얻은 비유의 가능성으로 명멸한다. 다만 흑산에서는 이 불모의 자연의 자명성 속에서 삶은 적멸하는 것이 아니라 물과 바람의 폭력이 두려움의 바다를 만들고, 폭력은 감출 수 없는 연민을 노골화시킨다. 그러므로 흑산에서 정약전의 순매와의 삶은 물론 천주를 믿은 자의 운명에서 비롯되었지만, 실은 그보다는 아무것도 믿지 않는 자의 연민의 운명인 것이다.

길로서의 바다

김훈의 소설은 인간을 자연화한다거나 사물화한다는 지적을 받아 왔다. 김훈은 자연의 운명을 초월할 수 없는 인간 존재의 한계와

그것의 비의를 해독하는 데 있어 비상한 감수성을 지닌 작가임에
틀림없다. 『흑산』에서, 특히 바다 토포스를 통해 읽은 『흑산』에서는
이 감수성에 숨길 수 없는 비감이 짙어짐을 알 수 있다. 정약전은 절
망할 수밖에 없는 인물이지만, 주변 인물이라고 할 수 있는 순매를
통해 드러나는 바다의 본질은 인간을 연민의 물고기 미물로 자연화
시킨다. 그러나 이것이 전부는 아니다. 다른 가능성도 있다. 정약전은
물고기가 되었기 때문에 물고기의 언어, 사물의 언어로 『자산어보』
를 쓰는 사람이 된다. 이것은 현상학적 환원의 힘이자 가능성이라고
할 수도 있다. 다만 문제는 이 가능성은 지극히 제한적인 가능성이
라는 데 있다. 『흑산』에서 바다를 운명으로 사는 인물 가운데서 정
약전은 지극히 예외적인 지식인의 경우에 불과하다. 보다 보편적인
가능성은 다른 인물에게 부여되어 있다.

돛배 사공 문풍세는 물과 바람을 이용해 먼 길을 가는 자이다.
'길'에 대한 에세이즘은 김훈 소설에서 『남한산성』 이후에 구체화되
기 시작했다. 척화파와 주화파의 대립 논쟁에 품격을 부여한 것 가
운데 하나가 다름 아닌 '길'의 담론이었다. 『흑산』에서도 이 '길'의 에
세이즘이 변주되는데, 가령 "길은 늘 그 위를 걸음으로 디뎌서 가는
사람의 것이었고 가는 동안만의 것이어서 가고 나면 길의 기억은 가
물거려서 돌이켜 생각하기 어려웠다"(43)는 식의 길의 일회성과 직접
성을 예의 현상학적 인식으로 드러내는 대목에서부터 "사람이 사람
에게로 간다는 것이 사람살이의 근본이라는 것을 마노리는 길에서
알았다"(41)는 윤리적 인식에 이르기까지 길에 대한 에세이즘이 펼쳐
진다. 뿐만 아니라 작중인물의 작명에도 길에 대한 작가의 탐색의지

가 반영되어 있다. 수유리에 처소를 마련하고 거기를 "천당으로 가는 정거장쯤"(310)으로 여기는 궁녀 출신 천주교 신자의 이름은 길갈녀吉罜女이고, 주교로부터 "멀리 가는 자의 귀함을 알라"(264)는 말을 들은 마부 마노리馬路利는 말을 끌고 길을 간다고 해서, 동네 사람들이 이름을 지어주었다고 소개된다. 이들처럼 객사客死의 길을 간다고 하더라도 바다에서도 그 길을 바람을 이용해 가는 인물이 바로 문풍세文風世이다. 문풍세는 예사롭지 않은 힘을 가지고 있는 인물이다. 길을 오가는 사람만이 가질 수 있는 정보력은 부차적인 것이다. 문풍세는 흑산의 옥섬에 갇힌 사람들에게 자유를 주는 힘을 가지고 있다. "그것은 먼바다를 건너고 먼 길을 오가는 자의 속내"(298)라고 소설은 풀이하고 있지만, '속내'를 '윤리'로 고쳐 읽어도 무방할 것 같다. 그러나 문풍세는 아직 숨은 주인공이다. 공포와 연민의 바다에 빠지지 않고 바다를 윤리의 길로 건너는 바다 이야기의 미래가 김훈 소설이 가야 할 또 하나의 미래가 될 수 있다면, 문풍세는 이름을 바꿔 다시 등장할 가능성이 크다고 생각한다. 그렇다면 김훈 소설은 새로운 윤리적 차원에 도전하게 될 것이라고 전망할 수 있다. (2013)

해부의 비평

순매는 이 나투라 나투라타의 한 전형이다. 나투라 나투라타 앞에 남성과 여성, 인간과 들짐승 혹은 물고기의 구별 같은 것은 무의미하거나 부차적인 분별이다. 보다 주목해야 할 근본 상황은 나투라 나투란스에 의해 타자화된 나투라 나투라타인 것이고, 비맞으며 노동하는 순매는 이 나투라 나투라타의 운명을 그 누구보다도 극명하게 보여주는 것이다. 작가가 이런 운명을 무엇보다도 주목하고 있지 않았다면, 순매의 운명을 드러내기 위해서 앞의 인용문에서 "가랑비가 내렸고 바람에 빗발이 불려갔다"고까지 쓰지는 않았을 것이다. 그런데 이렇게 쓸 때, 즉 "가랑비가 내렸고 바람에 빗발이 춤을 추었다"거나, "가랑비가 내렸고 바람에 빗발이 흔들렸다"가 아니고 "가랑비가 내렸고 바람에 빗발이 쓸려서 불려갔다"고 할 때, 자연은 나투라 나투란스와 나투라 나투라타로 위계화된다. 김훈에 의하면 가랑비보다 바람은 힘이 센 나투라 나투란스인 것이다. 이 바람의 바다에 남편을 잃고 '작은' 것에 눈물겨워 하는 순매가 가랑비에도 도리 없이 젖으면서 산다.

8장

인물 형상화의
문제[*]

_ 한승원의 『흑산도 하늘 길』과
  김훈의 『흑산』비교 분석

[*] 이 연구는 2015년도 단국대학교 대학연구비의 지원으로 진행되었다(원제: 「정약전 삶의 소설 형상화에 대한 비교 연구」).

차이를 통해 정의되는 정체성

　정약전丁若銓(1758-1816)은 『현산어보玆山魚譜』*의 저자이지만 정작 본인보다는 정약용의 형으로 더 잘 알려진 인물이다. 천주교사에서는 1801년 신유박해 때 천주교를 배교하고 흑산도로 유배 간 인물로 알려져 있기도 하다. 오늘날 우리는 이 정약전의 삶을 두 권의 장편소설을 통해서도 만나볼 수 있다. 한승원의 『흑산도 하늘 길』(2005)과 김훈의 『흑산』(2011)이 그것이다.** 무엇보다도 비교를 통해서만 드러나는 작품의 특질이 있고, 차이를 통해서만 정의되는 개성과 정체성이 있다는 게 이 글의 출발 전제이다.*** 같은 제재의 소설을 비교하는 일은 두 작가의 스타일을 비교하는 일이고, 세계관을 비교하는 일이고, 결국은 비교를 통해 두 작가의 정체성을 정의하는 일일 것이다. 비교적 분명하게 한승원의 지향점과 김훈의 지향점이 변별적으로 드러나면서 김훈과 다른 한승원, 한승원과 다른 김훈이 정의될 수 있으리라고 전망한다.

---

* 『玆山魚譜』의 '玆'을 '현'으로 읽어야 하느냐, '자'로 읽어야 하느냐는 독음 논쟁이 있다. 이 글에서는 지극히 지엽적인 문제로 판단하기 때문에 이 논쟁을 자세히 소개하는 것은 피한다. 여기서는 '현'으로 읽는 입장을 취한다.

** 이 텍스트들의 인용은 개별 각주를 생략하고 본문에서 괄호 안에 인용 면수를 표시하는 방식을 취하겠다. 인용 시 어떤 작가의 텍스트인지도 따로 표시하지 않고자 한다. 본문의 문맥상 어느 작가의 텍스트인지 충분히 가늠할 수 있기 때문이다.

*** 역사에서 소재를 취하는 한승원의 소설은 같은 제재를 공유하는 소설들과의 비교로 주목받기도 한다. 이러한 사정은 김훈도 마찬가지이다. 이 점과 관련해 비교 논의들(조은숙, 2012: 377~406; 장경남, 2007: 339~372)을 주목할 수 있다.

비교 논의는 다양한 충위와 관점에서 진행될 수 있겠지만 여기서는 먼저 정약전의 인물 형상화에 동원되는 주요 인물들에 주목하고자 한다. 서사물은 본질적으로 인간 간의 상호작용을 다루기 때문에 인물은 서사물에서 언어적 구조의 중심이 아닐 수 없다. 절해고도에서 절명한 정약전의 삶 또한 다름 아닌 그가 만난 사람들과의 관계의 삶이기도 하다. 정약전에게는 누구보다도 아우 정약용이 한시도 잊을 수 없는 존재였고, 또 그의 지척에는 유배지에서의 반려자 여성이 있었다고 한승원과 김훈의 소설은 전하고 있다. 정약전의 주요 인물들에 대한 형상화를 비교한 후에 이 글은 삶의 궁극에 대한 두 작가의 상이한 태도의 차이가 갖는 함의를 탐구하고자 한다.

정약전의 소설 형상화에는 '정약전'이라는 생몰 연대가 분명한 역사적 실존 인물이 주인공으로 출현하는 이상, 피할 수 없는 재현의 문제가 있다. 그러나 어떤 원본과의 유사성을 통해서 재현적 관계를 확언하는 일을 연구의 주된 작업 내용으로 삼는 태도는 삼가야 할 태도일 것이다. 정약전에 대한 역사의 '원본'이란 정약용이 쓴 「선중씨 정약전 묘지명先仲氏 丁若銓 墓誌銘」이 거의 유일한 것인데, 이 묘지명 자체도 일종의 '문학'이라는 지적이 있다(박석무, 1985: 303~305). 문학이란 말할 것도 없이 어떤 사태에 대한 해석이고 개입인 것이며, 이 해석과 개입에 의해 또 하나의 세계가 탄생하는 것이다. 문학 작품의 재현은 소박한 반영론을 맹신하지 않는다면, 재현적 모방만 있는 것이 아니라는 데 열린 태도를 가질 필요가 있다. 재현적 모방은 닮음을 위한 닮음을 목표로 하지만 새로워지기 위한 닮음, 즉 비재현적 재현(모방)도 얼마든지 있을 수 있다. "현실의 풍부성을 환기시키는 방식으로 감명을 주기 위해서는 생활의 전全 맥락이 변형되어야 하며, 구성 역시 새로운 구조를 지녀야만 한다"(게오르그 루카치, 1987: 437)는 말은, 다름 아닌 『역사소설론』의 루카치가 한 말이다. 루카치는 당대의 중요한 역사소설들이 전기로 나아가는 경향을 지적하며 괴테를 교훈적 사례로 지목한다. 괴테의 경우 예술적으로 형상화된 작품들의 성립과정을 추적해 보면, 형상화 과정이 곧 전기적 내용으로부터 거리를 취하는 일이었다(게오르그 루카치, 1987: 435). 즉, 한 인물이 겪은 사실은 결국 어떤 문학성의 기반과 맹아일 뿐이라는 것을 루카치는 역사소설의 전제로서 정당하게 인정할 뿐만 아니라 주문하고 있는 것이다. 따라서 여기서는 정약용이 서술한 정약전의 생애사 서술이라는 랑그에 한승원과 김훈의 정약전 형상화 소설이라는 두 개의 개별 발화(파롤)가 있고, 이 개별 발화의 작품으로서의 의미와 가치가 원본(랑그)에 의해 확정된다는 생각에 구속되지 않고 출발하고자 한다. 문제는 무엇을 얼마나 닮게 그려냈는가가 아니라 이 작품들이 어떤 세계를 펼쳐 보이는가, 그 세계의 성격과 수준일 뿐이다. 두 작품은 정약전 세계 해석의 세계로 비교될 것이다.

옹호와 비판의 논리: 정약용

정약전의 삶에서 빼놓을 수 없는 첫 번째 인물은 역시 정약용이라고 할 수 있다. 정약용이 "한 배에서 태어난 형제인데다 겸하여 지기知己까지 되어주신 것도 또한 나라 안에서 한 사람뿐"(정약용, 1985:

208)이라고 밝히고 있는 주인공이 바로 정약전인데, 이들의 운명은 비록 유배지는 달라도 유배까지 함께한 것이었다. 한승원의 소설은 정약전과 정약용이 각자의 귀양지인 흑산도와 강진으로 가던 중 서로 헤어진 이후 시점부터 서술되기 때문에 소설에서 이들의 실제 만남이 어떤 사건이나 상황을 만들지는 않는다. 이 귀양길에서 헤어진 이후 먼저 정약전이 사망할 때까지 이들은 한 번도 만나지 못했다. 그러나 정약전의 삶을 다루는 한승원의 텍스트에는 정약용과의 스토리가 큰 비중을 가지고 상당 부분 일관되게 펼쳐진다.

정약전이 내적 초점자로 설정되어 있는 텍스트에서 '아우' 정약용은 무슨 특정한 사건으로 관계를 맺는 사이를 넘어 사물을 보고 판단하고 세상을 살아가는 방식 자체에 스며들어 있는 존재이기도 하다. 가령, 미지의 섬 흑산에 대한 두려움 속에서 정약전·정약용 형제가 나주 율정점에서 헤어질 때 했다는 말, "저는 형님께서 가시는 흑산을 흑산이라고 부르지 않고 현산玆山이라고 부르겠습니다"(14) 한 "아우 정약용의 통찰력은 놀랍다 싶었다"(14)고, 정약용의 흑산에 대한 인식을 소개하고 있다. 정약전은 '흑산黑山'이 두려워 '현산玆山'이라고 불렀다는 일화는 『현산어보』 서문에 "자산자흑산야 여적흑산 흑산지명 유회가포玆山者黑山也 余謫黑山 黑山之名 幽晦可怖"(정약전, 1977: iv)라고 소개되고 있고, 정약용은 고향에 보내는 편지에서도 '흑산黑山'을 '현산玆山'이라고 불렀다고 한다. 요컨대 한승원의 텍스트에서 정약전의 흑산에 대한 심상지리(imaginative geography)는 아우 정약용의 전이해前理解로부터 자유롭지 못하다. 이들 형제의 서신 교환 대목 또한 특기할 만한 것이다. 정약용은 당대 최고의 지성답게 서신에 단순한 안부 인사가 아니라 형의 고견을 부탁하는 자신의 저술 서적을 부쳐 왔다. 『흑산도 하늘 길』에는 대흑산도에 사는 정약전의 소흑산도(우이도)로의 이주가 상당한 분량으로 그려지는데, 정약전의 이주는 정약용이 해배되어 형을 만나기 위해 소흑산도를 찾을 것이라는 판단 때문이었다. 정약전은 결국 소흑산도에서 정약용을 기다리다 죽었는데, 처자식을 부탁한다는 유언마저도 정약용에게 남기는 사람이고, 이 모든 형제지간의 실제 사건이 『흑산도 하늘 길』에는 거의 빠짐없이 서술되어 있다. 그러나 『흑산』의 김훈은 정약용에 대해 거의 쓰지 않았다. 다음이 전부이다.

정약용이 그 지옥을 똑바로 쳐다보며 통과하고 있었다. 형틀에 묶여서, 정약용은 진술했다.
─주문모에게 세례 받은 자 중에 황사영이 있다. 사영은 나의 조카사위다. 그를 잡으면, 토사討邪에 큰 도움이 될 것이다.
─황사영과 그 일당들은 깊이 숨어서 잡기 어렵고 죽어도 불변할 자들이다. 그들 주변에서 물이 덜든 노복이나 학동을 붙잡아 형문하면 그 상전의 행방을 혹 알 수도 있을 것이다.(140)

정약용의 이 진술은 어떤 의미를 갖는 것인가. 그것은 신유년의 천주교 박해에서 어떤 역할을 하는 것인가. 작가는 "그래서 달아난 양반 사학쟁이를 잡으려면 먼저 그 하인배들을 잡아서 매를 내리면서 캐물어야 한다. 천한 것들은 마음이 낮고 믿음이 없어서 배반을 수치로 여기지 않는다. 이것은 정약용이 형틀에서 풀려나면서 가르쳐준 방법이다"(224)라고 말하는 포도청 종사관을 등장시킴으로써 정약용의 진술이 실제 사학 토벌에 실천적 매뉴얼을 제공했다는 판단을 드러내고 있는 것으로 보인다.

물론 정약용의 이런 모습은 우리 지성사에서 우뚝 솟은 조선 후기 실학 대가의 모습이 아니다. 일반적인 학자의 모습도 아니다. 최소한 인간다운 인간의 모습도 전혀 찾아볼 수 없다. 정약용은 한승원이 재현하는 것처럼 정약전의 삶에서 빼놓을 수 없는 핵심 인물이고, 정약전보다 훨씬 정권의 핵심 요직에 나갔기 때문에 정약전의 시대를 그리는 데 있어서도 정약용은 피해 갈 수 없는 인물이다. 이들이 겪는 천주교 박해 문제 역시 정조 서거 이후의 정약용을 겨냥하고 있는 것이다. 그러나 김훈은 이 모든 것을 비켜가고 다만 정약용이 평생 감추고 싶었을 생애 최대의 불명예와 어두운 면만을 들춰내고 있는 것이다.

정약용이 조카사위 황사영을 사학의 원흉으로 발고하고, 사학 토벌의 방책까지 제시하는 것은 오직 한 가지 이유, 즉 살기 위해서다. 1801년 신유년, 천주교도를 색출해 처형하는 의금부 국문장에서 정약용은 살아남았다. 김훈이 제시하는 대목은 바로 정약용이 그 지옥에서 살아남을 수 있었던 비밀에 대해서이다. 그렇다면 김훈이 제공하는 서술 정보에 의하면 정약용의 생존이라는 사실은 너무도 많은 사람들의 희생에 빚지고 있는 셈이다. 아니, 죄짓고 있는 것이 아닐 수 없다. 그러나, 신유년의 국문장에서 정약용 형제의 처벌이 사형이 아닌 유배형으로 감형된 이유에 대해 한승원의 『흑산도 하늘길』은 전혀 다른 사실을 제시하고 있다. 순교한 형제 정약종의 편지에 정약전·정약용 형제가 천주교를 신앙하지 않는다는 내용이 있는데, "약전과 약용을 국문할 때 약종의 그 편지가 나타났고, 그 편지 내용이 그들 두 형제에게 유배형을 가져다주었다"(218)는 것이다. 한승원은 『다산』이라는 소설에서 이 대목을 조금 더 상세히 다루고 있지만 역시 비슷한 기조의 서술 태도를 유지하고 있다. 정약용이 매형 이승훈을 매도하고, 순교한 셋째 형 정약종과 거리를 둘 뿐만 아니라 문제의 그 '편지'가 발견되어 국문장에서 사형을 면했다는 것이다(한승원, 2008: 296~314).

한승원과 김훈의 극명하게 엇갈리는 이 대목의 서술태도를 우리는 어떻게 이해해야 하는가. 정약전·정약용의 운명에 중요한 영향을 미치는 이들의 또 다른 형제 정약종에 대해서도 한승원과 김훈은 상이한 관점을 취하고 있다. 정약용을 수치로 발가벗기는 김훈은 정약종을 위관의 심문에 이끌리지 않고 자신의 마음과 행동을 스스로 진술하는 반듯한 사람으로 묘사하고 있다. 김훈의 텍스트에서 정약종은 천주를 찬양하며 하늘을 보며 누워서 칼을 받는 순교자이다. 반면 한승원의 텍스트에서 정약종은 성격적 기벽이 있는 인물로 묘사되고 있다. 이러한 성격 묘사는 상대적으로 정약종과 비판적 거리를 두는 정약용과 정약전의 태도를 정당한 것으로 독자를 설득시키기 위한 서술전략으로 보인다. 다시 이러한 서술전략이 지원하는 정약용에 대한 서술에 초점을 맞춰보면 한승원의 서술 요지는 일단 정약용 자신의 서술과 일치한다는 점을 지적할 수 있다. 정약용은 이렇게 기억했다.

옥관들의 의논은 정약전이 처음에 서교에 빠졌다가 나중에 회개한 것은 약용과 같고 을묘년에 있었던 흉측하고 비밀스러운 일에 대해서는 그가 전해 들은 것에 불과하며 참가해서 간섭한 흔적은 보이지 않고 또 약종若鍾이 사람들에게 보낸 편지에서 번번이 "둘째 형과 막내가 함께 배우려 하지 않아서 한스럽다"라고 했었으니, (…) "처음에 비록 미혹되어 빠져들어갔지만 중간에 잘못을 고치고 회개한 흔적은 증거가 될 만한 문적이 뚜렷이 있으니 사형의 다음 형벌로 시행해야 한다"라고 하여 마침내 신지도薪智島로 귀양보냈고 약용은 장기현으로 귀양갔다.(정약용, 1985: 204)

이것은 과연 사실史實일까. 스스로 기억하는 자기 역사란 특히 환란의 자기 역사란 특정 부분의 초점화 행위를 통해 얼마든지 과장과 미화 그리고 축소가 있을 수 있다. 그러나 특정 사안의 초점화 행위를 통한 편집보다 중대한 왜곡은 사실 자체의 누락일 것이다. 생략할 수 없는 사실의 누락은 사실상 모든 자기 서사를 허구와 다름없는 것으로 만들 수도 있다. 정약용의 자기 서사에서는 김훈이 제시하는 문제의 그 대목을 전혀 찾아볼 수 없다. 따라서 우여곡절의 삶을 살아온 본인 스스로 제시하는 자기 서사는 전적으로 그 객관성을 신뢰하기 어렵다고 말하는 것이 공정한 접근 태도일 것이다. 정약용의 자기 서사 또한 마찬가지 이치일 터이다. 그 '편지'의 존재가 사실이었다 하더라도 그것이 그렇게 정약용이 기억하고, 그것을 거의 그대로 신뢰하고 있는 한승원이 따르고 있는 것처럼 과연 결정적인 것이었는지는 단언하기 어렵다. 한 정약용 연구자는 정약용의 결정적인 감형 사유에 대해 다음과 같이 정약용이 쓰지 않고 있는 사실을 쓰고 있다.

이틀 후에 열린 11일의 2차 추고에서도 천주교 신자가 아니냐고 심문받자 정약용은 이렇게 반격했다.

"이런 지경에 이르니 사학을 하는 사람들이 저의 원수입니다. 이제 만일 10일을 기한으로 영리한 포교를 입회시켜 내보내 준다면 이른바 사학의 소굴을 잡아서 바치겠습니다."

그러면서 정약용은 황사영에 대해서 재차 언급했다.

"다른 사람은 몰라도 황사영은 사학을 했는데, 그는 저의 조카사위이기 때문에 차마 곧바로 고하지 못했습니다. (…) 그는 죽어도 변하지 않으니 조카사위라고 하더라도 곧 원수입니다."

정약용이 황사영을 사학도라고 말하는 이유는 그는 잡혀 와도 배교하지 않을 것을 알기 때문이었다. 정약용은 2월 13일의 추국에서 황사영을 비난하여 사학의 소굴을 찾는 방법에 대해 제안했다.

"예배 장소를 알아내는 방법이 있는데 최창현이나 황사영 같은 무리는 계속해서 형벌을 가해도 실토하지 않을 것이니 반드시 그 노비나 어린아이 가운데 사학에 물들었지만 그리 심하게 물들지 않은 자를 잡아서 물으면 혹 그 단서를 찾아낼지 모르겠습니다."

이때만 해도 정약용은 황사영 때문에 다시 국청에 끌려오게 될 줄은 몰랐겠지만 이때 그를 심하게 비난한 것이 목숨을 건지는 계기가 되었다.(이덕일, 2004: 93~94)

정약용(정약전과 함께)의 감형 사유에 대해 김훈이 주목하는 것은 위와 같은 사실관계일 것이다. 그러나 김훈의 서술 태도는 냉정하게 사실관계를 바로잡겠다는 의지나 좀 더 역사적 사실에 부합하는 진실을 추구하겠다는 의도만으로는 보이지 않는다. 왜 하필 김훈은 모든 것을 제쳐두고 이 대목만을 유일하게 주목하는가. 단순히 이상엽기 취향의 문제가 아니라면 이 문제야말로 김훈의 소설 이해에 있어 빠트릴 수 없는 핵심적인 문제일 수 있다.

일찍이 작가가 되기 이전에 김훈은 "형틀에 묶인 정약용, 황사영, 이승훈들은 살아남기 위하여 서로가 서로를 밀고하고 울부짖었다. 정약용의 배교는 철저하고 거침없었다. 그는 주문모를 밀고했고 천주교도를 색출하는 매우 효과적인 방법을 포청에 조언했다. (…) 치욕은 완벽하고도 심도있게 무르익었던 것이다"(김훈, 1994: 48)라고 쓴 적이 있다. 작가가 된 이후의 김훈에게서는 이 상황을 좀 더 보편화시킨 명제가 등장한다. 즉, "인간은 비루하고, 인간은 치사하고, 인간은 던적스럽다. 이것이 인간의 당면문제다. 시급한 현안문제다"(김훈, 2009: 35)라는 식이다. 우리에게 비교적 잘 알려진 『남한산성』은 이러한 치욕의 테마를 가장 심화시킨 경우라고 할 수 있다. '삶은 치욕이다'라는 테마의 일관된 변주가 국문장에서 함께 살아남은 정약전과 정약용의 삶을 통해 『흑산』에서도 확인되고 있는 것이다. 이렇게 볼 때, 우리는 『흑산』의 정약전이 귀양길에서 건너가야 할 바다를 바라보며 "……죽지 않기를 잘했구나 ……저렇게 새로운 시간이 산더미로 밀려오고 있으니……"(19)라고 한 대목이 어떤 기시감을 불러일으킨다는 사실을 알아차릴 수 있다. 즉 이 독백은 자결 대신 굴

욕과 치욕을 선택한 『남한산성』의 김상헌이 남한산성에서 나와 고향으로 가는 길 위에서 갖는 상념과 겹쳐진다. "물 위에 어른거리는 길들을 바라보면서 김상헌은 성 안에서 목을 매달았을 때 죽지 않기를 잘했다고 생각했다"(김훈, 2007: 362).

한승원이 쓴 『다산』의 부제는 '시대를 일깨운 역사의 웅대한 산'이다. 부제가 가리키는 바대로 이 소설은 지성사의 고산준봉에서 고담준론하는 인물로 정약용을 돋을새김한다. 이러한 관점은 『흑산도 하늘 길』의 정약전에 대한 한승원의 인식에도 그대로 유지되고 있다고 볼 수 있다. 이에 비하면 김훈의 정약용에 대한 서술 태도는 파격적이다. 불편한 것을 감내하기 싫은 독자가 기대하는 균형 잡힌 서술 대신에 과감한 선택과 배제의 플롯이 있다. 특히 배교 문제에만 집중될 때, 이러한 서술 태도의 위험은 환원주의라고 할 수 있다. '오직 무엇 무엇에 불과하다'는 식의 환원은 한 인물의 전체 현실에 대한 일면적 접근일 뿐이다. 예컨대 환원주의는 사유가 '카프카Kafka'로 시작하여 '까마귀'로 끝나기 쉬운 것이다(카렐 코지크, 1985: 33). 체코어로 카프카는 까마귀를 뜻하지만 카프카는 물론 그 까마귀 이상의 존재가 아닐 수 없다. 정약용이나 정약용의 형제 정약전도 마찬가지다. 그들은 일개 배교자가 전부가 아니다. 그들에게는 배교 이후의 또 다른 삶이 있고, 그 삶이야말로 그들의 생애에서 빠뜨릴 수 없는 핵심이기도 하다.

남성 이데올로기 혹은 나투라 나투란스의 타자: 흑산도에서의 반려자

조선 후기 개혁사상가 정약용은 형 정약전의 흑산도에서의 반려자에 대해서는 일언반구도 적지 않았다. 정약전이 대흑산도에서 소흑산도로 이주하려고 했을 때 동행자로 '첩'이 있었다거나, "첩에게서 두 아들을 낳았으니 학소와 학매다"(208)라는 정도의 언급이 있을 뿐이다. 물론 그 '첩'은 이름도 없다. 그러나 정약전은 흑산도에서 죽을 때까지 그 '첩'과 함께 살았다. 한승원은 이 반려자의 이름을 거무라 했고, 김훈은 순매라고 칭하고 있는데, 실제 인물에 대한 사실적 정보가 거의 없는 만큼 이 반려자의 존재는 온전히 작가의 상상력이 실력을 발휘하는 인물 형상화의 공간이기도 하다.

『흑산도 하늘 길』에서 정약전은 흑산도에 도착해서 얼마 지나지 않아 바로 거무를 만난다. 임종을 눈앞에 두고 정약전의 눈에 비친 거무는 "그를 먹이고 입히고 사랑해 주고 아들 둘을 낳아주고 불안함과 두려움에서 벗어나게 해준 구원의 여자"(287)이다. 그러나 책임지지 못할 인연에 대한 깊은 회한 속에서 우러나오는 이러한 여인상은 일관된 것이 아니다. 한승원의 텍스트에서 이 여인은 어디까지나 주로 정약전이라는 남성 주인공에게 편의적으로 대상화된 보조적 존재이다.

"기름한 윤곽에 살빛이 가무잡잡한데다 코의 운두가 뚜렷하고 입술이 얄따랗고 눈 뚜껑이 약간 부은 듯하고 귓바퀴가 작은 소라 껍데기 같은 얼굴"(30)을 가진 여성으로 거듭 반복 서술되는 거무의 성격소는 일단 육감적인 인물의 특질을 간접적으로 제시해 준다. 피터 브룩스는 소설 속 몸의 재현을, 육체에 자국을 남김으로써 육체에 기호를 새기는 과정으로 설명한 바 있다(피터 브룩스, 2000: 25). 이렇게 본다면 소설 속 육체는 육체 자체라기보다는 작가의 상상력으로 이데올로기적 의미, 혹은 의미의 흔적이 새겨진 장소가 된다. 한승원의 텍스트에서 정약전은 음양오행의 이데올로기에 대한 뚜렷한 자기 소신을 가지고 있는 인물로 그려지고 있다. 정약전이 과거 시험을 치를 때 출제된 문제가 바로 오행이었다고 한다. 그런데 이 삼라만상의 생성과 변화에 대한 원리적 이론은 정약전에게는 자신의 동물적 결핍 보상을 정당화시켜 주는 남성 이데올로기로 변전된다. "남녀의 성교를 불장난이라고 한다면 남성은 불이다. 우주는 불에서 비롯되었다. (…) 내 불은 해처럼 커져서 세상을 환하게 뚫고 나아가야 한다. 어떠한 어려움 속에서도 내 불이 소멸되지 않도록 기름을 보충해 주어야 한다. 바람을 막아주어야 한다"(84~85). "살아 있는 자는 늘 목말라 하기 마련이고 목마른 자는 간절하게 물을 찾는 것이다. 그것은 죄가 아니다. 음양의 원리다"(79)라는 게 거무의 몸을 안는 정약전의 철학적 명분이다. 이렇게 명분으로 사는 "중년 남자에게 첩은 양생養生의 한 방편"(75)이라고 할 때, 거무의 몸에는 남성 이데올로기의 담론 권력이 행사되고 있는 것이다. 반면 정약전에게서 일체의 이데올로기를 걷어내고 있는 김훈의 텍스트에서는 적어도 이런 남성성에 의해 대상화된 여성상이 그려지지는 않는다. 김훈의 경우를 보자.

행랑채 마루에서 조 풍헌이 정약전과 마주 앉아 장일청의 토춘을 이야기하는 동안 순매는 우물가에서 쌀을 씻고 푸성귀를 다듬었다. 가랑비가 내렸고 바람에 빗발이 쓸려서 불려갔다. 순매는 비를 아랑곳하지 않고 우물가에서 쪼그려 앉아서 일을 계속했다. 순매는 비바람에 쓸리는 일에 길들여진 들짐승처럼 보였다. 젖은 머리카락이 목덜미에 달라붙었고 허리춤이 벌어져서 살피듬이 드러났다. 순매는 맨발이었다. 발뒤꿈치에 거친 굳은살이 박여 있었고 굳은살이 갈라진 골에 때가 끼어 있었다.(182)

위 서술 상황은 서술자-초점자 서술에서 인물-초점자 서술로 옮겨지는 상황이다. 단지 서술자의 시선으로 보고 말한다기보다는 다른 남성성이 느껴지는 시각 주체가 도드라지는 상황이다. 즉 정약전이 본 것을 서술자가 말하는 인물적 서술상황이라고 할 수 있다. 여기서 순매는 일단 남성 시각 주체, 즉 정약전의 시선에 의해 타자화되어 있고 대상화되어 있다. 순매는 이 시선에 의해 서술되는데, 시선 주체는 대상을 내면까지 인식하고 지각하는 존재는 아니다. 즉속 초점화 서술이 아닌 겉 초점화 서술에 의해 순매는 '목덜미', '허리춤', '살피듬', '맨발' 등의 노출된 몸으로 서술된다. 순매에게 관심을 갖는 정약전이라는 남성에 의해 순매는 무엇보다도 그녀의 몸으로 타자화되어 있는 상황이라고 할 수 있는 것이다.

순매는 또한 지식인 초점자에 의해 타자화된 동물 같은 존재이기도 하다. 순매는 '굳은살'을 가진 '들짐승'처럼 보이는 존재인데, 어떤 모습으로 등장하더라도 거의 항상 짐승처럼 말이 없다. "작은 창자와 바늘 끝만 한 간과 아가미"로 바닷속을 다니는 물고기를 생각하며 "어매, 이 작은 것으로……"(175)라고, 말이라기보다는 탄식 정도를 흘리는 게 고작인 인물이다. 정약전은 이 순매를 안으면서 '작은' 물고기 떼의 환영을 느끼기도 한다. 순매는 자신의 내면성을 통해 자연이라는 외물과 대립하거나 내면성의 우위를 드러내려고 하는 존재가 전혀 아닌 것이고, 차라리 동물로 타자화된 존재에 가까운 것이다.

그러나 순매는 이런 식의 시각만으로 한정시킬 수는 없는 존재이다. 다시 위 인용문을 보자. 순매를 바라보는 것으로 여겨지는 정약전은 무엇을 하고 있는가. 조 풍헌風憲과 '토춘土春'을 이야기하고 있는데, 토춘이란 한 유배객이 남긴 전설에 등장하는 흙떡이다. 먹을 수 있다는 흙인데, 실은 세상 어디에도 실체가 없고 다만 섬 사람들의 입으로 전해지는 허무맹랑한 객담으로만 존재할 뿐이다. 이 말뿐인 남자들의 허무맹랑의 양식에 비바람 속에서 자연을 요리해 내는 순매의 지상의 양식이 대조된다. 정약전과 조 풍헌이 그날 저녁 식사를 해결할 수 있다면 그것은 먹을 수 있다는 흙을 담론할 수 있는 그들의 능력 때문이 아니고, 오직 비바람을 아랑곳하지 않는 순매의 노동 때문일 것이다.

여기에 이르면 우리는 순매는 단지 여성의 몸으로 타자화되어 있고, 나아가 '들짐승'이나 '물고기' 같은 동물로 타자화되었다기보다는 스피노자의 용어로 '나투라 나투라타Natura naturata'와 동일시되고 있다고 해석해 볼 수 있다. 유일신의 절대 개념을 거부하는 범신론자 스피노자에게는 다음과 같은 자연의 구분이 있다.

나는 여기에서 능산적 자연能産的 自然(Natura naturans)과 소산적 자연所産的 自然(Natura naturata)을 우리가 어떻게 이해해야 할지에 대해 설명하고자 한다. ……능산적 자연이라는 것을 우리는 그자체 안에 존재하며 그 자체를 통하여 파악되는 것, 또는 영원하고무한한 본질을 표현하는 실체의 속성들, 즉 자유로운 원인으로 고찰되는 한에 있어서의 신이라고 이해하지 않으면 안 된다. 그러나 소산적 자연을 나는, 신의 본성의 필연성으로부터 혹은 신의 각 속성의필연성으로부터 생겨나는 모든 것, 즉 신 안에 존재하며 신 없이는존재할 수도 파악될 수도 없는 것들로 고찰되는 한에 있어서의 신의속성의 모든 양태들이라고 이해한다.(스피노자, 2014: 85)[*]

순매는 이 나투라 나투라타의 한 전형이다. 나투라 나투라타 앞에 남성과 여성, 인간과 들짐승 혹은 물고기의 구별 같은 것은 무의미하거나 부차적인 분별이다. 보다 주목해야 할 근본 상황은 나투라 나투란스에 의해 타자화된 나투라 나투라타인 것이고, 비맞으며 노동하는 순매는 이 나투라 나투라타의 운명을 그 누구보다도 극명하게 보여주는 것이다. 작가가 이런 운명을 무엇보다도 주목하고 있

---

[*] 여기서 나투라 나투란스N atura naturans와 나투라 나투라타Natura naturata는 라틴어이다. 나투라 나투란스Natura naturans는 자연하는 자연(naturing Nature), 나투라 나투라타Natura naturata는 자연된 자연(natured Nature)으로 번역되기도 한다(스티븐 내들러, 2013: 145). 보통 '能産的 自然'이라고 하는 나투라 나투란스는 태어나게 하는 자연, 무제약적 자유 존재인 반면 '所産的 自然'이라고 하는 나투라 나투라타는 태어난 자연으로서 타자로부터 연유해 피동적으로 태어난 피조물을 뜻한다. 어떻게 번역하든 논란이 있기 때문에 여기서는 그냥 발음되는 그대로의 용어를 사용하고자 한다.

지 않았다면, 순매의 운명을 드러내기 위해서 앞의 인용문에서 "가랑비가 내렸고 바람에 빗발이 불려갔다"고까지 쓰지는 않았을 것이다. 그런데 이렇게 쓸 때, 즉 "가랑비가 내렸고 바람에 빗발이 춤을 추었다"거나, "가랑비가 내렸고 바람에 빗발이 흔들렸다"가 아니고 "가랑비가 내렸고 바람에 빗발이 쓸려서 불려갔다"고 할 때, 자연은 나투라 나투란스와 나투라 나투라타로 위계화된다. 김훈에 의하면 가랑비보다 바람은 힘이 센 나투라 나투란스인 것이다. 이 바람의 바다에 남편을 잃고 '작은' 것에 눈물겨워하는 순매가 가랑비에도 도리 없이 젖으면서 산다. 한승원이 바다에 대해 "색깔이 비슷한 바다와 하늘은 한 영혼 한 몸뚱이인데 전혀 다르게 둘로 보이는 신神의 또 다른 이름이고 모습이다. 그 신은 세상의 측량할 수 없는 너비이고 깊이이고 높이이고 자유자재한 길이다"(159)라고 바다의 신성神性을 파악하고 있다면, 김훈에게 바다는 인간의 죽음이 널려 있는 곳이고, 늘 바람과 파도로 흔들리는 나투라 나투란스의 신성神性이다. 따라서 나투라 나투라타 순매의 운명은 대자아 앞에서 비로소 극명하게 드러나는 인간 보편의 무상의 운명인 것이다.

순매가 비바람에 헐벗기며 노동을 할 수 있는 것은 어디까지나 그의 몸이 이 세상에 있는 동안이고, 좀 더 정확히 말하자면 그의 몸이 이 세상에 아직 젊음으로 있을 동안의 그때뿐이다. 텍스트의 문면으로는 드러나지 않지만 이 점을 누구보다도 잘 알고 있는 인물로 설정된 사람이 더 이상 젊지 않은 조 풍헌이라고 할 수 있다. 자신의 집에 기거하는 정약전과 순매를 맺어주고, 이들이 신접살이를 시작할 때 스스로 집을 비워줘 신혼부부가 자신의 늙음을 편하게 여기게 하는 속 깊은 인물이 바로 조 풍헌이다. 속내를 잘 드러내지 않는 조 풍헌의 내면은 그가 바닷가에 살지만 바다를 혐오하고, 바다에 나가 돌아오지 못하는 이들의 혼백을 불러내며 바다에 밥을 던지는, 나름대로의 초혼제 의식을 치르는 행위를 통해 엿볼 수 있다. 이 인물을 통해 작가는 젊은 정약전과 순매를 통해서는 불가능한 무無에 대한 사유를 심화시키는 것으로 보인다. 무는 하이데거가 보여준 것처럼 불안 속에서 죽음에 대한 접근을 통해서만 사유 가능한 것은 아니다. 레비나스에 의하면 무는 바로 시간에 의한 늙음, 낡음, 소멸이기도 하다(에마뉘엘 레비나스, 2013: 105~106). 헤밍웨이가 아니라 김훈이 창출하는 바다와 노인의 대립은 이렇게 결국 무에 대한 사유로부터 오는 것이라고 할 수 있다. 그리고 이 무에 대한 대립이 어떤 적극적인 의미를 갖지 못하고 무력하게만 느껴질 때, 김훈 소설의 허무의식은 더욱 어쩔 수 없는 표정으로 짙어진다.

정약전의 죽음: 신비화의 플롯과 탈신비화의 플롯

정약용의 「선중씨 정약전 묘지명」은 "병자년 6월 6일 공이 내흑산 우이보牛耳堡 아래서 돌아가셨으니 나이는 겨우 59세, 오호 슬프다"(정약용, 1985: 206)라고 적고 있다. 현재 생존 인물이 아닌 역사 속 인물의 삶을 대상화하고 있는 역사인물소설의 결말은 죽음으로 마무리되는 것이 일반적이고 자연스럽다. 죽음은 누구에게나 가장 보편적인 사건이면서 궁극적인 사건이다. 죽음은 삶의 궁극이자 결정

結晶이라는 점에서, 그리고 결국 생애사를 다루는 소설에서는 그것이 모든 삶의 귀결로서의 대단원일 수밖에 없다는 점에서 소설의 어떤 대목보다도 비상한 주목을 요한다.

한승원 소설의 결말 역시 정약전의 죽음을 다룬다. 이로써 정약전의 삶에 대한 순차적 흐름의 서술은 마감된다. 흑산도의 정약전은 우울증을 갖고 있었고, 우울증은 반복적인 음주 충동으로 이어지고, 끝내는 술이 정약전의 삶을 파괴하는 원흉으로 묘사되고 있다. 정약전의 사인에 대한 부분은 "공이 바다 가운데로 들어온 때부터는 더욱 술을 많이 마셨"(정약용, 1985: 206)다는 기록의 사실관계에 기초한 작가 나름의 해석이 추가된 것으로 보인다. 그런데 물론 이런 정도의 해석이 정약전의 죽음에 대한 한승원 해석의 결정적인 특징인 것은 아니다. 정약전의 죽음에 대한 한승원의 해석에서 두드러진 특징은 우선 정약전의 죽음을 신비화하는 태도이다. 작가는 정약전의 최후를 묘사하기 이전에 「조개 속으로 들어간 새」라는 장章에서 '승률조개'를 소개한다. 승률조개는 『현산어보』 개류介類 편에 등장하는, 정약전의 실제 어류 기술 항목 가운데 하나이다. 밤송이 조개와 비교하여 기술되는데, 승률조개의 기술에서는 다른 여타의 기술 항목들에서는 보이지 않는 비과학적 기술 태도가 눈에 띤다. 즉 "창대昌大는 말하기를, 지난 날 한 구합毬蛤을 보았는데 입 속에서 새가 나왔다고 한다. (…) 그 껍질 속의 모양은 보지 않았으나 이것이 변하여 파랑새가 된 것이다. 사람들은 이것이 변하여 새가 된다고 한다"(정약전, 1977: 140)는 대목은 어떤 대목과 비교해도 객관적이지도 않고 균질적이지도 않다. 그런데 한승원은 바로 이 부분을 놓치지 않고 정약전의 죽음을 신비화하는 데 유력한 단서로 활용한다.

한승원의 텍스트에서 정약전은 승률조개를 들여다보며 "우리들의 삶은 시詩를 향해 날아가고, 시는 음악과 무용을 향해 날아가고, 음악과 무용은 원초적인 우주의 시공으로 날아간다"(230)고 생각한다. 이제 죽음을 앞두고 있는 정약전의 삶에서 "날아간다"는 동사의 반복은 의미심장하고 무엇인가 점층적인 강조를 겨냥하는 표현이 아닐 수 없다. 우선, "날아간다"는 동사는 정약전의 죽음을 예비한다. 나아가 그것은 "흑산도는 거대한 조개 껍데기이고 나 정약전은 그 속으로 들어온 한 마리 파랑새"(231~32)라고 할 때, 정약전과 파랑새를 동일시하기 위한 서술 전략이라고 풀이할 수 있다. "아, 창공을 날던 파랑새가 어느 날 문득 조개 속으로 들어가고 그 존재가 변해 파랑새가 되어 날아가는 그 황홀한 자유자재"(231)를 실현하는 주인공은 결국 조개 속의 파랑새가 아니라 조개 속의 파랑새 같은 흑산 속의 정약전이다. 이렇게 본다면 결국 정약전의 죽음은 지상에서의 몸의 구속마저도 떨쳐버리는 시적 자유를 얻는 것이 된다.

그는 하늘로 날아갔다. 얼핏 보면 황금색인데 깊이 들여다보면 검은 남색인 노을이 피어오른 허공이었다. 그 허공은 어지럽게 율동하는 궁형의 시공이었다. 거기에 길이 있었다. 먼 바다에서 달려와 대팻밥처럼 말리는 거대한 파도처럼 휘어진 태극의 길, 영원으로 가는 길이었다.(293)

"하늘로 날아갔다"거나 그 하늘의 허공에 "영원으로 가는 길"이 있다는 식의 진술을 우리는 어떻게 이해할 수 있는가. 한승원의 소설 세계에서 보자면 이런 초자연적인 논리의 세계가 낯선 것만은 아니다. 정약전의 최후에 대한 암시의 언어는 "아, 새! 고통이 없으면 세상도 없다. 고통을 비틀어 꼬면 빛이 된다. 그 빛은 깃털 찬란한 새가 되어 짙푸른 하늘 한복판으로 날아간다"(한승원, 2008: 30)라고 쓸 수 있는 작가의 소설 문법에서 탄생한 언어일 것이다. 작의의 측면에서 보자면 「작가의 말」에서 "스스로 한 시공 속에 잘 가두고 살면 영원을 살 수 있다는 확신을 나는 다산 정약용과 손암 정약전 형제를 통해서 얻었다"(4)는 믿음을 수미일관하게 최종적으로 실현하는 회심의 대목이라고 할 수도 있다. 그러나, 작가가 자신의 작중인물을 통해 자신의 바람을 투사시킬 수도 있고, 얼마든지 신비화할 수도 있겠지만 적어도 "그는 하늘로 날아갔다" 같은 문장은 삶의 현실, 혹은 존재의 현실로 받아들일 수 있는 리얼리즘의 문장은 아니다. 차라리 "나는 하늘로 날아가고 싶다" 정도라면 몰라도, 우리 근현대 소설사에서 이런 류의 3인칭의 세계는 찾아보기 힘든 것이다. 이런 판단은 단지 영원하지 않은 언어로 '영원'이 무엇인지를 해독할 수 없다는 불만으로 그칠 수도 있다. 하지만 한승원의 득의의 영역은 따로 있다는 점을 긍정할 필요도 있다. 한승원은 단지 우리가 하나의 자연적 현상으로서 접하는 자연사의 죽음을 보여주는 것이 아니라 세계의 가장 궁극적인 형이상학적 기반으로서의 죽음, 우주적 섭리의 일부로 동일시되는 죽음을 묘사하고자 하는 것이다. 죽음에 대한 이러한 한승원의 태도는 김훈의 그것과 정면으로 배치되는 것이다.

김훈은 정약전의 죽음에 대해 말하지 않는다. 소설의 결말은 역시 정약전에 대한 서사로 초점이 이동되는데, 정약전의 최후는 정약전의 죽음이 아니라 흑산에서 서당을 짓고 시작하는 새로운 삶이다. 정약전의 새 출발을 알리는 소설의 이 말미 바로 앞에 서소문 밖 사형장에서 천주교 신자들이 참수를 당하는 장면이 등장한다. 지금까지 그 누구도 보지 못했을 법한 끔직한 극형의 생생함 때문에 어떤 삶도 실감으로 다가오지 못하고 헛것처럼 느껴질 수 있는 자리에 정약전의 삶이 놓여져 있는 것이다. 작가가 이렇게 죽음을 극사실적으로 묘사하는 까닭은 무엇인가. 특히 강사녀 등의 여성들의 죽음은 어떤 죽음보다도 순수한 희생에 가깝다. 그들은 이를테면 박차돌처럼 배반하고 도당다니는 삶의 기술을 터득하지 못했다. 천주교 신자이기 때문에 죽어야 한다는 죽음의 논리가 허약하고 부당할수록 그들의 죽음은 개죽음 같은 수준의 객사로 자연화된 죽음이다. 그들은 삶을 모욕당한 것이 아니라 죽음마저 모욕당한 것이다. 삶의 모욕을 넘어 이러한 죽음의 모욕이야말로 돌이킬 수 없는 치명적 모욕이다(아감벤, 2012: 106).

그런데 이 모욕이 전경화돼 생생할수록 어떤 삶도 실감을 갖지 못하고 후경화된다. 흑산에서 정약전의 서당이 서는 곳은 이렇게 삶이 스러진 자리이다. 그러므로 정약전은 이 죽음의 기초 위에 삶을 세우는 것이다. 기실, 정약전의 흑산에서의 삶 전체가 처음부터 죽음에서 놓여난 자리에서 출발한 것이다. 죽음의 형장에서 벗어나 겨우 살아나 간 곳이 흑산도이기 때문이다. 이렇게 죽음을 벗어난 것처럼 보이지만 결코 죽음으로부터 자유롭지 못하고 죽음으로부터 완전히 벗어나지도 못한 자리에 정약전의 흑산에서의 삶이 있고, 그 삶은 벗어날 수 없는 바다에 포위되어 있는 것처럼 죽음에 에워싸여 있다. 따라서 정약전의 삶은 이미 죽음 속의 삶이다. 이렇게 죽음은 도저하게 텍스트의 무의식으로 내면화되어 있기 때문에 절해고도에서 죽어간 정약전의 삶마저도 죽음으로 마무리되는 참혹한 결말을 작가로서는 감당하기 힘들었을 것이다. 이렇게 정약전의 삶에서 정약전의 죽음은 어떤 서술 기표로도 발설되지 않는 방식으로 기피된다.

한계에 대한 사유의 차이

소설 텍스트에 나타난 서술 정보로 정약전의 생애사를 재구하고자 한다면, 한승원의 소설은 김훈의 그것보다 더 풍부한 전기적 정보를 제공한다. 정약용이 쓴 정약전 묘지명의 기록과 일치하는 사건들을 한승원의 텍스트는 비교적 충실하게 재현하고 있기 때문이다. 이에 비하면 김훈의 소설은 과감한 배제와 선택의 집중이 있다. 김훈은 처음부터 사실관계의 세부 재현에는 크게 의미부여를 하지 않은 것으로 보인다. 역사 속의 뛰어난 인물을 '위인'이라고 한다면 정약전은 정약용과 마찬가지로 특별히 위인 반열에 드는 사람도 아니고 한승원이 말하는 것처럼 '영원'을 산 사람도 아니다. 특히 생애사의 결정結晶인 죽음에 대한 해석에서 두 작가는 뚜렷한 개성을 드러낸다. 지금까지의 논의를 요약하는 대신에 결론 삼아 이 문제를 더 숙고해 보자.

"새가 조개 속으로 들어가고 그것이 다시 새로 변하여 창공을 날아다닌다는 것은 사람으로서는 알 수 없는 신의 조화"(231)라고 한 승원이 쓴다면 김훈은 그 "사람으로서는 알 수 없는 것"에 대해서는 단 한마디도 쓰지 않는다. '영원'이라는 말은 김훈의 텍스트에는 단 한 번도 등장하지 않는 추상어이다. 김훈이 '영원' 대신 선택한 것은 이를테면 '세대'를 통한 삶의 지속 가능성이라고 할 수 있다. 김훈의 소설은 서당이 세워지는 것으로 끝나는데, 서당 속의 인물들이 이 지속의 주인공이 될 터이다. 김훈에게 삶은 거기까지이다. 역사가, 인간의 역사가 지속되는 한 삶은 지속되지만 인간은 삶은 어디까지나 거기까지인 것이다. '세대'라는 영속 단위는 역사 안에서만 작동되는 시간 지평이고 동시에 한계 지평이다. 누구도 그 지평을 초월할 수 없다. 그 지평은 그러므로 '영원'이 아니다. 탈신비화가 생활세계에 광범위하게 일반화된 오늘날 '영원'이라는 말이 갖는 어감이 많이 격하되었기 때문에, 또 그것이 단지 시적이고 수사적인 느낌만을 주기 때문에 특정 어휘가 기피되는 것은 아니다. '영원'이라는 말은 인간 죽음에 대해 어떤 인간중심주의적 환상이나 형이상학적 비전이 없는 작가로서는 사실상 쓸 수 없는 불가지론의 언어인 것이다. 기실 김훈은 진보의 역사적 시간이 상정하는 목적론적 시간관이나, 역사의 시간을 인간의 시간으로 순치시키는 인간중심적 신비주의와는 거리가 먼 작가이다. 김훈의 이러한 입장은 『흑산』에서는 일말의 성상파괴(iconoclasm) 함의와 관련지어 적극적으로 해석할 때 비로소 분명하게 이해될 수 있다.

『흑산』은 섬 흑산뿐만 아니라 신유박해 당시 조선 땅에서 벌어진 천주교 박해를 광범위하게 취재하고 있지만, 특정 종교의 아우라 속에서 당대의 수난사를 복원하거나 단순히 박해사의 기억을 전승하자는 기획과는 거리가 멀다고 볼 수 있다. 이렇게 볼 수밖에 없는 증거가 텍스트 도처에 산포되어 있다. 가령, 선악의 이분법을 지우는 것이 이제는 관례화된 현대소설의 문법이지만 『흑산』에서 박차돌의 배교는 너무나 인간적으로 그려진다. 황사영의 뛰어난 점은 자득自得의 인간이라고 하는데, 창대昌大 역시 자득의 인간으로 소개된다. 김훈은 예수를 '야소耶蘇', 마리아를 '야소 모친'이라고 적는다. 철저히 당대의 언표 체계에 묶어두고 거리를 유지하는 방식으로 작가는 개입하지 않는 것이다. "야소는 경신년 생 원숭이띠라는 말과 신유년 생 닭띠라는 말과 정사년 뱀띠라는 말이 어긋나 있"(209)는 사람의 아들일 뿐이다. 천주교는 당시 '사학邪學', 혹은 '서학西學'이라고 불렸는데, 지식인 인물을 등장시킴에도 불구하고 이 '학學'이 갖는 세계관적 대안 가능성이 전혀 추구되지 않는다. 요컨대 『흑산』에서의 김훈의 역사 기획은 기독교사 혹은 천주교사, 선교사에서 '거룩한 희생'으로 성화된 순교의 역사를 민주화시키는 것으로 보인다. 그렇다면 이 역사는 기본적으로 대항기억(counter memory) 혹은 반反기억으로서의 탈신비화의 역사이다. 이 역사 속의 등장 인물들은 누구의 선택이 옳다고, 도덕적으로 우월하다고, 종교적으로 거룩하다고 말할 수 있는 것이 아니고, 다만 그렇게 저마다의 우여곡절과 불가피성을 운명으로 떠안고 쓰러져갔을 뿐이다. 지성사적 맥락에서 보자면 김훈의 역사에 대한 이런 태도는 적어도 애매모호한 초월로부터 사유를 해방시키고자 한다는 점에서 일찍이 푸코가 보여준 그것과 상당 부분 유사한 면이 있다고 나는 생각한다.

나의 목적은 그 어떤 목적론도 사전에 축소시킬 수 없는 불연속성 속에서 역사를 분석하려는 것이다. 어떤 미리 확립된 지평도 용납하지 않는 분산 속에서 역사의 지도를 그리는 것이다. 그 어떤 초월적 구성도 주체의 형태를 강요하지 않는 익명성 속에서 역사를 전개시키는 것이다. 그 어떤 새벽의 귀환도 약속하지 않는 시간성에다 역사를 개방하는 것이다. 나의 목적은 역사로부터 모든 초월적 나르시시즘을 제거해 버리는 것이다.*

이렇게 목적 없는 역사, 초월 없는 역사, 어떤 약속도 없는 역사, 다만 나투라 나투라타의 역사라는 텍스트에는 '영원'이란 초월적 기표가 들어설 자리가 없다. 김훈이 삶이 '영원하다'고 쓸 수 없는 까닭은 이 때문일 것이다. 그리고 이러한 비교 문제틀(Problematic)을 통해서 한승원과 김훈 소설 세계의 궁극이 비교적 선명하게 다음과 같은 물음으로 요약되는 것 같다. 삶은 영원한 것인가, 삶은 허무한 것인가. (2015)

*여기서는 다음의 영역본을 보고 옮긴다: "My aim was to analyse this history, in the discontinuity that no teleology would reduce in advance; to map it in a dispersion that no pre-established horizon would embrace; to allow it to be deployed in an anonymity on which no transcendental constitution would impose the form of the subject; to open it up to a temporality that would not promise the return of any dawn. My aim was to cleanse it of all transcendental narcissism"(Michel Foucauit, 1972: 203). 국내 번역본은 이 대목을 이렇게 번역했다: "문제는 이 역사를 어떤 목적론도 미리 환원시킬 수 없는 不連續性 속에서 분석하는 것, 어떤 필연적인 지평도 가둘 수 없을 分散 속에서 지표화하는 것, 어떤 초험적인 구성도 주체의 형식을 부과할 수 없을 匿名性 속에서 전개되도록 하는 것, 어떤 새벽으로의 회귀도 허락하지 않을 時間性으로 개현시키는 것이다. 즉 모든 초험적 자아도취로부터 그것을 떼어내는 것이다"(미셸 푸코, 1992: 279).

9장

비극소설의
문제

왜 비극소설인가

김훈이 지금까지 쓴 소설로는 『빗살무늬토기의 추억』, 『칼의 노래』, 「화장」, 『현의 노래』 등이 있다.* 이들 작품은 각각 관념소설, 역사소설, 연애소설, 역사소설로 분류될 수 있다는 게 일반적인 장르론적 시각이다. 물론 가능한 분류다. 그러나 이렇게만 본다면 작가는 많지 않은 작품들에서 비교적 다양한 장르 시도를 한 셈인데, 사실은 그 모든 것을 일이관지하는 장르 정신이 따로 존재한다고 볼 수도 있다. 그것을 다름 아닌 비극정신이라고 볼 수 있다면, 그리고 그 비극정신이 작품의 어떤 다른 특성보다도 지배적이라면, 마땅히 그의 소설들은 비극성이라고 하는 그 본질적 에토스에 근거해 장르적 정체성이 추구될 수도 있을 것이다. 이런 가능성의 편에 서서, 김훈의 소설들을 나는 기왕에 그 세계를 '절대적인 화해불가능성의 세계'로 요약한 바 있는 '비극소설'이라는 이름으로 호명하고자 한다. 여기서 '비극소설'이라 함은 다음과 같은 비극적 비전을 갖는 소설을 일컫는다.

첫째로, 불화의 절대성이나 궁극성이라는 표현은 역사적 미래에

---

* 이 글은 본래 2004년에 쓴 글이고 일부를 수정했다. 이하의 글에서 본문에서 작품 인용 시 작품명은 다음 한 글자로 요약하여 인용된 면수와 함께 괄호로 묶어 처리한다. 『빗살무늬토기의 추억』(문학동네, 1995)→빗; 『칼의 노래 1,2』(생각의나무, 2003년 재개정판)→칼1,2; 「화장」, 『제28회 이상문학상 작품집: 화장』(문학사상사, 2004)→화; 『현의 노래』(생각의나무, 2004)→현.

궁극적인 낙관주의가 예약되어 있는 변증법의 비전이나, 궁극적인 초월이 전제되어 있는 형이상학의 비전이 비극적 비전에서 제외됨을 의미한다. 비극적 비전은 반反변증법적이고 반反형이상학적이다.

일반적으로 사회·역사적 갈등이란 사회·역사적 원인에 근거하기 때문에 그 원인에 대한 상대적인 조정으로 해결(혹은 타협) 가능한 것이다. 그러나 비극소설에서는 사회·역사적 원인에서 비롯되는 갈등이라고 할지라도 해결 불가능한 불화의 근원적 비극성에 주목하기 때문에 그 갈등이 지양될 수 있는 변증법적 계기가 마련되지 않는다. 문제는 상대적인 조정으로 진정되지 않는 또 다른 절대 지평이 존재한다는 사실이다. 또, 비극적 비전은 이렇게 인간중심주의(anthropocentrism)적 지평 안에서 해결이 주어지지 않는다고 해서 초월적인 종교적 비전으로 비약하지도 않는다. 그 모든 것에도 불구하고 문제의 핵심은 항상 이 세계 안에 있다는 것은 비극적 비전의 기본 전제이다. 이 세계라는 텍스트 밖에는 아무것도 없다. 따라서 이 비극의 세계에는 역사의 신도, 우주의 신도 존재하지 않는다. 설령 존재한다고 하더라도 침묵하거나 숨어 있기 때문에 중재에 나서지 못한다.(졸저, 2002: 274~75)

삶과 죽음, 선과 악, 의미와 무의미 등의 날카로운 이항 대립을 주축으로 한 김훈의 상상력은 한국소설사에서 극단적 상상력의 계열 작품들과 상호텍스트적 관계를 가지고 있고, 좀 더 좁혀 말하면 비극적 세계 인식의 상상력 계열 작품들과 근친성을 갖는다. 비극은 단지 비참의 사실에 있는 것이 아니라, 패배의 세계 부정을 다시 부정하려는 비극정신에 의해 성립한다. 여기에서 주인공과 세계간의 구성적 대립의 긴장이 생성되기 마련이다. 그러므로 비극은 패배의 문학이 아니라 불화의 문학이고 불복의 문학인 것이다. 김훈은 이 불화와 불복을 지금 우리 소설계에서 가장 극적으로, 또 가장 힘 있게 보여주고 있는 작가 중의 한 명임에 틀림없다. 이 글은 김훈의 소설을 비극소설이라고 하는 일관된 장르 비평적 시각에서 그 가능성과 한계를 검토한다. 그런데 이 작업이 진행되기 위해서는 먼저 짚고 넘어가야 할 전제가 있다. 그것은 허무주의의 유령에 관한 문제이다.

거의 모든 인문학 담론에서 '허무주의'란 일종의 의미의 블랙홀이다. '허무주의'라는 언사가 등장하면 모든 논의는 더 이상 진전을 기대할 것 없이 종료된다. 허무주의가 최종심급으로서 어떤 권력을 행사하기 때문이 아니다. 허무주의는 일고의 가치 없이 그 자체 불모의 표상체계로 자동화되어 있기 때문이다. 작가들에게도 허무주의자라는 지적은 거의 막말이거나, 막말 다음에 나오는 욕설 같은 것에 다름 아니다. 그렇다면 이렇게 '나쁜' 허무주의란 대체 무엇인가. 김훈은 누구보다도 허무주의자라는 지적을 많이 받아온 작가이다.

사실 인간의 운명과 세계의 악을 단순히 수긍하고 삶에 절망한다는 의미에서의 허무주의란 그 자체의 표현만으로 존립 가능할 수 있는지도 의문이다. 문학의 언어 행위는 그 자체로서 이미 극단적인 허무주의의 부정을 부정하는 것이 아닐 수 없다. 우리는 순수한 허무를 추상적으로는 명료하게 관념할 수는 있을지 몰라도, 그것이 구체화된 순수 허무의 문학을 만나기는 어렵다. 루카치가 생각한 것처럼, 예술은 삶과의 관계에서 언제나 '그럼에도 불구하고'의 태도를 취하지 않을 수도 있다. 그러나 아무것도 아닌 불모의 체험에 활성의 자장을 형성해 관계의 자력을 일궈내는 의식의 능동성은 문학 행위 자체에 내재된 문학의 기능이기도 하다. 허무주의자로 악명 높은 니체에게도 그가 '피로의 허무주의'라고 부르는 '수동적 허무주의'에 대한 구별로서 '능동적 허무주의'가 있다. 이 '능동적 허무주의'는 감상주의, 퇴폐주의, 운명론 등으로 쉽게 전락할 수 있는 허약의 징후가 결코 아니다. 오히려 그 반대로 진정한 세계 긍정의 출발점이다. 요컨대 '순수한' 허무의 문학이란 형용 모순인 것이며, 아무리 허무의 유혹에 저항하지 못하는 문학이라고 하더라도 이미 일정하게 그 문학의 언어가 세계를 전유하고 있는 만큼은 이 세계를 적어도 긍정하면서 허무를 위반하고 있는 것이다.

허무주의의 혐의를 받고 있는 김훈의 소설들 또한 마찬가지다. 그 것이 많은 사람들이 지적하는 것처럼 허무주의 문학이라고 하더라도, 그것은 많은 사람들이 생각하는 것처럼 전면적인 부정으로 일관하는 것이 아니라, 실은 어떤 식으로든 그 무엇을 긍정하지 않고는 문학으로 존립할 수 없는 그 지점의 긍정으로부터 출발하고 있는 것이다. 그렇다면 그 무엇은 무엇인가. 그것은 허무주의 그 자체가 아니라 몸, 역사, 그리고 풍경이라고 하는 세 겹의 의미 층위를 가지고 있는 허무주의의 언어인 것으로 보인다. 이 의미 층위가 적분되어 가는 과정에서 허무의 세계 부정을 다시 부정하고자 하는 비극 의지의 언어가 포개진다. 그러므로 김훈 허무주의는 그의 문학의 최종 종착점이 아니라 출발점인 것이다. 몸, 역사, 그리고 풍경은 작가가 이 삶과 세계에 절망하지만 그 절망으로도 부정되지 않는 작가의 항산恒産이다. 그것은 허무의식으로 환원되어 있지만, 더 이상 부인될 도리 없이 살아 있음을 가장 뚜렷하게 실감시켜 주는 이 허무한 세계 내에서의 삶의 물증이다. 허무의식에서 비롯되었으되, 허무에 항복하지 않는 이 물증들의 세계를 그의 인물들은 편력한다.

몸

김훈 허무주의의 첫 번째 항산으로 지적할 수 있는 것은 '몸'이다. 김훈 소설 인물들의 삶은 다름 아닌 오직 이 몸을 통해 실감될 뿐이고, 그들의 세계는 오직 이 몸을 통해 질감과 부피, 그리고 중량을 가질 뿐이다. 여기서 굳이 '몸'이란 표현을 사용하는 것은 인간 존재의 가장 헐벗은 벌거숭이 상태를 드러내기 위해서이다. 김훈의 소설에서는 문명사의 진전에도 불구하고 어떤 문명화된 의식이나 문화적 의장도 벌거숭이 몸의 운명을 보호해 주지는 못한다. 몸의 운명은 몸의 생물학적 조건 이상을 벗어나지 못하는 데 있다. 몸의 생물학적 조건이란 무엇인가. 먹고, 배설하고, 그리고 죽는다는 자명한 사실이 그것이다. 몸의 실상을 보면 「화장」에서 오상무는 오줌을 강제로 배출시켜 주어야만 하는 심한 전립선염을 앓고 있는데, 그의 삶의 무게는 바로 그의 방광의 무게이기도 한 것이다. 오상무의 죽어가는 아내는 실신하면 항문 괄약근이 열려서 똥이 오랫동안 비실비실 흘러나왔다. 가야의 가실왕 역시 죽어가면서 항문을 조일 힘을 잃어 똥오줌을 가리지 못했다. 가실왕에 비할 수 없을 정도로 작가의 집중적인 관심과 애정을 받고 있는 우륵 역시 이 점은 마찬가지였다. 우륵도 숨이 멎자 오줌이 흘러 두 다리를 적신다. 그러나 이렇게 똥과 오줌의 존재가 인간 존재의 실상이기는 하지만, 이것이 인간학의 전부일 수는 없는 것이다. 김훈 소설의 인간학도 물론 여기에 동의한다. '몸'의 관점에서 보았을 때, 굳이 동물들의 그것과 다를 바 없는 인간 조건의 비루함과 가난함에 대한 처절한 인식은 끝없는 인간 연민을 추동한다.

『빗살무늬토기의 추억』에는 아주 인상적인 식사 장면이 등장한다. 작중 화자인 소방대 소장은 간밤의 화재 진압 사건이 있은 다음 날 아침 퇴근한다. 아침 밥상 앞에 당도하기 전에 그는 그날 이빨이 빠진 막내 녀석의 입 안에서 "어린 새의 혓바닥 같은 흰 싹"(빗, 27면)을 목도한다. 밥상의 차림 자체가 진수성찬인 것은 아니었다. 그러나 그의 아내는 전자보온밥통 대신 가스레인지에 "가스밥"을 했는데, 이 '밥'에 대한 감동은 "흰쌀밥 속에 연둣빛 완두콩이 박혀 있었다. 콩이 익으면서 연둣빛이 쌀로 배어나와 밥에서는 창백한 푸른 기가 돌았다. 가스밥은 찰지고 포근했다. 밥그릇 속에서 완두콩 주변의 밥알이 콩의 푸른빛에 물들어 달무리 같은 환이 비쳤다"(빗, 30면)고 적은 문장에 고스란히 담겨 있다(그렇다. 이 완두콩밥은 『현의 노래』에서 비화가 우륵과 니문의 대숲으로 가져갔던 그것이기도 하다). '밥'뿐만이 아니다. 연민에 복받치는 정서적 감응력은 식사 장면 또한 극사실적으로 포착하고 있는데, 이러한 묘사는 마치 시한부인 생을 선고받은 자에게서나 볼 수 있는 일상의 재발견이라고 할 만한

것이다. 소방대원에게 죽음은 제3자의 거리에서 바라보는 구경거리
가 아니고 내면화돼 있는 비근한 일상이다. 불 냄새가 옷과 몸에 스
며들어 있듯이, 죽음은 내면에 삼투하는 압도적 현실이다. 그러나 이
것이 전부는 아니다. 여기에 그치지 않고 죽음의 운명을 대결의 운
명으로 내면화하는 내면의 힘이라는 것이 있을 수 있기 때문이다.
이 힘을 행동으로 보여주는 것이 소방수라는 직업의 상징적 의미이
기도 하다. 바로 이 내면의 힘이 없다면, 남루할 수도 있는 먹고 사
는 뻔한 일상이 낯선 신생의 감각으로 복받쳐 올 수도 없을 터이다.
그런데 이 감각은 수많은 적들과, 수많은 절망들과 버거운 싸움을
벌이고 있는『칼의 노래』의 이순신의 것이기도 하다. 이순신은 좁쌀
의 알들이 잇새에서 뭉개지면서 향기가 입 안으로 퍼지자 "조의 향
기는 안쓰러웠다"(칼2, 38면)고 느낀다. 이 연민의 페이소스는 『빗살
무늬토기의 추억』에서의 새벽에 듣는 아이들의 오줌줄기 소리, 『현
의 노래』의 '오줌' 장에서 역시 극사실적으로 묘사된 궁중시녀 아라
의 오줌줄기 소리에 이어 '닮음'이라고 하는 생물학적 씨내림의 조건
에 대한 성찰에서 그 절정에 달한다. 어깨의 뒷모습까지도 닮을 수
있다는 생물학적 사실에서 빼도 박도 못할 답답함과 안쓰러움을 느
끼는 소방대 소장(『빗살무늬토기의 추억』), 자신을 닮은 아들 면을 보고
닮음의 운명에 대한 슬픔을 느끼는 이순신(『칼의 노래』), 죽은 아내와
딸의 닮음에서 헤어나기 어려운 난감함을 느끼는 오상무(「화장」) 모
두 자신들이 낳은 자식들의 몸피보다 더 큰 안쓰러움을 갖고 말았
다. 그들은 아비로서 그 자별한 안쓰러움 때문에 몸 둘 바 몰라 한
다. 대체 닮는다는 것은 무엇인가. 그것은 어떻게 설명될 수 있을까.

다윈에 의하면 모든 생물들 상호간의 복잡한 관계가 그들의 구조와 체질과 습성에 변화를 주어 유리한 변이가 일어나고, 그 변이를 일으킨 개체들은 경쟁에서 생존해 보존될 수 있는 최상의 기회를 잡은 것이며, 강력한 유전의 법칙에 따라 그들은 자신과 닮은 후손을 낳으려는 경향이 있다. 이 같은 보존의 원리를 다윈은 '자연 선택'이라고 부른다. 닮음은 수많은 생명이 생멸하는 생명의 바다에서 절멸과 형질의 분기를 일으키는 자연 선택의 복잡한 작용과 유전으로 설명될 수 있는 것이다. 그러니까 따지고 보면 누구를 닮고 있는 사람은 단지 개별적 개체가 아니라 후손종이라고 할 만한 생물학적 실체이기도 한 것이다. 따라서 닮음에 대해 화자가 갖는 정동의 태도는 생명의 과거와 현재를 인연의 깊이로 바라보는 감수성과 관련되어 있으며, 결국 자신의 아류亞流에 대한 연민이라고 할 수 있다.

이러한 인간의 생물학적 조건에 대한 연민은 "몸 전체가 설명되지 않는 결핍"(화, 29면)인 지경에 이르러서는 결국 도취에 양보된다. 굴지의 화장품회사 중역인 오상무는 죽어가는 아내 대신에 신입사원 추은주에게 매력을 느낀다. 작중 서술자인 오상무에게서 추은주 이야기가 나오면 아예 담론의 연행 방식 자체가 바뀔 정도이다. 작가 특유의 수사를 폭발시키고야 마는 추은주는 오상무에게 "아, 살아 있는 것은 저렇게 확실하고 가득 찬 것이로구나"(화, 26면) 하는 조바심을 치게 하고, 그 조바심을 이런 도취의 열광 속으로 미끄러지게 한다 : "그때, 당신의 몸을 생각했습니다. 당신의 몸속의 깊은 오지까지도 저의 눈에 보이는 듯했습니다. 여자인 당신, 당신의 깊은 몸속의 나라, 그 나라의 새벽 무렵에 당신의 체액에 젖는 노을빛 살들,

그 살들이 빚어내는 풋것의 시간들을 저는 생각했고, 그 나라의 경계 안으로 제 생각의 끄트머리를 들이밀 수 없었습니다. (…) 사위는 잔광 한줌씩을 거두어가면서 구슬 속으로 저무는 일몰은 위태로웠습니다. 그때, 저는 저의 생애가 하얗게 지워지는 것을 느꼈습니다"(화, 27면). 이 몸에 대한 도취가 이상 감각을 발달시키는데 여기서 특히 후각은 주목할 만한 감각이다. 『현의 노래』에서 비화는 온갖 냄새를 간직한 냄새의 보물 창고 같은 몸을 가진 여성으로 대상화되어 있다. 이때의 냄새는 물론 육체의 육체성의 일부이다. 여기서 냄새의 풍요는 물론 육체의 풍요인 것이고, 냄새는 육체에 대한 주체의 매혹과 탐닉을 폭로한다. 그러나 일렁거리는 현기증에 몸을 맡기는 식의 도취는 시종 일관되게 절제되고 있는 안이한 환상이다. "제가 당신을 당신이라고 부를 때, 당신은 당신의 이름 속으로 사라지고 저의 부름이 당신의 이름에 닿지 못해서 당신은 마침내 3인칭이었고, 저는 부름과 이름 사이의 아득한 거리를 건너갈 수 없"(화, 26면)다는 관계 불가능성, 혹은 사랑의 불가능성이라고 하는 주제가 도취의 미끄러짐을 견인하고 있다. 오상무의 몸은 곤죽이 되어 세상을 헤쳐나갈 뿐이다. 끝내 '사랑한다'는 말을 오상무는 하지 않는다. 못 했다기보다는 안 했다고 보는 편이 옳을 것이다. 작가는 그의 인물들을 '자연사'시키면서 어느 누구에게도 단 한 마디의 애도의 헌사를 바친 바 없다. 그 내면이 혹사당하는 고독 속에서도 누구도 '외롭다'는 단 한 마디의 자백을 한 바 없다. 그들은 시시포스가 그의 바위를 인내하듯, 그들의 구제 불능의 슬픔을 의연하게 인내할 뿐이다. 말해야 할 대목에서 말하지 않고 울어야 할 대목에서 울지 않는 그들의 비정적 초월은 손쉬운 카타르시스를 거부하며 안이한 감동을 억압한다. 이 억압이 강할수록 '수동적 허무주의'에 함몰되지 않는 비극의 반발 탄력은 물론 더 강해진다.

역사

이 세계 바깥에는 아무것도 없다는 것을 경험론적으로 절감하는 허무주의자에게 역사는 그의 빠뜨릴 수 없는 항산이다. 이때의 역사는 초월적인 형이상학적 비전에로의 비약에 대한 억지력을 행사하며 실존의 주소를 직접적으로 감각된 이 세계의 타락한 시간 지평에 정위시킨다. 많지 않은 작품 생산 이력에도 불구하고 김훈 소설에서 역사는 빈번하게 등장하는 핵심 서사의 위용을 갖추고 있는 것으로 보이는데 여기에는 그만한 까닭이 있는 것이다. 역사의 실존 인물에서 취재한 『칼의 노래』나 『현의 노래』는 말할 것도 없고 『빗살무늬토기의 추억』은 우리 소설사에서 유례를 찾아보기 힘든 신석기 시대의 역사 풍경으로까지 소급해 간다. 역사 담론과 전혀 무관한 듯 보이는 「화장」에서도 작중 서술자는 신입사원 인사서류에서 '추은주秋殷周'라는 이름을 보는 순간에 잃어버린 고대 국가를 연상해 내는 예민한 감지력을 발휘한다. 그러나 이렇게 일관된 역사에 대한 관심에도 불구하고 이 집요한 역사가 과연 우리의 내일의 좌표를 설정하는 데 전사前史가 되는 그런 집단적 기억인지는 의문일 수 있다.

소설이 반드시 그래야 할 까닭은 없는 것이겠지만, 있어야 할 역사에 대해 방향타로 작동하는 역사의식을 기대하는 '역사소설'의 독자들에게 이 점은 가장 큰 불만일 수 있다. 흔히 비판적 리얼리즘의 역사소설 문법에서는 부정적 현실을 부정함으로써 미래지향적 전망을 얻는다. 이때의 부정적 전망이란 대체로 발전사관에 의해 지지되는 중도적 전망인 것이 보통이다. 그러나 김훈의 비극소설들에서는 중도적 전망을 추동할 중도적 인물 자체가 주요 인물로 설정되지 않는 점을 주목해야 할 것 같다.

『빗살무늬토기의 추억』의 장철민은 홀로 시대의 결을 거슬러 사는 정도가 아니라 문명화된 의식 자체를 거부하는, 따라서 오늘의 삶이 불가능한 일종의 신석기인이다. 노동을 노임으로 전화시키지 못한 장철민은 누구나 얼마쯤은 적당히 감당하면서 사는 소외를 자본주의 문명 사회의 삶으로 양식화하지 못했다. 물론 『칼의 노래』의 이순신이나 『현의 노래』의 우륵 또한 결코 중도적 인물이 아니다. 임금의 칼에 김덕령처럼 죽을 수도 없고, 곽재우처럼 은거하면서 살 수도 없는 이순신이 다만 '적의 적'으로 살면서 "적의 적으로서 죽는 내 죽음의 자리에서 내 무와 충이 소멸해 주기를"(칼1, 74면) 바랄 때, 이순신은 이미 중세의 보편적 가치로부터 이탈된 자이다. 여기서 이순신은 어떤 무장을 닮은 것이 아니라, 자아와 세계의 서로 용납할 수 없는 관계를 '신세모순身世矛盾'이라고 하며 체제 바깥의 지식인, 즉 방외인에 머물렀던 김시습金時習 같은 이의 풍모를 닮았다. 『현의 노래』의 우륵 또한 내심 '소리가 어찌 충忠을 감당할 수 있겠소'(현, 95면)라고 말하고 싶은 위인이다. 이들의 시대에 '충'은 의심할 나위 없는 가치지향의 내면원리이자 외재적 규범이었다. 이 규범의 관념적 동일성은 모든 균열을 봉합한다.

그러나 규범적 관습에 포섭되지 않는 자아의식을 내면성이라고 한다면, 이순신과 우륵의 내면성은 결코 이런 관념적 동일성에 순치되지 않는 불화의 차이요 균열인 것이다. 이 불화의 정신이 작가의 지지를 받고 있는 만큼 그들은 역사의 영웅이 아니라, 단지 역사를 배경으로 그들의 부조리한 세계와 대결하는 인간 실존 부조리의 영웅인 것이다. 따라서 그들은 그들의 시대적 제약에 철저히 구속됨에도 불구하고 때로는 그 제약으로부터 벗어나 독보하는 듯한 느낌을 주는데, 그들의 이러한 내면성의 독보적임, 돌올성은 한편으로는 그 자체로 그들의 비역사성의 반증이기도 하다. 희망을 주지 못하는 역사란 세상 부조리성의 증좌만을 주렁주렁 달고 있는 단지 답답한 세팅의 한계일 수 있다. 이때 후경화되는 역사는 활력이 거세된 풍경으로 전락한다. 작가의 역사에 대한 인식 태도가 직접적으로 표명된 다음 에세이를 보자.

사쿠라꽃 피면 여자생각 난다. (…) 그것들은 태어나자마자 절정을 이루고, 절정에서 죽고, 절정에서 떨어져 내리는 것이어서 그것들의 시간은 삶이나 혹은 죽음 또는 추락 따위의 진부한 언어로 규정할 수 없는 어떤 새로운, 절대의 시간이었다. 꽃잎 쏟아져내리는 벚나무 아래서 문명사는 엄숙할 리 없었다. 문명사는 개똥이었으며, 한바탕의 지루하고 시시껍적한 농담이었으며, 하찮은 실수였다. 잘못 씌어진 연필 글자 한 자를 지우개로 뭉개듯, 저 지루한 농담의 기록 전체를 한 번에, 힘 안 들이고 쓱 지워버리고 싶은 내 갈급한 욕망을, 천지간에 멸렬하는 꽃잎들이 대신 이행해 주고 있었다. 흩어져 멸렬하는 꽃잎과 더불어 문명이 농담처럼 지워버린 새 황무지 위에 관능은 불멸의 추억으로 빛나고 있었다.(김훈, 1994: 11~12)

문명사와 함께 '꽃', '여자'가 등장하는 이 대목은 차라리 다음과 같은 카뮈의 시적 산문과 비교해 읽어볼 필요가 있다. 김훈이 여기에 적은 '관능'은 카뮈의 저 '위대한 무분별의 사랑'과 크게 다르지 않을 것이다.

봄철에 티파사에는 신神들이 내려와 산다. 태양 속에서, 압생트의 향기 속에서, 은빛으로 철갑을 두른 바다며, 애생의 푸른 하늘, 꽃으로 뒤덮인 폐허, 돌더미 속에 굵은 거품을 일으키며 끓는 빛 속에서 신들은 말한다. 어떤 시간에는 들판이 햇빛 때문에 캄캄해진다. (…) 압생트의 정수精髓가 열기 속에서 발효하고 땅에서부터 태양까지 하늘도 취하여 휘청거리게 할 알코올이 이 세상 온누리에 걸쳐 피어오른다. 우리는 사랑과 욕정을 만나기 위하여 한 걸음 한 걸음 나아간다. 우리는 교훈을 찾는 것도 아니요, 위대해지는 데 필요하다는 그 어떤 쓰디쓴 철학을 구하는 것도 아니다. 태양과 입맞춤과 야성의 향기 외에는 모든 것이 헛된 것으로 여겨진다. (…) 여기에 오면 나는 질서나 절도 따위는 다른 사람들에게 양보해 버린다. 나를 온통 휩싸는 것은 자연과 바다의 저 위대한 무분별의 사랑이다. 폐허와 봄의 결혼 속에서 폐허는 다시금 돌들이 되어, 인간의 손길로 닦여진

저 반드러운 손때를 이제는 다 버리고 자연 속으로 되돌아와 있다. 탕녀蕩女인 딸들의 귀향을 위하여 대자연은 꽃들을 아낌없이 피워 놓았다.(알베르 카뮈, 1998: 13~15)

이렇게 카뮈의 「티파사에서의 결혼」의 어떤 대목이 떠오르는 김훈의 「여자의 풍경, 시간의 풍경」에 드러난 역사인식 태도를 단적으로 지적하자면 '시적'이라는 것이다. 문명사를 꽃이나 여자와 함께 말한다는 점에서, 또 "나는 시방 위험한 짐승이다"로 시작하는 김춘수의 「꽃을 위한 서시」를 연상시킨다는 점에서 그렇다는 것이 아니다. 정확히 말하자면 한 순간을 절대의 순간으로 고양시키기 때문에 다른 순간들의 참여가 자동적으로 중지된다는 점에서 이 인식 태도는 (서정)시적이다. 시적인 역사 인식은 시간의 계기적 축적에 의한 연속성에 집착하는 대신에 불연속적 단속斷續의 에포크를 특정의 절대 시간에 점화시키고자 한다. 이런 지향은 여기 인용한 에세이에 국한되지 않는다. 작가가 이순신과 우륵의 역사에서 결국 길어올리고자 한 것은 칼의 '노래'였으며, 현의 '노래'였다는 점을 상기하자. 흔히 비역사적이라고 단순 등치되는 이런 시적 지향은 극적이고 극단적이기 때문에 더할 나위 없이 도저하고 발본적인 의심을 동반하게 되어 있다.

인류 문명사의 발전은 생산양식의 발전과 나란히 가는 것일진대, 생산양식의 변화 혹은 발전은 결국 생산관계와 생산력, 즉 기술력의 발전을 의미할 수밖에 없다. 그러나 본질적이고 발본적인 작가의 역사 상상력에 의하면 인간은 문명사의 발전에 거의 자신의 운명을 보호받지 못하고 '겨우' 존재할 뿐이다. 『빗살무늬토기의 추억』은 "겨울바람과 불길 앞에서, 우리는 홍적세 이후로 진화가 차단된, 그래서 수억 년의 역사로부터 아무런 기술이나 방편을 전수받지 못한 한 마리의 고립된 오랑우탄처럼, 얼어붙은 방열복 소매로 손을 내밀어 소방호스 끝에 달린 관창을 움켜쥐고 밤새도록 어기죽거렸을 뿐, 삶의 수억 년을 버리고 홍적세로부터 다시 시작하지 않을 수 없었다"(빗, 12면)고 적고 있다. 이렇게 역사를 극단적으로, 발본적으로 파악하는 태도는 끝내는 절대적인 역사 부정, 역사 허무주의를 피할 수 없다. 역사적 진실의 과정적 추구에 참여하는 대신에 자부할 만한 결론적 결정結晶을 요구한다면 더욱 그렇다. 이 요구 앞에 문명사는 무력하기 짝이 없는 것이고 속수무책인 것이다. 『현의 노래』에서 우륵의 처 비화의 몸에서는 자두, 단감, 오이, 잎파랑이, 풀, 해초 등등의 냄새가 난다. 벚꽃 앞에서 그랬던 것처럼, 겨울바람 앞에서도 그랬던 것처럼, 온갖 냄새를 발산하며 파도와 같은 잠을 자는 비화 앞에서 문명사는 지워버리고 싶은 "개똥"이거나 "하찮은 실수" 정도인 것이다.

역사의 진보에 대한 회의적인 관점을 지지하는 축에는 그 지지의 이유로 발전하는 악에 반해 선은 결코 발전하지 않는다는(적어도 악이 발전하는 만큼) 입장을 옹호하는 경향이 있다. 작가는 세계가 필연적으로 악을 내포하고 있고, 세상의 모든 욕망의 충돌 역시 약육강식의 원칙에 의해 정리되어 간다고 본다. 『칼의 노래』나 『현의 노래』에서 세상은 오직 전쟁이라고 하는 역사의 극악에 의해 평정되어 나갈 뿐이다. 물론 이런 인식의 배면에는 천사증이라고 부를 만한 도저한 근본주의의 위험이 도사리고 있음을 간과할 수 없다. 악을 발본색원하고 천사가 되고자 하는 강박이 오히려 짐승을 낳는다는 우려는, 소극적인 윤리학을 옹호하고자 하는 수사만은 아닐 것이다. 인간은 선과 악 사이에서 어느 한 쪽으로 환원불가능하게 분열된 다의적인 존재이며, 이 분열된 양가성, 착종성이야말로 인간의 본질인지 모른다. 역사도 마찬가지일 터이다. 발터 벤야민의 말대로 야만성의 역사 없는 문명의 역사는 없다. 이런 의미에서 김훈의 소설은 리얼리즘에 도달하지 못했을 수도 있다. 그러나 다른 한편으로 김훈의 소설은 바로 이런 이유 때문에 그 흔한 리얼리즘 대신에 비극소설의 가능성을 향해 열려 있는 것 또한 사실이다. 역사의 절대 부정에 의해 절대를 요구하는 정신의 모험을 보여주는 김훈의 비극 정신은, 우리가 막연히 역사라고 믿는 시간의 때를 발가벗긴다. 이렇게 발가벗겼을 때만이 우리는 "삶은 곧 기갈"(이상문학상 수상 소감, 화, 340면)이 아니라는 착각에서 벗어나며, 비로소 헛배를 가라앉히고 비본질적인 것들의 성가신 슬픔과 헤어진다.

풍경

『문학기행』, 『자전거 여행』의 저자이기도 한 작가 김훈은 『풍경과 상처』에서 "모든 풍경은 상처의 풍경일 뿐이다"(5면)라고 적은 바 있다. 그때 그는 이미 '모든 풍경은 역사의 풍경일 뿐이다'쯤으로 생각할 초로의 나이였다. 상처'의' 풍경이라고 할 때, 이때의 '의'는 소유격인가, 동격인가. 단지 소유격이라고 한다면 이처럼 욕심사나운 동 일성의 상처는 세상 어디에도 아마 없을 것이다. 조선 천하를 염染 하고자 했던 이순신의 칼처럼, 그의 동일성의 상처는 천하의 풍경을 그의 상처로 물들이고자 할지도 모른다. 그러나 '의'의 자의식 강함 을 너무 지나치게 염두에 두지 않고 생각할 수 있다면, '의'의 욕망은 일단 풍경과의 관계맺기에 대한 욕망, 즉 관계지향성에 다름 아니다. 상처로써 풍경을 풍미하려고 하는 것이 아니라면 풍경에 대한 관계 의 욕망은 오직 그의 상처를 풍경에 바칠 수 있을 뿐이다. 따라서 그 의 풍경이란 결국 삶의 의미의 외재성에 대한 승인을 의미할 수밖 에 없다. 이때의 풍경이란 그러므로 단지 작가의 서정 취향이나 자연 취향을 반영하는 개념이 아니다. 그것은 세계의 실재성을 대상 세계 의 실재성 이상으로는 긍정하지 않는 주체의 세계 전유 표정이다. 따 라서 김훈의 풍경에는 이 대상 세계의 실재성 이외의 어떤 초월이나 형이상학에 대한 환상도 갖고 있지 않는 자의 궁핍한 실존의 표정이 주름잡혀 있다. 풍경은 이 궁핍한 물질적 현존에 펼쳐진 소여태의 즉물성을 현상한다.

그러므로 김훈의 소설에서 풍경에 대한 묘사에 이러한 소여태 이 상의 항산을 갖고 있지 않은 자의 슬픔, 바로 그것의 자기고백이 투 영되는 것은 자연스러운 귀결이다. 『현의 노래』에서의 압도적인 풍경 은 무엇보다도 쇠의 풍경이지만, 이 작품에는 이러한 슬픔의 자기고 백이 돋보이는 대목도 있다. 비가 그친 아침 강을 우륵이 니문과 함 께 건너는 대목에서 강과 바람과 햇빛과 물결과 그것들의 소리가 점입가경으로 묘사되는데, 우륵은 여기서 "니문아, 강이란 참 좋구나"(현, 46면)라고 말한다. 이 수상한 '스승의 어법'에 대한 자세한 의미부여가 제자 니문에게 맡겨진다. 니문에 의하면 "스승의 목소리는 봄과 여름, 새벽과 저녁, 흘러가는 시간들과 살아 있는 것들로 더불어 살아 있으되 더 이상 그것들을 어찌해 볼 수 없는 체념이나 단절의 신음처럼"(현, 46면) 들리는 것이다. 결국 니문은 '여름이란 참 좋구나, 새벽이란 참 좋구나' 하는 스승의 중얼거림에서 "설명하기 어려운 슬픔"(현, 46면)을 느끼고 마는데, 김훈의 상처의 풍경이란 다름 아닌 운명의 풍경이고 나아가 이러한 슬픔 앞에 막막한 한계의 풍경인 것이다.

그러나 이러한 슬픔의 풍경은 '좋구나'의 '좋음'을 좇아 그 '좋음'을 끝간 데까지 향락하는 에피큐리언적 세계로 나아가지도 않고, 그 슬픔의 풍경을 슬픔의 서정으로 신비화하여 신비주의로 비약하지도 않는다. 김훈 소설에서의 풍경이란 우륵과 니문의 이러한 여름 풍경이 있다면, 다른 한편으로는 『빗살무늬토기의 추억』의 저 겨울 풍경이 있을 뿐이다. 도심으로 진주한 겨울 바람이 '유격전'을 펼치는 '유격대'로 묘사되고 있는 김훈의 데뷔작 『빗살무늬토기의 추억』에서 겨울 바람은 그 기화의 상승작용을 부채질하는 불과 더불어 인간화된 풍경의 어떤 아우라도 갖지 않은 냉정한 즉물성과 불모의 물질성으로 현상한다. 차라리 풍경의 물질성은 원소 자체의 통제불가능성으로 환원되어 있다고 보는 게 옳을 것이다. 이 원소의 위력에 짓눌려 있는 인간 삶은 그 모든 것에도 불구하고 언제라도 바람과 불의 협공에 스러질 수 있는 그야말로 풍전등화의 운명을 벗어나지 못한다. 이 운명의 인간이란 실존의 전사로서의 소방대원의 분투에도 불구하고, 언제라도 제 자신이 알지 못하는 원소로 환원될 수 있는 존재이다. 『빗살무늬토기의 추억』에 설정된 이 환원의 겨울 풍경은 아주 본질적인 것이다. 이 본질성, 혹은 환원의 허무성은 태초의 사물이 비롯되는 신화적인 시원의 공간을 찾아 잦아들지도 않고, 오늘날 문명에 대한 비판적 사유로서 생태학적 지평을 기웃거리는 것도 아니다. 극복할 수 없는 커다란 난관 앞에 짓눌려 있는 압도적 풍경의 본질성은, 풍경이 아무리 풍경을 달리해 제 자신으로부터 멀리 달아나려고 해도, 그 모든 노력을 도로徒勞에 그치게 한다. 『빗살무늬토기의 추억』의 겨울 풍경이 아직 어디로 가지 않고 여전히 극복(할수는 없지만)의 대상으로 남아 있다면, 풍경의 신비와 서정에 탐닉하는 것은 한낱 낭만주의적 몽상일 것이다.

'가을빛'이라는 제목을 달고 있는 『현의 노래』 마지막 장을 보자. 숲속에는 가을빛이 흔들리고 나뭇잎이 바스락거리는 가을날 니문은 스승 우륵을 묻고, 가야 대궐 뒤 무덤의 능선에 오른다. 니문은 아라의 무덤가에서 나온 사마귀 한 마리를 들여다보며 옛 가야의 금을 뜯는다. 사마귀는 어쩌면 아라의 현신일지도 모른다. 그러나 작가가 허용하는 신비의 최대치는 이 정도까지이다. "산맥과 봉분과 민촌의 지붕 위에 가을빛이 가득히 내렸다"(현, 288면)는 풍경만을 전하며 서술자는 사라질 뿐이다. 그러나 김훈 소설에서도 '신비'의 풍경이 비교적 분명한 표정으로 존재하는 순간이 없는 것은 아니다. 이순신은 자신을 죽음으로 몰고 간 노량해전의 마지막 전투에서 바다를 뒤덮고 달려드는 적들의 풍경 앞에서 "적이야말로, 그 앞에서 내가 경건해야 할 신비처럼 보였다"(칼2, 190면)고 말한다. 작가가 비극적인 시인으로 추억하는 임화林和의 묘비명을 연상시키는 이 문장에서 '신비'란 물론 속이 허한 사람 특유의 낭만적 신기루 체험은 아닐 터이다. 신비란 풍경의 헛것에서 오는 것이 아니라 전의로 충전되어 가는 풍경의 내면에서 솟구쳐오는 그 무엇이다. 그것은 쓰레기의 바다, 아수라의 세상, 무의미한 장난 같은 전쟁, 내용 없는 삶을 베어버리고자 하는 이순신의 칼날 끝으로 충만해 오는 맞섬의 전율이다. 이 신비의 풍경은 그러므로 갈데없는 비극의 풍경이 아니고 무엇이겠는가.

비극, 그 이후

작가들이 삶과 세계의 조건에 절망한다는 것은 새삼스러운 이슈가 아니다. 그러나 많은 작가들은 절망의 포즈만을 보여주는 데 그친다. 그들이 왜 절망하는지 그 까닭을 정작 절망의 서사는 생략해 버리기 때문이다. 비극의 기초로서의 허무주의는 까닭 없는 부정이 아니라, 삶과 세계에 대한 사랑의 과잉에서 연유하는 절망이다. 허무주의를 넘어서 김훈의 비극정신은, 그러나 이 절망의 사실에 있는 것이 아니라 절망의 예각성에 있다. 초로의 나이에도 이 절망의 예각성을 견지한다는 것은 다소 작위적으로 느껴지지만 희귀한 자질임에는 틀림없는 것 같다. 절망의 예각성은 절망도 희망도 아닌 삶을 일상의 이름으로 타협하는 것이 아니라 삶을 사랑한 만큼 그 삶을 모욕하는 대상을 적대한다. 그것은 베일 정도로 날카롭기 때문에 얼

버무림이나 타협이 없는 불화의 정신에 가깝다. 그것은 어떻게 변증법적으로 조정되지도 않고 형이상학적으로 초월되지도 않는다. 낭만주의의 구원이나 리얼리즘의 개량도 없는 이 세계에서 삶은 다만 견디기이다. 혹은 죽기 살기의 대결이 있을 뿐이다. 김훈의 인물들은 이 대결에서 사투한다. 아니면 적어도 분투한다. 1970~80년대 이후 주적을 잃어버린 독자들에게 내면의 힘을 보여주는 이 남성들의 비극 투쟁은 매혹적이기까지 하다.

실존의 덩치가 무겁게 느껴지는 이런 투쟁의 테마는 사실 고전적인 것이다. 더구나 화해 불가능한 이항 대립에서 빚어지는 고정성은 진부하게까지 느껴질 수 있다. 하찮은 것의 하찮지만은 않음에서 참신함을 느끼고, 아무리 심각한 것이라 할지라도 그 심각성을 비틀어 냉소의 유희를 즐기는 데 더 흥미를 느끼는 것이 오늘날의 우리가 아닌가. 이런 맥락에서 본다면 김훈의 문학은 허무와 싸울 뿐만 아니라 이런 시대의 결에 거슬러 오늘의 일정한 문학 경향과도 진검승부를 한 셈이다. 그 승부는 물론 그의 (비극적) 진정성의 몫이어야겠지만, 분명한 것은 그의 문학의 승패를 떠나서 그의 비극적 세계 인식은, 우리들의 타협과 잡것의 삶을 절대의 요구로서 충격하는 힘이라는 것이다. 이 힘은 그 고전적인 문제틀에도 불구하고 김훈 특유의 '법고창신法古創新'에 힘입어 새로운 경지로 다가온다. 이 삶과 세계에 대해 가지고 있는 사랑과 열정의 깊이를 고백하는 그의 웅숭깊은 실존의 두께, 그리고 그 실존의 두께에 다름 아닐 그의 비극의 비극성은 얼마든지 새로울 수 있는 비극의 가능성을 증명하고 있다. 그러나 그럼에도 불구하고 김훈 비극의 힘은 다른 한편으로는 무력한 것이기도 하다. 김훈의 비극은 구원도, 신비도, 환상도, 개량도, 초월도 없는 절대적인 화해 불가능성의 세계, 그 비극 이후의 적막을 우리는 어떻게 견딜 수 있는가를 말해 주지는 않기 때문이다. 이것은 어떤 희망과도 연대하지 않는 비극, 제 혼자만으로는 답변할 수 없는 문제이다. (2004)

10장

시간 지평의
문제

_ 1990년대 소설을 대상으로

복수의 역사성에서 단수의 시간성으로

역사란 무엇인가? 역사의 '법칙'이나 '목적'이라는 과업이 비현실적인 학교 숙제 같은 부담스러운 짐으로, 혹은 신념 차원이 아닌 다만 관념 차원의 문제로 자동화되어 가는 오늘, 이 물음마저도 어쩌면 반시대적이거나 시대착오적인 것인지도 모른다. 사실 누가 역사의 보편 이상이라고 하는 저 우상의 황혼을 막을 수 있겠는가. 느긋한 다원주의와 기표 유희의 언어 게임, 그리고 기의에 대한 기표의 우위로 특징지워지는 세미오시스의 휘황한 미끄러짐 속에서 대문자 역사 같은 거대 서사나 메타 서사는, 한낱 반동적인 백일몽이거나 전체주의적 환상이라는 혐의를 받기 십상이다. 나아가 공동체적 일체감을 재생시키는 중심적 근거가 희박한 시점에서 우리에게 역사의 의미란 물음만 있지 결코 단일한 답변이 있을 수 없는 문제일 것이다. 역사 귀속으로부터 탈중심화되어 어디에도 자리매김되기를 거부하는 새로운 익명성의 불연속적 지형은, 미래를 다만 기획적으로 현재화하여 현상적인 현재만을 더없이 짧은 시간 지평 안에서 표류하게 한다. 이러한 타자성의 출현은, 보편적 역사라는 과잉 욕망의 이상을 풍요롭고 다채롭게 흡수·해소한다. 그 풍요로움은 도저한 자유의 활력인가. 아니면, 헛것과의 시소게임이 주는 현실 중력으로부터의 일시적인 가짜 해방인가. 이 모든 것들을 잘 준별하기도 전에 역사는 어쩌면 돌이킬 수 없는 지나간 신화이거나, 끊임없이 패러디되어서 그 원관념을 기억하기조차 난감한 촛점 없는 퇴물이 되고 마는 것 같다.

　물론 역사는 사라지는 것도 아니고 불필요한 것도 아니다. 다만 그것은 교조화되는 것이 아니라, 방법화되는 한에서 우리에게 말을 걸어오는 살아 있는 그 무엇이다. 가령 니체가 「삶에 대한 역사의 공과」라는 논문에서 보여주고 있는 것처럼, 역사를 지나치게 존중하면 삶은 위축되고 퇴화되어 버린다. 19세기 후반에 우세해진 역사주의를 비판하는 데 주력을 기울이고 있는 니체의 이 글은 삶이 역사에 봉사하는 것이 아니라, 반대로 역사가 삶에 봉사해야 한다는 일관된 주장을 담고 있다. 지나치게 존중된 역사는 니체에 의하면, 활동력을 쇠잔케 하는 지식이며, 귀중한 인식의 과잉과 사치일 뿐이다. 이렇게 과도한 지식과 인식의 낭만적 파탄을 넘어서기 위해 우리는 성찰한다. 오직 역사에 실존을 의탁함으로써 얻는 위안에는 어떤 자기기만도 없는 것인가, 특히 역사에 대한 목적론적 인식의 수레바퀴 밑에서 억압되었던 미시적 진실, 그 진실은 쇄말주의적 시시콜콜함이 아니라 결락될 수 없는 인간 삶의 본질적 차원으로서의 구체성은 아닌가 등을 다시 성찰하게 된다.

　이러한 일련의 반성도 역사의 발전 모델에 부여된 모든 형이상학적 태도에 대한 탈신비화를 감행하게 하는 실질적인 배경과 내용이 됨은 물론이다. 이때 역사의식은 보다 냉정한 시간의식의 본모습으로 돌아간다고 생각해 보자. 이 시간의식은 이제 공동체적 일체감을 재생시키는 중심적 근거는 아니다. 때문에 그것은, 특히 문학에서, 그때그때의 사실에 입각한 직접적인 명징성으로 투명하게 발현하지 않는다. 그것은 또 시간이라는 것 자체가 실질적으로 인간 정신의 주체적 파악에 의해 존재할 수 있다는 이유로 인간 주체의 유아론적 전유물이나 인간중심적인 것으로 존재하는 것만도 아니다. 그렇다면 시간은 오직 어찌할 수 없는 상대적 순간성에 사로잡힌 파편들의 집합일까? 사실 일상의 시간은 단순한 흘러감으로 환원되어 버리는 일회적 해프닝의 연속일 뿐이다. 그래서 다음과 같은 통찰이 설득력 있게 다가오는지도 모른다.

능동적 의식에 의해 시간은 정렬되며, 수동성에 의해서는 그 반대로 해체된다. 시간은 붕괴되면서 개별적이고 자족적 부분을 제공하며, 그 각각의 부분들은 단지 외적으로만 서로에게 인접하고 있다. (…)

도시의 혼잡함에 의해 몹시 쇠약해진 의식은 한층 더 강화된 수동성에 익숙해지며, 단지 이러저러한 자극에 의해 시간의 작은 파편만을 이해할 뿐이다. 이러한 시간의 절편切片은 보통 하루라는 기간에도 미치지 못한다. 나아가서 고된 피로와 초조, 신경쇠약 등등으로 인해 이러한 시간의 파편들은 더욱더 축소되어 마침내 단일한 인상의 시간이 되지 못한다. 이때 의식은 이미 다른 의식들과 그 자신을 비교할 잣대를 갖고 있지 않다. 다시 말해서 사고의 토양이 없어지는 것이다. 그러한 상황은 주지하다시피, 무의식에 가깝다. 이것은 한 가지 인상이 사고를 점령하는 상태이며, 이 상태 속에서 다양성은 찾아볼 수 없고, 의지가 활동하지 않으며, 운동이 마비되는 반수면半睡眠 상태 혹은 최면 상태가 된다. (…) 시간은 해체되었고, 각각의 순간들은 의식 속에서 다른 모든 순간들을 완전히 배격해 버린다. 시간은 의식에 있어서 단지 하나의 점이 되었다. 그러나 그것은 모든 시간을 자신 속에 흡수하는 충만한 점이 아니라, 모든 다양함

과 운동, 형식들이 그로부터 축출되고 제거된 황폐의 점이다.(로트만, 1996: 124~25)

제임슨F. Jameson의 용어를 빌려 말해 본다면 '의미 사슬의 와해'가 이루어지는 여기에서 문학이란 과연 무엇인가? 아무것도 아닌 시간, 일용할 수 없는 황폐한 심연, 규정할 수 없는 혼돈에 운명으로부터 분리될 수 없는 활성의 자장을 형성하는 것, 그것은 의식의 능동성이고 다름 아닌 문학 자체의 기능이기도 하다. 문학의 언어에 의식의 능동성이 접화될 때, 거기에는 지리멸렬의 시간에 대한 일정한 질서화가 존재하기 마련이다. 따지고 보면 모든 소설의 플롯 자체가 시간의 일정한 범주화이기도 한 것이지만, 특히 우리 시대에 이러한 질서화는 다름 아닌 이완의 시대를 사는 환멸의 역설적 긴장을 증거하는 것이 아닐 수 없다. 이 긴장이 살아 있는 한 시간의식은 최소한 개체적 정체성을 유지시켜 주는 중성적 근거로 존재할 것이다. 이 점은 시간을 계기적으로 연결되어 있지 않은 이질적인 순간들의 단순 총화로 인식한다고 하더라도 예외는 아니다. 시간의 동질적인 계기들이 갖는 전망이나 궁극에 대한 관심은 아니더라도 시간을 능동적으로 재구하여 세계와의 접점을 찾고 거기에 인간적 본질을 정위하고자 하는 문학의 노력은 항상적인 것이다. 그러면 한없이 불투명한 이 지리멸렬의 시간대를 헤쳐나가기 위해서 1990년대 우리 소설들이 보여주는 시간의식은 무엇인가? 이 글은 김훈, 성석제, 이순원, 이균영 등의 소설 세계가 보여주는 새로운 역사성, 새로운 시간성의 몇 가지 유형을 만나보고자 한다.

고고학의 글쓰기: 김훈

산문집 『풍경과 상처』에서 상처'의' 풍경을 현란하게 보여주었던 김훈은, 『빗살무늬토기의 추억』에서도 '풍경'에 대한 예측을 뛰어넘는 묘사의 천착을 보여주는 것으로 소설을 시작한다. 묘사의 집요함과 정치함은 그것이 현상의 표면을 평면적인 나열로 펼쳐놓는 데 그치지 않는 한 직선적으로 작가의 속내평을 드러내지 않으려는 의도적 지연과정일 수 있다. 그렇다면 그것은 미학적으로 계산된 시치미나 능청일 것이다. 그러나 김훈의 경우 묘사의 천착은, 미학적 고려의 차원 이전의 차원이 있는 듯하다. 곧 김훈의 그것은 대상 세계의 실재성 이외의 어떤 환상이나 형이상학도 갖고 있지 않은 자의 슬픔, 바로 그것의 자기고백일 공산이 크다.

도시로 진주해 들어오는 겨울바람의 풍향과 풍속은 설명되지 않는다. 시의 북쪽 외곽을 훑고 밀려내려오는 바람의 군단은 시계市界를 넘어서면서부터는 풍향의 계통을 버리고 수천 갈래의 가닥으로 흩어지면서 유격전을 펼쳤다. 도심으로 진주한 바람의 유격대들은 빌딩 사이의 좁고 깊은 계곡을 휩쓸거나 가각街角의 모퉁이를 굽이칠 때마다 방향과 속력을 바꾸어 길길이 날뛰었고, 빌딩의 벽에 부딪쳐 깨어져나가는 바람의 대열들은 도심의 계곡 사이로 빠져나가면서 맞은편에서 달려온 바람의 대열과 뒤엉켜 땅바닥으로 깔리거나 하늘로 치솟아오르며 쓰레기를 날렸다.(김훈, 1995: 7)

"도시로 진주해 들어오는 겨울바람의 풍향과 풍속은 설명되지 않는다"로 운을 떼는 이 작품은 설명 불가능한 묘사로 시작하는 셈이다. 이러한 묘사는 "바람에 관하여 옮겨적지 못하듯이 불을 옮겨적지 못한다"라는, 글쓰기 주체의 절망적 자의식을 자백하는 문장을 만날 때까지 줄기차게 지속된다. '설명'이라는 질서화의 방식으로 용의주도할 수 없는 대상은 먼저 "도시로 진주해 들어오는 겨울바람"인데, 이러한 수사는 우리에게 "밤 사이에 진주해 온 적군들처럼 안개가 무진을 빙 둘러싸고 있는 것이었다"라고 쓴 김승옥의 「무진기행」을 상기시키는 바가 있다. 1960년대 김승옥의 '안개'는 무엇보다도 불투명한 세계에 대한 자의식을 표상했다. 곧 삶은 장난이고 타인은 속물이라는 부조리한 의식과 단절감으로 절뚝거리는 젊음에 덫처럼 씌워진, 삶의 의미에 대한 허기, 그리고 그 허기로 넘실거리는 의식의 포만, 그것을 안개는 가득 메우고 있었다. 이런 안개가 갖는 함의가 모호할수록 김승옥의 낭만주의는 한층 그 빛을 발했을 것이다. 그러나 비슷한 수사를 거느리고 있지만 김훈의 '바람'은 환상적인 분위기 대신에 불모의 물질성 앞에 무방비로 노출되어 있는 냉정한 즉물성, 바로 그것으로 다가온다. 그래서 바람은 무엇보다 먼저, 그리고 도리 없이 인간(성)의 모든 표정을 삼켜버린 탈신화의 질료이고 원소인 것이다. 머지않은 곳 여기저기서 삶을 꾸며주었던 온갖 의인화의 아우라가 빠져나간 물질의 냉혹함, 그 추운 곳에서 '바람'은 불어온다. 정신없이.

극복할 수 없는 대상에, 혹은 그 대상과의 절망적 관계에서 비롯되는 틈새의 균열에 압도되어 실존의 자리는 지워져 있다. 황량한 표정의 이 밑그림을 보며 우리는, 설명의 노동이 버거운 것이 될 때는 대체 어떤 경우일까를 생각한다. 서술의 질료를 제압하는 주체의 권위가 주체로서 자리잡지 못할 때, 일체의 개념적 사유로 무장하지 못한 묘사의 영혼은 벌거숭이 감각이 되어 자신을 연다. 그리하여 사물 정황의 전면에 배치되지 못하는 서술자는 다만 '보여주기'의 슬픔을 안고, 뒤로 물러나며 알몸이 되는 것이다. 알몸이 된 자는 시원에서 다시 출발하는 자이며, 이 원시인의 도저한 현상학 앞에 어떤 공식적인 문화/문명도 위력을 발휘할 수 없다. 그래서 '겨울 바람'을 맞기 시작하는 모양이다. 그것은 영도의 질료에 의한 영도의 글쓰기인 것이며, 따라서 거기에 운명의 이름으로 생을 기입할 결정적 공간이나 시간은 존재하지 않는다.

그러나 작가가 아무리 그 바람을 '설명'하지 않는다 하더라도, 어쩔 수 없이 그것에 스며든 비유의 교섭과 그 교섭의 운동을 가능하게 하는 분석적 정신(예컨대 '바람'을 '풍향'과 '풍속'으로 가름하는 지적 태도)을 우리는 주목한다. 즉물성에 가라앉은 생의 물질성과, 사물의 '본질'에 대해 집중된 의식의 민첩함이 길항하면서 사실 이상의 존재, 곧 비유가 만들어진다. 비유가 가능해질 때, 이처럼 즉물성으로 자명한 불모의 세포는 비로소 숨을 호흡하는 세포가 될 수 있을 것이다. 여기서 우리가 비유를 특별히 주목하는 까닭은, 마치 시를 읽을 때와 같은 골똘한 주의집중의 독법을 요구하는 작가의 섬세한 문체 때문만은 아니다. 바람에 비유가 미끌어져 들어가는 지점, 거기에 작가의 숨길 수 없는 최초의 의도가 개입된다고 믿기 때문이다. 다시 말해 물질성으로 환원해 버릴 수 없는 것이 거기에는 있다. 물질성으로 환원해 버릴 수 없는, 아니 환원당할 수 없는 '삶'이 거기에는 있는 것이다.

그러므로 비유를 찾는다는 것, 그것은 역시 희망을 찾는 일이 아닐 수 없다. 비유는 하나의 흡반이다. 그것은 희망 없음의 세계에 오염된 개념이나 관념에 간단히 수렴당하지 않고 부유하는 의미들을 견인하는 하나의 흡반이다. 이 흡반은 희망에로의 의지, 존재에로의 용기라는 우리의 숙명적인 굴광성의 운명을 확인해 준다. 바람의 운동을 '진주'라고 할 때, 다시 말해 질료가 서사로 전화할 때, 바람은 물리침의 주체나 객체가 되어버리는 의미심장한 사건성이 된다. 그 비유, 그 존재 전환, 그 사물에 이마를 들이댄 응시 속에서 그것을 '설명'하지 못하는 '보여주기'의 슬픔과 무력은 모종의 음모를 간직한 시위가 된다. 음모의 내용이 바로 다름 아닌 삶의 내용이다. 음모로서의 삶, 그러니까 실존이라는 투쟁을 위한 예비단계가 이 소설의 시작인 것이다.

주인공 소방관에게 불/바람은 언제라도 인간과 인간화된 일체의 것(의인화된, 혹은 비유로서 희망을 갖고 있는 운명의 표정들)을 일격에 날려버릴 수 있는 파괴력으로 다가온다. 그 불가항력적인 파괴력은 그것을 통제할 수 없는 원소 자체의 위의에서 온다. 필멸의 육체를 가진 자의 운명은 그 원소의 위의에 짓눌려 언제 원소로 환원될지 모르는 위기의식으로 원소들의 불온한 운동 앞에서 항상 불안으로 노출되어 있다. "바람과 불을 우리는 알 수 없"고, "화재 현장에서 나는 늘 짐승들 사이의 울음 신호와도 같은 외마디 고함을 질러대곤 했다. 그 이상의 어떠한 언어나 개념도 현장에서는 소용이 없"는 것이다. 원소의 자기확인과 확충은, 생 속에 들어와 있는 삶/생활/역사 따위와 섞여, 어쩌면 '빗살무늬토기'를 만드는 무無의 갖가지 표정을 어김없는 냉정함으로 되돌려놓는 것이다. 따라서 삶은 인간의 이러한 숙명적 무능에 맞서는 운명적 저항의 형식으로 가능하며, 그 존재 방식으로 작가가 선택한 것은, 소멸을 거느린 가공할 위력을 가진 그 '불'을 진압하는 일인 것으로 보인다.

그러나 재앙은 항상 도처에 있고, 또 항상 운명의 키를 넘는 것이어서 하나의 세계가 명멸하는 순간에 인류의 적을 무찌르는 진압군은 패배자일 수밖에 없다. 이 패배 너머로 가득 넘실거리는 음울한 풍경은 금방이라도 고고학적 탐구물이 되어버릴 듯한 음각화로 현상한다. 이처럼 불안한 시간 단위로서의 인간 삶은, 언제든지 티끌먼지로 공간화될 수도 있는 것이다. 이 공간 속에서 일인칭 주인공, '나'는 바람과 불의 협공에 맞서는 소방수이다. 이 직업의 상징성을 고려할 때 화재 현장에서, "사람이라는 말에 나는 구역질과도 같은 전투의식이 목구멍을 넘어오는 것"을 느끼는 주인공은 인간 실존의 전사인 것이다. 적은 분명하다. 인화성 물질로서의 바람과 그 기화의 상승작용을 부채질하는 불, 바로 그것이다.

삶이란 이러한 원소 존재의 불모의 본질과 그 본질을 일정하게 위반하고 있는 인간 실존 사이의 간극과 거리, 그것이 야기하는 현기증의 페이소스를 견디는 일에 다름 아닐 것이다. 그 페이소스를 누구보다도 깊이 들여다보기 때문에 작가의 시선은 현재의 도처에서 음울한 고고학적 응시라는 프리즘을 통과해 나오는 것이다. 혹은 그 시선은 음울의 구름이 걷힐 때, 가끔 자별한 슬픔의 애정, 곧 사무치는 안쓰러움의 연민으로 현상된다. 흔히 일상이라고 내팽개쳐지는 삶의 자잘한 어느 세목 하나도 값있게 살아내려는 듯, 정밀하게 묘사하고 있는 '나'의 아침식사 한 장면을 보자. 야간 당직에서 퇴근한 아침에 아이들과 함께 둘러앉은 아침식탁에서, '나'는 이렇게 사무친다.

> 인간이 이목구비뿐 아니라 어깨의 뒷모습마저도 아버지를 닮을 수 있다는 생물학적 사실에 나는 늘 빼도박도 못할 답답함을 느꼈고, 내 피곤한 아침의 누린내 속에서 때때로 아이의 뒷모습이 안쓰러웠다. 그 어깨의 뒷모습은 어쩐지 세상을 힘겨워하거나 낯설어하고 있는 것 같았다. 혈통의 수만 년을 거슬러올라가 신석기의 어느 눈내리는 겨울날 돌도끼와 뼈화살을 들고 사냥감을 찾아 벌판을 헤매이던 내 아비의 아비의 아비…… 그 아비의 여섯 살 무렵, 여섯 살 난 아비가 농경을 갓 배운 그 아비의 수확으로 빗살무늬토기에 더운 밥을 담아먹을 때도 어깨의 뒷모습은 저러했을까.(김훈, 1995: 31)

현상을 실재보다 더 부풀려보는 것으로 위안받으려고 하는 과장 없이, 또 이성의 질서를 넘어서는 초월적인 세계를 근거로 삼는 신비주의적 태도 없이 눈에 보여지는 것을 존중하면서, 한편으로는 그 보여지는 것만으로는 살 수 없는 자가 갖고 있는 것은 오직 '역사'밖에 없다. 이 '역사'는, 물론 인간사 격정이 박제된 조용한 침묵의 역사로서의 '박물관의 역사'가 아니다. 환상 없음으로 이미 마음 가난한 자에게 놀라운 정서적 감응력으로 살아나는 그 역사는 살아 있음의 포만만이 누리는 존재의 잉여가 아니라, 현재의 존재이유에 빛을 비추는 광원인 것이다(그 광원의 조도가 아무리 시원찮은 것이라고 하더라도). 아이들과 함께 간 박물관에서 원시인 여자를 보고 "울음처럼 터져나오려" 하는 성욕에 복받쳐 "신석기 칠천 년과 그 후의 수만 년의 시간의 벌판을 건너, 내 울음과 성기는 그 여자의 오줌버캐 낀 고랑 속에 사무칠 수 있을까"라고 자문하는 자에게 역사는 먼 것도, 추상적인 것도 아니다. 덧없이 흘러내리는 시간의 지층을 털어내고 지금 여기 있음의 근거와 위안의 처소를 찾기 위해서, 그러나 그것을 가짜 초월의 신기루에 의탁함 없이 생활의 현실에서 있는 모든 것을 동원하여 궁구하기 위해서는, '빗살무늬토기'라는 근본적 경험론자의 현상학적 역사가 필요한 것이다. 그 이상 어떤 것이 더 실재적일 수 있겠는가.

현상의 배후를 투시하는 이러한 고고학적 감각은 작가가 얼마나 근본주의자인가를 보여준다. 이러한 근본주의자에게는 죽음으로부터의 삶, 노을빛에 비추어보는 사물의 윤곽, 한계로부터의 가능성, 이런 것들만이 진정한 법이다. 그래서 작가는 항상 처음으로 돌아감으로써 비로소 시작하는 것이다. 여기에 질료에 스며드는 슬픔의 알리바이가 있다. 결국 이러한 고고학적 투시는 자아의 의식적인 자기 준거와는 완전히 다른 처지에 대한 함몰이 아니라, 과거를 실존의 근거로 현재화하고 현재를 존재의 기원으로부터 조회받는 삶의 연속성의 탯줄을 확인하는 데 귀착된다. 삶은 거기까지이다. 거기까지밖에 없다. 나머지는 부재의 지평이다. 삶은 현재 이상으로 확장되는 것 같지만 철저히 역사에 한정되는 무엇이다. 때문에 우리는 이러한 시간의식을 적극적인 의미에서의 역사의식이라 하지 않고 허무의식이라고 말한다. 이 허무의식은, 그러나 미래 전망에 대한 환상이 없는 곳에서의 심연을 받아내는 실존을 충실하게 증거한다. 그 충실함이 마치 구원이라도 되는 것처럼.

불확정성을 가로지르는 농담의 시간: 성석제

성석제의 「내 인생의 마지막 4.5초」는 작가 특유의 재기발랄한 만담 기질과 에피큐리언적 상상력이 돋보이는 작품이다. 무엇보다도 정작 슬퍼해야 할 인간의 종말을 전혀 슬프지 않게 희화화하는 데서 이 작품은 주목을 끈다. 저회취미에 철저하게 엇나가는 성석제의 이런 성향은, 진중한 산문정신의 대하소설이 후경화되는 추세와 맞물려 무의식적 전제로 우리의 의식 켜켜이 숨어 있는 기대 지평에 대한 허구화 의지, 의표를 찌르는 반전의 폭발력, 거칠 것 없는 시니컬한 속도 등을 이제 1990년대 소설계의 한 진경으로 보여주고 있다. 따라서 이런 경향의 성석제의 특기가 유감없이 발휘되는 곳이, 촌철살인식의 상황 요약이 묘미를 획득하는 대목 예컨대, 폭력, 사기, 거짓말 등 불량기의 경계에 삐딱하게 기대어 서 있거나, 아니면 아예 그 불량기의 세계인 것은 우연이 아닐 것이다. 이렇게 본다면, 「내 인생의 마지막 4.5초」는 성석제의 가장 '성석제다운' 소설 가운데 하나이다.

　중소도시의 지역 패권을 비겁한 방식으로 쟁취해 가던 한 칼잡이 깡패가 교통사고로 다리에서 떨어져 죽는데, 그 죽음이 진행되는 4.5초 동안 그의 의식에는 일생 잊을 수 없는 몇 가지 지난 일들이 교차한다. 흔히 속물들의 입지전이 그렇듯이, 파란만장한 일대기라고 불러야 할 그 삶은 나름대로의 우스꽝스러운 돌출과 건달 세계의 패권을 향한 비겁한 권력의지로 점철되어 있다. 결코 평탄하다고 할 수 없는 우여곡절의 생이지만, 역설적으로 그 생은 4.5초 안에 간힌 것이 된다. 현재진행형의 죽음과 죽음을 까마득하게 모르고 삶에 덤벼들었던 과거와의 대비는, 그러나 어떤 비극적인 페이소스 대신 박진감을 부여할 뿐이다. 허무한 종말이 전제되어 있는 그의 삶은 어떤 비극도 없다. 건달의 파란만장한 인생유전은 다만 웃기지도 않거나, 웃지도 못할 인생의 비극을 가차없이 희극화하는 농담의 내용일 뿐이다. 그러면 현재진행형의 죽음의 시간을 과거와의 동시성으로 박진감 넘치게 대비시키는 영화적 시퀀스의 연속은, 단지 포스트 모던 어드벤처 같은 것일까. 만약 그렇지 않다고 한다면 이 농담에도 분명 어떤 우울은 있을 것이다.

　모더니즘 기법 가운데 하나인 시간의 흐름에 따른 전개와는 대립되는 동시성의 강조와 '현재의식'의 부각은, 부분적으로, 직선적인 역사 발전의 낙관적 과정에 대한 신념의 상실에서 기인한다고 유진 런Eugene Lunn은 해석한 바 있다. 이 해석의 타당성이 그대로 「내 인생의 마지막 4.5초」에 적용된다고 보기는 무리일 것이다. 그러나 적어도 이 소설을 지배하는 시간의식이 객관적인 순차성에 입각한 역사적 시간의식이 아니라는 점은 분명하다(이 점과 관련하여 새로운 리얼리티라는 관점에서 성석제의 이 소설을 논급한 글로『포에티카』 1997, 봄호에 게재된 이광호의 「소설이 몸을 바꿀 때」를 참조할 수 있다). 소설이 시작하면서 건달은 이미 다리 난간을 무너뜨리고 강물을 향해 뛰어드는 처지이므로, 주인공은 죽기 위해 이런 저런 삶을 4.5초 동안 사는 셈이다. 여기서 주인공의 몰락은 예정된 것이 아니라 전제된 것이다. 그러므로 이 소설은 돌발사의 충격을 흥미거리로 흡수하고, 성장의 연대기가 아닌 몰락의 연대기를 감상하게 하는 시니컬한 거리를 처음부터 확보한다.

「내 인생의 마지막 4.5초」를 관통하는 플롯 원리는 차를 탄 채 강으로 떨어지면서, 떨어지는 시간을 미분해 75초 분의 1에 해당한다는 '일념一念' 하나 하나에 생애의 몇몇 장면을 적분해 넣는 것이다. 무엇보다도 시간의 예술이라고 하는 영화의 플래시백flashback 같은 소급제시 기법을 아무리 바쁘게 동원한다고 하더라도, 이러한 방식은 논리적으로는 가능하지만 현실적으로는 황당한 억지에 불과한 것이다. 떨어지는 물체와 가는 시간을 고정시키는 듯한 능력이 또 무슨 사이버 세계인지는 몰라도, 우리는 그것을 실재 세계로 신뢰할 수는 없기 때문이다. 그러나 이 억지는 상호주관성의 매개가 생략되어 있는 일방적인 인형조종술 같은 자신감이 아니라 심각한 이야기를 우화로 재구성하는 기지에 기여하는 것으로 보인다. 4.5초라는 초개 인생의 운명 단위는 처음부터 요지부동의 무엇이 아니다. 그것은 얼마든지 변조할 수 있는 장난감처럼 가벼운 것이다. 주인공에게 삶은 성장에 성장을 거듭해 온 신화였다. 삶은 무엇보다도 수단 방법 없이 먼저 쟁취하는 것이었다. 그러나 그 성장의 신화는 사실 기껏해야 자본의 논리에 휘둘리는 것이라는 것은 까맣게 모른다. 그만큼 삶은 폭력적인 맹목이거나 맹목적인 폭력으로 단련되고 무장되어 있다. 짐승처럼, 때로는 비열하게 삶에 돌진하는 것이 그 세계에서는 미덕일 뿐이다. 그런데 그 삶 바로 앞에 그 모든 성장의 신화를 집어삼키는 검은 구멍의 또 하나의 신화가 있다. 그것은 한 번도 보지 못한 것이다.

이처럼 성장의 신화가 예비한 뜻밖의, 그러나 치명적인 손님은, 다름 아닌 후기 자본의 몰락의 신화이기도 한 것은 아닐까. 특정한 사회구성체들은 특정한 시간감각을 가진다는 기본 전제에 입각해, 사회생활에서 시간이 가지는 의미를 사유하는 틀을 제시한 구르비치 Gurvitch에 의하면, 역사적으로 존재했던 사회적 시간은 8개의 유형으로 분류될 수 있다고 한다. 유형학이 갖는 도식화의 위험을 무릅쓰고 우리는 그것이 갖는 함의를 흥미롭게 관찰할 수 있는데, 특히 경쟁 자본주의 사회구성체가 갖는 사회적 시간 유형으로 제시된, 앞으로 돌진하는 이른바 '전진의 시간' 유형을 주목해 볼 수 있다. 구르비치는 이 시간의 형태를 불연속, 우연성, 엄청난 질적 변화 등으로 제시하고 있다. 이 시간에서 미래는 곧 현재가 된다. 성석제의 「내 인생의 마지막 4.5초」에서 주인공은 깡패, 곧 경쟁 자본주의의 가장 적나라한 부산물이다. 혹은 그것에 기생하는 존재이다. 주인공은 이 '전진의 시간'을 농담처럼 극적으로 가로질러 간 경우일 것이다. 이 시간은 끝없이 미래를 현재화하며 돌진하지만, 그리하여 시간을 '정복'하기도 하고 '이용'하기도 하지만, 바로 한치 앞에 놓여진 우연의 조롱을 알지 못한다. 미래가 현재로 탕진되어 축소되는 이 시간 지평에는 도처에 불확정성의 검은 구멍의 신화가 마치 길처럼, 혹은 유혹처럼 널브려져 있다. 이 검은 구멍의 신화는 단 4.5초만에 자신의 존재를 완벽하게 증명한다.

영원, 혹은 소거된 역사의 시간: 이순원과 이균영

고대 서사시의 주인공들은 시간과 더불어 변화 혹은 발전하지 않는다는 점이 루카치나 아우얼바하 등에 의해서 일찍이 지적된 바 있다. 현실 혹은 실재는 무시간적 보편 속에 존재하므로 인간의 운명은 시간으로부터 근본적으로 자유롭다. 반면 소설의 세계로 넘어오면 근대의 시간관에 따라, 작중 인물을 시간의 흐름 속에서 발전시키고, 또 과거의 경험이 현재의 행위의 원인이 되는 등 시간을 통한 인과관계가 중시된다. 여기서 초월이나 기적의 배제는 당연시된다. 그러나 사건 자체의 스토리 시간과 그 스토리가 플롯으로 구성되는 텍스트 시간이 동일한 순서로 진행되는 역사 기술이라면 몰라도, 소설은 특유의 미학적 의도를 위해 인과율과 연대기적 질서를 포기하는 것이 일반적이다. 극단적으로는 소설 구성 원리로서 소설 형식의 본질적인 기본 요소인 시간은 스토리로부터 자유롭기까지 한 것이 된다.

연대기적 연속성으로부터 이탈되어 모자이크를 기다리는 이 파편의 자유에는 물론 불안이 있다. 그것은 스스로를 독자성으로 닫으며 동시에 관계성으로 여는 이율배반을 그 운명으로 갖고 있기 때문이다. 구조주의 서사학에서 시간 모순(anachrony)이라고 부르는 이러한 형식상의 현대 소설 특징은, 그것이 본질적인 시간에 대한 탐구 의지를 갖고 있을 경우 순전히 기법의 문제에 한정되지 않을 수도 있는 것 같다. 소설 구성 원리로서의 시간의 위계는 순전히 형식적인 순서 문제로서 일부 서사학자의 주장처럼 오히려 공간적인 차원일 수도 있지만, 그것은 동시에 진정한 시간 탐구를 위한 시간의 서열화라고 하는 시간 본질론의 문제를 함께 안고 있는 것이기도 하다. 시간에 대한 인식은 소설의 내적 형식 원리를 규정할 뿐만 아니라, 당연히 작가의 세계관을 반영하는 것이기 때문이다.

그래서 우리는 연대기적 시간과 인과율의 시간이 포기되는 곳, 거기에 또 하나의 시간의 모험이 전개된다고 말할 수 있다. 그 시간은 그냥 있음으로서 있는 자연의 시간이 아니라, 대안적인 선택의 시간이며 추구와 탐색의 시간이다. 물론 소설은 생철학이나 실존철학처럼 시간 문제 자체를 주제로 취급하며 삶의 가능 원리이자 동시에 죽음의 원리이기도 한 시간의 이중본질을 투시하고자 한다. 이런 맥락에서 우리는 소설에 나타나는 외부적 시간 대 내면적 시간, 시계판의 시간 대 인간적 시간 기타 등등의 대립 개념쌍들을 이해할 수 있다. 이들 대립쌍에서 후자의 시간을 존재론적 시간이나 실존적 시간 혹은 그 무엇이라고 명명하든지 간에 그것은 전자의 시간에 반해 모든 가치와 의미 충족을 의미하는 것이 일반적이다. 왜냐하면 이들 대립에는 본질적으로 외부 세계 대 내면성이라고 하는 원칙적이고 날카로운 대립이 투사되어 있기 때문이다. 이러한 대립에서 내면성 우위가 관철되는 것은, 냉혹한 현실주의나 자연주의 문학을 제외하고는 거의 예외 없는 경향이라고 볼 수 있다. 따라서 주관적 시간의 우위라는 현상은 현실주의 문학이 후경화되는 지점에서는 어렵지 않게 발견할 수 있는 것인데, 가령 이순원의 소설 「은비령」은 시계판의 시간이 완전히 소거된 경우를 보여주는 사례이다.

소설을 쓰는 주인공은 죽은 친구의 아내였던 여자와 사랑하는 사이가 된다. 친구 아내와의 사랑이라는 마음의 부담을 해소하기 위해 주인공은 친구와 함께했던 추억의 장소, 은비령으로 여행을 하게 된다. 은비령이란 주인공과 친구가 함께 청운의 뜻을 품고 공부한 곳이지만, 지도에는 없는 곳이다. 그곳은 지리적으로 위치된 사회적 활동과 물리적 장으로서의 특정 장소라기보다는 차라리 어떤 공간이다. 주인공의 차가 은비령을 넘을 때 자동차에 부착되어 있는 디지털 시계의 계기판 숫자가 사라지고 '0:00'으로 나타난다. 차의 고장 때문이 아니다. 고장난 자동차를 수리해 다시 은비령으로 돌아올 때도 똑같은 현상이 일어난다. 이런 현상은 설명할 수 없는 우연의 일치는 물론 아니다. 은비령에서 주인공은 친구의 아내였던 여자와 "관측이 아니라 종교" 같은 별을 보는 의식에 참여하고 2천 5백만 년 후 다시 만나자는 영원 같은 사랑의 약속을 한다. 은비령은 이를테면 영원 체험이 이루어지는 예외적인 공간이고, 시계판의 '0:00'이라는 원초의 숫자는 신화적 체험을 예비하는 통과제의였던 셈이다.

은비령에서 체험되는 영원이라는 시간의 본질이 무한한 시간인가, 무시간성인가 하는 것은 별로 중요하지 않은지도 모른다. 보다 주목할 만한 것은 그 시간대로 진입하기 위해서는 시계판의 시간으로 상징되는 사회적/물리적 좌표를 초월해야 한다는 사실인 것 같다. 사회·역사적 관계 연관의 기호 대신 우주적 상상력을 환기하는 상징에 공을 들이는 것이 1990년대 작가들의 한 지향축을 이룬다면, 「은비령」의 이러한 좌표 초월이 낯선 것만은 아니다. 윤대녕의 소설이 가장 극명하게 보여주었고, 1990년대 소설의 한 특징이 되어버린 신비체험의 추구는, 별과 사랑으로 영원을 이야기한다는 점에서 지극히 고전적이기까지 한 「은비령」에서 빼놓을 수 없는 핵심이다. 작가는 신화가 보호해 주지 않는 현실 여건 속에서 살고자 희망할지라도, 세계의 실상을 제시하는 데 있어 신화적인 것과 절대적인 것을 비롯하여 여러 형이상학적 공간을 허용해야 한다는 주장에 우리는 동의할 수 있다. 그러나 이러한 낙관적 신비 체험 혹은 초월의 아우라가 인간 존재의 비극적 조건에 대한 탐구나 각고의 정신의 모험 없이 실제로 가능하고 또 현실화될 수 있는 것처럼 묘사된다면, 신비의 인플레 현상만 야기된다고 볼 수 있는 것은 아닐까. 이 점과 관련해서 나는 레비나스의 다음 글을 인용하고 싶다.

죽음을 통해 주어진 미래, 사건의 미래는 아직 시간이 아니다. 왜냐하면 아무에게도 속하지 않는 미래, 사람이 수용할 수 없는 미래는 시간의 한 요소가 되기 위해서는 어쨌거나 현재와 관계를 맺어야 하기 때문이다. 이 두 순간 사이의 결합은 어떠한 것인가? 엄청난 간격과 현재와 죽음을 갈라놓는 엄청난 심연을 가지고 있는, 하찮으면서도 동시에 무한하기까지 한, 그래서 희망의 장소가 되기에 충분할 정도의 언저리를 가지고 있는 이 두 순간은 어떻게 결합할 수 있는가? 이는 분명 시간을 공간으로 변형시킬 수 있는 순수 인접의 관계는 아니다. 그것은 운동과 지속의 약동은 더더욱 아니다. 왜냐하면 현재에 대해서 자기 자신을 초월하고 미래를 침식할 수 있는 능력이 죽음의 신비를 통해 우리에게는 완전히 배제되어 있는 것처럼 보이기 때문이다.

미래와의 관계, 즉 현재 속에서의 미래의 현존은 타자와 얼굴과 얼굴을 마주한 상황에서 비로소 실현되는 것처럼 보인다. 얼굴과 얼굴을 마주한 상황은 진정한 시간의 실현이다. 미래로 향한 현재의 침식浸蝕은 홀로 있는 주체의 일이 아니라 상호주관적인 관계이다. 시간의 조건은 인간들 사이의 관계 속에 그리고 역사 속에 있다.(레비나스, 1996: 92~93)

물리적 죽음 너머의 미래로 생을 투사하고자 하는 것, 그리하여 그 죽음을 인간화하려는 욕망, 아마도 여기에 영원에 대한 인류의 모든 문제가 놓여져 있을 것이다. 이 미화가 현실적으로는 무효이고 모든 신비 체험은 헛것의 체험에 불과하다고 말하는 것은, 사실상 상상력의 세계를 모독하는 것에 다름 아니다. 다만 문제는 영원이라는 이 지극히 내면적이고 존재론적인 시간이 갖는 생명력과 보편성일 것이다. 아무런 제약도 없는 허허벌판의 자유, 적막강산의 자유가 진정한 자유가 아니라면, 개체적 한계로 조건지워지지 않은, 그리하여 한계 의의의 고양이 없는 무한 초월의 시간은 진정한 인간의 시간이 아니다. 생활 세계의 어떤 시간으로도 귀환하지 않는 시간, 그래서 그것을 우리가 살아낼 수 없는 시간은 근본적으로 허약한 몽상의 시간이거나 즐거운 관념의 시간일 뿐이다. 탈역사화된 시간 속에서의 형이상학적 시간 체험이, 어떤 현실보다도 환상처럼 강렬하고 투명하지만 동시에 공허해질 수 있는 이유는 여기에 있다고 하겠다. 그래서 「은비령」의 '영원'이 가장 구체적으로 느껴지는 대목은, 별을 관측하는 비의적 행위가 아니라 "2천 5백만 년 후 우리는 그 약속을 지킬 수 있을까"라고 인간의 시간으로 영원을 번역하고 있는 소설의 서두인 것 같다.

이순원의 「은비령」이 역사적 시간의 소거 속에서 별을 보는 행위로 생을 우주 질서의 한 시간 단위로 파악하게 해주었다면, 이균영의 유작 소설이 된 「나뭇잎들은 그리운 불빛을 만든다」는 보잘것없고 상처 많은 세간의 삶의 계단을 올라 영원에 접근하는 모습을 보여준다. 「나뭇잎들은 그리운 불빛을 만든다」에서 영원이란, 일상의 경계를 넘어서 만나는 운명의 선물이 아니라 한 인간의 필생畢生의 지향으로부터 빚어질 수밖에 없는 필연적인 결과로 온다.

소설은 100만 킬로 운행이라는 철도 역사상 대기록을 얼마 남겨 놓고 있지 않은 한 철도 기관사의 인생 역정을 그리고 있다. 100만 킬로에 육박하는 운행 실적은 20여 년을 한결같이 그것도 한 노선을 달려온 결과인데 우리가 주목할 부분은, 이 반복성이 갖는 상징의 의미이다. 부슬비가 내리는 봄밤, 여느 날처럼 영동선 화물차를 운행하게 된 주인공은 초로의 독신이다. 그날따라 그는 자신의 삶에 빛과 음영을 드리웠던 많은 기억들을 떠올리며 깊은 감회에 젖는다. 그에게는 무엇보다도 두 여자가 있었다. 젊음을 온통 상처투성이로 만든 첫사랑의 여자가 그에게 실의와 좌절을 주었다면, 우연히 만나 그의 아내가 된 술집 작부 출신의 여자는 헌신과 최선의 애정으

로 그를 대했다. 하지만 이 모두는 추억일 뿐이다. 신분 상승의 욕망
으로 만족을 모르는 첫사랑의 여자는 떠났고, 조건 없이 만족을 베
풀던 아내는 저 세상 사람이 되었다. 그에게 삶은 쓸쓸하고 쓰라릴
뿐이다. 그러나 삶이 그뿐인 것은 아니다. 아내가 묻혀 있는 곳을 지
나며 기적을 두 번 길게 울리고, 다시 그 메아리의 화답을 듣는 기
관사는, "영혼이 있다. 영원한 것들이 있다"고 믿는다. 그렇지 않다면
20여 년 동안이나 한결같이 영동선 화차 기관사로 자신을 묶어둘
수 있는 이유를 설명할 수 없기 때문이다. 이 기관사에게 삶이란 탈
속의 무엇이 아니라 상처의 관계이며, 영원이란 비존재의 존재화를
통한 신비의 현현이 아니라 필생의 사랑으로 주파해 내는 한 경지의
황홀경이다. 이 황홀경 속에서 비루한 생활세계의 사물도 영원의 자
장을 띠며 빛난다.

> 저 산처럼 쌓인 석탄 더미. 아름드리 나무들이 땅속에 묻혀 수천
> 수억만 년 석탄이 된 후, 어두운 땅 속에 또 수천 수억만 년, 한 번
> 불꽃을 이룰 희망에 눈을 빛내듯 그 표면엔 불빛이 빛나고 있다. 박
> 석우 씨는 잠을 설칠 것 같기도, 수천 수억만 년 같은 잠을 잘 것 같
> 기도 한 기분에 젖어 숙사로 발길을 옮겼다.(이균영, 1997: 101)

인간관계의 부분성과 즉흥성이 합종연횡하고 하루키나 왕가위류
의 연애담이 세련에 세련을 거듭하고 있는 시점에서 볼 때, 「나뭇잎
들은 그리운 불빛을 만든다」의 감동은 이례적인 것이다. 그러나 그것
이 짧은 사랑으로 끝나지 않은 긴 영원을 투시하려는 순애보이기 때

문만은 아니다. 인용 제시한 소설의 말미는 가출한 아들이 외항선원이 되고 한 아이의 아비가 되었다는 소식과 포개어진다. 여기서 우리가 만나는 것은, 사랑을 못 잊어하는 단지 한 연인의 모습이 아니다. 그보다는 인간 영혼에 대한 신뢰, 나아가 인간성에 대한 사랑을 영원의 깊이로 보여주고자 하는 인간주의자의 초상이다. 여기서 영원의 깊이란 상처의 깊이를 떠나 생각할 수 없는 문제이다.

시대에 따라서 죽음에 대한 인간 의식의 변화를 포착할 수는 있겠지만(가령 벤야민은 「얘기꾼과 소설가」에서 수 세기 이래 인간의 일반의식 속에서 죽음의 생각이 그 편재적 성격과 생동적 힘을 상실해 가고 있는 과정을 추적하고 있다. 근대가 경과하면서 죽음은, 살아 있는 사람들의 지각의 세계로부터 점점 더 멀리 밀려나게 되었고, 오늘날의 시민들은 한번도 죽음에 접하지 않았던 공간, 곧 영원성이 사라진 메마른 주거 공간에서 살고 있다는 것이다), 인간 운명이 유한한 이상 영원에 대한 탐구 자체는 어느 시대에나 존재할 것이다. 그러므로 우리 시대의 영원에 대한 탐색이 갖는 특정 의미를 밝힌다는 것은 난제가 아닐 수 없다. 다만 자리를 달리하는 보다 면밀한 논의가 필요하다는 신중한 전제를 앞세우며 다음을 확인할 수는 있는 것 같다. 곧 영원을 현재 시간의 질적 비약으로 보느냐, 계기적 축적으로 보느냐에 따라서 현재는 무화의 대상이기도 하고 미래의식의 좌표이기도 한데, 오늘날처럼 세기말의 역사의 위기, 모더니티의 위기가 무성하게 운위되고 허무의식이 증대하는 세계에서는 영원의 모습이 전자의 경우로 추구될 가능성이 높다는 사실이다. 이 경우에 현재는 미래의 전사前史로 인식되지 못한다. 또 과거도 현재의 전사로 상기되지 못한다. 운명의 불연속적 접점을 찾아 공전하고 있는 현재는, 무한한 시간의 은하계 속으로 미끄러져 들어갈 뿐이다. 오늘의 우리에게 「은비령」이 오히려 '리얼하게' 느껴진다면 그것은 아마도 이런 이유 때문일 것이다. (1997)

김훈 문학의 현재 그리고

김훈에 의하면 인류 문명사는 끝없이 진보하지도 않고 진보라고 여기는 것도 진보가 아니며, 그것은 단지 '진보'라는 이름의 환상이거나 신화이다. 이 진보라는 현대의 신화를 인류세를 거슬러 올라가 고대의 신화로 충격하는 것이 이 서사시의 의미라고 할 수 있다. 김훈은 이제 여신, 무녀, 말(馬), 말의 유산된 태아, 벌레 등의 하위 주체로 세계 질서 재편의 신화를 꿈꾼다. 현대의 신화와 김훈의 신화, 어느 것이 과연 신화인가, 어느 것이 헛것인가. 일단 의미로 해독할 수 있는 것만을 우리가 의미라고 한다면 김훈은 불리하다. 김훈의 서사시는 바람이 불면 바람이 부는 대로 흔들리는 저 초원의 풀의 신화이기도 하기 때문이다. 그러나 풀꽃 중에는 아기손꽃 같은 꽃도 있다. 아기손꽃은 김훈이 창출한 주체, 토하가 발견한 치유의 풀꽃이다. 토하는 아기손꽃을 먹고 기력을 회복해 금(line) 없는, 나라 아닌 나라 윌까지 간다. 거기서 야백과도 재회한다. 아기손꽃이 특별히 예외라고 할 수 없다. 우리는 왜 이름 없는 들꽃에서 감동을 느끼는가. 단지 아름답다고 느끼기 때문인가. 풀꽃은 우리가 아는 몸짓을 시늉하지 않는다. 우리가 아는 의미의 방향으로 흔들리지 않는다. 이 혼란이 우리가 아는 합리성의 허를 찌르기 때문에 감동이 생기는 것이다.

11장

내 인생의 글쓰기

| 대담 _ 김훈·김주언 |

이 대담은 2018년 11월 14일, 단국대학교 학생극장에서 행해졌다

인문학, 인문주의, 인문주의적 가치

김주언 선생님, 안녕하세요. 먼저 작가 김훈을 소개하는 글을 하나 읽어보면서 출발하겠습니다.

'밥벌이'의 가파름에서부터 '문장'을 향한 열망까지를 넘나드는 '처사處士 김훈'의 언言과 변辯은 차라리 강講이고 계誡다. 산하 굽이굽이에 틀어앉은 만물을 몸 안쪽으로 끌어당겨 설說과 학學으로 세우곤 하는 그의 사유와 언어는 생태학과 지리학과 역사학과 인류학과 종교학을 종縱하고 횡橫한다. 가히 엄결하고 섬세한 인문주의의 정수라 할 만하다. 진정 높은 것들은 높은 것들 속에서, 진정 깊은 것들은 깊은 것들 속에서 나오게 마련인가 보다.

『자전거 여행』 책 뒤표지에 쓰여 있는 정끝별의 글입니다. 이 책은 2000년에 나왔는데, 『칼의 노래』가 2001년에 나오고, 이후 소설가로서의 평판작들이 뒤따릅니다. 본격적인 소설 세계를 펼치기도 전에 여행 에세이로 이미 '인문주의의 정수'라는 평가를 받으셨는데, 선생님의 글쓰기 세계에 대한 어느 정도의 적절한 정의라고 생각하시는지 모르겠습니다.

김훈 『자전거 여행』이라는 책의 문장의 특징은 망설임이나 머뭇거림 같은 것일 것입니다. 그런 것들이 인문적인 것으로 보였을 것입니다. 저는 인문주의적 가치라는 것은 인문 서적을 읽어서 달성할 수 있는 것이 아니고 학學이 아니라 습習에 속하는 것이라 생각하고 있습니다. 인의예지仁義禮智라는 것은 일상생활 속에서 실천된 결과를 가지고 말할 수 있는 것이지 논리나 사변을 가지고 말할 수 있는 것은 아닙니다. 그 인문주의 책을 읽는 것은 그것도 인문주의기는 하지만 인문주의 본질과는 별로 관련이 없다고 생각합니다. 생활 속의 실천이 아니면 의미가 없는 것입니다. 그리고 인문주의라는 것이, 인문학이라는 것이 자연과학이나 사회과학과 구별이 돼서 서로 대칭적인 관계에 있는 것도 아닙니다. 우리는 세상을 알려면 자연과학을 배워야 합니다. 이 세계의 물질적 구조와 그 구조가 어떻게 작동하는지, 그 작동 원리를 모르고는 세계를 이해할 수 없습니다. 인문주의라는 것은 세계의 문제에 대한 직접적 해답이 될 수 없습니다. 그러나 인문주의라는 것은 세계에 대한 의문을 제기할 수 있고, 그것을 반성할 수 있는 능력이 있는 것입니다. 물리학이나 기하학은 자신을 반성할 수 있는 힘이 거의 없습니다. 그러나 인문주의는 반성할 수 있는 힘이 있습니다. 그러나 인문주의가 모든 것을 해결할 수 있는 것은 아닙니다. 다만 의문을 제기할 수 있는 것입니다. 내 마음속에 인문주의적인 가닥이 없지도 않겠지만 인문주의적인 가치가 다른 가치들보다 상위에 군림하는 것은 아니라고 생각합니다. 그런 이유에서 나는 인문주의자는 아니고 글로 이루고자 하는 세계도 인문적 세계는 아닐 것이라고 생각하고 있습니다.

김주언 네, 그렇군요. '인문주의'라는 표현이 저에게는 우선 지성적 깊이와 넓이에 대한 경의의 표현으로 읽힙니다. 선생님의 글쓰기는 이미 그때 당시에도 그 유례를 찾아보기 힘든 경우가 아니었겠는지요. 따라서 이런 언급은 선생님의 텍스트에 대한 다른 가능성도 생각해 보게 합니다.

거슬러 올라가보면, 우리에게는 작가를 단지 한 명의 '처사處士'가 아니라 '문사文士'로 대접하는 전통이 있습니다. 문사는 다만 일인분의 밥벌이 혹은 한 가족분의 밥벌이에 종사하는 자는 아니지요. '지식인'이라는 말이 단지 특정 지식 전문가나 지식의 양이 많은 사람을 지칭하지 않듯이, '문사'라는 말도 일정 수준의 기예를 갖춘 글쓰기 전문가를 지칭하지는 않습니다. 작가의 사회적 영향을 평가해 줄 때 비로소 쓸 수 있었던 개념일 것입니다. 선생님은 작가의 길을 가기 전 기자 시절《한국일보》에 매주 문학기행문을 연재했고, 그것을 묶어『문학기행』(박래부 공저)을 펴내면서 이미 문명을 떨쳤습니다. 김훈 기자의 문학기행은 당시 빼어난 명문과 유려한 문체 그리고 문학에 대한 깊은 이해로 많은 문학애호가들로부터 기대와 화제를 모으며 사랑받았던 글입니다. 요즈음은 "나는 본래 어둡고 오활하여, 폐구閉口로 겨우 일신의 적막을 지탱하고 있다"고, 방패막이 전제를 앞세우기는 하지만 세월호에 대해서도 발언하십니다. 예나 지금이나 선생님의 글쓰기는 문화권력까지는 아니라고 하더라도 이미 일정한 지지 기반이 있는 사회적 글쓰기인 것이고, 따라서 처사보다는 문사의 그것에 가까운 것 아닐까요?

글을 쓰는 일에 대한 자의식

김훈 글을 쓰는 일에 대한 저의 자의식을 묻고 계신 것 같은데 나는 글이 세상의 맨 꼭대기에 있다고 생각하는 사람이 아닙니다. 글 쓰는 사람들은 글이 이 세계의 정상부에 있어서 현실을 욕하고 비판하고 야단치고 자기가 현실보다도 우월적 지위에 있다고 생각하는 사람들이 있는데 나는 전혀 그렇게 생각하지 않습니다. 나는 글은 이 세상을 이루는 수많은 범주 중에 하나에 불과하다고 생각하는 것이지요. 그리고 '펜은 칼보다 강하다'라는 말이 있는데 나는 다 거짓말이라고 생각합니다. 칼을 가진 자들은 칼이 펜보다 강하다고 말하지 않습니다. 왜냐하면 강한지 알기 때문입니다. 펜이 강하다는 것은 희망적이고 낭만적인 말입니다. 그러나 그 말을 액면대로 믿지 않습니다. 나는 그렇게 언어와 개념을 맹신하는 자들을 신뢰할 수 없습니다. 그리고 내가 무슨 말을 하거나 글을 쓴다면 내가 나이 먹은 사람으로서 자기의 생애, 자신의 삶을 통과해 나온 그런 말을 해야지 언어와 개념을 가지고 짜맞추어서 글을 쓴다는 것은 허망한 글이 될 것이라 생각합니다. 글이라는 그 자체가 지엄하고 최고의 자리라고 생각하지는 않습니다. 그리고 그 개념을 맹신하는 자들을 전혀 신뢰할 수 없습니다. 가령 사전에 7을 찾아보면 '6에 하나를 더한 것'이라 쓰여 있습니다. 이게 사전의 개념입니다. 그럼 6은 '7에서 하나를 뺀 것'이다. 5는 '4에다 1을 더한 것'이다. 이렇게 쓰여 있습니다. 이 말은 진리입니다. 하지만 이것은 하나 마나 한 소리입니다. 인간은 3을 1+2의 결과라고 생각하지 않고, 3 그 자체의 온전성을 설

대담 중인 김훈(단국대학교 학생극장, 2018)

명할 수 있어야 합니다. 3을 3으로 설명할 수 있어야 합니다. 그것은 지극히 어려운 일입니다. 거의 안 됩니다. 그러니까 1+2라고 말할 수밖에 없습니다. 그러니까 개념과 개념이 계속 꼬리와 꼬리를 물고 이어지면서 한없이 개념을 더해서 설명하면 동어반복의 지옥이 펼쳐지는 것입니다. 거기에 빠지면 똥통에 빠지는 것입니다. 헤어 나오지 못합니다. 동어반복의 개념을 한없이 이어 나오면서 그것이 언어의 우월성이라고 생각하는 것은 그야말로 어리석은 일이라고 생각합니다. 그러니 저는 '문사'나 '처사'라기보다는 지식인의 권력적 자리, 정의로운 자리보다도 개념에 의지하지 않고 나 자신을 드러낼 수 있을까, 동어 반복의 함정을 어떻게 피해 나갈 수 있을까, '1+2=3이다'라

는 진술을 하지 않고 새로운 언어의 세계로 갈 수 있을까 하는 것이
나의 고민입니다.

김주언 사유 태도에 있어서 개념이라는 수단을 사용함으로써 사실상
동일하지 않은 것을 동일시하는 오류, 동일성 사유의 오류에서 벗어
나고자 하는 노력은 많은 예술가들의 공통된 노력이어야 하겠지요.
그래야 한 명의 작가로서의 존재 이유가 있지 않겠습니까. 선생님은
이 문제에 대해 누구보다도 분명하고 철저한 자의식을 갖고 계신 셈
인데, 선생님의 글쓰기는 어디에서 비롯되었을까, 김훈 글쓰기의 기
원이라고 할까 원장면 같은 것을 상상해 볼 때, 저에게는 어떤 장면
하나가 제시됩니다. 선생님은 부친이신 김광주金光洲 선생의 작품
『비호』 재출간에 부쳐 "나는 소년 시절에 병석에 누운 아버지의 구
술을 받아서 무협지 원고를 대필했었다. 그것이 내 문장공부의 입문
이었다."라고 쓰셨습니다. 무릇 학생들에게 받아쓰기는 기본 수학 능
력을 검증하는 중요한 척도이지요. 받아쓰기를 못하면 다른 것을 읽
고 쓰고 하는, 리터러시literacy의 세계에 진입하지 못할 뿐만 아니라
어른들의 상징계에 진입하지 못합니다. 왜냐하면 언어는 이미 존재
하는 세계의 세계 내용이기 때문입니다. 그런데 우리가 잘 아는 바
와 같이 다른 한편으로 언어는 또한 존재하지 않는 세계에 대한 꿈
이기도 하지 않겠습니까. 혹, 받아쓰기는 고쳐쓰기 또는 다르게 쓰
기의 욕망 같은 것을 낳지는 않았는지 궁금합니다.

아버지와 아들의 글쓰기

김훈 제가 받아쓰기를 한 세월은 꽤 오래 되었습니다. 우리는 중학교 때도 받아쓰기를 했고, 나중에는 고등학생이 되어서 아버지의 글을 받아쓰기를 했고, 대학교에 들어가서도 받아쓰기를 했습니다. 우리는 영시를 배울 때 무조건 외우는 것이었어요. 시험도 달달 외워서 쓰는 것이었습니다. 지금도 나는 그 영시들을 다 외울 수 있습니다. 지금도 나는 19세기 낭만주의 워즈워드, 바이런, 셸리의 시를 외울 수 있습니다. 공부할 때도 스스로 영시를 소리 내서 외우면서 쓰는 거예요. 자기 자신이 받아쓰기를 하는 것이지요, 행갈이, 맞춤표, 문장부호도 맞춰서 썼지요. 받아쓰기 훈련을 하면서 이런 걸 배웠어요. 한국어 조사의 미묘한 쓰임새 같은 것, 참 어려운 것이죠. 한국어는 조사가 제일 어렵습니다. 여러분 한국어로 글을 쓰고, 한국어로 읽는다는 것은 결국 조사를 읽는 것입니다. 왜냐하면 한국어는 모든 구문의 시스템이 조사에 의해서만 작동되게 되어 있습니다. 그러니 조사를 읽지 않으면 아무것도 모르는 거예요. 이것은 한국어의 특징입니다. 그런 조사의 미묘한 쓰임새 그리고 주어와 술어가 어떻게 연결되는지 받아쓰기를 하면서 스스로 알게 되었지요. 그리고 각 품사의 느낌을 알게 되었어요. 자동사는 형용사의 세계와 비슷한 것이지요. '바람이 분다'는 자동사이지만 형용사의 세계로 가는 것이지요. 부사는 일종의 동사의 세계에서 파생된 어휘지요. 부사는 동사의 자식이고, 자동사는 형용사의 자식이구나 하는 언어의 대한 느낌, 그런 것들을 받아쓰기를 통해 배운 것이지요. 실제로 들리는 소리를 써보면 누가 가르쳐주지 않아도 스스로 알게 됩니다. 받아쓰기 교육은 매우 좋은 교육이라 생각합니다. 그것을 주입식 교육이라고 해서 그것을 폄하하는 사람들도 있지만 내가 받은 교육에 따르면 그렇지 않아요. 주입식 교육은 창의를 말살하는 것이 절대 아니고 창의의 바탕이 되는 것입니다. 다만 '무엇을' 주입하느냐가 문제입니다. 받아쓰기를 하다 보니, 영시를 스스로 받아쓰기를 할 때 더 많은 창조적인 글쓰기를 하고 싶은 욕망이 생기게 된 것이지요. 받아쓰기는 나에게 아주 훌륭한 교육이었다고 생각합니다.

김주언 부친에 대한 정보는 에세이 「광야를 달리는 말」, 소설 『내 젊은 날의 숲』과 『공터에서』에 어느 정도 나와 있습니다. 어느 경우에나 일체의 자화자찬이나 자기미화 같은 것을 찾아볼 수 없지요. 독립운동가의 무용담이나 후일담 대신에 다만 어느 마이너리티의 지우고 싶은 흑역사를 보는 것 같습니다. 집안의 내력을 말하고 싶은 생각은 없다는 『내 젊은 날의 숲』의 주인공은 '난생卵生'을 부러워하고, 『공터에서』의 주인공은 '무성생식'을 생각합니다. 도저한 고아의식이라고 하지 않을 수 없습니다. 그럼에도 불구하고 선생님의 텍스트에는 작중인물이 생물학적 닮음을 곤혹스러워 하는 대목이 곳곳에서 발견됩니다. 어쨌든 선생님에게는 신문기자와 작가라는 직업이 부친으로부터의 내림입니다. 부친의 생애사에는 수난의 한국 현대사가 아로새겨져 있을 수밖에 없을 터인데, 아무래도 부자지간의 관계에도 무난하지만은 않은 애증의 얼룩 같은 우여곡절도 있겠지요?

김훈 저의 돌아가신 아버지를 물어보시는데, 저의 돌아가신 아버지는 1910년생입니다. 우리 아버지는 우리나라가 망해서 없어지던 해에 태어났어요. 나는 1948년생입니다. 망해버린 나라를 새로 정부 수립하던 해에 태어났지요. 그러니까 '1910'과 '1948'이란 두 개의 숫자가 우리 부자의 생의 십자가처럼 박혀 있어서 우리는 그 두 개의 숫자로부터 이탈할 수 없었어요. 저의 아버지는 19살 때 상해로 갔지요. 당신 표현대로 조국을 버리고 갔대요. 왜 그랬냐면 한반도에 있으면 일제에 저항을 하다가 감옥에 가거나 아니면 일본인의 노예가 되거나 둘 중에 하나밖에 없었기 때문에 당신은 둘 다 할 수 없었기 때문에 상해로 갔다는 거예요. 그때부터 이제 아버지는 한없는 유랑생활, 나라 잃은 청년의 그 불쌍하고 가엾은 유랑생활을 시작한 거예요. 유랑생활의 일부가 당신 말대로 독립운동이었다고 하는데, 그것은 뭐 그렇게 격렬한 무장 항일은 아니었고, 김구 캠프 산하에서 김구의 큰 조직의 외곽에서 있었던 것 같아요. 그러니까 김구 눈에는 안 보이는 거죠. 외곽에서 교민2세를 데리고 한글 교육 같은 걸 했대요. 그것도 뭐 독립운동이라고 할 수는 있지만 그 독립운동의 주류가 아니죠. 김구 선생이 데리고 있던 핵심 부류는 무장 세력들이죠. 윤봉길이나 그런 청년들……. 그리고 아버지는 한국에 돌아와서 6·25전쟁을 겪고 좌우익이 대결하는 꼴을 보고 박정희 대통령 때까지 살았어요.

나는 그의 아들로 1948년에 태어났습니다. 아버지가 젊었을 때 쓴 글을 보니까 당신이 이 조국을 얼마나 저주하는지를 써놨어요. 조국이란 것이 세상에 없었으면 좋겠다, 조국이라는 게 너무나 괴롭

고 잊으려야 잊을 수 없고 너무 그립고 안타깝고……. 하지만 이것
이 너무나 인간을 옥죄이기 때문에 조국이고 나발이고 없는 세상에
서 살고 싶다는 글을 써놨어요. 그 글을 발표했더라고요. 그 글을 읽
어보니깐 참 우리 아버지 청춘이 참혹했구나, 정말 피눈물 같은 게
나는 듯 했어요. 아버지는 그 조국을 벗어나고 싶었던 거죠. 나는 그
조국에서 태어나고. 그의 아들로 태어나서 나는 아버지로부터 벗어
나고 싶었어요. 아버지는 돌아와 보니깐 자기가 이 세상에서 좌표를
설정할 수 없는 세대였어요. 그 시대에 좌충우돌하고 자기의 지나간
과거를 미화하고 과장하고 그랬어요. 그 세대의 특징이죠. 우리 아
버지뿐만 아니라 그 세대의 공통적인 특징이 그런 거였어요. 그리고
현실에 대해 끝없이 절망하고, 자기 입지를 정할 수 없던 세대였죠.
나는 아버지와 그 친구들을 볼 때 나는 저런 사람이 되면 안 되겠구
나 생각했어요 늘.

김주연 선생님은 효심이 깊은 분이라고 알고 있습니다. 그럼에도 불구
하고, 소설에서 글로써 정의를 다투지 않겠다는 작의나 사랑과 연민
의 이야기를 잘 하지 않는 것은 부친의 글쓰기를 일종의 반면교사
삼은 것인지요?

김훈 나는 우리가 새로운 어떤 세계를, 어떤 미래를 만들지 않고는
죽음밖에 없겠구나 생각했어요. 그것은 나의 아버지가 나에게 준 반
면 교훈이었죠. 아버지가 돌아가실 때에도 나는 울지 않았어요. 한
쪽으로만 울었어요. 한쪽으로는 웃었어요. 이제는 됐다, 이제는 내

세상이 되었구나, 이 세대가 끝났구나 하는 그런 후련한 느낌이 있었죠. 그런데 아버지는 항상 정의를 말씀하셨어요. 그 세대의 어른이, 그러니깐 '이 세상은 불의하다'라는 정의…… 아버지가 말씀하시는 정의라는 게 뭔지는 나는 잘 모르겠어요 지금도. 아주 포괄적인 말씀을 하셨던 것이죠. 그래서 선생님도 뭐 정의를 말씀하시는 것 같은데, 나는 그 '정의란 무엇인가?'라는 질문 있죠? 그런 언어 구조보다는 '무엇이 정의인가?'라는 질문의 구조가 맞다고 생각해요. 두 의문의 구조는 어떤 차이가 있나? 이것은 하늘과 땅의 차이가 있어요. '정의란 무엇인가?'라고 묻는 사람과 '무엇이 정의인가?'라고 물어보는 사람은 엄청나게 다른 생각을 하는 거죠. '정의란 무엇인가?'라는 질문은 엄청 포괄적이고 추상적으로 물어보는 것이죠. 이런 질문에 대해서는 나는 대답을 할 수가 없어요. 우리 아버지가 즐겨한 질문이 그런 식이었던 것 같아요. 그럼 '무엇이 정의인가?'라고 물어보면 이것은 일상생활에서 구체적으로 무엇이 정의인가 물어보는 것이죠. 그런데 우리 아버지의 의문의 구조는 '정의란 무엇인가'였죠. 나는 '무엇이 정의인가?', 그런 의문을 가진 세대였어요. 그런데 이 세상은 정의도 아니고 불의도 아닌 그런 것이 대부분이에요. 정의냐 불의냐와 애초에 관련이 없는 그런 많은 사태가 있는 것이죠. 이런 거에 대해서 이것이 정의냐고 의문을 제기하는 것은 지극히 어리석고 그것은 의문문이 성립되는 것이 아니지요. 여기 많은 학생들이 계시는데 제발 포괄적인 질문을 하지 말고 "선생님, 문학이란 무엇입니까?" 이런 질문을 하면 안 돼요. 그렇게 질문하면 거기다 무슨 거짓말을 다 해도 괜찮아. 다 속일 수가 있어요. "선생님, 인생은 무엇입니까?" 이건 질문이 성립이 안 되는 것이에요. 그러니까 좋은 질문을 만들 줄 아는 훈련을 해야죠. 잘 제기된 질문, well posed question. 이것이 없으면 그 다음으로 넘어갈 수 없어요. 나는 우리 아버지 세대의 언어를 들여다보면서 그것을 알았죠.

김주언 부친으로부터 받은 긍정적 영향도 글쓰기 문제와 결부시켜 좀 구체적으로 소개해 주셨으면 합니다.

김훈 나의 아버지로부터 받은 긍정적인 영향이 무엇이냐 물어보면 있어요. 그것이 뭐냐면 그렇게 치열하게 글을 써서 어찌 됐든 밥벌이를 하고 처자식을 먹여 살려야 되겠다, 그건 우리 아버지가 열심히 정말 잘 했어요. 무협지를 써서 날 학교엘 보냈어요. 우리 아버지는 방탕한 사람이었지만, 그래도 생활인의 태도로서 엄정한 데가 있었어요. 그러니까 내가 교육을 받을 수 있었죠.

내 마음속의 말(馬)에 대하여

김주언 선생님의 부친 얘기를 하면서 '말(馬)'에 대한 얘기를 빼놓을 수 없을 것 같습니다. 말은 작가의 내면에 강력한 원형原型 상징으로 자리잡고 있는 이미지인 것으로 보입니다. 부친께서는 살아생전에 "광야를 달리는 말이 마구간을 돌아볼 수 있겠느냐?"는 어록을 남기셨다지요. '광야'가 있고 없고를 떠나서 일단 '말'을 자처하신 셈인데, 『내 젊은 날의 숲』에는 "아버지의 모습과 할아버지의 모습을 하나의 이미지로 연결시켜 주는 그 비논리적인 매개물은 한 마리의 늙은 말"이라고 했습니다. 『공터에서』도 늙고 추레한 조랑말이 제자리 걸음을 하고 있습니다. 이뿐만이 아닙니다. 『흑산』의 마노리는 먼 길을 가는 마부이며, 『공터에서』에서의 마동수·마차세 또한 하필 마馬씨입니다. 말은 소설 텍스트 바깥에서도 이해받길 요구하는 상징이라고 할 수 있습니다. 『흑산』의 속표지에는 '가고가리'라는 이상한 동물의 그림이 그려져 있지요. "원양을 건너가는 새, 배, 물고기 그리고 대륙을 오가는 말(馬)을 한 마리의 생명체 안으로 모았다."고 하는 설명이 붙어 있는데, 이 그림은 작가 자신, 선생님이 그렸다고 소개되어 있습니다. 『공터에서』는 속표지에서 나와 겉표지에 말 한 마리가 디자인되어 있기도 합니다. 이쯤 되면 말 이미지-상징은 선생님 작품에서 반복강박적으로 소환되는 원장면 같은 것인가 하는 생각이 듭니다. 아무래도 '말'에 대해 할 이야기가 많으신 것 같습니다.

김훈 이렇게 질문하시는 거 깜짝 놀랐어요. 사실 내 마음속에는 말들이 막 달리고 있어요 항상. 그리고 말에 대해서 그 어떤 글을 써 보고 싶은 생각이 있는데, 최초에 말에 올라탄 인간이 있을 거 아니에요? 그 최초에 말에 올라탄 인간이 느꼈던 그 속도감, 그 권력에 대한 의지, 권력에 대한 욕망, 세상에 대한 자기 우월감, 그런 게 있었던 거죠. 말잔등에 올라타보니깐 세상이 완전 달라 보인 거잖아요. 그런 인간의 내면들 그리고 우리가 유목사회서부터 농경정착사회로 옮겨오는 과정에 겪은 그 무서운 문화의 충돌, 말은 그 사이를 건너온 거죠. 유목에서 농경정착으로 건너오는 말의 종족들 그리고 그 모든 전쟁에 끌려 나가는 말들, 인간의 문명과 인간의 야망, 인간의 유목과 인간의 정착 사이를 건너오는 그러한 종족들. 그러한 말의 내면을 가지고 글을 써보고 싶은데 너무나 내가 생각하기에도 좀 엄청난 일 같아서 어떻게 잘 될는지는 모르겠어요. 선생님 말씀하신 것처럼 말이 내 마음속에 크게 자리 잡고 있는 것은 사실입니다.

김주언 그러시군요. 그렇다면 우리는 『개』에 이어 『말』(?)도 한 번 기대해 봐도 좋을 것 같습니다. (웃음) 이제 전쟁 얘기로 화제를 좀 돌려보겠습니다. 한반도에서의 핵전쟁의 위협은 현재 시점에서 보자면 현저히 감소된 것만은 분명해 보이나, 그 위협이 완전히 해소되었다고 보기는 어렵습니다. 전쟁은 여전히 한반도의 미래, 나아가 인류의 미래, 지구의 미래를 위협하는 주요 요인 가운데 하나입니다. 선생님은 집단적·사회적 주체로서의 인간은 생존경쟁과 약육강식의 현실을 피할 수 없다는 점을 특히 강조하시는 소설들을 쓰신 바 있습니다. 이 적나라한 현실은 특히 전장戰場에서 현저한데, 『칼의 노래』, 『현의 노래』, 『남한산성』은 모두 전쟁 서사라는 공통점이 있습니다. 이 역사소설들에서 역사는 현재의 전사前史로서 현재와 대화하는 역사라기보다는 문명의 외부처럼 느껴지기도 합니다. 현실사회주의의 몰락 이전의 시대라면 이런 역사소설들이 우리에게 별다른 감흥을 주지 못했을 수도 있습니다.

　『남한산성』은 영화화되기도 했습니다. 『남한산성』의 경우를 좀 더 얘기해 보겠습니다. 최명길이 치욕을 삶의 길로 제시하고, 임금이 이에 따름에 따라 삶은 선명하고 깨끗한 이데올로기와 갈라섭니다. 소설과 영화는 모두 이 치욕을 잊지 말자는 약소국가의 저항 민족주의 같은 이데올로기와도 별 상관이 없는 것으로 보입니다. 비분강개하며 이 치욕이라는 삶의 현실을 성급하게 이성의 언어로 논리화하는 대신에 우리는 좀 더 깊이 인간이라는 존재가 몸담고 있는 이 세상의 심연을 들여다 볼 필요가 있겠지요. 우리가 '전쟁'을 사유하는 것은 이 때문입니다. 영화 이야기가 나온 김에 영화 얘기를 좀 더 해보겠습니다. 셰익스피어의 『리어 왕』을 각색한, 일본 감독 구로사와 아키라의 〈란亂〉이라는 영화가 있습니다. 부자지간과 형제지간의 살육이 행해지는 전쟁 스토리에서 이런 대사가 나옵니다. "이 세상에는 신도 부처도 없단 말인가? 어떤 세상이든 서로 죽고 죽이지 않으면 살아갈 수 없는 인간의 반복되는 악행을 신도 부처도 어찌할 방법이 없는 것이다. 이것이 인간의 세상이다……." 선생님의 『칼의 노래』에서는 전쟁의 무의미성이 바로 세계의 무의미성이기도 합니다. "이 끝없는 전쟁은 결국 무의미한 장난이며, 이 세계도 마침내 무의미한 곳인가"를 묻는 목소리가 다름 아닌 작가 자신의 목소리로 들립니다. 이런 전쟁이 자연화되는 세상이 바로 무의미의 '아수라'겠지요?

세계의 기본 구조를 이루는 악과 폭력, 그리고 전쟁

김훈 전쟁에 대해서 물어보시는데, 한 이틀 전에 1차 대전이 끝난

100주년을 기념해서 세계 정상 70명이 유럽 어디 모여서 기념식을 했다는군요. 1차 대전은 1918년에 끝났죠. 인간은 그 전쟁의 참화, 전쟁의 비극, 그것을 반성해 가지고 그 다음 전쟁을 안 한 적이 없어요. 그리고 1차 대전이 끝난 다음에 즉각 1930년부터 또 2차 대전을 시작한 거예요. 2차 대전은 1945년에 끝났죠. 우리는 2차 대전이 끝난 덕분에 독립이 된 것이죠. 그 다음은 또 한국전쟁이 불과 4,5년 사이에 일어났지요. 한국전쟁은 작은 한반도에서 일어난 것이지만, 그것은 세계대전과 똑같은 것입니다. 그건 미국군, 중국군, 인민군, 국군 그리고 UN 16개국이 합쳐 싸운 전쟁이죠. 세계대전이랑 똑같은 전쟁이에요. 그리고 그 전쟁의 특징은 절멸주의, 절멸주의가 뭐냐면 어떤 전술적인 목표를 달성하면 싸움을 그만두는 게 아니고 씨를 말리는 거예요. 상대방의 씨를 말리는 거예요. 서로 좌우익으로 갈려 서로 씨를 말리는 전쟁을 한 거예요, 6·25전쟁은. 그리고 그 다음에 또 베트남전쟁, 이라크전쟁, 중동전쟁, 아프간전쟁……. 그러니까 이 세상에 국경선이라는 것이 있잖아요? 모든 나라의 국경선은 인간의 이성과 인간의 합리성의 결과로써 설정된 것이 아니고, 전쟁과 살육과 약탈, 정복, 거기다가 저항, 그 결과물로써 생긴 것입니다. 특히 유럽 작은 나라들의 국경선은 완전히 살육 전쟁의 결과로 그 산물로써 그렇게 설정된 것이죠. 이것은 이성과 합리성의 결과가 아니에요. 이것이 지금 세계의 우리를 지배하는 질서의 근간인 것입니다. 국경선. 그러니까 이런 현실을 우리는 인정을 해야 돼요. 이것을 인정하는 것이 난 어른이라고 생각해요.

그리고 내가 몇 년 전에 국군유해발굴현장을 다녀왔거든요. 육군

유해발굴단 따라서 동부전선 가서 참호에서 유해를 파는 걸 봤는데, 어떤 참호는 능선을 따라서 쭉 이어져 있어요. 거기서 유해가 나오는데, 어떤 참호에서는 국군의 무기와 인민군의 무기가 같이 나와요. 그런데 뼈는 섞여가지고 누구 건지 모르는데, 무기는 양쪽 무기가 다 나오는 거예요. 그러면 이게 어떻게 된 것이냐. 이 상황을 장교한테 물어봤더니, "아 이것은 한 참호 안에서, 국군의 참호 안에, 인민군의 병사가 뛰어 들어가서 서로 찔러 죽인 것이다. 참호 안에서". 이것을 보니까 두 젊은이가 참호 안에서 서로 대검으로 찔러 죽였는데, 그럼 이 두 젊은이들은 역사의 발전에 기여한 것입니까? 그러면 인민군의 젊은이는 사회주의 혁명을 위해서 역사 발전에 기여한 것이고 남한의 젊은이는 남조선의 자유민주주의를 지키기 위해서 죽은 것이다, 이렇게 이야기하면 논리적인 것이 되나요? 논리적이지 않습니다. 이것은 말하기 참 어려운 것이지요. 내가 또 얼마 전 GP에 갔었는데 GP에서 망원경으로 보면 저쪽 병사들이 보여요. 보니까 겨울에 어떤 젊은 인민군 병사가 눈에다 오줌을 누고 있었어요. 오줌 줄기가 보여요. 눈에다 오줌을 싸니까 김이 막 올라와서 내가 딱 김을 보니까, '야 저놈이 사람이구나. 그런데 김을 내면서 오줌을 싸는 저 놈이 왜 우리 젊은이의 적인가, 왜 적인가?' 그런 생각이 들었어요. 그런데 그 놈은 실제로 적이에요. 그렇죠? 그런데 이런 우리가 해결할 수 없는 딜레마 속에서 살 수밖에 없는 것이죠.

김주언 전장이 어찌할 수 없는 인간 세상사의 가장 벌거벗은 적나라한 모습이라면 전장의 아수라가 없는 세상이 바로 유토피아일 것입니다. 이런 문제의식으로 선생님의 소설들을 읽을 때 '숲'이라는 공간은 어떤 공간보다도 이례적으로 희망적인 공간으로 느껴지기도 합니다. 그런데 『내 젊은 날의 숲』을 보면 '숲'을 그렇게 설정하지는 않은 것 같습니다. 전쟁 희생자의 유해 발굴 현장과 '숲'을 나란히 놓았고, 그 숲은 인간 생로병사의 마지막 귀착점으로서의 죽음의 장례의식을 치르는 공간이기도 합니다. 뿐만 아니라 주인공 조연주는 "풀과 꽃은 겨우 그릴 수 있지만 숲과 산은 온전히 보이지 않았다."라고 말하지요. 여기에 본다고 보이는 게 아니라는 인식론적 문제까지 중첩시키는데, '숲'의 자리를 이렇게 설정한 것은 낭만적 도피와 안이한 화해를 거부하기 위한 의도적인 설정인지 궁금합니다.

김훈 내 소설에 전쟁이 많이 나오는 것은 특별히 전쟁을 좋아해서 그런 것이 아니고 세계의 기본 구조, 이 베이스를 이루는 악과 폭력과 인간의 야만성, 그런 것들을 드러내기 위한 것이죠. 그러면 인간의 이성과 인간의 자유에 대한 열망, 평등에 대한 열망, 이성과 합리성 같은 것들이 있을 거 아니에요, 그런 것들은……. 그런 것들은 또 그 속에서 거기서 짓밟히고 억눌리면서 거기에 저항하면서 살아가는 것이죠. 그런데 인간의 아름다움만? 그것만 딱 잘라서 그것만 가지고는 난 이야기를 할 수가 없어요. 난 그것을 다 섞어서 얘기할 수밖에 없는 것이죠. 왜냐면 그 속에 다 인간이 있으니까. 그래서 내 머릿속은 혼란스럽고 뒤죽박죽입니다. 질서정연한 사람이 아니에요.

김주언 1931년, 국제연맹의 국제지적협력협회는 인류 공동 관심사에 대한 대표적 지식인들 사이에 편지 교환을 주선했는데, 이 프로그램에서 아인슈타인과 프로이트가 서로 편지 교환 상대가 됩니다. 편지는 출간되면서 「왜 전쟁인가」라는 타이틀을 달게 되었는데, 여기에서 아인슈타인은 프로이트에게 '마지막 의문'이라면서 인간이 증오와 파괴를 열망하는 이상 심리에 저항할 수 있도록 인간의 정신 발달을 통제하는 것은 과연 가능한 일인가를 질문합니다. 여기에 대한 프로이트의 답변은 명쾌하지만 비관적이에요. 인간에게 전쟁은 충분한 생물학적 근거를 가지고 있으며, 사실상 거의 피할 수 없는 하나의 자연스러운 일처럼 보인다는 것이지요. 다만 프로이트는 우리가 할 수 있는 일은 공격적 충동을 전쟁으로 발산할 필요가 없도록 그 충동의 방향을 다른 데로 돌리려고 애쓰는 것이 고작이라는 의견을 덧붙입니다. 1931년 프로이트 이후 오늘날의 인류는 어떤 해답을 가지고 있을까요. 선생님은 개미의 경우로 이런 물음에 동참하고 계신 것으로 보입니다. 『내 젊은 날의 숲』의 등장인물 안요한 실장은 곤충생태관을 만들어놓고 개미의 생태를 관찰하는데 그 관찰의 주요 내용이 이렇습니다.

양쪽 진영이 모두 병력을 총동원해서 전면전을 벌일 때, 개미들의 적개심의 근원은 무엇인가. 개미들은 개별적인 적병에 대해서 증오심을 갖는가. 개미들은 어째서 적이 되는가. 혈연이 달라서 적이 되는가. 서식지가 다르면 적이 되는가. 먹이를 다투면서 적이 되는가. 냄새나 색깔이 달라서 적이 되는가.

같은 흰개미의 종족끼리는 적이 되어 싸우는데, 어떤 불개미집단과 어떤 흰개미집단은 왜 싸우지 않는가. 적개심의 근원은 무엇인가. 개미들의 적개심은 개별적 개미의 인식 속에 각인되어 있는가. 적개심이 각인되어 있다면 공포심은 없는가. 개미의 기억 안에 무엇이 축적되어 있기에 개미는 적개심을 반복해서 거듭 전면전의 싸움터로 나서는가. 개미들의 기억 속에 축적된 적개심이란 애초부터 없고, 개미들은 아무런 적개심 없이도 전면전을 수행하는가. 그렇다면 싸움의 동력은 무엇인가.

문명사의 진전에도 불구하고 '만인의 만인에 대한 투쟁'이라는 자연상태를 인간은 개미처럼 벗어날 수 없는 것인가, 묻고 싶은데 아무래도 선생님께 너무 어려운 물음을 드리는 것 같습니다.

김훈 그렇군요. 나는 인간의 문제는 약육강식이라고 생각해요. 약육강식의 질서에서 인간이 과연 벗어날 수 있을까 하는 것이 가장 근본적인 문제라고 생각하는 것이죠. 전쟁, 이런 것도 다 약육강식이죠. 내가 TV에 동물 나오는 프로그램을 좋아하거든요. 사람 나오는 것보다 동물 나오는 것을 더 좋아해요. 사자, 코끼리 같은 야생을 좋아해요. 동물의 세계를 봤더니 거기엔 약육강식이 없었어요. 약육강식은 인간의 세계에만 있더군요. 사자가 배고플 때 얼룩말을 잡아먹잖아요. 그런데 사자는 얼룩말의 자연 생태계를 지배하지는 않아요. 한 마리 잡아먹긴 하지만, 얼룩말이나 노루는 자연 속에서 자기의 생태계를 유지하면서 살고 있어요. 사자는 그것을 지배하지 못해요. 어림도 없죠. 그건 약육강식이 아니에요. 한 마리 잡아먹는 것은 약육강식이 아니죠. 그것은 자연의 리듬이에요. 자연의 리듬.

그런데 인간 세상을 보니까 100퍼센트 약육강식이에요. 지금 우리나라 전국에 수백만 개 편의점이 있잖아요? 그것은 완벽하게 대자본의 밑으로 들어가서 대자본에다 로열티를 바치고 대자본의 허가를 받고, 영업 감독을 받고, 이렇게 풀 아큐파이full occupy를 하는 것이에요. 풀 아큐파이. 완벽하게 지배하는 것이에요. 인간 사회는 생태계를 완벽하게 지배하는 것이에요. 하지만 인간은 그 질서에서 벗어날 수 있죠. "나, 편의점을 안 하고 구멍가게를 독자적으로 하겠다. 그리고 너희에게 로열티를 안 주고 내가 다 갖겠다". 그렇게 할 수 있어요. 그것은 자유로써 보장되니까. 하지만 그 질서에서 벗어나면 바로 죽음이에요, 죽음. 바로 문 닫아야 해요. 그건 할 수가 없어요. 이런 시스템을 만들어놓은 거예요. 이게 이제 약육강식의 문제인 것이죠. 그러니까 인간 사회만 있는 것이에요. 오직. 인간사회에만. 동물 사회에는 이런 것이 절대 없어요.

김주언 인간사회에는 약육강식의 문제가 동물사회에 비해 더 치밀하고 빈틈없이 시스템화되어 있다는 말씀으로 들립니다. 그렇다면 어떤 대안이 있을 수 있을까요?

김훈 이런 것을 어떻게 해결할 수 있겠어요? 공정거래위원회? 공정거래위원회가 이런 것을 감독하는 기관인데, 물론 공정거래위원회 같은 것이 필요하지만, 그러나 그것은 어쨌든 강자와 약자가 공정거래를 했을 때 그 결과는 또 약육강식이 될 수밖에 없는 것이에요. 공정한 약육강식이 되는 것이지요. 그러면 이것을 가령 악이라고 우리가 규정한다면, 이 세계의 악은 우리가 무의 뿌리를 뽑듯이 뽑아버릴 수 있는 것이 아니에요. 뽑혀지는 게 아니에요. 그건 그냥 존재하는 것이에요. 악과 더불어 우린 살아야 돼요. 다만 이 악을 관리하는 방법을 배워야 해요. 악을 관리하고 그것이 메인 스트림main stream이 되지 않도록 그것을 관리하는 기술과 그것을 관리해야 한다는 인간의 선의, 그런 것들이 나는 중요하다고 생각해요. 이것은 절대 뿌리 뽑아서 없앨 수는 없는 것이죠. 그러나 인간의 약육강식에 대해서 내가 무슨 대안이 있는 것은 아니에요. 다만 그것을 직시할 수는 있죠.

김주언 여기 계시는 분들 가운데 편의점 운영에 종사하는 자영업자 분은 아마도 안 계실 것 같습니다만…… 예컨대, 골목상권에서 편의점 운영을 안 해도 약육강식이라는 평범한 악은 바로 우리 곁에 있는 문제겠지요?

김훈 이 얘기를 하자면 정말 한이 없는데, 지금 내가 사는 일산에서도 보면 짬뽕값이 점점 떨어져서 3천 원까지 왔어요. 젊은이들이 그 짬뽕을 사먹고 있어요, 가득 모여서. 그 3천 원짜리 짬뽕을 먹는 사람들은 국가에서 강제로 채찍을 휘둘러서 '너희들은 3천 원짜리 짬뽕을 먹어라.' 해서 먹는 것이 아니에요. 내버려두면 저절로 먹어요. 왜냐면 이제 국가는 채찍을 휘두를 필요가 없어요. 가만 놔둬도 저절로 거기서 먹는다고. 그러니까 다스리기가 편한 거지. 그러니까 그것이 일상이고 시장의 자유인 것이지. 그러나 짬뽕 국물 안에도 약육강식의 질서는 정확하게 작동되는 것이지요. 우리는 그것을 시장의 자유, 시장의 질서, 시장의 합리성이라고 말하면서 살고 있는 것이에요, 지금. 그런데 나도 해답은 없어요.

세상을 바꿀 수 있는 힘

김주언 야만의 역사 없는 문명의 역사는 없다고 하지만, 야만의 폭력과 악의 평범성은 도처에 현저하고 진화에 진화를 거듭하고 있습니다. 무기는 한 번 세상에 생겨난 이래 인류의 어떤 공동선의 노력에도 불구하고 제 갈 길을 가고 있습니다. 한쪽에서는 원자폭탄 다음은 수소폭탄이라고 말하고, 다른 한쪽에서는 도무지 범행 동기를 알 수 없는 평범한 사람이 불특정 다수에게 묻지 마 집단 살상을 자행하는 세상이 우리가 사는 21세기 문명사회입니다. 이렇게 고도화되는 위험 사회의 미래에는 무엇이 있는지, 지구의 미래는 어디까지 가능한 것인지를 묻지 않을 수 없는 지점에 지금 우리는 와 있는 것 같아요. 야만의 야만성을 이긴 문명의 역사는 위대한 것처럼 보이지만, 사실 그 역사는 일천한 것이고, 지금 우리가 잘 나가는 자본주의 쇼핑으로 걸치고 있는 문명의 의장이라는 것도 우리가 생각하는 것처럼 그렇게 두터운 방탄복이나 갑옷은 아닌 것이지요. 이 악의 진화와 증가를 어떻게 설명해야 하는지, 인간은 본래 그렇게 생겨먹었다고 말하지 않고 무슨 말을 더 할 수 있는지 모르겠습니다.

김훈 참 어려운 질문이네요. 무기 얘기를 하시는데, 현실을 물리적으로 개조할 수 있는 것은 무기인 것입니다. 무기와 악기는 다 세상을 개조할 수 있어요. 언어도 세상을 바꿀 수 있어요. 연장도 세상을 바꿀 수 있어요. 인간이 세상을 바꿀 수 있는 것은 네 가지예요. 무기, 악기, 언어, 연장. 이 네 갠데, 그 외엔 없어요. 그런데 무기는 이 세상을 정확하게 때려 부숴가지고 무기를 가진 자의 이익에 맞게 세상을 바꿀 수가 있어요. 분명하게. 지금도 부수고 있는 거예요. 악기는 지금까지 전혀 없었던 어떤 놀라운 아름다움을 만들어내서 세상을 바꿀 수가 있어요. 우리가 가야금을 뜯으면 소리가 올라오잖아요, 하나. 이 소리는 지금까지 전혀 없던 완전히 낯설고 놀라운 아름다운 소리가 거기서 튀어나오는 거예요. 거기서. 처음 경험하는……. 이 세상을 바꿀 수 있는 힘이 있어요. 언어는 인간의 사유와 인간의 소통을 실현함으로써 세상을 바꿀 수가 있는 것이죠. 그러나, 언어와 악기가 세상을 바꿀 수 있다는 말은 그것은 너무나 아득하고 멀고 신뢰할 수 없고 불안정하게 들리는 것이죠. 무기가 세상을 바꾸는 것에 비하면. 그런데 언어나 악기에 의해서 세상을 바꿀 수가 없다면, 그러면 무기의 세계로 가는 것이죠. 그런데 내가 글을 쓰는 이유는, 이 세상의 폭력에 반대하기 위해 쓰는 거지요. 오직. 폭력에 반대하는 것. 그렇지 않으면 글을 쓰는 이유가 없는 것이죠. 이 폭력과 야만에 반대하기 위한 것이죠. 언어가 세상을 개조한다는 것은 아주 가망이 없는 허약한 얘기처럼 들리지만 우리는 그것의 힘을 믿고 그 일을 계속할 수밖에 없는 거예요. 왜냐하면 그렇지 않으면 무기의 세계로 가야 되니까. 자, 여기까지입니다.

김주언 어디에선가 선생님이 "악기는 무기를 동경하고, 무기는 악기를 동경한다"는 취지의 말씀을 하셨던 게 기억이 납니다. 인류 문명사의 전개에서 볼 때 호모 파베르Homo Faber에게 무기와 악기는 핵심적이고 본질적인 도구이겠지요. 선생님은 아까도 스스로를 질서정연한 사람이 아니라고 말씀하셨지만 선생님의 작품 세계, 특히『현의 노래』에서 무기와 악기라는 도구는 세계의 자웅雌雄 상징처럼 질서 정연하고 구조적으로 느껴집니다. 약육강식의 구조 속에서 이 자웅은 물론 평등할 수 없고, 악기는 무기의 세상에서 슬픈 운명을 맞겠지만 말입니다.

김훈 제가『현의 노래』라는 소설을 오래 전에 썼는데, 대가야의 악사 우륵에 관한 얘기입니다. 그 시대에는 신라와 대가야가 정말 절멸주의에 가까운 살육전쟁을 벌이고 있었죠. 대가야의 땅은 지금 고령입니다. 대가야는 그때 가장 큰 대장간을 차려놓고 동북아시아에서 가장 뛰어난 철제무기를 만들었어요. 소설 속에서 대가야는 철제무기를 신라에도 팔고 일본에게까지 팔았어요. 대가야의 무기상은 자신의 적군에도 무기를 파는 거죠. 지금의 다국적 무기상 같은 거예요. 그런 존재들이죠. 대가야에서 그런 엄청난 제철공장을 차려놓고 무기를 만들었는데 바로 그 대장간이 있는 동네에서 우륵은 가야금을 만들었어요. 같은 시대, 같은 장소에서 무기와 악기가 동시에 발생하는 거예요. 그것은 나로서는 굉장히 신나는 순간이었죠. 무기와 악기가 동시에 나온다는 것은. 우륵은 대가야의 고위 관리였어요. 악사지만 고위 관리였죠. 그러니까 자기 고국의 운명에 분명히 약간의 책임이 있는 사람인데, 신라군이 쳐들어오니까 자기 악기를 들고 적군인 신라로 투항을 해버렸어요. 악기를 들고 조국을 배반해 버린 것이죠. 악기를 들고 투항하는 예술가라는 것은 정말 대단한 것이지요. 정말 예술가죠, 이 사람은. 신라에 투항해서 진흥왕의 악사가 되잖아요. 그 악기에 '가야금'이라는 자기가 배반한 조국의 이름을 붙여서 후세에 전한 것이지요. 그러니까 우륵은 결국 나중에 보면, 예술적으로 보면 이긴 사람이에요, 이긴 사람.

글 자 두 개 혹 은 단 한 개 도

김주언 선생님의 글쓰기에서 문체(style) 또는 문채(figure)에 대한 얘기를 빼놓을 수는 없습니다. 선생님은 어떤 작가보다도 공들여 문장을 만드시는 분으로 알려져 있습니다. 그러나 '스타일리스트'라는 칭호는 선생님께 적절하지는 않은 것 같습니다. 이 말에는 화려한 겉멋의 미문만을 좇는 댄디의 느낌이 강하기 때문이지요. 발터 벤야민에 의하면 "문체가 언어적 사고의 폭과 깊이 내에서 진부함을 피하면서 자유롭게 움직일 수 있는 힘이라면, 그것은 위대한 사고의 심장의 힘에 의해 얻어지는 것"입니다. 평론가 신형철은 이렇게 쓴 적이 있습니다. "산문에는 두 종류가 있다. 시가 된 산문과 그냥 산문. 산문시를 꿈꾼 흔적이 없는 산문은 시시하다. 김훈의『풍경과 상처』나 롤랑 바르트의『사랑의 단상』과 같은 극소수의 책들만이 그 꿈을 이뤘다."

저는『사랑의 단상』을 번역문으로 읽어서 그런지 몰라도『풍경과 상처』만큼의 울림을 느끼지 못했습니다. 그러나 여기서 롤랑 바르트의 말을 한번 인용하자면, 그에 의하면 문학이 시작되는 지점은 언어의 차가운 표면적인 의미에 '초과분'이 생성될 때입니다. 문학의 문학성이 오직 문체(또는 문채)에 있다고 할 수는 없지만, 이 대목에서 우리는 문체(또는 문채)를 생각하지 않을 수 없지요. 『풍경과 상처』에서는 단 한두 마디의 언어에도 놀라운 감수성과 심오한 통찰력을 보여주는 사례를 쉽게 찾아볼 수 있습니다.

"거칠게 말하자면 「풍금이 있던 자리」는 음각된 겹무늬이고, 「배드민턴 치는 女子」는 양각된 홑무늬이다. 신경숙의 문체는 그 무늬들의 고정, 흔들림, 변화, 겹침, 겹치면서 어긋남에 섬세하게 대응하고 있다. (…) 그렇게 해서 술어의 의미론적 힘으로부터조차 아무런 지원도 받지 못하는 주어들의 슬픔만이 발라진 생선의 잔가시처럼 문장의 거죽 위에 가지런히 떠오르게 되는 것인데, 문장 속에서 그 슬픔이 몸 비빌 언덕의 언덕이란 '어머니께서'의 존칭 주격 '께서'라는 두 개의 활자일 뿐이다." '거칠게' 말씀하시는 게 이 정도입니다! 언어의 결과 질감을 생생하게 실감하지 않고서야 이런 문장을 쓸 수는 없으리라고 사료됩니다. 이렇게 심오한 문학적 감수성의 깊이에서 '께서'라는 사소한 활자 '두 개'도 일상적 언어로서 자신이 갖고 있었던 의사소통의 층위를 일탈해 그 층위보다 의미심장한 표현의 층위에 가담하는군요. 그런데, 글자 '두 개'가 아니라 글자 단 '한 개'도 김훈의 글쓰기에서는 '하나의 세계'라는 것을 소월의 「산유화」를 분석하는 글에서 확인할 수도 있습니다.

인간의 자리는 어디에 있는가, 인간의 자리는,

산에는 꽃 피네

라고 말할 때, 산과 꽃의 밖에서 그 만질 수 없는 것들을 다만 바라보는 자의 진술형 종결어미, '꽃 피네'의 '네' 이 한 글자뿐이다.(「산유화: 북한산」)

미시적 문체 변화가 큰 의미 변화를 가져오는 것은 아무래도 소설보다는 시일 것입니다. 선생님이 공저가 아닌 단독저서로 처음 펴낸 책은 신문기자 시절 썼던 글을 모은 『내가 읽은 책과 세상』으로 압니다. 이후 이 책은 시에 관한 부분만을 추려내 '김훈의 시 이야기'라는 부제가 붙은 개정판이 나와 있습니다. 이미지와 사유의 섬세한 무늬를 포착해 내는 글쓰기는 무엇보다도 시를 읽고-쓰는 훈련에서 비롯된 것인지 궁금합니다.

김훈 저는 시를 전혀 쓰지 못해요. 시를 쓰는 사람을 보면 너무나 놀랍죠. 어떻게 이런 문장을 쓸 수 있는지 정말 경악할 수밖에 없어요. 특히 김소월 같은 시인의 「산유화」 같은 시를 보면 너무나 놀랍죠. '산에는 꽃 피네', 우리 다 알죠. 명사는 '산, 꽃, 새' 세 글자, 다 한 음절짜리 우리말이죠. '산, 꽃, 새' 그리고 동사는 '피다, 지다, 울다' 자동사 그것도 한 음절짜리. '갈 봄 여름 없이'는 붙어가지고 부사구죠. 한 음절짜리 명사 세 개, 한 음절짜리 자동사 네 개, 그것이 전부예요. '피다', '지다', '울다', '살다' 네 개인데, 다 자동사예요. 일종의 형용사의 세계인 거죠. 그걸 가지고 그런 거대한 우주 자연의 순환 그걸 다 써버린 거예요. 그러니 이건 정말 놀라운 거죠. 그건 김소월이 아니면 할 수 없는 것이죠. 그럼 인간은 어디에? 인간은 '저만치'라는 데 아마 있을 거예요. '저만치 피어 있네'. '네'가 비로소, 인간의 자리가 '저만치' 피어 있는 것을 인간이 느끼는 거죠. 이런 시를 볼 때 참 이것은 정말 시인이라는 것은 하느님이 천부의 재능을 주시는 거고 그의 재능은 그 개인의 것이 아니라 사회의 공유 재산이라는 것을 알게 되지요.

나에게 문체란

김주언 아까 제가 시를 쓰셨는가를 여쭈었던 것은 아니고요, 다만 시를 읽고, 그 시에 대해 쓰셨다는 사실을 환기시킨 것이었습니다. 자, 그건 그렇고요. 문장을 문법적으로·구조적으로 분석하시는 태도가 인상적입니다. 특히 분사分詞가 없는 한국어에서 자동사를 일종의 형용사로 보시는 견해는 논란이 있을 수도 있겠지만, 제도권의 문법학자들은 쉽게 가질 수 없는 탁견이 아닌가 합니다. 선생님은 학교 문법 교육을 받을 때부터도 예사롭지 않은 문제의식을 지닌 학생이었을 것 같다는 생각도 해봅니다. 아무튼 우리에게는 무엇보다도 선생님의 문체가 중요한 관심사인데요, 선생님의 경우를 말씀해 주셨으면 합니다.

김훈 저의 문체를 말씀하시는데, 내 글이 좋다는 사람도 있어요. 그렇지만 좋지 않다는 사람도 있어요. 그것은 좋거나 좋지 않거나 간에 나로서는 그게 그렇게 될 수밖에 없는 어떤 내적 필연성을 가진 거예요. 그러면 나는 '내 글을 어떻게 생각하느냐' 하면은 그것도 말씀드릴 수 있어요. 전에는 내가 아주 긴 문장을 썼어요. 긴~ 문장. 그때는 문장 하나가 하나의 완벽한 우주를 만들어야 한다고 생각했죠. 원 센텐스one sentence에다가. 그런 생각을 가지고 있었어요. 그리고 실제로 실천을 했어요. 글로 그것을 써버리려고 열심히 노력을 했지요. 그 결과도 남아 있지요. 그것은 참 달성하기 어려운 허영심 같은 것이겠죠. 지금은 그런 문장을 안 써요. 지금은 간단한 문장을 쓰기 시작하지요. 주어 동사가 분명한 문장. 나는 주어가 분명한 문장을 씁니다. 우리 한글은 주어가 없어도 다 돼요. 주어 없이 다 쓸 수 있어요. 얼마든지 쓸 수 있어요. "살어리 살어리랏다 청산에 살어리랏다", 다 알 수가 있잖아요. "가시리 가시리잇고 버리고 가시리잇고", 주어가 없어도 다 의사소통을 하고 문장을 쓸 수 있어요. 그런데 내가 고등학교 때 독립선언서를 배울 때 너무나 좋았어요. 주어가 딱 나온 거야. "오등五等은 자玆에 아我 조선朝鮮의 독립국獨立國임과 조선인朝鮮人의 자주민自主民임을 선언宣言하노라"! 이 '오등'이라는 것이 '우리들'이잖아요. '자玆'는 뭐야? '이제 여기서', 'here and now'. 이것은 정말 엄청난 문장으로 다가와요. 산맥과 같이 강력한 문장이구나! 이 거대한 주어가 나오고, '자玆'라는 엄청난 부사가 나오고 그리고 이 구문이 완벽해요. 영어 구문이잖아요. "We declare that we are independent people"이잖아요. 영어 문장,

아주 완벽한 논리적인 체계를 가진 문장이 나와서 그때 너무나 기분이 좋았어요. 독립선언서가 딱 나왔을 때, 배울 때……. 선생님은 그것을 안 가르쳐주고 자꾸 한자를 써보라고 그러는 거예요. 나한테 주어는 그렇게 중요한 것이에요. 항상 주어를 앞에다 놓고 시작하는 것이죠. 주어와 술어를 논리적이고 종합적으로 연결했다고 해서 문장이 되는 것은 아니죠. 그러나 이것이 문장이 되려면 주어와 술어 사이가 물론 논리적으로 반듯하게 연결이 되어야 하지만, 그 연결의 결과로 주어와 술어 사이에서 어떤 전압이 발생해 전압, 볼티지 voltage가 나와야 하고 또 충격이 나와야 돼요. 그래야만 이게 만족할 만한 문장이죠.

김주언 네, 그러시군요. 그렇다면 문장 하나가 하나의 완벽한 우주를 만들어야 한다는 생각이 주어 서술어가 분명한 단문에는 없는 셈인가요?

김훈 물리학자들은 이 세계를 하나의 수식으로 설명해요. 그건 정말 대단한 거죠. $E=mc^2$. 이것은 '이 우주에 에너지가 존재하고 작동하는 방식이 바로 이거다'예요. 그건 다른 말을 할 수가 없어요. $E=mc^2$, 아니 이런 것을 보면 나는 이런 문장을 쓰고 싶은 생각도 있어요. '$E=mc^2$이다'처럼. 그런 허영심이 있지만 그건 할 수 있는 일이 아니죠. '이것이 우주 생성의 원리다'라고. 그런 것을 보면 내가 쓰는 문장은 '참 후지다'라는 생각이 들어요. $E=mc^2$처럼 나는 왜 못쓰나! 하지만 이런 욕망을 자꾸 가지면 안 돼. 그러면 점점 글 쓰는

데 방해가 되지, 그게 무슨 도움이 되겠어요. 그런데 그런 생각을 버릴 수가 없어요. 이것은 정말 위대한 주어와 위대한 술어가 붙어서 우주 전체를 설명하는구나 싶은 생각이 들지요. 스티븐 호킹, 얼마 전에 죽었어요. 돌아가셨는데, 그 분이 살아서 인터뷰를 했는데 이런 이야기를 했어요. 자기가 우주를 다 아는데, 몇 억 년 전에 어떤 일이 벌어졌는지를 증명할 수가 있는데, 자기가 "모르는 것이 하나 있다"라고 그랬어요. 기자들이 "그게 뭡니까?" 하고 물어보니 "그것은 여자다"라고 그랬어요. 여자. 야~ 이것을 보니 이 사람은 정말 완성된 과학자다. 한 인간이 완성되지 않으면 그런 말을 할 수가 없어요. 이것은 수식만 아는 사람이 아니고 자기가 모르는 것을 또한 아는 사람이죠. 그리고 스티븐 호킹은 죽어가지고 웨스트민스터 사원에 묻혔는데 그 찰스 다윈과 뉴턴 사이에다 묻었대요. 그 기사를 보고 나는 너무나 영국이 부러웠어요. 야~ 저 위대한 과학의 전통, 찰스 다윈과 뉴턴 사이에다가 호킹을 묻을 수 있는 아주 완성된 인류의 과학의 전통이 있었던 거예요. 그러니까 그런 수식이 나오잖아요. 우리는 그런 전통이 없어요. 과학의 전통이 없고, 없는 대신 서정시의 전통이 강력하죠. "달하 노피곰 도다샤", 아주 좋잖아요. "엄마야 누나야 강변 살자", 이런 전통이 있는 것이죠. (웃음)

문체의 편력, 소설의 편력

김주언 (웃음) 이 정도면 단지 문장에 대한 열정 정도가 아니라 문장에 대한 철학이 느껴집니다. 문장에 대한 얘기에 특수상대성 이론의 공식까지 등장했습니다만, 선생님은 무엇보다도 소설가시니까 문제의 초점을 소설로 좀 좁혀보겠습니다.

소설의 담론 양식에서 서술과 묘사는 구분됩니다. 서술은 사건과 행동을 겨냥합니다. 그래서 서술은 이야기의 시간적이고 극적인 국면을 강조하지요. 묘사는 이와는 반대로 사물과 존재들에 관심을 보이고 시간의 흐름을 정지시키고 이야기를 공간 속에 펼쳐놓는 데 기여합니다. 오늘날의 서사학은 묘사를 서술의 한 모습으로 보기도 합니다만, 통상 전통적으로 서술과 묘사, 이 두 가지의 담론 양식은 세계와 삶을 바라보는 서로 상반된 두 가지 태도를 표현한다고 말해집니다. 즉 하나는 산문적(행동적)이고, 다른 하나는 시적(관조적)이라는 것입니다. 선생님 소설에는 서술보다 묘사가 승한 대목이 많은데, 이는 혹 시적 문채(또는 문체)에 대한 유혹에 의도적으로 저항하지 않기 때문이 아닌지요?

김훈 저의 문체가 서술보다는 묘사 쪽에 치중한다는 것은 참 부끄러운 일인데 소설은 3인칭의 세계거든요. 이것은 굉장히 무서운 거예요. 3인칭은 바다 같아요, 바다. 3인칭의 바다인 것이죠. 나는 1인칭이잖아요. 너는 2인칭이고 연애랑 사랑이라는 것은 3인칭을 2인칭으로 만드는 거예요. 너를 사랑해, 너. 그를 사랑하는 것이 아니야. 너를 사랑해, 사랑하는 것은, 사랑하는 사람은 내 앞의 너야. 그런데 소설은 그를 써야 해. 그들까지. 그럼 '그'라는 걸 그 엄청난 사람을 어떻게 알겠어. 그러나 소설가는 그것을 알아야 되는 거예요. 그를,

무수한 그를 끌어다가 써야 해요. 그가 어떤 인간이고, 어떤 생각을 갖고, 어떤 체취가 있는지를 다 써야 해요. 나는 소설을 많이 썼지만 나는 사실 3인칭의 세계를 못 간 사람이에요. 아직도. 나는 이걸 크게 부끄럽게 생각해요. 내가 3인칭 주어를 쓰기는 하지만 그것은 결국 1인칭이에요. 나 자신의 1인칭의 세계를 못 넘어간 거예요. 그걸 3인칭으로 넘어가는 건 무지 힘든 거죠. 그런데 선배 작가들은 다 넘어가요. 그 거대한 선배 작가들은, 3인칭의 세계로 넘어가요. 그런데 난 못 넘어가요. 앞으로 좀 넘어가려고 애쓰는데, 그런데 그것 또한 고유한 세계는 있는 거예요. 1인칭의 세계에도. 그러나 그것은 소설로는 좀 미숙한 것이죠. 3인칭의 세계는 그럼 어떻게 도달할 수 있나? 소설 속에 나오는 하찮은 등장인물 있잖아요. 작가는 그 놈을 다 알아야 해요. 이게 어떤 놈인지. 말은 어떻게 하고, 태도는 어떤지, 연애할 때는 어떤지 이것을 알아야 해요. 그리고 그것을 자기의 말로 하면 안 되고 소설가는 반드시 등장인물을 통해서 말해야 해요. 자긴 죽어야 해요. 없어야 해. 그런데 내 소설에는 주절주절 묘사가 나오잖아요. 그것은 나를 드러내는 것이죠. 이것은 참 나로서는 어려운데, 그 안에 어떤 취할 점은 있으리라 생각해요.

김주언 너무 겸손하게 말씀하시는 것 같습니다…….

김훈 나는 책이 오면, 출판사에서 가져오잖아요. 내가 쓴 책이 오지요. 난 한 번도 그것을 열어본 적이 없어요. 옆으로 치워놔요. 나는 그게 아주 지긋지긋해서 열어보기 싫어요. 그걸 열어보면 또 자괴

감이 생겨요. 난 이거밖에 안 되는구나. 열다가 덮고 옆으로 치워버려요. 그러니까 글을 다 쓰면 출판사에 줘야 되잖아요. 아 이게 아닌데, 내가 쓰려고 하는 것이 이게 아닌데. 거기까지는 내가 아는데. 그러면 이게 아니면 내가 어떻게 해야 하는지는 잘 모르겠어요. 그러면서도 넘길 수밖에 없는 운명은 정말 비참한 거죠. 슬픈 거예요. 책을 하나 쓰면 이제 다시는 안 쓴다. 때려죽여도 이제 그만하겠다. 이렇게 결심을 해요. 정말로 결심을 해요. 그러다 몇 달 지나면 또 쓰고…… 내 생에 그것이 몇 번 반복되면 내가 이제 쉴 날이 오겠지요.

김주연 『풍경과 상처』를 읽은 독자라면 누구도 선생님의 문체를 쉽게 잊지는 못할 것입니다. 이 책이 1994년에 나왔는데, 그해 겨울 선생님은 『빗살무늬토기의 추억』을 쓰면서 소설가로 데뷔하셨지요. 『빗살무늬토기의 추억』 이후의 다음 소설은 2001년에 『칼의 노래』가 나왔는데, 누가 읽어도 첫 소설과 문장이 많이 달랐습니다. 이런 변화들 사이에는 어떤 성찰과 모색이 있었는지 알고 싶습니다.

김훈 『칼의 노래』 쓸 때는 『난중일기』를 쓴 이순신의 문체에 큰 영향을 받았어요. 이순신의 문장은 그야말로 군인의 문장이거든요. 군인이 아니면 그렇게 쓸 수가 없는 문장이에요. 일절 수사학이 없고 딱 주어와 동사만 가지고 쓰는 거예요. 이순신 장군이 자기 부하들을 많이 처형하거든요. 그건 어쩔 수 없죠. 어느 놈이 군율을 어겼다, 그러면 며칠 뒤에 보면 그놈 이름이 또 나오고 "군율을 거듭 어겼기에

베었다". 이야~ 기가 막히다. 그냥 죽였다 이거야. 그 다음에 아무 말이 없다, 또 딴소리 해. "오늘은 날씨가 맑아서 훈련을 했다". 이렇게 쓰여 있어. 그리고 그 명량해전에 나갈 때, 12척 가지고 나갈 때, 이틀 전에 배설이 도망갔거든. 배설이 그 부대의 바이스vice, 부사령관이지. 이놈이 도망갔어. 탈영을 했어. 그러면 엄청난 타격을 입은 거잖아. 그 열두 척밖에 없는 부대의 사기가 땅에 떨어진 거잖아. 큰 위기죠. 그런데 "오늘 배설이 도망갔다." 이것뿐이에요. "나는 배설을 잡지 못했다"를 덧붙였지요. 이것을 읽을 때, 이루 말할 수 없는 전기에 감전된 것 같은 걸 느꼈어요. 진주성이 함락되잖아요. 진주성이 함락될 때는 이순신 부대는 목포쯤에 있었어요. 해군이니까 거기 갈 수가 없잖아요. 거기는 육군 싸움이니까. 그런데 말 타는 자가 와서 장군에게 보고 하는 거야. "진주가 함락됐습니다. 며칠 전에 함락됐습니다. 김시민 장군 죽고, 논개 여사가 순국하고……". 다 얘기를 하는 거예요. 그리고 아침이 됐을 거 아니에요? 아침에 바람이 불어서, 그러면 배가 흔들리잖아. "묶어놓은 배들이 흔들리면 깨지니까. 그래서 잠든 병사들을 깨워가지고 내려가서 배들을 끌어올리라고 지시했다" 그렇게 써놨어요. 그런 문장. 그분은 문장가가 아니에요. 『난중일기』에 위대한 문장이 있는 게 아니에요. 아름다운 문구가 있는 것이 아니고, 거기에 무슨 논리학이나 수사학이 나오는 게 아니에요. 그 글은 매일매일 전쟁을 수행하는 장수가 자기 부대 안에서 일어나는 일을 쓴 진중 일지에 불과한 거예요. 그런데 그렇게 엄청난 볼티지voltage를 갖는 문장을 그분은 쓴 거예요. 문장가가 아니기 때문에. 문장가가 아님에도 불구하고. 문장을 쓰려는 의도가 없던 사람인 거죠. 나는 그게 너무 감격적이고 충격적이었어요. 그래서 그런 문장을 써봐야겠다고 시도한 게 『칼의 노래』인 것이죠. 그래서 나는 그분한테 배운 게 너무 많죠. 빚진 게 너무 많죠. 그렇게 해서 문체에 변화를 일으킨 것입니다. 그래서 『칼의 노래』는 그런 문체를 썼고, 그 다음에는 문장을 또 바꿨어요.

　『칼의 노래』는 국악 장단이라고 치면 휘모리나 자진모리처럼 빨리 나가는 문장이죠. 그 다음 나온 소설은 그보다 문체가 더 편해져 가지고 중모리나 중중모리 정도의 문체를 쓰는 것이죠.

김주언 선생님의 경우, 처음 소설을 구상하시는 단계에서 문체에 대한 구상이 함께 진행되는가 봅니다.

김훈 처음 소설을 쓸 때, 이 문체를 어떻게 리듬을 가져갈 것이냐 전략적 판단이 있어야 돼요. 그리고 이렇게 힘찬 문장을 몇 개 써야 해요. 아주 힘찬 문장. 이것을 앞에 써놓으면, 강력한 에너지가 있는 문장을 써놓으면 그 문장에 기대서 한 페이지를 쓸 수 있어요. 우려먹으면서. 그러면 이게 약발이 빠져요. 그러면 또 그 다음 또 센 문장을 질러야 해요. 그렇게 가는 거죠. 그러면 독자들이 흐름을 느끼잖아요? 문장의 강약 강약. 그 리듬이 중중모리로 때리고 가는구나, 느낌이 들어오는 거죠. 『칼의 노래』는 급박한 휘모리를 했는데, 휘모리 문장을 한 서너 개 쓰면 아주 녹초가 돼요. 그것은 마구 쏟아져 나오는 게 아니죠. (웃음)

김주언 문장에 대한 얘기가 길어지는데, 선생님은 문체 또는 문채에 대한 입장을 메타 언어가 아니라 소설 텍스트 언어로 작중인물을 통해 실제 작품 속에다 풀어놓고 계십니다. 여기 두 사례를 제시하 겠습니다.

칸은 붓을 들어서 문장을 쓰는 일은 없었으나, 문한관들의 붓놀 림을 엄히 다스렸다. 칸은 고사를 끌어 대거나, 전적을 인용하는 문 장을 금했다. 칸은 문채를 꾸며서 부화한 문장과 뜻이 수줍어서 은 비한 문장과 말을 돌려서 우원한 문장을 먹으로 뭉갰고, 말을 구부 려서 잔망스러운 문장과 말을 늘려서 게으른 문장을 꾸짖었다. 칸은 늘 말했다.

—말을 접지 말라. 말을 구기지 말라. 말을 펴서 내질러라.

칸의 뜻에 따라 글을 짓는 일에는 시간이 오래 걸리지 않았다.(『남 한산성』)

그의 문체는 순했고, 정서의 골격을 이루는 사실의 바탕이 튼튼 했고 먼 곳을 바라보고 깊은 곳을 들여다보는 자의 시야에 의해 인 도되고 있었다. 그의 사유는 의문을 과장해서 극한으로 밀고 나가 지 않았고 서둘러 의문에 답하려는 조급함을 드러내기보다는 의문 이 발생할 수 있는 근거의 정당성 여부를 살피고 있었다. 그의 글은 증명할 수 없는 것을 증명하려고 떼를 쓰지 않았으며 논리와 사실 이 부딪칠 때 논리를 양보하는 자의 너그러움이 있었고, 미리 설정 된 사유의 틀 안에 이 세상을 강제로 편입시키지 않았고, 그 틀 안으로 들어오지 않는 세상의 무질서를 잘라서 내버리지 않았으며, 가깝고 작은 것들 속에서 멀고 큰 것을 읽어내는 자의 투시력이 있었다. 그의 글은 과학이라기보다는 성찰에 가까웠고 증명이 아니라 수용이었으며, 아무것도 결론지으려 하지 않으면서 긍정이나 부정, 그 너머를 향하고 있었는데, (…) (『공무도하』)

이러한 문체론과 문체론은 현재 작가가 유지하고 있는 글쓰기 지향과 어떤 관련이 있는지 알고 싶습니다.

김훈 『남한산성』에서 칸의 언어를 많이 만들어놨는데 그것은 군사적인 언어라고 말할 수 있고, 지금 여기 인용된 것은 인문주의적인 언어인 거죠. 우리가 판소리를 동편제와 서편제로 나누잖아요? 난 사실 동편제 노래를 더 좋아해요. 동편제 노래는 소리의 뼈다귀, 소리의 뼈대만 있어요. 소리의 디테일이나 장식음이 없이. 주어와 동사, 목적어 문장 구성의 기본적인 요소만 가지고 하는 것이죠. 서편제는 거기다가 많은 디테일과 흘러내리는 소리, 쳐올리는 소리, 주무르는 소리를 넣어가지고 서편제를 하는 거죠. 우리나라는 이제 동편제 노래는 거의 없어요. 우리 국민들의 대중음악 정서는 내가 보기에 거의 서편제의 정서에 의해서 형성된 것 같아요. 개화기 이래로. 서편제적 정서는 그 후에 이제 '트로트', '지르박' 이런 쪽으로 거대하게 완성이 되는 것이죠. 그리고 그런 것들이 음악적 미의식을 형성한 것이죠. 그리고 그림에 있어서는 우리 국민들은 제일 좋아하는 것이 인상주의에요. 서양의 인상주의 화가 전시회를 하면 사람들이 미어

터지잖아요. 서편제 정서와 인상주의의 정서는 나는 일맥상통한다고 봐요. 내가 이것을 증명할 수는 없어요. 가령, 대학에서 요구하는 수준으로 증거를 들이대고 증명할 수는 없지만. 나는 반드시 그럴 것이라고 생각하는 거예요. 증명할 수 없어도 맞는 것이 있고, 증명이 돼도 틀린 것이 있습니다. 난 칸의 문장은 동편제로 쓰고, 인문학자의 문장은 인문적인 문체로 써야겠다고 생각을 했어요.

김주언 인문적인 문체란 구체적으로 어떤 것이라고 생각하면 될까요?

김훈 그러니까 인문적인 문체라는 것은 너무 빨리 결론을 안 내리는 것이에요. 혓바닥을 너무 빨리 놀리는 자들은 그것은 인문주의자가 아니에요. 인문주의자는 항상 말을 더듬고 말을 느리게 나중에 하는 것이에요. 활 쏘는 사람이 과녁을 들여다보잖아요. 활을 들고 한 과녁을 들여다보는 사람. 그런 사람도 인문주의자에는 미달하는 것이죠. 그것은 활쟁이의 시선이고, 인문주의자는 그 과녁을 포함하여 전체를 다 보는 것이 인문주의적인 시각이죠. 그리고 어깨를 거들먹거리고 걸어다니는 것은 인문주의적인 걸음이 아니에요. 인문주의적인 사람은 항상 옆길로, 옆으로 가요. 어깨를 거들먹거리지 않고. 새가 알을 품듯이, 어떠한 생각을 오래 품는 자가 인문주의자적인 태도를 가진 것이죠. 너무 혀를 빨리 놀리는 것은 아니에요. 그런 느낌을 여기다가 써놓은 것이에요.

페미니즘 입장에서 보자면

김주언 이제 화제를 좀 돌려보겠습니다. 페미니즘은 우리 시대의 공안이 된 문제입니다. 시대정신이라고 말하는 이들도 많습니다. 페미니즘을 유일 신앙처럼 신봉하는 사람들도 출현했습니다. 오늘날의 페미니즘은 이미 여성의 민주 시민권 확보라는 차원을 넘어서 있습니다. 아무튼 젠더 감수성이 그 어느 때보다도 발달되어 있는 시점에서 보자면 선생님의 어떤 소설들을 불편하게 느끼는 여성 독자들도 더러 있을 것 같습니다. 『칼의 노래』의 여진, 『현의 노래』의 아라, 『흑산』의 순매라는 여성이 있습니다. 여진은 어디까지나 이순신을 위한 부속물 같은 존재이고, 아라는 오줌줄기로 기억될 법한 인물이고, 순매는 정약전과 대화다운 대화를 거의 나누지 못하고 몸을 섞지요. 일반적으로 페미니스트들은 여성이 여성 자신으로 존재하지 못하고 남성의 욕구 충족을 위해 희생된다는 사실을 남성 작가의 텍스트에서 적발해 내 그 대목을 공격 포인트로 활용한다고 알려져 있습니다. 여성은 자신의 시선을 갖지 못한 채 응시의 대상이 될 뿐이고, 타자화·대상화되었다는 지적이 있을 수 있는 것입니다. 이 문제를 어떻게 생각하십니까?

김훈 『현의 노래』에 아라라는 여자가 나오는데 이 여자는 가야 왕의 시녀죠. 가야 왕이 죽으니까 이 여자를 죽여서 순장을 하려 그런 거예요. 이제 순장하려고 정해진 여잔데, 이 여자가 오줌을 누다가, 자기 오줌을 보면서 도망가는 거예요. 자기 생명을 느끼는 거지. '아!

내가 살아 있는 인간인데, 왜 이렇게 저기 무덤에 들어가서 죽어야 될 이유가 없다'고 자기 생명을 발견하는 거예요. 오줌 줄기를 보면서. 이것이 이 여자가 어떤 교육이나 이념의 힘에 의해서 자아를 발견한 것이 아니고 자기가 내지르는 그 몸에서 나오는 오줌을 보고 자기가 죽으면 안 되겠다는 것을 느꼈다는 거예요. 오줌이라는 것은 정말 뭐 비천한 것이죠. 난 그것이 비천한 것이라고 생각 안 해요. 자기 생명을 자기가 확인하는 대목을 써놓은 거예요, 거기에.

김주언 『칼의 노래』나 다른 작품에서의 경우는 어떻습니까?

김훈 『칼의 노래』에 나오는 그 여진이라는 여자는 실존 인물입니다. 이 여자가 며칠을 걸어서 이순신 부대에 온 거예요. 실존 인물이에요. 이름도 똑같아요. 이순신 장군이 진중에서 데리고 있었던 여자예요. 그걸 지금 우리가 우리 시대의 도덕률로 재단한다는 것은 뭐 할 수 있지만, 그것은 좀 미숙한 것이죠. 이 여자가 먼 길을 걸어왔으니까 더러울 거 아니에요? 냄새 나고, 머리에서 막 썩은 내 나고, 몸에서 막 더러운 냄새가 났다고 쓴 거예요. 사실 내 작품에 여성은 잘 안 나와요. 『남한산성』은 여자 안 나와요. 그건 남자들끼리만 나와서 지지고 볶고 물고 뜯고 서로 잡아먹고 이러는 거잖아. 여자 안 나와요. 그 쪼그만 애가 나오는데 그건 뭐 여자가 아니죠. 나루라는 애는 그냥 미성년자니까. 그런데 여자가 나오면 내가 잘 못 써요. 너무 잘 몰라서. 여자 이름이 나오면 그 다음에 술어를 쓸 수가 없어. 모르니까. 그래서 『칼의 노래』 여진도 이렇게 나왔는데 여진이 나오니깐 내가 정말 힘들어. 쓰기가 너무 힘들어서 도저히 못 쓰겠더라고. 그래서 50페이지 즈음해서 '아이구 죽는 걸로 할 수밖에 없다'. 그래서 거기서 딱 죽는 걸로 했어. '이만 죽어라'. 그랬더니 그 다음에는 이제 잘 써졌어요. 죽었죠. (웃음) 그런데 『난중일기』에 보면 여진이가 어떻게 죽는지는 안 나와요. 자기한테 찾아온 것만 나오죠. 그렇게 했는데 지금 지적하시는 문제는 다 나의 미숙함인 것이죠. 아까 말했듯이 3인칭으로 넘어가는 것의 힘듦, 특히 여성 3인칭으로 넘어간다는 건 정말로 힘든 것이죠.

김주언 소설의 배경이 현대로 옮겨오면 사정이 많이 달라진다는 점 또한 선생님의 소설에서 여성 문제를 말할 때 공정하게 지적되어야 할 것 같습니다. 『공무도하』의 노목희, 『내 젊은 날의 숲』의 조연주, 『공터에서』의 박상희는 대지모신大地母神까지는 아니라고 하더라도 적어도 남성성의 결핍을 채워주고, 상처를 끌어안는 상보적 여성성을 가지고 있는 인물상에 가깝습니다. 이 소설들에 등장하는 남성들 또한 권력의 가부장이 아님은 물론입니다. 이러한 여성(성) 묘사는 시대배경의 변화에서 오는 변화 이상의 작가의 어떤 여성관의 변화를 드러내고 있는 것인지요? 특히 많은 여성 독자들이 궁금해 할 것 같습니다.

김훈 현대로 배경이 내려오면서는 여성 주인공한테 어떤 역할을 부여했어요. 내가 소설이 고대나 중세에 있을 때는 배경이, 이 여자가 여성적인 그 생명만 있어요. 생명. 오줌을 누는 그 생명. 역할과 개성이 거의 없어요. 그것은 그 시대의 한계이기도 하겠지만 그건 나의 미숙함이기도 한 거예요. 그런데 내가 더 이상 역사를 쓸 생각이 없으니까 이제 현대적인 그런 여성의 생명과 역할을 써야 되겠죠.

허무주의가 아니다

김주언 적지 않은 이들이 선생님의 소설에서 '허무주의'를 읽는다고 합니다. 왜 허무주의인가? 작가가 특정 이념이나 이데올로기 따위를 믿지 않기 때문인가. 『남한산성』의 서날쇠처럼 연장을 쥔 자가 적극적으로 세상을 변화시키는 일에 나서는 스토리가 없기 때문인가. 이런저런 이유를 생각해 볼 수 있지만, 그리고 그 이유들이 서로 인과관계로 얽혀 있기도 하겠지만, 제 눈에는 무엇보다도 작가가 삶을 너무 사랑하기 때문이 아닌가, 그래서 때로는 소멸에 대한 의식에 깊이 경도되어 있기 때문이 아닌가, 이렇게 보여집니다. 예컨대 "왕들의 상여는 능선 위로 올라갔다."(『현의 노래』), "운명하셨습니다."(『화장』), "마동수馬東守는 1979년 12월 20일 서울 서대문구 산외동 산 18번지에서 죽었다."(『공터에서』)는 모두 소설의 첫 문장으로 죽음의 사실을 선택한 사례입니다. 또 『칼의 노래』도 씩씩한 영웅의 무용담으로 시작하는 게 아니고 첫 페이지를 펼치면 노을이 "소멸"했고, 먼 섬이 먼저 "소멸"한다는 대목이 연이어 등장합니다. 하필 '소멸'이라는 단어 선택은 결코 우연이 아닐 것입니다.

허무주의는 소설의 가장 유력한 향유층이라고 할 수 있는 젊은이들에게는 타자화된 담론 영역이 아니겠는지요. 소멸에 대한 의식, 즉 생로병사의 마지막 단계인 죽음에 대한 의식은 눈앞의 욕망의 삶을 세우기 위해 주변화되어야만 합니다. 그러나 누구도 피할 수 없는 인간 자기 자신의 절대적 타자화가 바로 죽음입니다. 인간은 죽는다는 보편 명제는 삶에 도취되어 있는 젊음에게는 '남의 일' 같지만, '인간'뿐만 아니라 '당신'도 죽고 '나'도 죽을 것이라는 문제가 잇따릅니다. 잇따르는 이 문제는 물론 3단 논법의 문제가 아니라 인칭의 문제이며, 시간의 문제입니다. 이 문제는 인간의 어떤 노력으로도 극복할 수 없습니다. 어떻게 죽음의 절대적 타자성을 제거할 수 있겠습니까. "어쩔 수 없는 것은 어쩔 수 없는 것이다."라는 선생님의 무력無力의 문장은 이 허무의 중심에 놓여 있다고 생각합니다.

자, 그런데요, 『내 젊은 날의 숲』에는 이런 대목이 있습니다.

줄기의 외곽을 이루는 젊은 목질부는 생산과 노동과 대사를 거듭하면서 늙어져서 안쪽으로 밀려나고, 다시 그 외곽은 젊음으로 교체되므로, 나무는 나이를 먹으면서 늙어가는 것이 아니라 나무의 삶에서는 젊음과 늙음, 죽음과 신생이 동시에 전개되고 있었다.

─나무줄기의 중심부는 죽어 있는데, 그 죽은 뼈대로 나무를 버티어주고 나이테의 바깥층에서 새로운 생명이 돋아난다. 그래서 나무는 젊어지는 동시에 늙어지고, 죽는 동시에 살아난다. 나무의 삶과 나무의 죽음은 구분되지 않는다. 나무의 시간은 인간의 시간과 다르다. 내용이 다르고 진행방향이 다르고 작용이 다르다.

물론 숲은 사람 사는 공동체가 아니고 나무는 나무고, 사람은 사람이겠지요. 그야 물론이겠지만, 적지 않은 사람들이 삶 속에 죽음이 있고 죽음 속에 삶이 있다거나, 순간 속에 영원이 있고 영원 속에 순간이 있다는 식의 논리로 허무주의를 '극복'하는 것 같은 포즈를 취한 바 있습니다. "삶 안에 죽음이 있듯, 죽음 안에도 삶은 있다"라는 말은 임금의 피난 행렬을 쫓아 남한산성으로 향하는 김상헌의 생각이기도 합니다. 영원, 초월, 구원 따위를 믿지 않는 선생님에게 나무에 대한 이런 사유는 좀 예외적인 사례에 그치는 것인지, 아니면 혹 다른 가능성이 열려 있는 것인지 듣고 싶습니다.

김훈 나를 허무주의자라고 하는 사람들이 있던데, 허무라는 게 '주의'가 될 수는 없어요. 그걸 가지고 '주의'를 만들 수 있는 것은 아니죠. 그런데 내가 그렇게 비치는 까닭은 내가 어떤 이데올로기나, 어떤 주의, 주장, 어떤 깃발을 따라가지 않기 때문일 거예요. 그 이순신이라는 사람도 내 소설에서는 애국자가 아니에요. 애국심을 가진 사람이 아니에요. 자기 임금한테 충성하는 그 봉건적인, 중세적인 이데올로기를 가진 사람이 아니에요. 그런데 실제로 임진왜란 때 전쟁을 수행한 이순신은 그 중세적인, 근왕적인 가치로써 전쟁을 수행한 것은 분명합니다. 그런데 저의 소설에 나온 이순신은 전혀 다른 사람이죠. 그 사람은, 내 소설에 나오는 이순신은 이 세계의 무의미, 이 세계의 허무, 이 근거를 알 수 없는 악, 그것과 싸우는 사람이에요. 그 사람은 이 세계의 허무와 싸우다가 죽은 사람이라고요. 그 소설은 그러니까 허무주의 소설이 아니죠. 허무와 싸우다가 죽은 사람인데. 다만 그 사람은 어떤 이데올로기가 없었고, 충효사상이 없었고, 근왕사상이 없었던 사람이에요. 그래서 악 그 자체와 싸우다가 결국 노량에서 죽은 사람이죠. 그리고 『남한산성』에도 아무런 결론이 없어요. 아무런 결론이 없어. 그것은 김상헌과 최명길의 대결로 나타나는데, 그럼 '그때 내가 그 병자호란 때 뭐 과거에 붙어가지고 정 9품이나 돼서 임금 따라서 성안에 들어갔으면 나는 어떤 인간이 됐을까?' 그런 걸 생각하면 결론은 없어요. 등에서 진땀만 나요. 나는 어쨌든 사람은 살고 봐야 된다고 생각하는 사람이에요. 죽으면 안 된다, 살고 봐야 된다, 그런 생각을 하는 사람이죠. 김상헌은 끝까지 싸워야 된다고 그러잖아요. 싸워서 우리의 그 자손을 지키고 우리의 정통성을 지켜야 된다는 것인데, 그분은 정말로 자손만대 추앙을 받아야 될 사람이죠. 김상헌은 우리 조선 성리학이 길러낸 최고의 높은 지식인이고, 고결한 학자이고, 지금도 자손만대 추앙을 받고 있어요. 그러나 김상헌 대감이 가시는 길은 자기 혼자 가면 되는 거예요, 혼자. 혼자 그 길을 가고 자손만대 추앙을 받으면 되는 거예요. 임금이 백성 다 데리고 그 길을 따라서 갈 수는 없는 거죠. 임금은 거기 가서 항복하는 게 임금이에요. 그게 '애비'라 애비. 애비는 그 치욕을 감당하는 게 애비지, 끝까지 싸우다가 나라 다 들어먹고 죽는 것은 나는 애비가 아니라고 생각해요. 그런데 나는 소설에는 그렇게는 안 썼어요. 거기까지는 안 썼는데, 나는 그렇게 생각하는 거예요. 그런데 이런 생각은 정말 허무주의로 비칠 수가 있는 것이죠. 허무주의로 비칠 수가 있는 거예요. 그런데 그것은 '주의'라기보다는 나는 '생활'이라고 했어요. 생활, 생활.

나는 왜 쓰는가

김주언 언어가 '존재의 집'이라고 한다면, '주의'나 '이념' 같은 덩치 큰 말의 집은 지금까지의 인류 지성이 쌓아올린 나름 걸출한 문화 역량이겠지요. 그러나 작가가 보기에 이미 존재하는 지면紙面 위의 집, 지상紙上의 건축물 가운데 믿음직스러운 것은 많지 않은 것 같습니다. 특히 '주의'나 '이념' 같은 허우대가 큰 언어의 집일수록 실은 불충분한 이데올로기적 장치일 수도 있겠다는 생각을 선생님의 말씀을 들으면서 해봅니다. 이제 마지막 질문을 드려보겠습니다.

이 질문은 많이 받으셨을 줄 압니다. '왜 쓰는가?'. 아까 이 세상의 폭력에 반대하기 위해 쓰신다는 말씀을 하시기도 했고, 또 이미 준비된 기왕의 답변을 갖고 계실 수도 있지만, 이 물음에 대한 최신 버전의 말씀을 듣는 것으로 오늘 대담을 마치겠습니다.

김훈 나는 우선 나 자신을 드러내기 위해서 글을 쓰는 것이죠. 난 앞으로 한 세 편 정도를 쓰면 끝날 거 같아요. 세 편. 더 이상은 안 될 것 같아요. 왜냐면 내가 자연사해야 되니까. 이것은 아주 불을 보듯이 분명한 거예요. 내가 70살이거든요. 여러분들은 70이 될 날이 없다고 생각하죠, 학생들은? 나도 그랬어요. 그런데 여러분들은 며칠 있으면 나처럼 되는 거예요. (웃음) 지금은 꿈에도 그런 생각을 안 하잖아. 그쵸? 나도 꿈에도 그런 생각을 안 했어. 며칠 있으면 그렇게 되는 거예요. 이제 세 편을 더 쓴다고 해서 내가 소설가로서 후세에 기억이 되고 뭐 그럴지 아닐지에 대해서 난 아무런 관심 없어, 진짜 아무런 관심 없어요. 그러나 그 세 편은 제가 열심히 쓸려고 그래요, 세 편은. 그것은 나를 드러내기 위한 것이고, 그 드러냄의 결과로 남에게 이해받을 수 있는지, 남과 교감할 수 있는 것인지, 그런 것들을 좀 시험해 보고 싶어요. 남과 이해받고 교감될 수 있다면 행복한 일이고, 그것이 그렇지 않다 하더라도 나로서는 무방해, 괜찮아. 이해받지 못해도 나는 괜찮아. 그건 어쨌든 나를 드러내는 것이죠. 그러다가 이해받으면 교감이 되면 좋고, 안 되면 또 할 수 없고. 그건 나 자신의, 내 자신이 지고 가야 할, 내 외로움이죠. 내가 해결할 수 없는 나의 외로움. 그런 거를 끝까지 지고 갈 수밖에 없는 것이죠. 그걸 써 가지고 뭐 후세에 이름을 날리고 그런 목적은 없고, 나는 젊었을 때부터 내가 이렇게 소설가가 돼 가지고 책을 써서 무슨 이름을 드러내고 이런 데 와서 강연을 하고, 그런 생각 꿈에도 없었어요. 전혀 없었어요. 꿈에도 그런 생각을 한 적이 없어요. 나는 그렇게 환상적이고 낭만적인 꿈을 가진 청년은 아니었어요. 나는 내가 대학교 들어갈 때 1966년, 우리나라 국민소득이 200달러예요, 200달러. 우리가 중학교 때는 80달러였어, 80달러. 80달러 때 그 성장기를 보낸 거예요. 80달러에서 200달러 사이에. 여러분 80달러면 뭔지 아세요? 여러분 모르죠? 80달러면 굶는 거예요, 굶는 거. 깡통 차고 굶는 거라고요. 에티오피아나 소말리아보다 기니 정도 돼요, 기니. 세계 최빈국이었어. 가장 가난한 나라 최빈국. 우린 필리핀의 원조를 받아먹고 살았어요. 그렇게 자라, 그러니까 나는 지금 80달러부터 3만 달러까지의 삶의 질감, 삶의 풍경 이런 것들이 나이테처럼 내 몸에 이렇게 다 들어 있어. 500달러면 그게 어떤 줄 알아요. 그런 청년이, 그런 때 대학 간 사람이 무슨 뭐 문학을 하고 그런 생각이 난 별로 없었어요. 물론 그런 사람도 있더군요. 그니까 문학을 하면 이렇게 그것이 신비하고 인간을 구원하고, 문학이 인간을 구원하고 뭐 이런 환상적인 생각을 하는 사람이 있었는데, 나는 그런 생각을 꿈에도 안 했어요. 나는 이게 밥 벌어먹고 산다는 생각만 했어요, 밥을 벌어먹고 살아야겠단 생각을 했죠. 그렇기 때문에 내가 글을 쓰는 목적에 대해서, 내가 글을 쓰는 이유에 대해서 난 화려한 생각을 갖고 있지 않아요. 이것은 내 청춘의 목표는 아니었어요. 이것은 내가 살다 보니까, 나를 드러내다 보니까 여기까지 온 것이죠. 그리고 앞으로는 세 권이 남았다고 생각합니다, 세 권. 그것만이라도 열심히 해보려 합니다.

김주언 선생님, 장시간 말씀 감사합니다. 늘 건강하시고, 건필하시길 빕니다.

12장

21세기 카오스모스의
서사시

| 작품해설 |

_『달 너머로 달리는 말』 출간에 부쳐[*]

[*]이 글의 텍스트는『달 너머로 달리는 말』(파람북, 2020)이다.

여기는 어디인가

일찍이 우리 문학사에서 이런 시공간은 없었다. 한 달을 걸어도 자작나무숲을 벗어나지 못하는 곳, 한 달을 걸어도 갈나무숲이 끝나지 않는 곳, 서쪽으로 걸어서 이 년을 가면 초원이 끝나고 사막이 열리는 곳, 이 사막이 끝나는 자리에서 다시 초원이 시작되어 바다에 닿는 곳, 벌레 소리가 강물처럼 초원에 흐르고 사람의 마음도 벌레들의 소리 위에 실려 가는 곳, 지는 해를 향해 일제히 말들이 달리는 곳, 말들이 다가갈수록 초승달은 뒤로 물러서서 말들이 더 한없이 달리는 곳, 여기는 어디인가?

여기는 인간이 자신의 욕망을 '바람직한' 방향으로 다스려 일정한 이성과 규율을 세우고, 도덕의 기초를 놓던 시간 이전의 공간이다. 온갖 금기를 내면화하면서 법과 도덕을 문명사의 질서로 자리잡게 하는 대가로 우리 스스로 스스로를 알아서 일정한 한계에 주저앉히는 문명 이전 시원의 공간이다. 여기는 그렇다면 아무리 삶의 현실 원리로 억압해도 마침내 도달하고야 마는 무의식 원야原野의 놀이터로서 허무맹랑한 판타지 세계일까. 아니면 "삶의 수억 년을 버리고 홍적세로부터 다시 시작하지 않을 수 없었"던 『빗살무늬토기의 추억』의 작가가 마침내 도달한 문명의 외부, 역사의 외부일까. 일단 여기는 누구의 운명도 보호해 주지 않는 바깥의 바람이 불어오는 곳이다. 바람 소리와 동물 소리와 사람 소리가 앞뒤 없이 섞이는 곳이다. 『공터에서』의 작중인물 마馬씨는 누차 "세상은 무섭고, 달아날 수 없는 곳이었다"고 하는데, 그는 그 소설 안에서만 정주하지 않고 쉼 없이 탈주의 탈주를 거듭했던 모양이다. 김훈 소설의 탈주는 이로써 우주론의 시공을 가로지르며 우리 앞으로 다가왔다. 그런데 어쩌면 김훈 문학은 소설 자체로부터의 탈주를 욕망했을 수도 있다. 이 가능성은 소설의 내부에서만 보면 보이지 않는다. 김훈의 필경筆耕은 급기야 고대 서사시의 영토까지도 갈아엎었는지 모를 일이다.

21세기의 서사시

소설이라는 서사 문학은 역사적 전개 과정을 볼 때, 신화에서 서사시(epic)로, 서사시에서 로맨스로, 로맨스에서 소설로 발달해 왔다는 것이 문학사에서 정설로 굳어져 있다. 이 정설에 따르면 서사시는 역사적으로 종결된 장르이다. 즉, 오늘날의 서사 문학은 소설이다. 더러 시적 산문의 절창을 두고 '서사시'라고 명명해 볼 수는 있겠으나 이는 비평의 과잉 수사 욕망일 뿐이다. 또, 김동환의 『국경의 밤』 같은 이야기가 우세한 운문 흐름을 서사시로 지칭해 보기도 하지만, 서사시보다는 이야기시나 서술시(narrative poetry)라는 규정이 더 설득력을 얻는다. 서사시(epic)는 누가 뭐라고 해도 서구에는 호메로스의 『일리아스Ilias』나 『오디세이아Odysseia』 같은 작품이, 그리고 우리에게는 이규보의 「동명왕편」 같은 작품이 있을 뿐이다. 그러나 반드시 그렇지 않을 수도 있다. 오늘날에도 서사시는 쓰여질 수 있다. 김훈의 이 작품은 물론 소설의 하위 장르(sub-genre)로서 환상소설 같은 범주로 이해될 수도 있겠지만, 그보다는 원 장르(archigenre) 개념이 보다 유용한 설명적 가치가 있다고 보여진다.

근대 소설 텍스트를 '근대의 서사시'라는 문제틀에서 읽어내고 있는 프랑코 모레티에 의하면 서구의 몇몇 모더니즘 소설들은 그 무엇보다도 '서사시'라고 하는 관점에서 분명한 이해를 얻을 수 있다. 근대의 텍스트가 머나먼 과거와 결합시켜 주기 때문에 서사시인 것이고, 그것이 '근대의' 서사시인 까닭은 결합시켜 줌과 동시에 불연속성이 있기 때문이라는 것이다. 그가 '근대의 서사시'라고 지칭하는 텍스트들은 개인의 운명을 다루는 소설과 달리 우주와 인류의 운명을 다루고, 텍스트의 언어는 우리의 현재에 대한 새로운 언어가 아니라 과거 시공간에 대한 새로운 해석에 바쳐진다. 따라서 서사시의 근대 텍스트들은 모두 일정 수준 우주론을 함축하고 있다. 주류적 흐름에서 벗어난 가설적 제안을 금지하지 않는다면, 그리고 소설가가 쓴 글은 꼭 소설이어야 한다는 법이 없다면, 나는 조심스럽게 김훈의 이 작품도 이러한 맥락의 서사시 텍스트로 읽을 수 있다고 본다.

김훈의 『달 너머로 달리는 말』은 문명화된 의식이 오랫동안 자신의 비밀을 찾아 근원을 탐사한 기록이다. 여기에는 한 종족의 운명을 걸머지고 전쟁에 참여하고 있는 히어로hero가 있다. 여기에서는 문명사가 분리해 놓은 것들, 즉 지식, 예술, 종교, 문학, 음악, 악기와 무기, 형이상학과 형이하학 등을 재통합하려는 욕망이 모습을 드러낸다. "바람이 물 위에 알을 슬어서 여러 목숨이 빚어졌"(9면)다는 생명의 기원에서부터 시작해서 꽃 이름, 지역 이름, 샤머니즘, 여신 숭배, 풍속, 인간과 동물의 미분화未分化, 노래, 사람이 집을 짓고 사는 일, 옷을 입고 사는 일, 죽음을 슬퍼하는 일, 등등의 기원담이 있다. 틀림없는 서사시의 세계인 것이다. 그리고 이와 동시에 오늘날 21세기의 서사시이기도 하다.

근대 이래의 소설은 신화·전설·민담 등에서 따온 것이 아닌 비전통적 플롯을 채용한다는 것이 상식이다. 근대 소설 이전의 장르인 서사시나 그 플롯을 신화·전설 등 前전시대의 문학에 의존한다. 신화·전설·민담의 세계는 '불신의 자발적 중지' 없이는 몰입할 수 없는 세계이다. 사실관계의 진위나 정확성 여부를 따지지 않겠다는 암묵적 동의의 세계인 것이다.『달 너머로 달리는 말』은 일단 사초라고 소개된『시원기』나『단사』에 의존해 서사를 꾸려나가는 방식을 취하면서 기록문헌 이외에도 신화·전설 등의 구비전승을 보태 서사를 중층화한다. 이 중층화의 서사 전략은 적어도 두 가지 효과를 낳는 것으로 보인다. 첫째, 기록문헌과 구비전승을 평가하고 취사取捨 선택하는 방식을 취함으로써 과거지사를 맹목적으로 추수하는 것이 아니라 현재의 시점에서 객관적 거리를 꾀하는 신뢰할 수 있는 화자를 탄생시킨다. 물론 이 신뢰할 수 있는 화자는 불신의 자발적 중지의 세계 한복판에 위치한다. 둘째, 머나먼 과거는 신뢰가 강화될수록 저만치 액자화되는 것 같지만, 실은 이와 동시에 그 과거를 소환하려는 서술 의지가 개입해 머나먼 과거와 현재의 대화의 자리를 마련한다. 이 대화는 시원의 과거를 시원의 시공간에 고립시키지 않는다. 바로 이 지점에서 서사시는 21세기의 서사시가 될 수 있는 단초가 마련된다고 볼 수 있다.

호메로스 서사시의 주인공들은 성장의 모습, 또는 성장해 온 모습이 거의 그려지지 않는다는 점이 지적되어 왔다. 소설의 세계에서의 시간은 자연계의 중요한 차원으로 국한되지 않는 법이다. 소설의 인물은 시간과 함께 성장하고 어떤 사건과 행동의 인과관계의 비밀이 다름 아닌 시간 속에 있다. 김훈의 이 작품에 등장하는 시간은 엄밀히 말해서 이런 소설 세계의 시간이 아니다.

초의 표, 단의 칭은 바람과 함께 사라진다. 표는 단의 2차 정벌 이후, 뚜렷한 자취가 소개되지 않고 다만 주색잡기에 빠졌다는 풍문이 있다는 식으로 서사의 관심 밖으로 밀려난다. 그의 2차 정벌이라는 것도 실은 이미 끝난 싸움을 확인하는 수준이었고, 일체의 저항 없이 순찰하는 정도였다. 초는 단과의 싸움에 승리해 주둔군까지 두었지만 단의 화공에 주둔군을 모두 잃게 된다. 불과 불을 몰아가는 바람의 힘 때문이었다. 그런데 이와 동시에 바람은 단에게도 향해 단의 모든 것이 불타버린다. 시점자는 그후 칭왕의 소재와 행방을 따라가지 않는다. 불과 함께, 바람과 함께, 표왕과 칭왕은 사라진 것이다. 초의 목왕이 흐르는 물과 함께 사라진 것처럼. 목왕은 처음부터 노년으로 등장해 군대를 출정시킨 후, 새벽 강에 배를 띄우고 나하奈河로 흘러든다. 그는 저 「공무도하가」의 노인처럼 자진自盡을 행한 것이다. 단의 군독 황은 스스로 투석기에 올라 적진에 던져지는데 전세에는 아무런 영향을 미치지 않는 무의미한 행동이다. 그도 사실상 자진한 것이다. 이 서사물의 심층 플롯은 바로 이 자진의 플롯이다. 이 플롯을 추동하는 힘은 "시간은 땅 위에 아무런 자취를 남기지 않는다"(9면)라고 하는 자연계의 그 힘센 시간이다. 이 시간은 우주 공간의 침묵 속에서 어디에도 있고, 어디에도 없는 숨은 주인공으로 모든 것을 주재한다.

그렇다면 이제 21세기 서사시의 모험은 무엇인가를 물을 차례이다. 모든 것을 시간이 다 알아서 한다고 하지만, 우리에게는 적어도 삶을 만들어 나가는 하나의 운명이 있다. 이 작은 운명을 통해 저 우주의 자연계 시공간과 오늘을 잇는 특수한 역사성이 만들어진다.

무엇을 되돌아보는가

고대 서사시의 세계가 그렇듯이 이 서사체의 가장 덩치 큰 핵심 서사는 전쟁이다. 여기 두 나라가 있다. 초와 단. 작가는 초와 단에 대한 설명에 상당 부분의 서술을 할애하고 있지만, 이미 나라 이름의 작명에서부터 작가의 일정한 작의가 읽혀진다. 초는 초焦다. 초의 왕은 목木, 목 다음 왕은 개(犬) 떼를 데리고 전쟁을 치르는 표猋다. 독자가 멋대로 자의적인 해석을 할 여지도 없이 초·목·표는 분명 자연의 환유이다. 끝이 보이지 않는 성을 쌓고 살아가는 나라 단旦의 왕은 칭秤인데, 칭은 저울을 지칭한다. 저울은 도량형의 기본 도구이다. 칭은 문명의 알레고리인 셈이다. 초는 문자를 멀리하는 나라이고 단은 전쟁 중에도 문서고를 만들어 중요 문서를 보관하고자 하는 나라이다. 초는 단을 가만히 두지 않는다. 초의 목표는 오직 단이 쌓아올린 것들을 평평하게 원위치시키는 것이다. 이것이 전쟁이다. 자연과 문명의 대립, 길게 보자면 자연사 대 문명사의 대립인 것이다. 이 항구적인 대립은 김훈 문학의 문제적인 기획일 뿐만 아니라 인류 문명사의 영원한 숙제이기도 한 것이다.

보이지 않는 곳까지 돌로 성을 쌓은 단은 초에 비해 비교할 수 없이 견고한 것 같아도 초의 공격을 견대내지 못한다. 우리가 아무리 자연사와 문명사의 대립에서 문명사를 응원한다고 해도 문명사는 자연사를 이기지 못한다. 『남한산성』에서도 말(言)먼지는 말(馬)먼지를 이기지 못했다. 이로써 한바탕 소용돌이에서 불(火)과 바람은 제 갈 길을 가고, 문명사와 자연사의 대립은 자연사의 완승으로 끝나고 마는 것인가. 문명사는 자연사의 삽화에 그치는 것, 그것이 전부인가. 산 사람은 살아야 하는 것이 문명의 운명이므로 우리는 이렇게 묻지 않을 수 없다.

이 전쟁으로 분명해지는 것들이 있다. 단의 패배와 함께 문명은 발본적인 의문에 부쳐진다고 볼 수 있는데, 이 발본적인 의문이 오늘날의 시점에서 필요하다고 느끼는 것이 21세기 서사시의 역사철학적 의미를 살리면서 읽는 길이다. 그리하여 단의 패배는 곧 문명의 패배인 것인데, 이 패배로써 단나라 돌성의 돌부리가 드러났을 뿐만 아니라 철옹성 같은 문명사의 기초가 의심스러운 것이 된다. 문명사의 가장 위대한 신화는, 역사는 반문명과 야만을 극복하고 영원히 진보하리라는 승승장구 발전의 신화인데, 이 신화에 금이 간다. 다음, 인류 문명사에 대한 발본적인 반성의 핵심은 문명사의 주체, 즉 인류에 대한 것일진대 바로 이 핵심이 단의 패배와 함께 가시화된다. 단의 군독을 태웠던 비혈마 야백은 전장에서 군독이 투석기에 올라 적진에 돌멩이처럼 던져지는 장면을 목격하고 스스로 이빨을 빼서 재갈을 벗는다. 인간 존재의 유물론적 실체를 확인한 말은 누구를

태우고 재갈과 고삐에 이끌려 사람이 정하는 데로 가는 존재가 아
니라 자기 스스로 자기 길을 가는 존재로 탄생한다. 새로운 주체의
탄생인 것이다.

　의심할 바 없이 지금까지 인류 문명사의 주체는 인류였다. 그러나
이 서사시의 핵심 서사 주체는 지금부터 인류(혹은 남성 인류)가
아니라 말(馬)이다. 작가는 인간 존재보다 말에 대한 묘사에 더 공
을 들인다. 초는 초원의 평평함을 '사랑'까지 했다고 한다. 흐르는 강
물을 '숭상'했다고도 한다. 그러나 초, 이 나라에 사는 인간의 사랑
은 그려지지 않는다. 다만 '교접'하는 일이 있을 뿐이다. 무녀와 연然
도 '교접'해 아이가 생겼다는 정도의 서술이 있을 뿐이다. 작가는 개
별적인 인간이 아닌 인류의 운명에 관심을 가지고 있을 뿐이고, '사
랑'은 인간 대신 말이 한다. 총총과 요姚뿐만 아니라 토하와 야백은
그리움이라고 할 만한 것을 서로 가지고 있는 존재이며 키스까지
한다.

　　표는 가끔 아무런 용무가 없어도 내위內衛 군사 몇 명을 따르게
　해서 새벽부터 밤까지 들판을 달렸다. 토하는 그때마다 왕이 된 표
　를 태웠다. 왕이 되고 나서 표의 마음이 부대끼고 있다는 것을 토
　하는 느꼈다. (…) 몸이 비었다고 느껴질 때 토하는 야백의 몸을 생
　각했다.(184~185면)

　표는 왕이 되어 목하 모든 것을 복종시키고 토하를 부리지만 토
하는 주인 표의 노예가 아니다. 표는 그 이름처럼 달리는 주체일 뿐,

태우는 주체도 아니고 나아가 토하처럼 무엇을 느끼고 생각하는 주체가 아니다. 서술의 파탄이 아니라 관계의 역전을 겨냥하는 작가의 노림수가 자연스럽게 드러난 대목이라고 볼 수 있다. 여기서 우리는 말이 등장하는 문명사적 함의를 현대 지성사의 한 장면에 비춰봐도 좋을 것 같다.

1889년 니체가 투린에서 그가 묵었던 호텔을 떠난다. 니체 앞에서 마부는 말에게 채찍질을 한다. 니체는 그 말에게로 다가가 두 팔로 말의 목을 껴안고 운다. 누가 봐도 정신착란 현상이라고 할 수 있겠지만, 그러나 밀란 쿤데라는 이런 속류적 지적 행위에 가담하지 않았다. 대신 바로 이 장면이 자신이 좋아하는 니체라고 하는 쿤데라는 자신의 작중인물에게도 이와 비슷한 역할을 부여한다. 『참을 수 없는 존재의 가벼움』의 테레자는 병들어 죽어가는 개 카레닌을 자신의 무릎 위에 재우면서 인류의 기능장애를 숙고한다. 쿤데라는 니체가 데카르트를 대신해 말에게 사죄했다고 본다. 쿤데라에게 데카르트는 하필 인간이 자연의 주인이라고 선언하고, 동물에게는 영혼이 없다고 말한 위인이다. 니체와 테레자는 인간중심주의의 행렬에서 이탈하고 있다는 점에서 본질적으로 같은 길을 가는 도반이다. 니체와 데카르트에 대한 회심의 해석으로 회심의 소설 장면이 연출되고 있는 것이다. 쿤데라에 의하면 동물들에 대한 인간의 관계는 너무도 근본적인 것이어서 다른 모든 것은 여기에서 추론될 수 있다.

그런데 쿤데라의 소설에서 인간중심주의 비판의 역할을 맡고 있는 인물 테레자는 여성이다. 우연히 여성이 선택되었다고 보기 어렵다. 여성인 이유가 있다. 인류 문명사는 이성을 가진 동물이 이성 없는 동물을 돌보는 일은 소일거리에 불과해서 그런 일 정도는 여성에게 맡겼다고 『계몽의 변증법』의 저자들(아도르노/호르크하이머)은 말한다. 여성은 문명을 낳는 '유능함'에 참여하는 '주체'가 아니며, 우주를 끝없이 사냥터로 만들려고 하는 무제한한 자연 지배는 수천 년 동안 인간이 소망해 온 꿈이었다는 것이다. 김훈은 초와 단이 싸우는 전쟁터에 남성만 출정시키지 않았다. 비록 그 의미가 제한적이나마 여성들은 전쟁을 종식시키고자 하는 '슬픔의 묘약'으로 젖을 드러낸다. 여성의 여성성 드러내기는 사이비 정치 주체와는 비교가 안 되는 실질적인 실력 행사라고 할 수 있다. 청왕은 적군이 쳐들어오자 가짜 왕을 내세우고 성 바깥으로 피신해 가짜와 진짜를 스스로 헷갈려하는 지경의 사이비 주체가 되고 만다.

근현대 문명의 시스템에 갇히지 않는 거침없는 상상력으로 이런 주체론을 끝까지 밀어붙여 보면 어디까지 갈 수 있을까를 상상해 보자. 이 작품에서 그려지는 자연은 일단 문명이 아직 '야만'이라는 딱지를 붙이기 이전의 야생, 혹은 비문명이다. 초는 "고함과 노래, 무기와 악기와 연장, 땅과 물과 바람, 여자와 남자와 짐승이 다 마찬가지"(19면)인 나라이고, 야만적인 폭력이 가장 폭넓게 용인되는 전쟁이라는 것도 실은 "전쟁은 생로병사와 같다. 날이 저물면 밤이 오듯이 전쟁이 끝났다"(129면)거나, "초와 단이 부딪쳐서 스스로 소멸하였으니 여름이 가면 가을이 오는 이치"(283~284면) 정도에 불과한 것이다. 특별히 야만의 행위가 아니라 자연의 다반사인 것이다. 이 자연이 가지고 있는 야만성을 일정 수준으로 지양하는 것이 문명의 진보일 터인데, 문제는 이 진보라는 것이 또 다른 야만을 키울 수 있다는 점이다. 무엇보다도 주체론의 견지에서 살필 때 이 점이 분명하게 보인다.

말을 보자. 야생마에게 재갈을 물리고 고삐를 장착시켜 말을 문명사의 내부로 끌어올 수는 있지만, 이 순치는 말의 입장에서는 물론 일방적인 폭력 이상이 아니다. 순치가 최고 수준으로 완성될 때 비혈마, 신월마의 저 불가해한 신화성은 전설로 사라진다 하겠다. 어디 말뿐이겠는가. 문명사의 진전은 우리 눈에 잘 보이지 않는 수많은 폭력의 희생을 딛고 서 있는 것이다. 진보가 꼭 진보가 아닌 이 진보의 역설이 자연의 역설을 가로막는다. 야만의 자연, 자연의 야만이 자연의 전부가 아니다. 자연은 시간을 내장하고 있는 소멸의 원리이자 다른 한편으로는 생성의 원리이기도 하고, 혼돈 없는 코스모스라기보다는 카오스모스Chaosmos의 생명으로 뒤엉켜 있는 것이다. 이 카오스모스의 자연이 살아나야 문명의 인간도 살 수 있다고 할 때 미물의 영성도 존귀할 수밖에 없다. 이런 관점에서 보았을 때, 작가가 작품의 후반부로 갈수록 인간을 서사의 중심에 배치하지 않은 것은 중요한 선택인 것으로 보인다.

인간에게 이름이 있듯이 말에게도 공평하게 이름이 부여되어 있는데, 좀 의인화해서 말해 보자면 말은 코페르니쿠스적 존재라고 할 만하다. 우주론에서 코페르니쿠스가 했던 것처럼, 말이라는 이 전복 주체는 인간 주체 중심성을 소거한다. 대신 생명 다양성 주체들을 소환한다. 말의 세계가 그려지면서 무녀나 연이 전경화되는 것은 그들이 자기 중심성에 갇힌 인간이 들을 수 없는 생명 다양성 주체들의 목소리를 들을 수 있는 존재이기 때문이다. 표의 동생 연은 권력 따위에는 관심이 없고 벌레와 놀 뿐이며, 연을 따르는 무녀는 벌레의 소리를 듣는다. 무녀의 혼백은 사람과 사람, 짐승과 짐승 사이 정도가 아니라 "사람과 짐승 사이, 사람과 벌레 사이, 사람과 달 사이, 나무와 나무 사이"(249면), 그 "모든 사이사이"(249면)에 깃들어 있다.

이런 '사이사이'를 오가는 무차별의 세계에서는 죽어서 별이 되었다는 토하의 유산된 태아, 유생도 애벌레-주체(sujet lavaire)*가 될 수 있다. 그런데 물질 문명사는 이런 애벌레 주체 따위는 안중에 없고 다만 물신에 눈머는 쪽으로 방향을 틀었다. "금붙이로 곡식이나 땅을 사고팔게 되면 곡식도 땅도 아닌 헛것이 인간 세상에서 주인 행세"(216면)를 하며, 상징 교환체계가 소외의 세상을 만든다. 새로운 헛것 사이비 주체의 세상이 되는 것이다. 우리는 지금 사물과의 관계에서 직접성을 상실하고 영매靈媒 같은 매개 따위는 믿지도 않으

---

* 이 개념은 들뢰즈가 『차이와 반복』(1968)에서 시간의 종합을 설명하기 위해 동원하는 주요 개념 가운데 하나이다. 들뢰즈는 이 개념을 사뮈엘 베케트 소설의 등장 인물들을 일컫는 개념으로 또, 폴 리쾨르가 '유산된 코키토'라고 명명한 상처받은 자아를 표현하기 위해 사용하지만 이 개념의 출처나 분명한 의미 규정은 생략하고 있다. 그러나 이 용어의 단초는 이미 프로이트에게서 발견된다는 점이 지적된다. 프로이트의 「과학적 심리학 초고」에는 '애벌레 자아'와 '통합적 자아' 같은 표현이 등장한다는 것이다. 그렇다면 들뢰즈가 사용하는 '애벌레 주체'란 프로이트의 '애벌레 자아'의 또 다른 버전으로 이해할 수 있는 개념인 것이다. 애벌레 주체는 행위자를 이중화하는 응시하는 어떤 작은 자아이다. 그것은 그 자체로 능동적 주체가 아니라 행위와 능동적 주체를 가능하게 하는 작은 자아이고, 몸으로 사유하는 주체이다. 욕망과 무의식 속에서 우글거리는 애벌레 주체들은 자신들의 적분을 통해서 비로소 의식을 갖춘 주체가 된다.

며 대신 화폐 같은 매개는 몸에 지니고 살아가는 것을 자연스럽게 여긴다. 사이비 주체에 휘둘려 사는 삶은 문명의 삶이 아니라 새로운 야만의 삶이다.

여기에 이르면 앞에서 적었던 '우리'에게는 적어도 운명이 있다고 할 때의 '우리' 개념은 근본적인 재구성과 수정을 요구받는다. 인간은 말의 주인이 아니다. 벌레의 주인도 아니다. 금붙이도 인간의 주인이 아니다. 주인 아닌 주체에 주인 노릇을 하며, 주인 아닌 것을 주인으로 섬기는 우리는 새로운 카오스모스 주체로 거듭나야 할 존재가 아닐 수 없다.

지워지는 길, 드러나는 길

한계를 모르고 현재에 도취해 있는 문명화된 의식에게 작가가 제시하는 저 서사시의 시공간은 낯설고 뜬금없다. 우리의 '정상正常'들을 물구나무세워 놓기 때문이다. 낯설게 하기가 문학 예술의 본령이라지만, 이건 고대의 시공간을 엽기의 사냥터로 바꿔놓은 게 아닌가 하는 합리적인 의심을 가질 수도 있겠다. 김훈에 의하면 인류 문명사는 끝없이 진보하지도 않고 진보라고 여기는 것도 진보가 아니며, 그것은 단지 '진보'라는 이름의 환상이거나 신화이다. 이 진보라는 현대의 신화를 인류세를 거슬러 올라가 고대의 신화로 충격하는 것이 이 서사시의 의미라고 할 수 있다. 김훈은 이제 여신, 무녀, 말(馬), 말의 유산된 태아, 벌레 등의 하위 주체로 세계 질서 재편의 신화를 꿈꾼다. 현대의 신화와 김훈의 신화, 어느 것이 과연 신화인가. 어느 것이 헛것인가. 일단 의미로 쉽게 해독할 수 있는 것만을 우리가 의미라고 한다면 김훈은 불리하다. 김훈의 서사시는 바람이 불면 바람이 부는 대로 흔들리는 저 초원의 풀의 신화이기도 하기 때문이다.

그러나 자세히 보자. 풀꽃 중에는 아기손꽃 같은 꽃도 있다. 아기손꽃은 쓰러진 토하의 절망이 발견한 치유의 풀꽃이다. 토하는 아기손꽃을 먹고 기력을 회복해 금(line) 없는, 나라 아닌 나라 월까지 간다. 거기서 야백과도 재회한다. 아기손꽃이 특별히 예외라고 할 수 없다. 우리는 왜 이름 없는 들꽃에서 감동을 느끼는가. 단지 아름답다고 느끼기 때문인가. 풀꽃은 우리가 아는 몸짓을 시늉하지 않는다. 우리가 아는 의미의 방향으로 흔들리지 않는다. 이 뜻'밖의' 혼란이 우리가 아는 합리성의 허를 찌르기 때문에 감동이 생기는 것이다. 그것은 쉽게 해독되지 않는 맹목이어서 눈부시다. 이 자연에는 예컨대 슬픔은 슬픔대로, 아름다움은 아름다움대로 질서 정연하게 정리돼 있는 게 아니라 슬퍼서 아름답고, 아름다워서 비로소 슬플 수 있는 카오스모스의 비밀이 미분화된 상태로 살아 있다. 어쩌면 이처럼 소멸과 생성도 하나일 수 있을지 모른다.

서사는 풀들이 누워서 길의 자취가 드러나고, 다시 바람이 불어서 길이 지워지는 것으로 종결된다. 자연사自然史의 시간은 이렇게 흔적을 남기지 않고, 토하와 야백에게는 이제 지워지는 풀숲의 길 위에서 자연사自然死하는 운명이 남아 있다. 호모 파베르 김훈의 손은 여기까지 쓴다. 그러나 그의 손가락은 달을, 달 너머를 가리키고 있다. 길을 냈다가 길을 지우는 저 풀에도 카오스모스의 꽃이 피는 것이며, 이렇게 길이 스러지기 때문에 일어나는 길도 있을 것이다. 나이 먹은 소설이 서사시로 자신을 갱신하고, 문명사의 미래가 인류세 이전의 푸르고 시린 시원을 기억하는 또렷한 길 하나가 우리 앞에 나타난다. 토하와 야백이 쓰러진 달밤을 뒤로하고 이 길로 '달 너머로 달리는 말'이 달린다.

제1부 관념에서 의미로

1장__ 사랑의 불가능성 문제

1. 1차 자료
김훈(2004). 『현의 노래』, 생각의나무.
　　(2004). 『화장·외』(제28회 이상문학상 작품집), 문학사상사.
　　(2006). 『강산무진』, 문학동네.
　　(2009). 『공무도하』, 문학동네.
　　(2010). 『내 젊은 날의 숲』, 문학동네.
　　(2011). 『흑산』, 학고재.
　　(2015). 『라면을 끓이며』, 문학동네.
　　(2017). 『공터에서』, 해냄출판사.

2. 2차 자료
김주언(2015). 「정약전 삶의 소설 형상화에 대한 비교 연구: 한승원의 『흑산
　　도 하늘 길』과 김훈의 『흑산』을 대상으로」, 『한국문학이론과 비평』 제67
　　집, 한국문학이론과 비평학회.
송명희(2010). 「김훈 소설에 나타난 몸담론」, 『한국문학이론과 비평』 제48집,
　　한국문학이론과 비평학회.
장영란 외(1999). 『성과 사랑, 그리고 욕망에 관한 철학적 성찰』, 서광사.
최인훈(1993). 「춘향뎐」, 『우상의 집』(최인훈 전집·8), 문학과지성사.
大澤眞幸(2005). 『연애의 불가능성에 대하여』, 송태욱 옮김, 그린비.
Amery, J.(2014). 『늙어감에 대하여』, 김희상 옮김, 돌베개.
Beauvoir, S. d.(2016). 『노년』, 홍상희·박혜영 옮김, 책세상.
Birch, C.·Cobb, J.(2010). 『생명의 해방: 세포에서 공동체까지』, 양재섭·구

미정 옮김, 나남.

Childers, J.·Hentzi, G.(1999).『현대 문학·문화 비평 용어사전』, 황종연 옮김, 문학동네.

Crick, F.(2015).『생명 그 자체: 40억년 전 어느 날의 우연』, 김명남 옮김, 김영사.

De Botton, A.(2005).『왜 나는 너를 사랑하는가』, 정영목 옮김, 청미래.

Freud, S.(1997).「덧없음」,『창조적인 작가와 몽상』, 정장진 옮김, 열린책들.

Glicksberg, C.(1983).『20세기 문학에 나타난 비극적 인간상』, 이경식 옮김, 종로서적.

Hawking, S.(1998).『시간의 역사』, 김동광 옮김, 까치.

Heidegger, M.(1994).『형이상학 입문』, 박휘근 옮김, 문예출판사.

Nietzsche, F. W.(1982).『비극의 탄생』, 김대경 옮김, 청하.

Sarsby, J.(1985).『낭만적 사랑과 사회』, 박찬길 옮김, 민음사.

2장 _ 자연주의의 문제

1차 자료
김훈(2003).『칼의 노래·1,2』(재개정판), 생각의나무.
    (2004).『현의 노래』, 생각의나무.
    (2007).『남한산성』, 학고재.

2. 2차 자료 .
김덕호(1994).「사회 다원주의」, 김영한·임지현 편,『서양의 지적 운동』, 지식산업사.

김영민(2005).『한국 근대소설의 형성과정』, 소명출판.

김영찬(2007),「김훈 소설이 묻는 것과 묻지 않는 것」,『창작과 비평』, 2007년 가을호.

김주언(2002).『한국 비극소설론』, 국학자료원.

김치수(1986). 「자연주의 재고」, 김용직·김치수·김종철, 『문예사조』, 문학과
　지성사.

김훈·김규항·최보은(2000). 「쾌도난담:위악인가 진심인가」, 『한겨레21』 제
　327호.

나병철(1998). 『소설의 이해』, 문예출판사.

박노자(2005). 『우승열패의 신화』, 한겨레신문사.

백철(1983). 『신문학사조사』, 신구문화사.

신형철(2007). 「속지 않는 자가 방황한다」, 『문학동네』, 2007년 겨울호.

염상섭(1922.4). 「개성과 예술」, 『개벽』 제22호.

윤건차(2003). 『한일 근대사상의 교착』, 이지원 옮김, 문화과학사.

이경훈(1998). 『이광수의 친일문학 연구』, 태학사.

이광수(1931.12). 「힘의 재인식」(권두언), 『동광』 제28호.

이현우(2009). 『로쟈의 인문학 서재』, 산책자.

임화(1933.7.18). 「6월 중의 창작」, 『조선일보』.

임화(1993). 「조선 신문학사론 서설-이인직으로부터 최서해까지(14)」, 임규
　찬·한진일 편, 『임화 신문학사』, 한길사.

장사선(1988). 『한국 리얼리즘 문학론』, 새문사.

정병훈(1997.5). 「철학적 자연주의」, 『과학사상』 제21호.

최종덕(2010). 『찰스 다윈, 한국의 학자를 만나다』, 휴머니스트.

한국분석철학회(1995). 『철학적 자연주의』, 철학과현실사.

Childers, J.(2000). 『현대 문학·문화 비평 용어사전』, 황종연 옮김, 문학동네.

Goethe, J. W. V.(1983). 『파우스트』, 정경석 옮김, 문예출판사.

Hobbes, T.(1990). 『리바이어던』, 한승조 옮김, 삼성출판사.

Ricœur, P.(1994). 『악의 상징』, 양명수 옮김, 문학과지성사.

Sartre, Jean-Paul.(1998). 『문학이란 무엇인가』, 정명환 옮김, 민음사.

Whitehead, A. N.(1989). 『과학과 근대세계』, 오영환 옮김, 서광사.

http://bookshelf.naver.com/life/view.nhn?intlct_no=20.

김훈(2007), 『남한산성』, 학고재.

서연(2008), 「동부 서연의 생태 산문:대지가 여윈 몸을 뒤척일 적에⑤」, 『월간 중앙』, 2008.5.

신수정·김훈(2004), 「아수라 지옥을 건너가는 잔혹한 리얼리스트」, 『문학동 네』, 2004년 여름호.

이광수(2005), 『무정』, 김철 책임 편집, 문학과지성사.

이기상(2000), 「시간, 시간의식, 시간존재」, 『과학사상』, 2000년 봄호.

今村仁司(1999), 『근대성의 구조』, 이수정 옮김, 민음사.

Allen, G.(2006), 『문제적 텍스트 롤랑/바르트』, 송은영 옮김, 앨피.

Arendt, H.(1999), 『폭력의 세기』, 김정한 옮김, 이후.

Barthes, R.(2007), 『글쓰기의 영도』, 김웅권 옮김, 동문선.

Benjamin, W.(1983), 『발터 벤야민의 문예이론』, 반성완 편역, 민음사.

Berman, M.(2001), 『맑스주의의 향연』, 문명식 옮김, 이후.

Bohrer, K. H.(1995), 『절대적 현존』, 최문규 옮김, 문학동네.

Deleuze, G.(2000), 『의미의 논리』, 이정우 옮김, 한길사.

Eliade, M.(1984), 『우주와 역사』, 정진홍 옮김, 현대사상사.

Genette, G.(1992), 『서사 담론』, 권택영 옮김, 교보문고.

Hawkes, T.(1984), 『구조주의와 기호학』, 오원교 옮김, 신아사.

Kummel, F.(1986), 『시간의 개념과 구조』, 권의무 옮김, 계명대 출판부.

Levinas, E.(1996), 『시간과 타자』, 강영안 옮김, 문예출판사.

Lubbock, P.(1984), 『소설기술론』, 송욱 옮김, 일조각.

Mendilow, A. A.(1983), 『시간과 소설』, 최상규 옮김, 대방출판사.

Nietzsche, F. W.(1982), 『반시대적 고찰』, 임수길 옮김, 청하.

Ricœur, P.(1999), 『시간과 이야기·1』, 김한식·이경래 옮김, 문학과지성사.

Schramke, J.(1995), 『현대소설의 이론』, 원당희·박병화 옮김, 문예출판사.

1. 1차 자료

김훈(2000). 『자전거 여행』, 생각의나무.

　　　(2005). 『개』, 푸른숲.

　　　(2006). 『강산무진』, 문학동네.

　　　(2007). 『남한산성』, 학고재.

　　　(2009). 『공무도하』, 문학동네.

　　　(2011). 『흑산』, 학고재.

　　　(2017). 『공터에서』, 문학동네.

2. 2차 자료

권성우(2016). 「허무주의를 넘어서: 김훈의 『공무도하』에 대한 몇 가지 생각」, 『비평의 고독』, 소명출판.

김형효(1990). 『가브리엘 마르셀의 구체철학과 여정의 형이상학』, 인간사랑.

나병철(2006). 『소설과 서사문화』, 소명출판.

백승영(2017). 「내재성의 철학, 철학적 전환이자 병자의 현상론」, 서동욱·진태원 엮음, 『스피노자의 귀환』, 민음사.

신형철(2007). 「속지 않는 자가 방황한다:김훈 소설에 대한 단상」, 『문학동네』, 2007년 겨울호.

우찬제(1996). 「길트기의 나날·한국 소설의 '길'」, 『타자의 목소리』, 문학동네.

윤동주(2004). 『정본 윤동주 전집』, 홍장학 편, 문학과지성사.

이재선(1986). 「길의 문학적 체계」, 『우리문학은 어디에서 왔는가』, 소설문학사.

　　　(1989). 「길의 문학적 상징체계」, 『한국문학 주제론』, 서강대 출판부.

이진경(2016). 「들뢰즈의 유물론 혹은 '외부에 의한 사유'」, 『마르크스주의 연구』 13(1), 경상대 사회과학연구원.

정호웅(1995). 「한국소설과 '길'의 의미」, 『반영과 지향』, 세계사.

최인훈(1989). 「길에 대한 명상」, 『길에 대한 명상』, 청하.

황현산(2018). 「『어린 왕자』에 관해, 새삼스럽게」, 『황현산의 사소한 부탁』, 난다.

老子(1995).『도덕경』, 오강남 풀이, 현암사.

Deleuze, G.(1999).『감각의 논리』, 하태환 옮김, 민음사.

  (2005.6).「내재성: 하나의 삶」, 김용규 옮김,『오늘의 문예비평』.

Deleuze, G./Guattari, F.(2001).『천 개의 고원』, 김재인 옮김, 새물결.

Freud, S.(1996).「가족 로망스」,『성욕에 관한 세 편의 에세이』, 김정일 옮김, 열린책들.

Fromm, E.(2012).『자유로부터의 도피』, 김석희 옮김, 휴머니스트.

Good News Bible: Today's English Version(1984). United Bible Societies.

Luács, G.(1985).『소설의 이론』, 반성완 옮김, 심설당.

Robert, M.(1999).『기원의 소설, 소설의 기원』, 김치수/이윤옥 옮김, 문학과 지성사.

Tuan, Yi-Fu(2007).『공간과 장소』, 구동회·심승희 옮김, 대윤.

제2부 감각을 넘어 지각으로

5장 _ 묘사의 문제

1. 1차 자료

김훈(1995).『빗살무늬토기의 추억』, 문학동네.

  (2003a).『칼의 노래·1권』(재개정판), 생각의나무.

  (2003b).『칼의 노래·2권』(재개정판), 생각의나무.

  (2005).『개』, 푸른숲.

  (2010).『내 젊은 날의 숲』, 문학동네.

  (2011).『흑산』, 학고재.

  (2017).『공터에서』, 문학동네.

김민철(2013).『문학 속에 핀 꽃들』, 샘터사.

김사인(2006).『가만히 좋아하는』, 창비.

김우창(2016).『풍경과 마음: 동양의 그림과 이상향에 대한 명상』, 민음사.

김택호(2006).「서사와 묘사: 인간의 삶을 재현하는 두 가지 방법과 작가의
　　태도」,『한중인문학연구』17, 한중인문학회.

김현(1990).「푸코의 미술 비평」,『시칠리아의 암소』, 문학과지성사.

김홍중(2009).「다니엘의 해석학: 풍경에 대한 사회학적 사유의 가능성」,『마
　　음의 사회학』, 문학동네.

서영채(2019).『풍경이 온다』, 나무나무출판사.

서유리(2002).「근대적 풍경화의 수용과 발전」, 김영나 엮음,『한국근대미술
　　과 시각문화』, 조형교육.

유종호(1995).『문학의 즐거움』(유종호 전집 5), 민음사.

이태준(1988).『문장강화』, 창작과비평사.

정이현(2003).「무궁화」,『낭만적 사랑과 사회』, 문학과지성사.

李孝德(2002).『표상 공간의 근대』, 박성관 옮김, 소명출판.

柄谷行人(1997).『일본근대문학의 기원』, 박유하 옮김, 민음사.

Bal, M.(1999).『서사란 무엇인가』, 한용한/강덕화 옮김, 문예출판사.

Bourneuf. R./Ouellet. R.(1986).『소설이란 무엇인가』, 김화영 편역, 문학
　　사상사.

Cahill, J.(1978).『中國繪畵史』, 조선미 옮김, 열화당.

Capra, F.(2006).『현대 물리학과 동양사상』, 김용정·이성범 옮김, 범양사.

Evans, D.(1998).『라캉 정신분석 사전』, 김종주 외 옮김, 인간사랑.

Fabre, J. H.(1992).『파브르 식물기』, 정석형 옮김, 두레.

Foucault, M.(2010).『이것은 파이프가 아니다』, 김현 옮김, 고려대 출판부.

Genette, G.(1997).「서술의 경계선」,『현대 서술이론의 흐름』, 김동윤 외 옮
　　김, 솔.

Gombrich, E. H.(2017).『서양 미술사』(16차 개정증보판), 백승길·이종숭 옮

김, 예경.

Jay, M.(2004). 「모더니티의 시각 체제들」, 핼 포스터 엮음, 『시각과 시각성』, 최연희 옮김, 경성대 출판부.

Lacan, J.(2005). 「시선과 응시의 분열」, 『욕망이론』, 권택영 외 옮김, 문예출판사.

Monod, J. L.(2010). 『우연과 필연』, 조현수 옮김, 궁리.

Pascal, B.(1987). 『팡세』, 박두성 옮김, 동천사.

Robbe-Grillet, A.(1998). 『누보 로망을 위하여』, 김치수 옮김, 문학과지성사.

Zola, E.(2007). 『실험소설론 외』, 유기완 옮김, 책세상.

6장 _ 음식의 문제

1차 자료

김훈(2003). 『칼의 노래·1,2』(재개정판), 생각의나무.

　　　(2004). 『현의 노래』, 생각의나무.

　　　(2007). 『남한산성』, 학고재.

　　　(2000). 『자전거 여행』, 생각의나무.

　　　(2002.3.21). 「'밥'에 대한 단상」, 『한겨레』.

2. 2차 자료

김주언(2010). 「김훈 소설의 자연주의적 맥락」, 『한국문학이론과 비평』 49, 한국문학이론과 비평학회.

송명희(2010). 「김훈 소설에 나타난 몸담론」, 『한국문학이론과 비평』 48, 한국문학이론과 비평학회.

신형철(2007). 「속지 않는 자가 방황한다」, 『문학동네』 겨울호.

우석훈(2008). 『도마 위에 오른 밥상』, 생각의나무.

차봉희(1990). 『비판미학』, 문학과지성사.

최정우(2009). 「바타이유의 '유물론'과 문학적 전복」, 서울대 석사논문.

황도경(1997). 「뒷간의 상상력」, 『작가세계』 가을호.

Bataille, G.(1989). 『에로티즘』, 조한경 옮김, 민음사.

Brillat-Savarin, J.(2004). 『미식예찬』, 홍서연 옮김, 르네상스.

Clausewitz, K.(1998). 『전쟁론』, 류제승 옮김, 책세상.

Evans, D.(1998). 『라캉 정신분석 사전』, 김종주 외 옮김, 인간사랑.

Kazantzakis, N.(2009). 『그리스인 조르바』, 이윤기 옮김, 열린책들.

Levinas, E.(1996). 『시간과 타자』, 강영안 옮김, 문예출판사.

Macherey, P.(2003). 『문학은 무슨 생각을 하는가?』, 서민원 옮김, 동
　　문선.

Monestier, M.(2005). 『똥오줌의 역사』, 임헌 옮김, 문학동네.

Steel, C.(2010). 『음식, 도시의 운명을 가르다』, 이애리 옮김, 예지.

Žižek, S.(2002). 『이데올로기라는 숭고한 대상』, 이수련 옮김, 인간사랑.

Žižek, S.(2002). 『환상의 돌림병』, 김종주 옮김, 인간사랑.

Žižek, S.(2011). 『시차적 관점』, 김서영 옮김, 마티.

7장 _ 바다의 문제

1차 자료

김훈(1995). 『빗살무늬토기의 추억』, 문학동네.

　　(2003). 『칼의 노래 1』, 재개정판, 생각의나무.

　　(2004). 『현의 노래』, 생각의나무.

　　(2006). 『강산무진』, 문학동네.

　　(2007). 『남한산성』, 학고재.

　　(2010). 『내 젊은 날의 숲』, 문학동네.

　　(2011). 『흑산』, 학고재.

　　(2015). 『라면을 끓이며』, 문학동네.

2. 2차 자료

김영민(1994).『현상학과 시간』, 까치.

김주언(2012).「김훈 소설에서의 시간의 문제」,『한국문학이론과 비평』 16(1), 한국문학이론과 비평학회.

이인성(1997).「Chaucer의 작품에 나타난 바다의 상징적 의미」,『문학과 종교』 2(1), 한국문학과 종교학회.

이진경(2002).『노마디즘 1』, 휴머니스트.

Foucault, Michel(1994).『감시와 처벌』, 오생근 옮김, 나남.

Meyerhoff, Hans(1987).『문학과 시간현상학』, 김준오 옮김, 삼영사.

Relph, E.C.(2005).『장소와 장소상실』, 김덕현·김현주·심승희 옮김, 논형.

Said, E. W.(2000). *Reflections on Exile and Other Essays.* Cambridge: Harvard UP.

Tévenaz, Pierre(1982).『현상학이란 무엇인가』, 심민화 옮김, 문학과지성사.

8장 _ 인물 형상화의 문제

1. 1차 자료

한승원(2005).『흑산도 하늘 길』, 문이당.

김훈(2011).『흑산』, 학고재.

2. 2차 자료

김주언(2012).「김훈 소설에서의 시간의 문제」,『한국문학이론과 비평』 제54집, 한국문학이론과 비평학회.

김훈(1994).『풍경과 상처』, 문학동네.

　　(2007).『남한산성』, 학고재.

　　(2009).『공무도하』, 문학동네.

이덕일(2004).『정약용과 그의 형제들·2』, 김영사.

장경남(2007). 「이순신의 소설적 형상화에 대한 통시적 연구」, 『민족문학사연구』 제35권, 민족문학사학회.

정약용(1985). 『다산 산문선』, 박석무 역주, 창비.

정약전(1977). 『현산어보』, 정문기 옮김, 지식산업사.

조은숙(2012). 「동학농민전쟁의 소설화 전략 비교 연구·송기숙의 『녹두전쟁』과 한승원의 『동학제』를 중심으로」, 『현대문학이론연구』 제49권, 현대문학이론학회.

한승원(2008). 『다산·1』, 랜덤하우스.

Agamben, G.(2012). 『아우슈비츠의 남은 자들』, 정문영 옮김, 새물결.

Brooks, P.(2000). 『육체와 예술』, 이봉지·한애경 옮김, 문학과지성사.

Foucauit, M.(1972). *The Archeology of Knowledge*, tr. by A. M. Sheridan Smith, New York: A Division of Random House.

Foucauit, M.(1992). 『지식의 고고학』, 이정우 옮김, 민음사.

Kosík, K.(1985). 『구체성의 변증법』, 박정호 옮김, 거름.

Lévinas, E.(2013). 『신, 죽음 그리고 시간』, 김도형 외 옮김, 그린비.

Lukács, G.(1987). 『역사소설론』, 이영욱 옮김, 거름.

Nadler, S.(2013). 『에티카를 읽는다』, 이혁주 옮김, 그린비.

Spinoza, B.(2014). 『에티카』, 황태연 옮김, 비홍출판사.

9장 _ 비극소설의 문제

김훈(1994). 「여자의 풍경, 시간의 풍경」, 『풍경과 상처』, 문학동네.

(1995). 『빗살무늬토기의 추억』, 문학동네.

(2003). 『칼의 노래 1,2』(재개정판), 생각의나무.

(2004). 「화장」, 『제28회 이상문학상 작품집:화장』, 문학사상사.

(2004). 『현의 노래』, 생각의나무.

김주언(2002). 『한국 비극소설론』, 국학자료원.

Camus, A.(1998). 「티파사에서의 결혼」, 『결혼·여름』, 김화영 옮김, 책세상.

10장 _ 시간 지평의 문제

김훈(1995).『빗살무늬토기의 추억』, 문학동네.

성석제(1996).「내 인생의 마지막 4.5초」,『새가 되었네』, 강.

이균영(1997).『나뭇잎들은 그리운 불빛을 만든다』, 민음사.

이순원(1997).『은비령(현대문학상 수상소설집)』, 현대문학.

Levinas, E.(1996).『시간과 타자』, 강영안 옮김, 문예출판사.

Lotman, Iu. M.(1996).『시간과 공간의 기호학』, 러시아시학연구회 편역, 열린책들.

12장 _ 21세기 카오스모스의 서사시

김훈(2020).『달 너머로 달리는 말』, 파람북.

이 책에 실린 글들의 본래 출처는 다음과 같다. 본래의 원고를 개고한 글들도 있지만, 많이 수정하지는 못했다.

1장. 「사랑의 불가능성 문제」(원제: 「김훈 소설에 나타난 사랑의 불가능성」), 『한국문학이론과 비평』 제78집(22권 1호), 한국문학이론과 비평학회, 2018.3.

2장. 「자연주의의 문제」(원제: 「김훈 소설의 자연주의적 맥락」), 『한국문학이론과 비평』 제49집(14권 4호), 한국문학이론과 비평학회, 2010.12.

3장. 「시간의 문제」(원제: 「김훈 소설에서 시간의 문제」), 『한국문학이론과 비평』 제54집(16권 1호), 한국문학이론과 비평학회, 2012.3.

4장. 「호모 비아토르의 표상 문제」(원제: 「김훈 소설에 나타난 호모 비아토르의 표상 연구」), 『현대소설연구』 제71호, 한국현대소설학회, 2018.9.

5장. 「묘사의 문제」(원제: 「김훈 소설에서 묘사의 문제」), 『현대소설연구』 제76호, 한국현대소설학회, 2019.12.

6장. 「음식의 문제」(원제: 「김훈 소설에서 음식의 문제」), 『우리어문연구』 제43집, 우리어문학회, 2012.5.

7장. 「바다의 문제」(원제: 「김훈 소설에서 바다의 의미」), 『문학과 종교』 제18권 2호, 한국문학과 종교학회, 2013.8.

8장. 「인물 형상화의 문제」(원제: 「정약전 삶의 소설 형상화에 대한 비교 연구」), 『한국문학이론과 비평』 제67집(19권 2호), 한국문학이론과 비평학회, 2015.6.

9장. 「비극소설의 문제」(원제: 「비극소설의 노래」, 『작가와 비평』 2호, 작가와비평, 2004.

10장. 「시간 지평의 문제」(원제: 「고고학과 농담 그리고 영원의 시간 지평」, 『동서문학』 제27권 4호, 동서문화사, 1997, 겨울호.

김윤을 읽는다